LAÇOS DE SANGUE

Obras do autor publicadas pela Editora Record

Headhunters
Sangue na neve
O sol da meia-noite
Macbeth
O filho
O reino
Laços de sangue
O homem ciumento
A Casa da Noite

Série Harry Hole

O morcego
Baratas
Garganta vermelha
A Casa da Dor
A estrela do diabo
O redentor
Boneco de Neve
O leopardo
O fantasma
Polícia
A sede
Faca
Lua de sangue

JO NESBØ

LAÇOS DE SANGUE

EDITORA RECORD
RIO DE JANEIRO • SÃO PAULO
2026

CIP-BRASIL. CATALOGAÇÃO NA PUBLICAÇÃO
SINDICATO NACIONAL DOS EDITORES DE LIVROS, RJ

N372L Nesbø, Jo, 1960-
Laços de sangue / Jo Nesbø ; tradução Ângelo Lessa. - 1. ed. - Rio de Janeiro : Record, 2026.
Tradução de: Kongen av Os
Sequência de: o reino
ISBN 978-85-01-92363-9

1.Ficção norueguesa. I. Lessa, Ângelo. II. Título.

CDD: 839.823
25-101503.0 CDU: 82-3(481)

Meri Gleice Rodrigues de Souza - Bibliotecária - CRB-7/6439

Título original:
Kongen av Os

Texto revisado segundo o Acordo Ortográfico da Língua Portuguesa de 1990.

Impresso no Brasil

ISBN 978-85-01-92363-9

Seja um leitor preferencial Record.
Cadastre-se no site www.record.com.br
e receba informações sobre nossos
lançamentos e nossas promoções.

Atendimento e venda direta ao leitor:
sac@record.com.br

EDITORA AFILIADA

1

Todo mundo tem um ponto fraco.

Papai martelou isso na minha cabeça quando me ensinou a lutar boxe. Eu era menor que os outros garotos, mas ele me fez ver que até os adversários mais assustadores têm falhas na defesa, algum ponto desprotegido, um erro que estão condenados a repetir. Também me ensinou que não basta encontrar esse ponto: é preciso ter um coração de gelo para se aproveitar dele sem pensar duas vezes. E meu ponto fraco era exatamente este: um coração que sofria por pessoas como eu e que reconhecia suas próprias fraquezas nas de todos os outros. Mas aprendi a lição e meu coração esfriou. Hoje, pode-se dizer que meu coração é um vulcão gelado e morto que teve sua última e definitiva erupção oito anos antes. E, mesmo na época, ele já era frio o bastante para me tornar um assassino.

Era nisto que eu estava pensando enquanto subia os degraus da entrada de um casarão com garagem e um pomar tingido das cores do outono em Kjelsås, bairro na zona norte de Oslo: eu sou um assassino.

Era sábado, quase oito da noite, e eu tinha acabado de pressionar o polegar na campainha. Abaixo dela havia uma concha de cerâmica em formato de coração com a frase “A família Halden mora aqui” e um sorriso desenhado.

Não sei se estava pensando no fato de ser um assassino por já estar com a consciência pesada, ou para garantir que conseguiria concluir o que estava prestes a fazer. Eu já tinha feito coisa muito pior.

Meu coração disparou quando ouvi passos lá dentro. Calma. Apenas pense "Que se foda" e acabe logo com isso.

A porta foi aberta.

— Sim, boa noite, posso ajudar?

O sujeito era alto, muito mais alto que os meus um e setenta e cinco. Magro, quase esquelético. Grisalho, mas com um rosto jovem. Quarenta e um anos — eu tinha conferido. Vi dois macacões de frio pendurados em ganchos atrás dele, além de botas para adultos e crianças largadas no chão em um típico caos organizado. Segundo as informações de registro que eu tinha obtido na internet, eles eram donos da casa havia quatro anos. Imaginei que a esposa de Bent Halden tinha escolhido morar ali porque eles precisavam de mais espaço, tendo em vista que o segundo filho estava a caminho — pelo menos foi o que interpretei com base no que vi em sua conta no Instagram. E ele sempre quis morar um pouco mais alto na colina para ficar mais perto das áreas de corrida e das pistas de esqui. Quando pesquisei no Google, descobri que ele participava de várias competições locais de esqui e corridas de orientação. Mas a última tinha sido alguns anos antes, então imaginei que ele vinha tendo menos tempo do que o planejado. Em parte, porque dois filhos dão mais que o dobro de trabalho do que um, mas sobretudo porque a empresa que ele havia fundado com um colega chamado Jon Fuhr ocupava mais — não menos — do seu tempo do que antes de eles se tornarem seus próprios chefes. Era só um palpite, mas duvido que eu estivesse muito equivocado. A empresa se chamava GeoData, e eles tinham sido contratados para fazer uma análise geológica da viabilidade do túnel que estava sendo construído para substituir a estrada que atravessava Os desde sempre, muito antes de ela obter a classificação de rodovia nacional em 1931.

Umedeci os lábios.

— Roy Opgard. Não sei se você se lembra de mim.

Me esforcei ao máximo para fazer minha cara de simpático, talvez um pouquinho ansioso, de caipira na cidade grande. Não é minha especialidade. Acho que tenho cara de Roy não importa o que faça: um sujeito meio carrancudo, fechado, reservado. Para minha sorte, parece que esse é o tipo de gente em quem os noruegueses confiam, provavelmente porque achamos que existe uma correlação entre timidez, falta de traquejo social e honestidade. Bom, é assim que eu penso também, então tá bom.

Bent soltou um "Aaah" prolongado, algo no meio do caminho entre "Sim" e "Não tenho certeza".

— Consertei o seu carro quando você esteve em Os a trabalho.

Bent ergueu o dedo.

— Ah, claro! E fez um ótimo trabalho. — Ele franziu a testa, e a pele se dobrou em camadas em forma de v. — O dinheiro não caiu?

— Ah, sim, sim. — Tentei dar uma risadinha. — Desculpa, eu provavelmente devia ter ligado antes, mas é assim que a gente faz as coisas no interior, sabe? A gente aparece na porta da pessoa e toca a campainha. Enfim, eu estava voltando da Polônia e quando passei pela cidade lembrei que tinha uma coisa sua no meu porta-luvas. Isso aqui.

Mostrei o objeto e percebi que Bent não fazia a menor ideia do que era aquela coisinha de metal reluzente.

— Só descobri depois que devolvi o carro. Acho que me esqueci de reinstalar isso aqui. É óbvio que o carro funciona sem ele, mas com ele é muito melhor. Cadê a fera?

— O carro? Agora? Não precisa, é sério, tenho certeza de que consigo colocar a peça de volta sozinho. O que é isso, afinal?

— Se você não sabe o que é, como vai instalar no lugar certo?

Bent me encarou, sorriu e balançou a cabeça.

— Bom ponto.

— Você me pagou por um trabalho que, pela primeira vez, eu não fiz direito. Vai levar só cinco minutinhos. Cadê...?

— Na garagem — disse Bent, então tirou os chinelos, pegou as chaves do Audi que estavam penduradas num ganchinho e calçou um par de tênis. — Camilla! Vou até a garagem!

De algum lugar de dentro de casa ela gritou:

— Está na hora de colocar o Sigurd na cama!

— Se você o colocar na cama, prometo que leio uma história para ele assim que voltar!

Enquanto seguíamos para a garagem grande pintada de branco, Bent ergueu a voz para se fazer ouvir em meio ao som do caminho de cascalho:

— Você tem filhos?

Eu não esperava a pergunta e apenas balancei a cabeça, tentando não pensar que ela teria 7 anos agora. Não que eu soubesse que era menina, mas estava cada vez mais certo disso. Engoli em seco. Parecia haver um caroço na minha garganta. A cada ano ele diminuía um pouco, mas nunca desapareceria por completo.

— Você é gerente daquela oficina em Os? — perguntou ele num tom amigável.

— Não, ela fechou faz tempo. Mas sou mecânico de automóveis certificado, então de vez em quando pego um trabalho de conserto só por diversão. Sou gerente do posto de gasolina ao lado.

Bent levantou as chaves quando chegamos à garagem e a porta se abriu automaticamente. Deu para ver que era um equipamento caro. Bent Halden provavelmente teria escolhido outro modelo se estivesse comprando hoje.

— Ah, agora lembrei! O cara da região que recomendou o seu nome disse que você é irmão do tal...

— Carl Opgard — completei.

— Isso mesmo. — Bent deu uma risada quando entramos. — O rei de Os.

Notei que na hora ele percebeu que falou num tom desdenhoso. Como se Os fosse uma cidadezinha de merda onde Carl andasse por aí como um rei de faz de conta. O rei da cocada preta.

— Não foi a minha intenção... Só deduzi que ele é dono de quase tudo na cidadezinha.

— Ele é dono da maior parte do Spa Os. Pode abrir o carro?

— Bem, nesse caso ele é o rei de Os, certo?

Me sentei no banco do motorista e Bent se sentou no do carona. Peguei uma chave de fenda, abri o painel debaixo do volante e comecei a girá-la. Bent observou, fingindo interesse.

— E aí? Como vai o trabalho? — perguntei enquanto mexia nos cabos. — Pelos relatórios preliminares, vi que a sua empresa acha que a montanha de Todde parece boa.

— Pois é.

— Entendo. E tem certeza?

— Absoluta.

— Mesmo sem conseguir ver *dentro* da montanha?

— Ah, claro que nunca se pode ter certeza absoluta com base apenas na interpretação dos dados sísmicos.

— E é a sua empresa, ou melhor, você que interpreta os dados e depois apresenta a conclusão, certo?

— Bem, é isso, de certa forma. Junto com o meu parceiro.

— Jon Fuhr.

— Isso, o Jon. Somos os geólogos responsáveis.

— Você é dono de sessenta por cento da empresa, e ele, de quarenta. Então o que acontece se vocês discordarem?

— Bem, eu tenho que... Você está muito bem informado sobre nós. Como...

— Ah, é só verificar os registros da empresa na Brønnøysund. Recentemente, eu tive que conferir a situação financeira de uma empresa dos Estados Unidos que fabrica montanhas-russas, mas não foi tão fácil. Então me ocorreu como a gente não valoriza a transparência que existe aqui na Noruega. Confiamos tanto uns nos outros que com certeza um norte-americano qualquer diria que somos ingênuos. Mas podemos confiar uns nos outros justamente porque temos acesso a todas as informações. É assim que funciona no interior. Todo mundo sabe tudo de todo mundo em Os. Ou quase tudo. Não é que a gente se adore, mas partimos do pressuposto de que, em geral, as pessoas estão falando a verdade. Assim como o Departamento de Estradas confia que a conclusão a que você e o Jon chegaram é verdadeira.

— Sim, temos uma boa reputação.

— Mas a parte financeira não vai tão bem das pernas. — Olhei para ele com um sorriso meio sem jeito, de quem pede desculpas. — Pelo menos segundo a Brønnøysund.

Bent retribuiu com um sorriso amarelo.

— As coisas ficaram meio paradas durante a pandemia. Aonde você quer chegar?

Voltei a me concentrar no trabalho.

— Queria saber até que ponto você tem certeza de que dá para construir o túnel se mantendo dentro do orçamento estimado para o desvio da estrada principal. Numa escala de um a dez.

— Bem... Oito, talvez. Ou nove, se estimarmos que não vai custar mais do que o dobro do valor previsto.

— Por que não dez?

Ele não respondeu, apenas me encarou. Ergui a chave de fenda.

— O que seria necessário para fazer você mudar de ideia?

— O que você... O seu nome é Roy, certo?

Sorri.

— Me desculpe, Bent. Eu formulei essas perguntas com base num manual de técnica de persuasão com base científica. A ideia é fazer perguntas e deixar a outra pessoa se convencer sozinha de que você está certo. O meu irmão me deu um livro sobre o assunto. Ele trabalha com esse método.

— Ele trabalha persuadindo as pessoas?

— Isso. Vendendo projetos e coisas do tipo. Ele é bom nisso.

— Então você está aqui para... me vender alguma coisa?

— É, pode-se dizer que sim. Mas vou deixar de lado o discurso de vendas.

— Ah, é?

— É. Em vez disso, vou fazer a persuasão à moda antiga. Vou dar para você e para o seu sócio doze milhões de coroas se vocês colocarem no relatório para o Departamento de Estradas que não dá para construir o túnel.

Silêncio.

— Você está tentando me subornar?

Fiz que sim.

— Estou. Sei que não soa bem, mas é a definição correta.

Bent me encarou, incrédulo.

— E o que raios faz você pensar que isso vai funcionar?

— Porque, em primeiro lugar, você está falando no presente.

— Hã?

— Se você tivesse descartado a ideia por completo, teria dito: "O que faz você pensar que isso FUNCIONARIA?" Eles falam disso no livro. A escolha de palavras revela o que estamos pensando antes mesmo de sabermos que estamos pensando.

Bent bufou.

— E o que mais? — perguntou.

— Hã?

— Você disse "em primeiro lugar".

— Ah, sim! — Abri o porta-luvas e peguei o documento de registro do veículo. — Eu dei uma olhada enquanto consertava o carro. Diz aqui que você não é dono dele. Então deve ser um leasing da empresa, certo? Sabia que leasing não vale mais a pena?

— E daí?

— E daí que eu também vi que tem três multas não pagas no sistema, todas vencidas. E isso me diz apenas uma coisa: que você e a sua empresa têm problemas de fluxo de caixa, Bent.

— Por isso você acha que pode me subornar? Escuta bem, Roy: eu prefiro deixar a empresa falir a cometer um crime.

Bent ergueu a voz, mas não senti que ele estava tão ofendido quanto pretendia demonstrar. Mexi a cabeça de um lado para outro como se estivesse avaliando a situação.

— Mas até que ponto é crime? Ninguém sabe exatamente o que tem dentro da montanha. Vai ver, tem água. Vai ver, ela é porosa. Você falou que a chance é de oito em dez, ou seja, tem uma chance de vinte por cento de os relatórios preliminares estarem errados. É muita coisa, não acha? Você só precisa olhar de um ângulo um pouco diferente, procurar outras formas de interpretar os dados. Entendeu?

Bent não respondeu.

— Claro, você pode declarar falência da empresa, mas da sua família aqui em cima, não.

Indiquei com a cabeça o casarão. Quando vi o brilho nos olhos dele, soube que tinha atingido o ponto fraco. A família. O mesmo que o meu. Mas nessa hora reprimi qualquer coisa que se possa chamar de empatia. Mantive o coração gelado.

— Dei uma olhada no arquivo do registro de imóveis — falei. — Essa porcaria toda aqui está hipotecada. A casa do seu sócio, Jon, também. Acho que vocês deram um passo maior que as pernas quando abriram a empresa.

Bent não mexeu a cabeça, mas percebi que ele assentiu com os olhos.

— E aí veio a pandemia. — Suspirei. — Bem, a vantagem é que não vai ser tão difícil convencer o Jon a concordar.

Os olhos de Bent se arregalaram.

— Você está maluco. O Jon tem...

— ... uma condenação anterior por peculato — interrompi. — E outra por agressão.

Bent ficou realmente de queixo caído.

— Pois é, as sentenças também são públicas — expliquei. — Ele não te contou isso? Não foi nada de mais, ele estudava e trabalhava num bar, mas pegou seis meses de condicional. Então ele tem o que é preciso. Foi por isso que vim até você, Bent. E você pode resolver isso com ele. Não vai ser tão difícil.

Bent engoliu em seco. Sua cabeça pendeu, ele parecia abatido. Resignado. Mas nesse momento me lembrei do que papai costumava dizer quando explicava a Carl e a mim como domavam cavalos selvagens nos Estados Unidos. Que o momento mais perigoso era quando o animal parava, dando a impressão de estar se rendendo. Nesse instante era preciso tomar cuidado, porque com certeza o cavalo chucro ia dar um último coice.

— Eu posso declarar falência e arranjar um emprego em qualquer lugar como geólogo na manhã seguinte — disse Bent de repente, ríspido. — E ganhar mais dinheiro do que ganho hoje.

Era verdade, eu sabia disso. Mas também sabia que ele não era movido por dinheiro. O que o movia era a necessidade de ter sucesso, de ser seu próprio chefe. Quando ele falou que eu era o gerente da oficina, tive que me segurar para corrigi-lo e dizer que era o *dono*. Eu até disse que era gerente do posto de gasolina, não que era o *dono* dele. Porque soa pomposo e presunçoso. Eu me lembro de Mari, primeira namorada de Carl, perguntando por que éramos tão diferentes, por que eu não andava por aí me gabando das coisas como ele fazia. Respondi que eu era feliz do meu jeito. O que, óbvio, era mentira. Porque eu não era feliz do meu jeito. Nunca fui. Na minha mente, na minha cabeça, eu sou um caipira, um camponês de merda. Um disléxico solitário sem traquejo social, com pouco nível de instrução e quase nenhum refinamento, traços adquiridos numa cidadezinha remota nas montanhas. Com um irmão que tinha tudo o que eu não tinha. Que se dava bem na escola, se dava bem com as garotas, se dava bem com pessoas em geral. Carl nunca precisou de um manual de vendas para saber como agir, ele próprio *era* o manual.

— Ter confiança é uma coisa boa — falei enquanto encaixava o painel no lugar. — É o que a Noruega tem de melhor, vale mais que o nosso petróleo. É claro que as autoridades vão confiar no seu relatório. Assim como confiaram no estudo meteorológico que concluiu que havia muitos dias de nevoeiro em Hurum e decidiram construir o aeroporto principal em Gardermoen. Lembra? Isso foi em 1994. Muita gente se deu bem quando ele foi para Gardermoen. Aí apareceu aquele engenheiro, Wiborg, fazendo um alvoroço, dizendo para todo mundo que as medições estavam erradas. Só que dois dias antes de ele apresentar os próprios dados ao Storting ele morre, né? Disseram que foi suicídio, mas ninguém consegue explicar como ele, sozinho e nu, foi capaz de quebrar a janela termoacústica do quarto de hotel no quarto andar.

Bent piscava sem parar. Eu lamentei por ele, óbvio que lamentei. Da mesma forma como lamentava pelos caras que queriam começar um arranca-rabo nos bailes em Årtun porque Carl estava flertando com a namorada deles. Eles ficavam com ciúme, e até aí nada de estranho. Em geral não eram da cidade e não tinham como saber que Carl tinha um irmão mais velho — embora fosse mais baixo — que logo, logo daria um jeito neles. Daria um jeito *mesmo*. Na época eu não sentia o menor prazer nisso, como também não estava sentindo naquele momento, diante de Bent. Era só uma coisa que tinha que ser feita. Pela família.

Bent soltou o ar e olhou para o portão da garagem através do para-brisa. Provavelmente percebeu que estava encurralado. Claro que esse papo sobre mortes violentas misteriosas era só da boca para fora, um jeito de dar a ele um argumento a mais na discussão que teria consigo mesmo naquela noite. Para que ele pudesse se convencer de que não era uma questão de ganância — não mesmo —, e sim de cuidado com a própria saúde. Meu trabalho ali estava concluído? Eu esperava que sim. Porque não queria mesmo ter que dar minha cartada final: mencionar, como quem não quer nada, o nome da esposa e dos filhos dele, e o nome da escola das crianças. Nunca se sabe o que pode acontecer quando se envolve a família.

Mostrei a peça metálica.

— Ah! — falei. — Acho que me esqueci de instalá-la de volta dessa vez também.

2

Será que qualquer um pode se tornar um assassino? Ou será que algumas pessoas — talvez até a maioria de nós — têm um fusível mental ou moral que as impede de tirar a vida de alguém? Não estou falando de matar em legítima defesa ou num momento de raiva, mas de fazer com que pessoas decentes — alguém como Bent Halden, por exemplo — matem outro ser humano a sangue-frio, só porque, ao fazer isso, sua vida ficará um pouco melhor, um pouco mais fácil. Pensamentos como esse ocupavam minha mente à medida que eu abria caminho pela escuridão no meu Volvo v60.

O trajeto de Oslo até Os demorava um pouco menos tarde da noite, e era pouco mais de meia-noite quando parei no acostamento, à beira do penhasco de onde, durante o dia, é possível ver tanto a placa com o nome do condado quanto a parte da cidade que margeia o lago Budal. Os é uma cidadezinha de cerca de mil habitantes, parte de um condado com uma população total de três mil moradores. Fica seiscentos metros acima do nível do mar. O verão é curto, mas quente e seco, e o inverno é rigoroso e intenso. A cidade e a maioria das fazendas — a Noruega é um país agrícola — ficam protegidas no sopé do vale, mas algumas fazendas — como Opgard — estão na encosta da montanha, com muito pasto e quase nenhuma terra cultivável. Acho que o clichê diria que as pessoas aqui são taciturnas e resilientes, que aprenderam a sobreviver num ambiente hostil, e isso não está muito longe da verdade. Talvez condições como essas deem vida a uma comunidade que se equilibra entre a solidariedade tenaz e uma cultura claustrofóbica de calúnias e inveja. O turismo é a principal fonte de renda da região, sobretudo a venda de terras para a construção de casas de veraneio, o Spa Os e o terreno de camping, que também aluga chalés. A construção do Spa Os foi o que fez de Carl o rei de Os. Antes dele, o mandachuva da cidade era Willum Willumsen, que vendia carros usados e chalés. Mas a pessoa realmente mais poderosa de Os era o prefeito, Aas, que ocupou o cargo pelo Partido Trabalhista durante décadas até decidir se aposentar. Ele segue sendo poderoso nos bastidores, alguém que o novo prefeito precisa escutar.

A lua pairava pálida sobre o Ottertind, e a noite estava clara e estrelada. Não sei muito sobre as estrelas, é tudo muito grande e distante para mim, mas se tivesse alguém sentado ao meu lado no carro eu poderia ter falado um pouco sobre Os. Dali, as casas eram apenas pontos de luz na paisagem abaixo de nós, mas eu era capaz de apontar com o dedo e dizer exatamente quem morava onde. Por um breve instante perdi o controle e imaginei que ela estava sentada no banco do carona, com nossa garotinha no banco de trás, prestando atenção. E eu ali, dizendo a elas, às minhas meninas, que aquela parte com vários pontos de luz próximos é a praça do mercado e que o ponto iluminado diretamente acima da praça é o casarão que o tio Carl está construindo para morar.

Por fim me recompus e me arrastei de volta para a realidade. Tinha me ausentado por três dias, mas já no segundo estava com saudade de casa. Não sei por quê. Havia perdido tudo que já tive naquela cidadezinha. Por outro lado, ela havia me dado tudo que já tive. Eu odiava aquele lugar e o amava ao mesmo tempo. E, em última análise, o que mais se pode pedir de uma cidade natal?

Engatei a primeira marcha no Volvo e voltei para a estrada. Passei pelas primeiras construções da cidade, pela minha oficina, pelo meu posto de gasolina, pela casa de Smitt — com as janelas sujas de poeira da estrada —, por um grande outdoor de parede anunciando cortes de cabelo e o solário, de tal forma que parecia possível oferecer os dois serviços ao mesmo tempo. Cem metros adiante ficava a capela. A tinta branca estava descascando das paredes, mas a verdade é que ao longo do tempo o lugar teve seus altos e baixos. Desde que me entendo por gente vejo ondas de religiosidade passando por Os, e por um tempo a cidade se inundava de vida espiritual, com direito a arrecadação de fundos e a novas demãos de tinta para a capela. Isso durava um tempo, até que o diabo levava a melhor e o lugar voltava a ficar vazio, na escuridão, com o eco dos fiéis falando em línguas e promessas de salvação ecoando pelas paredes. Havia algo meio sinistro naquele lugar e naqueles pregadores itinerantes sempre sorridentes que apareciam de repente e passavam alguns meses em Os. Era como se acontecessem coisas por trás daquela porta encimada por uma cruz, coisas das quais nunca se falava. Isso sem contar todas as coisas deliciosamente escandalosas sobre as quais as pessoas fofocavam e que provavelmente nunca aconteceram.

Reduzi a velocidade quando cheguei ao centro — se é que se pode chamar assim a pracinha —, abaixei o vidro e olhei para o Fritt Fall, única opção de lugar para ir em Os num sábado à noite. Reconheci a caligrafia floreada de Erik na placa de chão colocada na entrada: DJ ERIK. TODA HORA É HAPPY HOUR. O som do contrabaixo da música que tocava lá dentro fazia o ar vibrar do lado de fora; parecia que era uma noite boa, com muitos clientes. Quando comprei o Fritt Fall por uma pechincha de Erik Nerell, não foi exatamente por achar que ganharia dinheiro no ramo da noite, mas porque queria o imóvel. Um dia — se tudo corresse conforme o planejado —, ele valeria muito mais do que Erik recebeu quando se viu forçado a vendê-lo. E a culpa era dele; Erik nunca geriu bem o negócio. Como parte do acordo, Erik seguiu trabalhando no bar, mas escolhi Julie como gerente — que havia demonstrado que era capaz de tocar o posto de gasolina nas vezes em que precisei me ausentar. Ela se desfez da mesa de bilhar, colocou um forno de pizza e uma máquina de *espresso* e ampliou a variedade de cervejas vendidas, passando a incluir vinte marcas de todas as partes do mundo. Ficava aberto das dez da manhã às dez da noite e nas sextas e sábados até uma da madrugada. Não era uma mina de ouro, mas funcionava e agregava valor a Os, porque era um sinal de vida depois das cinco da tarde, e nunca se deve subestimar as sinergias que algo assim pode gerar. A oeste, recortada à luz da lua, estava a silhueta da casa para onde Carl se mudaria assim que ficasse pronta, em cerca de seis meses. As pessoas a chamavam de palácio, porque de fato parecia uma casa de chefe de Estado, como naquela música do Bruce Springsteen, "Mansion on the Hill".

Virei à direita e passei por Nergard. Notei — tal qual moradores de cidades pequenas — que o carro de Grete Smitt estava estacionado atrás do de Simon. Iniciei a subida pela pista estreita. Fiz a curva para entrar na Japansvingen e por fim contornei a Geitesvingen. Entrei no pátio e estacionei entre o celeiro e a pequena casa principal, junto ao BMW de Carl.

Opgard. Lar.

Carl ainda estava acordado. Não havia tirado o terno e estava no jardim de inverno, tomando uma cerveja sentado na velha cadeira de balanço de papai, que foi quem teve a ideia de construir um alpendre norte-americano naquela casinha modesta que ele mesmo ergueu nas montanhas. E foi a mamãe quem teve a ideia de fechá-lo com paredes de vidro e chamá-lo de jardim de inverno. Acho que isso diz algo sobre as origens dos dois. Minha mãe tinha sido empregada doméstica e governanta de uma família proprietária de uma frota de navios que morava na cidade. Ela gostava que as coisas tivessem um toque inglês e de classe alta — chamava nosso alpendre de "haaall", embora o lugar fedesse a curral. Já papai cresceu no interior do estado do Minnesota, rodeado de Cadillacs, igrejas metodistas e da busca pela felicidade. Chegou ao ponto de colocar em mim e em Carl segundos nomes homenageando dois republicanos famosos. Eu fiquei com Calvin, em homenagem ao presidente Calvin Coolidge, e Carl ganhou Abel, em homenagem a Abel Parker Upshur, o cara que anexou o Texas. Do nosso jardim de inverno dava para ver a cidade inteira, menos o Spa Os, que ficava escondido atrás da colina a oeste, mas que estava a quinze minutos de caminhada pelas nossas próprias terras, tão rápido quanto ir de carro até a cidade e seguir as placas na estrada asfaltada até o hotel. Eu já havia perguntado a Carl por que ele sempre ia de carro, por que não usava as pernas para tentar eliminar alguns daqueles quilinhos que vinha ganhando — um a mais todo ano, ao passo que eu só emagrecia. Mas, segundo Carl, o chefe do hotel tem que chegar ao trabalho com certo estilo, e aqueles quilos a mais lhe conferiam autoridade.

Me sentei ao lado de Carl, peguei minha lata de fumo de mascar da Berry e enfiei um punhado debaixo do lábio. Inferior, não superior como faziam as pessoas daqui, como meu pai sempre me dizia para fazer. E tinha que ser da Berry, não aquela porcaria escandinava que os outros mascavam.

— E aí? — perguntou Carl.

— Agora é esperar para ver.

Peguei a última garrafa de cerveja fechada do parapeito da janela e a abri. Era gostosa. Uma única cerveja sempre caía bem. A diferença entre mim, Carl e papai era a vontade de continuar bebendo. Eu era o cara sóbrio, o eterno "motorista da rodada" de Carl desde que passei a ter idade para dirigir — o que em Os pode ser muitos anos antes de se ter idade para tirar a carteira. Com 16 anos eu já levava Carl e Mari para os bailes em Årtun, ficava esperando, bebia Coca-Cola, caía na porrada e trazia os dois de volta para casa. Tudo acabou entre eles quando a melhor amiga de Mari — Grete Smitt — começou a se gabar de ter transado com Carl. Ele tinha ido para os Estados Unidos estudar e voltado quinze anos depois com esposa e planos de construir um spa em Os. Oito anos se passaram desde então, a esposa não existia mais, mas o hotel foi construído. Uma mina de ouro de cinco estrelas no alto da montanha, orgulho da cidade e seu único lugar famoso.

— Mas o que você acha? — perguntou Carl enquanto prendia um arroto.

— Noventa milhões de coroas para uma montanha-russa é muita grana — respondi, dando de ombros.

— Quero saber se o geólogo aceitou a proposta.

— Não sei. Dei tempo para ele pensar.

— Ué! Isso significa que ele está na dúvida?

— Significa que felizmente ele tem escrúpulos.

— "Felizmente"?

— É. — Tomei um gole de cerveja. — Se ele está com problemas de consciência agora, não vai ter depois.

— E isso é bom para a gente?

— É, porque, quando ele disser sim, não vamos correr o risco de ele se arrepender e mudar de ideia. E, como ele *tem* princípios, não vai dizer sim só para enganar a gente.

— Te juro que às vezes parece que você é o inteligente de nós dois — comentou Carl, então levou a garrafa à boca e matou a cerveja.

Era uma brincadeira, porque a verdade é que ninguém acreditaria que eu era o mais inteligente.

— Recebemos uma resposta do setor de segurança do Departamento de Estradas — disse ele e se levantou. — Outra cerveja?

Ergui a garrafa para mostrar que já tinha uma. Ele sumiu, e da cozinha ouvi o som da porta da geladeira sendo aberta e fechada. Carl adorava essa encenação. Ele faz uma revelação e logo em seguida uma pausa para aumentar as expectativas. A tática funcionava bem quando ele tentava vender um novo projeto, mas eu estava tão acostumado a ela que já não morria de empolgação nem ficava impaciente ou irritado. Ouvi quando ele abriu outra garrafa lá dentro enquanto olhava para a Geitesvingen ao luar. Havia anos que vínhamos discutindo com o Departamento de Estradas onde ficava a linha exata em que terminava a via pública e começava nossa propriedade. Carl e eu defendíamos que cabia a eles erguer uma mureta na curva com um barranco íngreme de cem metros até Huken, uma ravina estreita que não soltava nada do que tragava, fossem pessoas ou cabras. Ou carros. Eu estava com quase 18 anos e Carl ainda não tinha completado 17 quando mamãe e papai morreram ali. Vimos o Cadillac DeVille preto de papai passar direto na curva e desaparecer na borda. Se houvesse uma mureta ali, isso nunca teria acontecido, e o Departamento de Estradas concordou com a gente nesse ponto. Mesmo assim, outros dois carros tiveram que cair no mesmo trecho para eles engolirem o orgulho e assumirem a responsabilidade pela segurança daquele trecho da estrada.

Carl voltou e se sentou.

— Vão começar a trabalhar nesse fim de semana.

— Opa! Ótima notícia. Como você finalmente conseguiu convencer o pessoal?

— Sendo eu mesmo — respondeu ele num tom solene. — Agora querem saber de que cor queremos que a mureta seja pintada.

Dei uma risada. Brindamos.

— Uma notícia não tão boa é que eles querem recuperar os carros primeiro.

Quase engasguei com a cerveja.

— Tá de sacanagem.

— Ãh-ãh. Disseram que vão usar dois guindastes e um guincho. Não entendo como esses guinchos funcionam, mas acho que você entende.

Fiz que sim com a cabeça. Embora só tenha passado na parte teórica da prova para ter registro de mecânico, sei como funcionam os vetores de força e não tenho tanta dificuldade com fórmulas simples. Carl, por outro lado, entendia de negócios. Depois de terminar o ensino médio — e do fim do namoro com Mari —, ele recebeu do prefeito Aas uma bolsa de estudo de uma associação de imigrantes noruegueses-americanos em Minnesota. Eu só recebia notícias dele quando precisava de dinheiro e passei quinze anos sem vê-lo. Mas, depois que ele voltou, uns oito anos atrás, era raro se passar um dia sem nos encontrarmos. O pessoal achava esquisito que dois irmãos adultos quisessem morar juntos numa fazenda no alto de uma montanha. Velhos assuntos e rumores voltaram a pipocar. A maioria era sobre mim. Num lugar como Os, quando se passa dos 30 e ainda não se formou família, as pessoas começam a se fazer perguntas. Um rumor era que eu tinha abusado do meu irmão caçula na adolescência. Houve até uma história de que éramos um casal. Os rumores perderam um pouco de força quando fiz 17 anos e começaram a surgir boatos de que eu estava comendo a mulher de Willum Willumsen. E Carl era mulherengo demais para ser gay. Até voltou dos Estados Unidos casado. As pessoas acreditavam em muita coisa, mas não sabiam de quase nada. E isso era bom para nós, porque, fosse lá no que acreditassem, não tinha como ser pior que a verdade.

— Relaxa — disse Carl. — Vão levar os carros direto para o ferro-velho.

— Você acha? Mas você acabou de falar que era uma má notícia.

— Achei que *você* receberia isso como uma má notícia. Eu acho que se livrar dos carros é uma coisa boa. Assim a espada de Sísifo deixa de pairar sobre a gente.

— Sísifo é o cara da pedra. O da espada é o Dâmocles.

Carl deu uma risada.

— Foi muito engraçado quando eu voltei para casa e de uma hora para outra você sabia esse monte de coisa. Como se tivesse estudado numa escola secreta ou coisa do tipo.

— Ninguém sabia qual era a minha escola — falei olhando para o rótulo da garrafa de cerveja.

— Certo, mas a Rita Willumsen não pode ter te ensinado tudo isso em tão pouco tempo.

— Isso é, mas pode-se dizer que ela "deu a partida". E eu não sei muito sobre "esse monte de coisa"; a questão é que vocês, caipiras, são muito impressionáveis.

— Impressionáveis? Você nunca percebeu que na verdade a gente fica com nojo disso?

Caímos na gargalhada. Carl estava com tudo. E quando isso acontecia eu pensava em como me sentiria sozinho depois que ele se mudasse para a mansão. Mas, ao mesmo tempo, eu sabia que com mais algumas cervejas ele podia ir para a zona obscura, a zona de papai. Um lugar sombrio e tenebroso que sempre foi meu, mas que Carl — o cara que todo mundo considerava o charmoso, o despreocupado e o extrovertido de nós dois — vinha visitando cada vez mais.

— Caramba, a Rita era outro nível — disse Carl, com uma expressão sonhadora, olhando pela janela para o nada.

— Ainda é — falei e tomei outro gole de cerveja.

— É mesmo? Você tem se dado bem com ela?

Sorri.

— Ela e o Kurt Olsen noivaram semana passada, então acho que você está falando do terreno de camping.

— Óbvio.

— A bola está com ela, e ela não deu nenhuma notícia.

— Ela não vai receber uma oferta melhor. Mas, se a GeoData entregar um relatório dizendo que não tem como construir o túnel, o preço vai disparar.

Fiz que sim. Os preços dos imóveis em Os despencaram quando surgiu a notícia de que a nova estrada contornaria a cidade, em vez de atravessá-la. Subiram um pouco depois do fim da construção do Spa Os, mas há limites para o que um hotel pode fazer por uma comunidade rural isolada sem uma rodovia nacional por perto, ainda mais uma cidadezinha de menos de três mil habitantes. O preço dos imóveis tinha estagnado e começado a cair, enquanto no restante do país estava havendo uma valorização recorde tanto de imóveis residenciais quanto comerciais, em cidades grandes e pequenas. Em resumo, quando as pessoas soubessem que, no fim das contas, a estrada ainda atravessaria Os, da noite para o dia o preço dos imóveis da cidade daria um salto para recuperar vinte anos de atraso. E o valor do terreno de camping — que ficava à margem do lago e a apenas duzentos metros da praça — certamente iria disparar. Então, sim, eu tinha que finalizar a compra dele o quanto antes.

Willum Willumsen, que descanse em paz, não só fez jus a todos os clichês sobre vendedores de carros usados como os superou. Certa vez, quando perguntei ao meu pai se era verdade o que tinham me falado na escola — que Willumsen havia passado a perna nele ao vender aquele Cadillac DeVille velho e caindo aos pedaços —, tudo o que ele respondeu foi: "Os Opgard não barganham." Percebi o tom de amargura e orgulho na resposta. E um pouco de vergonha também.

— Ela vai estar no jogo amanhã — disse Carl.

— Como você sabe?

— *Todo mundo* vai estar no jogo amanhã. Se a gente ganhar, sobe de divisão.

— Ah, é? Para qual?

Carl resmungou.

— Sabe, não tem problema você não se importar com futebol, mas, caramba, esse é o *nosso* time.

Isso era verdade só em parte. Por iniciativa de Carl, o Os Football Club se tornou um clube-empresa, e o Spa Os era dono de oitenta por cento das ações. Como eu tinha vendido a maioria das minhas ações do Spa Os para Carl anos antes, na prática eu era dono de uma parte ínfima do time. Proporcional ao meu interesse por futebol. Não que Carl fosse fanático; na verdade, ele só queria que as pessoas o amassem e tinha essa ideia de que o caminho para o coração da cidade passava pelo apoio ao time de futebol local. Primeiro o patrocinamos, depois Carl teve a ideia de adquirir o time, para podermos contratar e pagar alguns bons jogadores em tempo integral e um técnico. Aparentemente, isso era inédito para um time da quinta divisão como o nosso. As pessoas riram e disseram que só xeiques e oligarcas são donos de times de futebol, mas enfiaram a viola no saco quando o clube comprou um grande atacante nigeriano e contratou o ex-jogador Kurt Olsen, antigo astro do time, como técnico em meio período. Resultado: o Os F. C. S. A. subiu para a quarta divisão quase invicto. E estava prestes a subir para a terceira, se meu cálculo estivesse correto.

— Tá bom, estarei lá — falei. — Mais alguma novidade?

— Finalmente consegui fazer aquela empresa alemã instalar a cozinha planejada que eu queria na minha casa. E um lobo foi visto em Steinssetra.

— Sério?

— Não, bem... Quer dizer, quem sabe? Foi o Simon Nergard quem viu.

Caímos na gargalhada. Nergard era nosso vizinho mais próximo, embora sua fazenda ficasse na planície, muito abaixo de Opgard. Simon tinha fama de mentiroso e fofoqueiro, assim como a namorada dele, Grete Smitt, gerente do salão de beleza que também funcionava como central de fofocas da cidade.

— Mas Erik Nerell encontrou uma carcaça de ovelha ontem na mesma área — informou Carl. — Segundo ele, ela foi nitidamente atacada por um predador. Só que ele não comeu muito, por isso ele acha que, se era um lobo, estava sozinho, não com uma matilha.

Balancei a cabeça.

— Faz cinquenta anos que não temos lobos por aqui. Deve ser um vira-lata. Não me surpreenderia se fosse o rottweiler do próprio Simon e ele tenha dito que foi um lobo só para evitar que botassem a culpa no cachorro.

Carl deu uma risadinha.

— Mas vamos supor que seja um lobo mesmo. Uma coisa dessas justo numa área onde os hóspedes do hotel gostam de caminhar é bom ou ruim para os negócios?

— Não faço a menor ideia. Seja como for, não vai durar muito.

— Está dizendo que o lobo vai seguir seu caminho e deixar a área?

— Não. Ele vai morrer. O lobo vive de caçar animais grandes e para isso precisa estar numa matilha.

— Então ele se parece com a gente?

— É bem parecido com a gente — respondi, e tomei outro gole de cerveja.

Eu estava cansado e com calor. Era relaxante ficar ali, sentado, batendo papo com a única pessoa no mundo que me conhece melhor do que ninguém, que me conhece tão bem que é como falar com uma extensão de mim mesmo. Bastava Carl falar três ou quatro palavras para eu saber como a frase terminaria, e vice-versa, então muitas vezes falávamos só as três primeiras palavras mesmo. Era quase como estar sozinho. Eu economizava saliva e energia.

— Então, nenhuma outra notícia? — perguntei.

— Não. Quer dizer, mais ou menos. Contratamos uma nova gerente de marketing. Jovem, inteligente, daqui mesmo.

— Ah, é?

Carl fez suspense de novo. Bebeu devagar, me deixou esperando. Respirou fundo. E o que saiu de sua boca não foi um nome, mas um longo arroto.

— Cacete, Carl.

— Foi mal. A filha do Moe, o telhador.

— A Natalie?

— Se lembra dela? Ah, verdade, aquele lance... Quase esqueci.

Talvez Carl estivesse mentindo para si mesmo, porque ele não tinha esquecido, no máximo suprimido a lembrança. Porque "aquele lance" era uma coisa que eu só tinha contado a Carl. Aconteceu logo depois que ele voltou. Natalie Moe estava no ensino médio. Na época, ela era uma garota pálida, magrela e com olhos assustados, mas vivia aparecendo no posto de gasolina para comprar EllaOne, uma pílula do dia seguinte. Perguntei a Julie, que trabalhava na loja e era da turma de Natalie na escola, se a garota tinha namorado e sugeri que ela incentivasse Natalie a começar a usar camisinha, mas Julie achava que Natalie só estava transando sem compromisso. Sei lá, para mim não fazia sentido. Então, um dia, o pai dela, Moe, o telhador, entrou na loja e comprou uma caixa de pílulas do dia seguinte também. Quando notei a vergonha no olhar dele, entendi o que estava acontecendo. Levei minha suspeita ao xerife Kurt Olsen e tentei convencê-lo a fazer algo, mas foi em vão. A partir daí, tomei as rédeas da situação. Fui até a casa de Moe, quase o matei na porrada e avisei que voltaria para terminar o serviço se na manhã seguinte ele não mandasse a filha para algum lugar bem longe dele. Acrescentei que, se obedecesse, eu ficaria quieto e não contaria o que sabia a ninguém.

Foi por isso que Natalie terminou o ensino médio em Notodden. Certa vez, quando estava lá, eu a vi num café, sentada com amigos. Não falei com ela, apenas notei que ela não tinha mais aquele olhar assustado.

— Você fala com os franceses? — perguntei, para mudar de assunto, porque há certas coisas sobre as quais Carl e eu concordamos em nunca falar.

— Todo dia. Eles gostaram das nossas margens operacionais e dos nossos números, adoraram as plantas da nova ala e vão mandar dois engenheiros para inspecionar o hotel na quarta.

— Maravilha.

A princípio, o plano de expansão do Spa Os foi recebido com ceticismo na assembleia geral de acionistas, formada inteiramente por mim e por investidores locais. Essa reação era baseada num temor bem fundamentado: como a construção do túnel e o fechamento da estrada principal afetariam o número de hóspedes? Mas Carl nos convenceu. Defendeu que uma simples consolidação seria suicídio e que, para o hotel se transformar num bom motivo para levar as pessoas a Os, precisaríamos pensar de forma agressiva, grande, ser espetaculares.

— É crescer ou morrer — disse. — Podemos virar um hotel boutique cinco-estrelas. Para isso é fundamental que tenhamos visibilidade, que as pessoas nos vejam no mapa, e para isso não basta pensar na qualidade, temos que olhar para o tamanho também. Quero que não só a cidade mas também toda essa parte do condado seja sinônimo de Spa Os. Quando as pessoas ouvirem "Spa Os", quero que não pensem só em "hotel" *e* "banheiras de hidromassagem", e sim em "experiência". E para isso é preciso investir, não cortar custos.

Em seguida, houve uma discussão breve, mas intensa, sobre se o hotel deveria emitir novas ações para investidores externos, mas o bom senso venceu: a capacidade de arrecadação de fundos em Os era limitada. O grupo hoteleiro francês Alpin era dono de quinze por cento do empreendimento, adquiridos quando Carl — que conheceu o CEO da empresa durante os anos em que trabalhou no ramo imobiliário em Toronto — os convidou a investir no Spa Os durante o período de refinanciamento do hotel após o incêndio. A nova emissão de ações elevaria a participação da Alpin para quarenta e cinco por cento. Com isso, o controle da empresa seguiria nas mãos de Os, mas agora com uma divisão dos riscos, e talvez os franceses pudessem contribuir com sua expertise para divulgar o hotel fora da Noruega. Assim que o preço das ações fosse determinado, o acordo seguiria adiante e as obras poderiam começar. E é claro que, se o relatório da GeoData apontasse que não seria possível construir o túnel, os franceses estariam dispostos a pagar um preço bem mais elevado pelas ações.

— Vou dormir — disse Carl e se levantou.

— Tá certo. Boa noite.

— Você parece pensativo.

Assenti.

— Sabe o que eu estava pensando quando toquei a campainha da casa do Bent Halden?

— Que você estava fazendo isso por um bem maior?

— Isso. Mas, antes de mais nada, pensei que sou um assassino. Que *nós* somos assassinos.

Carl me encarou com uma sobrancelha arqueada.

— Dorme bem — disse ele e saiu.

Como eu disse, há certas coisas sobre as quais simplesmente não falamos.

Fiquei sentado por mais um tempo, observando a noite, ouvindo os passos dele pelo quarto no andar de cima.

Sete assassinatos.

Ao todo, Carl e eu tínhamos matado sete pessoas. E um cachorro.

Terminei a cerveja.

Não. Eu não gostei nada da ideia de aqueles carros destruídos serem içados e verem a luz do dia.

3

Eu estava na Polônia na noite anterior à ida à casa de Halden, quando ofereci a ele doze milhões de coroas para falsificar o relatório. Mais especificamente, estava em Zator, cidadezinha com cerca de quatro mil habitantes no sul do país. Para ser ainda mais específico, estava no Energylandia, o maior parque de diversões da Polônia. E, para ser ainda mais específico, estava dentro de um vagão subindo rumo ao topo da montanha-russa de madeira com a queda mais alta do mundo. Quer dizer, estritamente falando, a pista era de madeira e aço. Pelo menos foi o que me explicou Glen Moore, chefe de construção da Rocky Mountain Constructions, em meio ao barulho estridente dos trilhos. O som parecia o de correntes sendo arrastadas por uma polia quando um barco levanta âncora. Ou melhor: as correntes de um matadouro onde as carcaças dos animais são içadas e ficam balançando no ar. Tentei ouvir a explicação de Moore sobre os detalhes técnicos, mas é difícil se concentrar quando se sabe que em poucos segundos entrará numa queda livre de sessenta e dois metros e oitenta centímetros.

Ele me encarou, e percebi que tinha me feito uma pergunta.

— Desculpa, pode repetir? — pedi.

— Perguntei se lá venta muito.

— Venta.

— Temperaturas baixas?

— Sim. É nas montanhas.

— Então eu não recomendaria madeira, e sim aço.

— Não. Tem que ser de madeira.

Moore me encarou com um olhar confuso. Não haveria tempo de explicar, porque tínhamos chegado ao topo. O barulho das correntes parou, e não vi mais os trilhos à nossa frente, apenas o abismo e os campos poloneses, uma paisagem que se estendia até o horizonte. Mas, se eu tivesse tempo de dar uma explicação resumida, bastaria dizer um nome: Shannon Alleyne.

O vagão praticamente parou à beira do precipício, como se tivesse sido tomado pelo medo. Então, devagar, começou a apontar o nariz para baixo. Avançou mais um pouco. Eu estava começando a sentir as cócegas da aceleração na barriga e presumi que estávamos na vertical, mas continuava sem ver os trilhos, era quase como se estivessem se virando *para dentro*. Na hora pensei que era assim que devia ser estar sentado num carro que não conseguia fazer a curva na Geitesvingen, a sensação de perder o contato com o chão, capotar para a frente por causa do motor pesado na dianteira, contemplar o abismo de Huken. Fechei os olhos. Quando Shannon Alleyne entrou na minha vida, oito anos antes, eu tinha 35 anos, era solteiro e um assassino em série que estava absolutamente pronto para começar uma família. Digo "absolutamente pronto" porque eu não tinha esse pensamento consciente até o dia em que, do nada, ela revelou que estava esperando um filho meu, e pela minha reação percebi que devia ser algo que eu queria muito. Como dizem, fiquei "nas nuvens". Hoje, porém, sei que é possível que antes eu não quisesse uma família *per se* e que só mudei de ideia porque Shannon Alleyne era a mãe.

Porque Shannon era perfeita. Miúda, pálida, dona de um rosto angelical, uma voz de barítono e uma mente tão afiada que era preciso estar totalmente atento para acompanhar o ritmo dela. Ela era de Barbados, de uma família branca e pobre, cheia de pinguços descendentes de escoceses e irlandeses que migraram séculos atrás da Europa para o Caribe. Ninguém da família tinha estudado muito além do ensino fundamental, mas, contra todas as probabilidades, Shannon estudou arquitetura no Canadá e era vista como alguém com um futuro brilhante. Era durona, sentimental e louca. Sabia muito bem que era diferente e especial, e sua ambição era inabalável. Não por ela mesma, mas por suas obras. Foi por isso que lutou como uma leoa pelo Spa Os, uma obra-prima minimalista que ela projetou, desafiando os investidores locais, que queriam algo mais barato, conformista, tradicional. Às suas ideias e às pessoas que considerava família, Shannon era leal até a morte, uma guerreira, alguém que se quer ter ao lado, nunca como inimiga. Ao mesmo tempo, era uma mulher tão quente, apaixonada e faminta na cama que o sexo mais parecia uma batalha do que aquela coisa preguiçosa e sonolenta que eu fazia com Rita Willumsen. Como costumo dizer, Shannon Alleyne era perfeita. Só tinha um problema.

Era mulher do meu irmão.

Na época em que Shannon engravidou, Carl estava mal, vinha passando por vários problemas pessoais e financeiros. O Spa Os ainda estava em construção, o orçamento estava fora de controle e ele havia feito um empréstimo secreto com Willumsen a uma taxa de juros exorbitante. Além disso, Shannon vivia reclamando que suas plantas tinham que ser seguidas "à risca e nos mínimos detalhes". Talvez toda essa pressão ajudasse a explicar por que Carl batia em Shannon de vez em quando. Eu estava desesperadamente apaixonado por ela havia mais de um ano, e ela por mim. Então, mesmo sem saber, estávamos caminhando para o inevitável momento em que acabamos na cama em Notodden. Foi lá que notei os hematomas. Será que aquele foi o momento em que finalmente consegui odiar Carl? Ou o sentimento veio depois, quando descobri que ele havia usado minha parte do reino como garantia de pagamento para Willumsen? Ou nem nessa época consegui odiá-lo? A dívida e a culpa que se arrastavam desde a nossa infância ainda eram pesadas demais?

Então, numa véspera de Ano-Novo, o Spa Os pegou fogo. Alguns disseram que provavelmente foi por causa de algum fogo de artifício aleatório. Outros sugeriram que era fraude para recebermos o dinheiro do seguro. Mas Carl me disse que havia parado de pagar o seguro contra incêndio para economizar. Então, ao pegar o empréstimo com Willumsen, ele arriscou não só a própria herança como também a minha. Eu era proprietário de uma parte bem pequena do hotel. O plano dele — que tinha sido arruinado — era comprar minha parte quando o hotel estivesse em pleno funcionamento, de modo que eu pudesse usar o dinheiro para comprar o posto de gasolina do qual era gerente.

Algo tinha que ser feito.

O empréstimo de Willumsen venceu, e seu matador de aluguel dinamarquês apareceu em Opgard num Jaguar branco. Era um dia frio de inverno, quando acrescentei outro assassinato à nossa lista ao esvaziar um balde de água na curva da Geitesvingen. Ela congelou e formou uma superfície escorregadia. O xerife Kurt Olsen fez inúmeras perguntas sobre o acidente, assim como fez quando Willumsen foi encontrado morto na própria cama. Respondi que acidentes acontecem. Suicídios também — bastava ele olhar para o próprio pai, o antigo xerife. Vi o ódio no olhar de Kurt, mas, assim como seu pai, ele não tinha como provar nada. A KRIPOS veio de Oslo, investigou o caso e concluiu que o próprio matador de aluguel contratado por Willumsen o havia matado.

Com isso, os problemas imediatos em Opgard foram resolvidos e eliminados.

Todos menos um.

Carl.

Agora não lembro se foi ideia de Shannon ou minha, mas para nós dois ficou claro que só havia uma saída se quiséssemos ficar juntos e salvar minha situação financeira: nos livrar de Carl. Não foi uma decisão fácil, mas, quando a tomamos, foi fácil elaborar um plano. Decidimos repetir o que tinha funcionado antes, então não foi um plano original. Tirei o fluido de freio do carro de Carl para ele perder o controle na Geitesvingen. Porém, naquele dia, antes de sair de carro de Opgard para uma reunião de investidores sobre a reconstrução do Spa Os, Carl confrontou Shannon e disse que sabia da gravidez. Também disse que sabia quem era o pai — um sujeito dos Estados Unidos que vinha dando em cima dela e cujo nome ele tinha visto na lista de hóspedes do hotel em Notodden na vez em que ela passou a noite lá. Shannon começou a rir, e, cego pelo ódio, Carl pegou o ferro de passar roupa e deu uma pancada na lateral da cabeça dela. Foi quando ela revelou. Não o nome do pai, mas o fato de que foi ela quem ateou fogo no hotel. Para que ele fosse reconstruído, só que dessa vez do jeito que ela queria. Então, Carl deu com o ferro nela de novo. Depois disso ela não riu mais. Também não respirou.

Em seguida, ele fez o que tinha feito ao matar o antigo xerife: me ligou e implorou que eu o ajudasse a limpar a bagunça.

Colocamos Shannon ao volante do Cadillac DeVille de Carl, ligamos a ignição e o deixamos acelerar em direção a Geitesvingen e Huken. Fiquei olhando para as luzes traseiras vermelhas até o carro desaparecer no abismo, carregando a mulher que eu amava e nosso bebê. Deixei Carl chorar apoiado no meu ombro.

Quando reabri os olhos estava de volta a Zator, Polônia, vi os suportes da estrutura da montanha-russa avançando em nossa direção, enquanto os trilhos vermelhos se retorciam e davam voltas na nossa frente, quase como se estivessem tentando escapar. Mas nos seguramos firme. De repente, estávamos de cabeça para baixo. Disseram que o percurso tinha três dessas "inversões" que provocavam uma sensação esquisita de falta de gravidade. Logo depois, passamos por outra curva fechada e senti como se tivesse estirado um músculo na lateral do corpo.

Um minuto depois de chegarmos ao topo do brinquedo, acabou. O vagão reduziu a velocidade numa curva suave à direita e parou.

— O que achou? — perguntou Moore.

Fiz que sim, aprovando. Tinha várias partes íngremes, mas nada como aquela primeira queda. Nada se comparava à primeira queda.

4

Faltavam cinco minutos para o pontapé inicial. Estacionamos o BMW de Carl atrás do antigo quartel de guerra construído pelos alemães que, desde o fim do conflito, era usado como vestiário do Os F. C. Papai sempre dizia que o sistema rodoviário e a infraestrutura da Noruega não seriam o que são hoje sem os cinco longos anos de ocupação nazista. E que a expectativa de vida média na Noruega aumentou, não diminuiu, enquanto os ingleses, os norte-americanos e os russos faziam guerra por nós. Quando tomava umas cervejas a mais, ele sempre dizia a mesma coisa, em geral com a voz trêmula de raiva:

— Sabiam que mais russos morreram combatendo os nazistas em solo norueguês do que noruegueses? Em solo *norueguês*! O nosso povo é o mais covarde de toda a Europa. Só um ou outro gato-pingado pegou em armas para defender o próprio país, enquanto dois milhões de norte-americanos atravessaram a poça e arriscaram a vida para salvar o nosso rabo! Qual é, né?!

Então tirávamos o rifle Remington do suporte acima da porta dos fundos, descíamos os degraus e praticávamos tiro ao alvo, mirando para onde quer que papai apontasse.

— Esse lugar aqui é o nosso reino! — berrava. — Se alguém aparecer tentando tomá-lo, vamos defendê-lo até as últimas consequências. Entenderam?

Carl e eu concordávamos e começávamos a atirar em nazistas e comunistas imaginários escondidos na mata.

Saímos do carro estacionado atrás do quartel de guerra alemão e passamos pelos outros carros estacionados.

— Eu te falei, ela está aqui — disse Carl quando passamos pelo Saab Sonett 1958 de Rita Willumsen, um esportivo de dois lugares, único automóvel conversível da cidade. É preciso ter certa classe para dirigir um Saab Sonett sem capota num lugar como Os sem parecer um imbecil, e classe era o que não faltava a Rita Willumsen.

Chegamos a tempo de ver as equipes entrarem em campo. O Os F. C. estava de camisa vermelha com os logos dos patrocinadores, o maior deles no meio do peito: Spa Os. Os jogadores correram para o gramado ao som de gritos e aplausos. Passei os olhos rapidamente pela torcida e calculei que havia de trezentas a quatrocentas pessoas — nada mau. A maioria dos torcedores ficava ao longo da lateral oeste do campo, onde o quartel os protegia do vento, de ambos os lados de uma arquibancada de madeira de sete metros de largura por dois e meio de altura que funcionava como área VIP não oficial para os patrocinadores. O gerente do Os Sparebank se sentou ao lado do prefeito, Voss Gilbert. Claro que o ex-prefeito, Aas, também estava presente, com a filha, Mari, e o genro, Dan Krane. Krane era editor do jornal local, o *Tribuna de Os*, então imaginei que ele estava lá para cobrir nosso possível acesso à terceira divisão. Acenei para o gerente do mercado enquanto subíamos a arquibancada e nos acomodávamos ao lado de Rita Willumsen. A maioria das pessoas estava com roupas para atividades ao ar livre e parca, mas Rita usava uma elegante capa bordô. Some-se a isso as botas de salto alto e a postura ereta, que faziam com que parecesse uma rainha. Tinha acesso à área VIP tanto como patrocinadora do clube, através da Willumsen S. A., quanto como por fazer parte da diretoria do Spa Os, mas algo me dizia que de uma forma ou de outra Rita Willumsen teria acabado ali.

— Não é sempre que vemos você num jogo — comentou ela.

Dei de ombros e cantei:

— *Ô-ô-ô, vamos ganhar, Os! Vamos ganhar, Os! Vamos ganhar, Os!*

— Muito bom — comentou ela. — Mas faz anos que não cantamos essa.

— Eu sei. Só cantei essa para mostrar que sou da antiga guarda.

— *Velha* guarda.

Esbocei um sorriso. Parecia ter passado uma eternidade desde o verão em que Rita Willumsen e eu nos encontrávamos em segredo em seu chalé. Era quase como se nunca tivesse acontecido. Mas tudo o que ela havia me ensinado sobre retórica, boas maneiras, história da arte, amor e literatura era prova de que tinha acontecido, sim. Ela dizia que nosso relacionamento era como um longo Sant Jordi, festival catalão no qual, segundo ela, as mulheres davam livros aos seus amados, que retribuíam com rosas. Nunca vou me esquecer do verão dos sonetos de Petrarca e do Sonett de Rita.

— Obrigado — falei, baixo.

— Não agradeça antes da hora — respondeu ela, também baixinho. — Já começou.

Ergui a cabeça, e, sim, o jogo havia começado.

— Contra quem estamos jogando? — sussurrei.

— Às vezes me pergunto a mesma coisa.

— Kurt não te conta?

Indiquei com um aceno de cabeça o outro lado do campo, onde estava o xerife Kurt Olsen, com sua cabeleira loira, em pé diante do banco de reservas onde os atletas estavam sentados, o cigarro pendendo do canto da boca, os braços cruzados. Poucos acreditaram nos rumores de que Rita estava saindo com um garoto de 17 anos na época, mas talvez a predileção dela por rapazes tivesse ficado mais óbvia anos depois que ela enviuvou, quando se envolveu com Kurt Olsen, que era um ano mais novo que eu na escola.

— O Kurt tem o dever de confidencialidade — disse ela. — E acho que ele joga um jogo diferente do seu e do meu.

— E que jogo nós jogamos?

— É o que tenho me perguntado, Roy. Você não me disse o que quer fazer com o terreno de camping.

— Ué, vou administrar para quem quiser alugar chalés ou usar o terreno para fazer camping.

— Por favor, não me subestime.

— Foi por isso que você ainda não aceitou a minha oferta? Você quer mais informações, para poder aumentar o preço com base no que acha que ele vale para *mim*?

— Isso, é por aí.

— E se eu só quiser ser dono dele?

— Não vem com essa. O terreno em si não vale nada, você precisa que ele dê lucro.

— Somos fazendeiros. Ser dono de terras é tudo para nós. Está no nosso sangue, como uma doença.

Rita sorriu.

— Você quer ser dono de mais terrenos de Os do que o seu irmão? É isso?

Dei de ombros.

— Rivalidade entre irmãos é uma motivação tão válida quanto qualquer outra.

— Arrá! — sussurrou ela.

— "Arrá"?

— Você está tentando fazer pouco-caso porque eu acertei em cheio. Bem, agora eu sei por que quer o terreno. E como sei que ele vale mais para você do que a quantia que está oferecendo, que tal aumentarmos o preço em dez por cento?

— Cinco milhões e meio? Esse é o seu preço?

— E se for?

A torcida gritou. Aparentemente, já tínhamos marcado um gol.

— Tudo bem — falei e estendi a mão. — Então temos um acordo.

Ela olhou para a minha mão, mas não apertou.

— Sem barganha?

— Os Opgard não barganham.

— É, o Willum me disse. Bem, talvez devessem, porque agora acho que posso subir ainda mais o preço.

— Achei que tínhamos acabado de fechar um acordo.

— Não, eu estava falando de um aumento *hipotético* de dez por cento.

— Caramba, Rita, agora você está começando a parecer o Willum.

Ela deu uma risadinha.

— Todos nós temos nossos professores, Roy. Você teve a mim, eu tive o meu marido. Aliás, agradeceria se nem você nem o seu irmão mencionassem o nome do Willum.

O sorriso de Rita se manteve intacto, mas os olhos dela escureceram. Oito anos antes, o suicídio do marido dela suscitou uma série de dúvidas, mas para ela não era um grande mistério. Logo depois que Willum foi encontrado na cama com uma pistola ao seu lado no travesseiro, surgiu uma carta na qual ele abria mão da dívida de Carl, no valor de trinta milhões de coroas, e lhe emprestava outros trinta milhões. Sem esse dinheiro, o Spa Os nunca teria sido construído. Com ele, Rita nunca teria que vender o terreno de camping. Assim, talvez não tenha sido estranho quando Carl ofereceu suas condolências no velório e ela sussurrou "Assassino" no ouvido dele.

Mas, considerando que Rita sentia mais falta dos milhões do que do marido — aquele canalha gordo, velho e ciumento que vendia carros usados — e que o dinheiro nunca gera tanto ódio quanto o amor verdadeiro, parecia que ela havia conseguido deixar a maior parte do ressentimento no passado. Por outro lado, de bobo eu não tenho nada: sabia que, se Rita percebesse que podia ferrar com qualquer Opgard, ela ferraria. Como estava fazendo comigo agora.

— Dez por cento a mais — falei. — Amanhã é segunda, e a minha oferta vale até as quatro da tarde. Depois disso, volta ao preço original.

— O preço é uma coisa. Como você vai pagar é outra. Duvido muito que tenha essa quantia em dinheiro, e você nunca vai conseguir vender um posto de gasolina que logo, logo não vai estar mais numa rodovia nacional.

— Você sabe que o posto não é a minha única propriedade, certo?

— Ah, sim, imagino que você possa me pagar em ações do Spa Os, mas não vai querer.

— Por que não?

— Porque sabe que, se eu conseguir mais de seis por cento, vou passar a ter onze no total, e, quando o grupo Alpin entrar, as ações deles somadas às minhas formarão maioria. Com isso, de uma hora para outra os dias de Carl Opgard como dono do hotel chegariam ao fim e ele seria substituído por algum capacho qualquer dos franceses. Então, Roy, como você vai arrumar esse dinheiro?

Não consegui conter o sorriso.

— Acho que vou ter que pedir emprestado — respondi, indicando com a cabeça a parte superior da arquibancada.

Rita me encarou. Me olhou de cima a baixo, exatamente como naquele dia quente de verão, uma eternidade atrás, quando entrou na minha oficina de salto alto, e eu, um moleque de 17 anos, estava lá, em pé, sem camisa e todo sujo de óleo. Eu tinha acabado de dar a partida no Saab quando ela ergueu uma sobrancelha tingida e se perguntou se havia mais alguma coisa que eu pudesse colocar para funcionar nela. Isso foi lá atrás. Agora o olhar estava mais para uma análise de crédito.

— Boa sorte com isso — disse Rita, e se virou para assistir ao jogo.

Subi algumas fileiras na arquibancada. Mesmo vestido com uma parca, o gerente do banco, Asle Vendelbo, parecia um gerente de banco. Não estou dizendo que todo gerente de banco é igual, mas Asle Vendelbo tinha toda a pinta de um. Simpático, sorridente, falava com uma voz doce e sedosa. O pai dele gerenciava a funerária da cidade e ele herdou um pouco do jeito discreto do velho. Fiquei ao lado dele.

— Oi, Roy. E aí? Vamos ganhar hoje?

— Depende.

— Do quê?

— Do nosso ataque.

Vendelbo me olhou de canto de olho.

— Estou pensando em pedir um empréstimo de cem milhões — falei.

Vendelbo manteve os olhos no campo, se apoiou nos calcanhares, cruzou as mãos nas costas e fez beicinho. É curioso como podemos herdar até tiques e hábitos, porque nessa hora eu vi o Vendelbo pai no fundo da igreja durante o velório dos meus pais.

— Queria saber assobiar alto — disse Vendelbo. — Mas não consigo.

— O que acha?

— Tudo vai depender do motivo.

— Quer dizer, de modo geral.

— De modo geral? — Ele analisou o meu rosto. Não viu muita coisa. — De modo geral, eu diria que é uma quantia muito alta para um banco pequeno como o nosso. Então, tudo depende do que você vai oferecer como garantia.

— E se eu puder oferecer garantia suficiente?

— Então vamos ter que fazer uma análise de risco em função dela. De qualquer forma, um empréstimo desse tamanho teria que passar pela sede.

— Imaginei.

— Agora fiquei curioso, Roy. Que projeto é esse?

— Você vai descobrir quando chegar a hora. Só queria avisar que talvez eu peça a você que convoque uma reunião em breve. Mas por enquanto conto com a sua discrição e espero que não fale com ninguém sobre o que conversamos.

Vendelbo fez que sim e disse algo que foi abafado pelo rugido furioso da torcida. Olhei para o campo. Um dos nossos astros estava caído no chão, mas o árbitro não tinha marcado nada. Me despedi de Vendelbo e continuei subindo a arquibancada. Passei pela família Aas. O velho Jo Aas sorriu. Mari também. A maioria dos moradores da cidade — jovens e velhos — vinha ganhando peso com o passar dos anos, mas Mari estava cada vez mais magra. Eu já não conseguia mais decidir se ela ainda era bonita ou se só tinha essa impressão porque a tinha visto quando ela era a princesa da cidade e instintivamente via beleza naquele rosto ossudo. Depois de terminar com Carl, Mari foi para Oslo estudar ciências políticas. Lá, conheceu Dan Krane e o trouxe para Os. Dan Krane era magro, como Mari, com um pomo de adão proeminente e veias visíveis nas têmporas raspadas, que deixavam transparecer o que se passava por trás dos seus olhos azuis gelados. Tal como a família Aas, ele era atuante na política, e tenho para mim que quando chegou a Os tinha planos de um dia assumir o comando da prefeitura e via o trabalho de editor do *Tribuna de Os*, o jornal do Partido Trabalhista, como um trampolim para o cargo público. Por muito tempo as coisas aconteceram conforme o planejado. Eles moravam numa cidadezinha onde não havia um Carl nem outros ecos do passado e ali criaram dois filhos. Se Dan não era exatamente popular, pelo menos era respeitado. Ele se esforçou para se encaixar — obteve licença de caça e andava pela cidade de galochas com o cano dobrado. Porém, por mais amigáveis que pessoas como Mari e Dan tentem parecer, usando camisa de flanela e adotando o sotaque local, nunca conseguem esconder o fato de que se sentem superiores aos outros em um lugar como Os.

Foi quando aconteceu algo inesperado: Carl voltou dos Estados Unidos. Ele trouxe uma esposa e, em tese, não representava uma ameaça ao casal. Mas ele brilhou como um pote de ouro e falou como um grande orador quando subiu ao palco em Årtun para apresentar o plano de construção do Spa Os, que, segundo ele, queria que fosse uma propriedade de todos os moradores da cidade. Disse que o hotel seria a resposta de Os ao túnel de Todde. Na época, ninguém imaginava que Mari era uma vagabunda. Muito pelo contrário: como filha do prefeito, ela era considerada uma puritana. Por outro lado, sempre achei que mulheres como Mari sentem uma atração compulsiva por qualquer macho alfa. Na verdade, nem sei se elas tentam resistir, talvez achem que a atração é lógica, inevitável, faz parte do poder. E como Carl definitivamente era um macho alfa, o salvador que havia retornado para seu rebanho, foi questão de tempo para os dois retomarem o namoro sem que ninguém soubesse. Salvo, óbvio, por Grete Smitt, um tubarão capaz de sentir cheiro de sangue a quilômetros de distância.

Mas a humilhação de Dan não parou por aí. Quando Mari deu à luz sua terceira filha, uma garotinha que agora tinha 6 anos, a semelhança com Carl era tão evidente que, segundo Grete, até Jo Aas perguntou à filha o que estava acontecendo. Dan certamente percebeu também, mas ou fingiu que não sabia, ou deixou passar por consideração às crianças. Por incrível que pareça, o casamento sobreviveu, mas Dan era um homem arrasado.

Jamais gostei de Dan Krane — embora isso não signifique muita coisa, porque não gosto de quase ninguém —, mas, com uma filha que parecia uma cópia de Carl, comecei a sentir pena dele. Foi-se o tempo dos passos firmes, das costas eretas e dos editoriais inspirados no jornal, tudo substituído por uma cabeça sempre abaixada sobre uma caneca de cerveja matinal no Fritt Fall e editoriais fracos que não provocavam raiva nem entusiasmo, apenas indiferença.

Tentei fazer contato visual para pelo menos cumprimentá-lo, mas Krane estava na parte superior e não olhava para mim. Acompanhava a partida sem piscar, como se realmente se importasse com o que estava acontecendo no campo.

Fui para perto de Carl. Olhei na direção de Kurt, que estava do outro lado do campo. Daquela distância dava a impressão de que ele estava me encarando também, observando os irmãos Opgard. Muitas pessoas se perguntavam por que ele havia colocado o banco de reservas do outro lado do campo. Isso obrigava os reservas e a comissão técnica a atravessar o gramado pelo menos quatro vezes a cada jogo, sem contar que eles tinham que ficar sentados com o vento oeste soprando no rosto por noventa minutos. Alguns disseram que Kurt tomou essa medida para não ter que escutar todo o chorume que vinha da torcida, protegida pelo quartel de guerra. Outros disseram que o ouviram dizer que tinha feito isso para ficar longe dos donos do time e dos patrocinadores na área VIP — do outro lado, ele não corria o risco de alguém tentar interferir em suas decisões táticas e substituições. Mas tenho para mim que havia outro motivo: Kurt Olsen não queria ficar de costas para mim e Carl. Queria poder olhar nos nossos olhos. Ver o que estava por vir. Mostrar o que estava por vir.

Uma rajada de vento gelado e inesperado balançou as flâmulas do Spa instaladas dos dois lados da arquibancada.

— Tem muito ódio aqui — comentei.

— Normal para um clássico — disse Carl com um aceno de cabeça. — Eles já deviam ter recebido pelo menos dois cartões amarelos.

Suspirei. Olhei para o relógio. Trinta minutos para o fim. E ainda era só o primeiro tempo.

5

O ACESSO PARA A terceira divisão foi comemorado no Fritt Fall naquela mesma noite.

Estava todo mundo lá.

Eu preferia ter passado a noite sozinho com os projetos da montanha-russa e o vídeo de noventa segundos que gravei no celular enquanto percorria os trilhos na Polônia. Tinha lido sobre a física por trás do funcionamento do brinquedo: velocidade, peso, atrito, resistência do ar, temperatura etc. Diferentes forças atuam em diferentes direções, mantendo umas às outras sob controle, e é preciso manter uma visão geral, do contrário corre-se o risco de tudo ir para o inferno. Felizmente, é tudo bastante previsível — a física cumpre mais as leis do que nós, humanos, c cu adorava estudar aqueles projetos. A geometria rígida e quadrada da estrutura de suporte em contraste com a curva elegante dos trilhos que se elevavam contra o horizonte, como uma réplica das montanhas ao fundo. Essa montanha-russa não seria um daqueles monstros com estrutura de aço que tinham começado a construir na Ásia e nos Estados Unidos, com cento e quarenta metros de altura e uma queda repentina e intensa na qual o vagão chegava a duzentos e quarenta quilômetros por hora. Embora a montanha-russa que seria construída com base nos planos fosse a mais alta do mundo feita de madeira, meu foco era na estética, uma fusão entre arte e física. Uma experiência completa, desde o momento em que se vê a queda vertiginosa até chegar ao ápice, depois encarar a descida à mercê de forças sobre as quais não se tem qualquer controle. Eu queria que fosse um concerto no qual só fosse preciso aguçar os sentidos e se deixar levar.

Gente como eu não consegue se deixar levar com facilidade, mas a vida me ensinou algumas lições sobre isso também. Moore estava cético em relação à possibilidade de construir uma pista com base em planos que sua empresa não havia projetado, mas tinha prometido pensar no assunto.

Foi Carl quem apontou que eu era meio que obrigado a comparecer à festa.

— Você é patrocinador, as pessoas vão se perguntar por que não foi.

Então fiquei no bar, parado, vendo clientes e jogadores pulando feito loucos na pista de dança, berrando "We Are the Champions" junto com Freddie Mercury.

— Não é demais? — gritou Julie, enquanto tirava cerveja da torneira para alguém.

— Com certeza — falei. — Provavelmente vamos ganhar mais essa noite do que num mês inteiro.

— Bobo! — Ela riu e me deu um soquinho no ombro. — Subimos de divisão, Roy! Fica feliz.

Dei de ombros.

— Já sou feliz o suficiente, Julie. Desculpa por não conseguir ficar histérico só porque a gente subiu de uma divisão de merda para outra. Estou mais animado com isso aí.

Apontei para o barrigão dela.

— Eu também — falou. — Dizem que na segunda vez é mais fácil.

Acenei com a cabeça que sim. Tudo é mais fácil na segunda vez. Olhei para Julie. Tinha 25 anos. Foi-se o tempo em que ela era aquela menina inocente e ao mesmo tempo atrevida e provocadora que começou a trabalhar no meu posto de gasolina aos 17. Ela havia ganhado alguns quilinhos e adquirido aquela autoconfiança tranquila que certas mulheres só passam a ter quando se tornam mães.

— No que está pensando? — perguntou e se afastou, dando espaço para Erik Nerell, que estava atrás dela com uma bandeja de canecas vazias.

— Em quando você tinha 17 anos e precisava me chamar toda vez que alguém queria comprar fumo de mascar — respondi. — Como você mudou.

Ela sorriu. Ninguém sorria como Julie.

— Aliás — disse ela —, tem visto a Natalie Moe?

— Não. Acabei de saber que ela arranjou um emprego no hotel.

— Ela *assumiu um cargo*. É o jeito certo de falar quando a pessoa vira gerente de marketing. E, por falar em emprego, a gente estava pensando em chamar você para ser o padrinho.

Tive um ataque de tosse e quase engasguei com a cerveja.

— De novo? — perguntei. — Você ainda não percebeu que não levo o menor jeito para essas coisas?

— Claro que sim — disse uma voz. — Mas a gente acha melhor a criança ter um padrinho pagão. Não queremos correr o risco de ter filhos que virem cristãos.

Alex apareceu bêbado e abraçou Julie pelas costas. Ainda tinha aquele cabelo cheio e tão curto que parecia pintado na cabeça, com risca e gel. Parecia um jogador italiano, mas a semelhança parava por aí. Num artigo da pré-temporada publicado no *Tribuna de Os*, o jornal pediu a todos os jogadores que se definissem em uma única frase, e Alex respondeu: "Tecnicamente não é bom, *mas não desiste nunca*."

— Vai para o seu lado do bar! — exclamou Julie, se afastando.

— Ei, eu sou jogador! — reclamou Alex, com um sorriso.

— E daí?

— E daí que hoje é dia de farra!

Alex se inclinou para perto dela e fez beicinho.

— Toma essa farra aqui — disse ela e bateu com um pano encharcado de cerveja na cara dele. — Cai fora!

Alex suspirou e me encarou esperando apoio, mas balancei a cabeça. Foi para o outro lado do bar.

— Te vi na arquibancada — falou.

— Ah, é? — falei. — Você foi bem hoje.

— Eu estava no banco.

— Foi o que eu quis dizer.

Ele riu.

— Babaca.

— Uma vez babaca, sempre babaca — acrescentou Kurt Olsen, de pé ao meu lado. — Uma cerveja, Julie.

Se é verdade que as pessoas mudam, Kurt Olsen era uma exceção. Continuava sendo o mesmo sujeito magro, de bochechas fundas, com o bigode de caipira ferrado e a cabeleira loira à la Boris Johnson herdada do pai. Tinha a pele sempre bronzeada, fruto do passe livre para o solário de Grete e de viagens de férias às ilhas Canárias durante o inverno. Dizem que a forma como um homem se veste na primeira vez que fica com uma garota é a forma como ele continua se vestindo pelo resto da vida. Se é verdade, então Kurt deve ter ficado com uma mulher pela primeira vez nos anos noventa. Foi quando todos os hipsters da cidade estavam ouvindo country alternativo, como Wilco e The Jayhawks, e o pessoal do interior estava ouvindo Garth Brooks. Pelo estilo de Kurt Olsen, ele se encaixava nos dois times, com uma calça jeans apertada que ressaltava seu andar de pernas arqueadas e as botas de couro de cobra herdadas do pai, o antigo xerife. As pessoas diziam que, na época em que era jogador, Kurt era o craque do Os F. C. Ele não só era bom na parte técnica como também tinha um motorzinho para correr os noventa minutos, nunca desistia. Diziam que ele devia ter jogado nas grandes ligas, mas que nunca aceitou as ofertas que dizem ter recebido, provavelmente imaginando que era melhor ser o astro de Os do que passar a vida sentado no banco de reservas nas primeiras divisões. De qualquer modo, sofreu uma lesão grave no joelho aos 28 anos e sua carreira terminou ali.

— Parabéns pelo acesso — falei. — Você vai ser campeão da terceira divisão também?

— A maioria das pessoas em Os diz "nós" quando se refere ao time, Roy. Não "você". — Ele observou Julie tirar outra caneca de cerveja. — E não, a terceira divisão é dureza. Vamos precisar que o seu irmão tire o escorpião do bolso.

— Para quê?

— Precisamos de um zagueiro rápido.

— O Alex é zagueiro. É daqui e está de graça.

— Eu falei um zagueiro *rápido* — retrucou Kurt sem olhar para Alex. — No futebol, o sucesso nunca é de graça, Roy. Existem várias pesquisas que chegam à mesma conclusão: o time que ganha é o que tem a maior folha de pagamento. Essa é a verdade nua e crua.

— Então não é o time com o melhor técnico?

Kurt Olsen pegou a caneca de cerveja de Julie e tomou um gole. A música mudou do Queen para o riff de guitarra do White Stripes. Todos gritaram em coro, *a-a-a-a-a*. Kurt secou a espuma do bigode e colocou a caneca no balcão.

— Eu sei que você não tem a mínima ideia de como funciona, Roy, então vê se entende uma coisa: nem o Mourinho consegue transformar um atleta sem talento num bom jogador.

Ergui minha caneca de cerveja.

— Sendo assim, me parece que a coisa lógica a fazer é demitir o técnico que é pago e usar o dinheiro para pagar um salário para o Alex, por exemplo. Quer dizer, é uma forma de aumentar a folha de pagamento.

Tomei um gole e ouvi Alex rir. E Kurt mandando-o sumir. Quando coloquei a caneca de volta no balcão, Kurt me encarou.

— Existe certa semelhança entre um técnico de futebol e um xerife — disse. — Sabe qual é, Roy?

— É agora que eu devo dizer "não, me diga"?

Seus olhos se estreitaram.

— O trabalho preventivo. Eu evito que problemas e situações difíceis surjam. Dou a camisa 10 para o melhor jogador; mas a braçadeira de capitão vai para o jogador com maior chance de cumprir as minhas ordens táticas. Digo ao Stanley Spind que, como médico do time, ele pode usar o nosso equipamento de treino, mas não tomar banho com os atletas. Para agir...

— ... preventivamente?

Kurt girou a caneca de cerveja na mão.

— Vi você conversando com a Rita durante a partida.

— Ah, *viu*? Então também achou a partida um saco?

Kurt colocou a mão no meu ombro e apertou.

— Eu sei que vocês tiveram um caso quando você era moleque. Não significou nada para ela, e ela me disse como você era ruim de cama, Roy. Não era só falta de experiência, você não tinha talento nenhum.

— Então, mesmo que ela fosse o Mourinho, não teria conseguido me melhorar?

— Roy... — Ele apertou mais forte e enfiou o polegar por baixo da minha clavícula. — Talvez eu não esteja cem por cento sóbrio agora, e é por isso que finalmente vou te dizer com todas as letras: se você chegar perto da Rita de novo eu vou te foder de vez.

— Quando quiser. Eu até arregaço a bunda para você.

A risada de Kurt lançou uma borrifada de saliva e bafo de cerveja no meu rosto.

— Está querendo fazer com que eu meta a porrada em você aqui, Roy? Sério? Acha que vou te dar a chance de usar sua famosa direita? Ah, sim, eu lembro que você já foi bom de briga, mas já faz um tempão que não somos mais dois adolescentes no baile da cidade, Roy. Eu acabaria com você agora. Não acredita? Tenta me bater primeiro. — Ele apontou para o queixo. — Bate num xerife, para eu poder te jogar onde você merece, que é atrás das grades.

Kurt sugou as bochechas como se estivesse prestes a cuspir, mas, em vez disso, puxou minha cabeça para perto e sussurrou no meu ouvido:

— Na cadeia, Roy. Prisão perpétua. Infelizmente para você, o país aboliu a prescrição penal. Isso significa que vou ficar atrás de vocês dois até o dia em que morrerem.

Ele me soltou e riu.

— Rita disse que você está querendo o terreno de camping. Se tiver mais alguma coisa para falar sobre essa oferta, você vai ter que falar comigo. Entendeu? E comigo é só dinheiro *adiantado*. Não confio em você, porra.

Ele pegou sua cerveja e foi embora, cambaleando tanto com aquelas pernas arqueadas que não dava para saber se estava bêbado.

— O que foi tudo isso? — perguntou Julie, que obviamente viu tudo o que aconteceu, mas não ouviu o que foi dito.

— White Stripes — respondi. — Grande riff, não acha?

6

Eram seis da manhã quando cheguei ao posto de gasolina.

Às vezes eu precisava me lembrar de que ele era meu. Passei tantos anos ali como gerente para a empresa petrolífera que era difícil afastar a sensação de que era apenas o cara que trabalhava lá.

— Bom dia, chefe — disse Egil de trás do balcão.

Ele trabalhava ali havia dez anos, e eu não conseguia me lembrar de uma única vez em que ele não tivesse me cumprimentado com essas mesmas palavras. Não importava que eu só aparecesse para trabalhar de vez em quando e delegasse a ele grande parte da responsabilidade da gestão do lugar. Era um posto que ficava aberto à noite, e às vezes a noite de domingo/manhã de segunda era movimentada, porque era quando os donos dos chalés voltavam para a cidade. Quando cheguei, vi que Egil tinha lavado e organizado a área ao redor das bombas, mas um pouco mais longe dali ainda havia embalagens de cachorro-quente e guimbas de cigarro espalhadas no chão, na área onde a nova geração de moleques que batem racha costuma ficar. Sem problema, quem trabalha sozinho no turno da noite só pode sair da loja se for imprescindível.

— Eu dou um jeito nisso na hora de sair — disse Egil, como se estivesse lendo meus pensamentos.

Nem sempre ele foi um sujeito confiável; vez ou outra escapava do trabalho e furtava coisas de pouco valor. Mas algo mudou quando, em vez de demiti-lo — que era o que ele esperava que acontecesse —, eu lhe dei uma segunda chance. As coisas funcionaram bem por um tempo. Tanto tempo que, quando ele cedeu à tentação de novo, recebeu outra chance. Com o tempo, atribuí mais responsabilidades, e ele foi amadurecendo. Quando passei a dar um bônus com base nos resultados anuais, ele tomou jeito de vez. O bônus não era grande coisa, mas foi o bastante para ele finalmente me olhar nos olhos e abandonar aquela mentalidade de camponês oprimido. E, quando contratávamos pessoas jovens, Egil pendurava de volta o cartaz que eu tinha colocado na parede do banheiro dos funcionários:

FAÇA O QUE PRECISA SER FEITO. TUDO DEPENDE DE VOCÊ. FAÇA AGORA. E explicava a eles que o cartaz não estava ensinando ninguém a cagar.

— Que beleza! Subimos para a terceirona, hein! — disse Egil, mexendo no caixa. Logo depois ouvi o barulho da impressora no escritório começando a cuspir o relatório de vendas do último dia. — Foi à festa no Fritt Fall?

— Dei uma passada lá.

— Soube se a gente vai comprar aquele atacante de Notodden?

— Ã-ã — respondi e notei que os pãezinhos tinham descongelado e crescido durante a noite e agora estavam prontos para servir. — Acho que a coisa mais interessante que ouvi foi White Stripes.

— "Seven Nation Army"?

Lembrei que Egil era viciado em futebol. Torcedor do Manchester City, salvo engano.

— Fico surpreso em saber que o pessoal do futebol tenha bom gosto — comentei. — Na verdade, é uma ótima música. Por acaso é a música que a sua torcida canta?

— Não, não, a nossa é "Hey Jude".

— Beatles? Os torcedores do Manchester não deveriam odiar qualquer coisa que venha de Liverpool?

— Pois é. Mas o truque é esse mesmo, sabe? Você pega a melhor coisa que o inimigo tem e usa *contra* ele.

— Hã?

— A própria "Seven Nation Army", por exemplo. Essa foi a música que a torcida do Club Brugge cantou quando o time deles ganhou do Milan na Itália. Mas, quando eles jogaram em casa contra o Roma, anos depois, os torcedores italianos aprenderam a lição e cantaram "Seven Nation Army" *contra* os torcedores do Brugge. E ganharam a partida.

Fiz que sim. Roubar a arma do inimigo. Vi algum valor nessa ideia, só não sabia exatamente qual. Talvez fosse útil.

Egil pegou seu casaco no refeitório, disse que Daniel entraria às duas e foi embora. Claro que eu deixava Egil escolher a música que quisesse para tocar na loja, mas assim que ele saiu pela porta mudei para *Stay Around*, de J. J. Cale. O álbum foi lançado seis anos depois da morte do guitarrista, e, sim, há boas razões para manter um pé atrás com um álbum que nasce quando alguém revira as gravações inéditas de um artista morto. Até que ponto elas são *realmente* boas? Não é fácil ser crítico na hora de analisar os próprios heróis e heroínas mortos. Pensei de forma objetiva quando encontrei os esboços da montanha-russa ou os amei porque *a* amava? Imaginei que Shannon devia tê-los elaborado na cozinha de Opgard, esperando o início da construção do Spa Os. Olhou para as montanhas, para seus contornos. A julgar pelos esboços com o lago Budal e o Ottertind ao fundo, também ficou claro que ela havia pensado no terreno de camping como espaço ideal para a construção. Carl pareceu surpreso quando falei pela primeira vez da ideia de uma montanha-russa, então claramente Shannon não tinha mostrado os esboços a ele. E por que mostraria? A simples ideia de algo dessa dimensão aqui, no alto das montanhas norueguesas, era nada mais, nada menos que loucura. Eu tinha pesado os prós e os contras de contar a Carl sobre os esboços e explicar que eram de Shannon, mas tive medo de que ele me conhecesse bem demais e descobrisse por que eu — sempre pragmático e cauteloso — de repente *precisava* levar a cabo aquela ideia de Shannon. Temi que ele percebesse que a coisa ia além da simples sinergia entre o Spa Os e uma montanha-russa de madeira. E imaginei que ele não iria querer seguir com o projeto se descobrisse que era uma visão de Shannon. Após a morte dela, Carl nem sequer deu uma olhada na papelada dela, apenas pediu que eu jogasse tudo fora num tom frio e decidido: "Todos os rastros daquela piranha precisam sumir daqui."

Mas o que eu estava dizendo a mim mesmo era verdade? Eu queria construir a montanha-russa para homenagear a mulher que amava, um monumento em sua memória que eu pudesse visitar, já que Shannon estava enterrada em Barbados, sua terra natal? Ou havia algo mais dentro de mim, algo não tão altruísta? Os reis construíam igrejas não para mostrar que Deus era grande, mas para mostrar que eles próprios eram grandes. Papai era fascinado pela era viking — dizia que naquela época os homens eram homens de verdade etc. E eu me recordo bem da história que ele nos contou sobre dois irmãos, Øystein e Sigurdo, que dividiam o poder real no país. Øystein era o mais inteligente dos dois, um sujeito charmoso e extrovertido que ergueu vários monumentos em sua própria homenagem, incluindo aquele chalé majestoso na cordilheira de Dovre. Sigurdo, que era o mais sério e introvertido dos dois, construiu apenas um monumento: a catedral de Oslo. Parece que os dois tinham uma relação complicada, mas a maioria das pessoas considerava Øystein o verdadeiro rei na época. Só que, quando ele morreu, tiveram que aceitar Sigurdo como único rei, e é Sigurdo que ainda é lembrado na história, conhecido como Sigurdo, o Cruzado.

Olhei para meu relógio. Rita Willumsen ainda tinha dez horas.

Um começo tranquilo. Moradores da região que abasteciam, pagavam e iam embora sem a expectativa de ficar de conversa fiada. O motorista da Nor Tekstil, que coletava a roupa suja do Spa Os todos os dias úteis, parou para tomar um café e trocar duas palavras antes de seguir caminho para a lavanderia em Skien. Dagur, o islandês que dirige um dos dois táxis em Os, parou para abastecer seu Mercedes vermelho e revelou que estava pensando em trocar para um carro híbrido, assim como Lillabeth e seu marido, os donos do outro táxi da cidade, tinham feito: um Toyota branco que, segundo eles, havia reduzido os custos operacionais em vinte por cento. Fiz que sim e disse que tinha planos de instalar mais dois pontos de recarga rápida no posto.

Eram quase onze da manhã, e tinha sido um bom dia, até que vi Grete Smitt parada do outro lado da estrada de camiseta e Crocs. Infelizmente, ela olhou para os dois lados antes de atravessar a pista. As portas de vidro elétricas emitiram um ruído rouco e ofegante ao se abrirem para ela e me fizeram pensar no Darth Vader.

Quando éramos novos, Grete era pálida, meio acinzentada, e tinha um cabelo escorrido e sem graça. Cresceu e passou a usar um permanente que parecia uma peruca bizarra. Tinha um nariz tão fino que parecia que alguém havia cravado um machado na cabeça dela e a lâmina havia saído no meio da cara — uma visão capaz de assustar o próprio capeta. Porra, eu sei que beleza não é um direito humano, mas Deus esculhambou com Grete. Se fosse qualquer outra pessoa, talvez alguém dissesse que foi intervenção divina o fato de Grete ter, digamos, *florescido* depois de arranjar um homem. Mas Grete Smitt não era qualquer pessoa, ela era uma criatura desagradável, a quem Deus não devia porra nenhuma, e eu também não. Enfim, ela era meu Darth Vader e sabia disso. Com tudo o que sabia sobre mim e Carl, ela era a porcaria de uma bomba-relógio esperando o momento certo para explodir nós dois. Uma bomba-relógio só esperando o momento em que *valeria a pena* ser detonada.

— E então? O que vai fazer com o terreno de camping, Roy?

Ela parou na minha frente e nem sequer fez questão de fingir que queria comprar alguma coisa.

— Cortou o cabelo da Rita Willumsen hoje? — perguntei.

— Não, o Kurt foi ao salão. Perguntou se eu sabia de alguma coisa.

— Então hoje em dia até a polícia faz o trabalho de investigação no seu salão de fofocas?

— Acho que você devia ficar aliviado por não ter sido uma investigação policial, Roy.

Nós nos encaramos por um tempo, até que desviei o olhar.

— Vai um pãozinho, Grete?

— Não.

— Está de dieta?

— Qual é, Roy.

Tossi.

— Mesmo que eu não pretenda manter o terreno para camping, por que eu deveria te contar o que vou fazer com ele?

— Porque eu acabei de te contar que o Kurt está investigando, então *quid pro quo*, certo?

Era tão raro ouvir alguém falando latim naquela cidadezinha que precisei pedir que ela repetisse. Vai ver, ela aprendeu naquela série de tribunal na Netflix que, segundo Simon, era ótima para o cérebro.

— Então vamos dizer que vou manter como terreno de camping e ficamos quites — falei.

Ela me encarou.

— Mentira.

Dei de ombros.

— Três pãezinhos pelo preço de dois?

Grete Smitt deu meia-volta, a sola dos Crocs estalando no chão. Parou por um segundo diante da porta aberta, deixando o vento frio entrar.

— A propósito, a Natalie Moe voltou.

Quando ela saiu, as portas automáticas deslizaram e fecharam com um som que mais pareceu um suspiro de alívio.

Ao meio-dia, Kurt Olsen ligou. Estava com a voz rouca da noite anterior. Foi direto ao ponto.

— Se você subir mais um milhão, o terreno é seu, ok?

— É muito — falei. — Acho que vou manter os cinco e meio. Cai para cinco depois das quatro da tarde.

— Caramba, então não é verdade. Os Opgard vivem se gabando de que nunca barganham.

— É você quem está barganhando, Kurt. A Rita sabe que você está me ligando?

— Sabe, ué... Por que não saberia?

— Porque duvido que ela negociaria do mesmo jeito estabanado que você.

— E o que você quer dizer com isso?

— A Rita ficaria enrolando para descobrir o máximo que estou disposto a pagar ou simplesmente diria não e deixaria comigo a decisão de aumentar a oferta ou não. Já você começa estabelecendo um preço, e isso revela que quer vender. E, se quer vender, então não vai ficar superfeliz com uma proposta de seis milhões e meio e chateado com outra de cinco e meio. Ninguém sabe quanto o terreno vai valer depois do túnel de Todde, e não é como se houvesse um fila de gente doida para comprar terrenos de camping no meio do nada.

Silêncio do outro lado da linha. Ouvi um som característico de unhas cofiando um queixo com barba por fazer. Imaginei Kurt Olsen com uma ressaca terrível e ouvi um som de estalo, como se Kurt Olsen estivesse pensando. E, como pensar não era bem a praia de Kurt, isso continuou por um bom tempo. Na verdade, tempo demais, porque quando ele respondeu já era tarde.

— Na verdade, é *exatamente* isso que está acontecendo — afirmou ele.

— Sério?

— Sério. Recebemos uma oferta de seis milhões e quatrocentos mil.

— Simples assim, do nada?

— É claro que não. Eu liguei para uma pessoa que sei que está interessada.

— Num terreno de camping?

— Talvez.

— E quem seria?

— Óbvio que não tenho liberdade para revelar essa informação.

— Mas eu vou saber de qualquer maneira quando ela comprar o terreno.

Kurt não respondeu. Óbvio que era mentira. Ele devia saber que eu perceberia. A questão é que eu não odiava Kurt Olsen tanto quanto ele me odiava, sobretudo porque eu não tinha motivos tão bons quanto os dele para me sentir assim. Então, não falei mais nada, para dar a ele tempo de se recompor e aproveitar a chance de bater numa retirada razoavelmente honrosa. Mas, conforme os segundos passavam, percebi que ele não iria aproveitar a oportunidade. Senti a dúvida tomando forma dentro de mim. Eu estava enganado? Eles haviam mesmo encontrado outro comprador? Quem compraria um terreno de camping que estava prestes a ser isolado do resto da civilização?

Foi quando me ocorreu.

Alguém que sabia que não era isso que aconteceria.

— Me dá um tempo para pensar — falei.

— Faz isso. Você tem até... O que acha das quatro da tarde? — sugeriu, e dava para ouvir a alegria maliciosa em sua voz.

— Certo.

— E mais uma coisa, Roy: não confio em você nem por um segundo, então vou querer a proposta por escrito.

— Pode deixar.

Desliguei e telefonei para Carl.

7

Entrei no carro, saí do posto às duas e dez, atravessei o centro e depois peguei a estrada que liga a cidade ao hotel. Subi trezentos metros e virei na entrada que dava para o edifício principal. À primeira vista, o Spa Os não impressiona. Não tem muita ornamentação, e as alas compridas seguem a curva do terreno e se integram à paisagem. O antigo prefeito, Aas, dizia que o hotel lembrava os bunkers alemães que ele tinha visto na infância, na época da Ocupação. Não que essa associação o tenha impedido de investir no hotel, ao reabrir como sociedade anônima depois do incêndio. Na verdade, ele e mais de cem outros moradores fizeram isso. Foram investimentos baixos, mas suficientes para eles se sentirem proprietários e poderem se dizer "donos de hotel". Os retornos vinham sendo muito bons, mas ao longo dos sete anos nenhum dividendo foi pago. Carl explicou aos acionistas que isso é normal quando a empresa está em fase de crescimento. E, como ninguém sabia até que ponto o possível desvio da estrada principal afetaria o hotel, não seria fácil vender as ações. As obras da nova ala, projetada com uma mistura de cimento e madeiras claras, estavam prontas para começar. O maquinário e os caminhões com o logotipo AUB da construtora lituana estavam prontos para começar os trabalhos. Voss Gilbert, que as pessoas ainda chamavam de novo prefeito mesmo após dez anos no poder, dizia que mal podia esperar para cavar a primeira pá de terra ao som de uma fanfarra.

Entrei no saguão. Granito, vidro e madeira. Um busto de Jo Aas. Nada homenageando quem tinha projetado o hotel, embora eu ficasse impressionado com a genialidade do design sempre que entrava ali. Linhas práticas e limpas, simples e ao mesmo tempo sofisticadas, um lugar caloroso e convidativo. Como a própria Shannon Alleyne.

Cumprimentei a recepcionista com um aceno de cabeça e entrei no elevador. A sala particular ligada à sala de conferências de Carl ficava no terceiro andar. Além de não ser nada prática — pois toda a administração do hotel acontecia no térreo —, essa disposição roubava o que poderia ser a segunda melhor suíte do hotel, com uma vista das montanhas quase tão bela quanto a da suíte nupcial, com vista para o lago Budal.

Mas Carl foi inflexível. Sua ideia era poder convidar clientes recorrentes ou famosos para almoçar ou jantar ali, tal qual passageiros sortudos são convidados a jantar na mesa do capitão de um cruzeiro.

Carl estava de frente para a janela panorâmica, olhando para fora, quando entrei sem bater.

— A nova ala vai ficar *incrível* — disse, sem se virar. — Acabei de ter uma reunião com o Lewi.

— Lewi?

— O lituano. Diretor da AUB. Ele disse que os planos são tão detalhados e precisos que não precisam revisar nada. Só precisam seguir as instruções e começar a obra.

Ele pendurou o paletó no encosto de uma cadeira.

— Ela era um gênio, sabia? — Ele me encarou. Eu apenas fiz que sim e me sentei à longa mesa de reunião. — Eu estava pensando, Roy: a gente devia batizar a nova ala com o nome dela. O que acha?

— Em homenagem a Shannon?

— É. Ala Alleyne.

Engoli em seco.

— Pensei que você queria apagar todos os vestígios daquela... Acho que a palavra que você usou foi "piranha", não?

Carl suspirou.

— O tempo cura todas as feridas, sabia?

Cura o caralho, pensei. A sua, talvez, mas não a dela. Nem a minha.

— Além do mais — acrescentou ele —, me ocorreu que poderia parecer estranho, talvez até suspeito, se eu, o viúvo, não homenagear a falecida. Entende?

Entreabri a boca, o suficiente para evitar que a mandíbula ficasse tão tensa a ponto de me denunciar.

Carl se deixou cair em sua luxuosa cadeira de escritório de couro preto.

— E aí... Alguma novidade? — perguntou.

Falei da minha conversa ao telefone com Kurt Olsen. Disse que, se ele estava falando a verdade, então o outro interessado no terreno só podia ser alguém que sabia que havia uma boa chance de a estrada principal não ser desviada.

— Você está achando que sou *eu*? — disse Carl.

Ele pressionou a gravata de seda com os dedos e abriu aquele sorriso maroto que, desde criança, derretia o coração de homens e mulheres. Óbvio que ele estava fazendo uma piada, mesmo assim tomei um leve susto. Porque o simples pensamento dele era preocupante. Embora Carl e eu tivéssemos nossos interesses econômicos em conjunto, nossos destinos financeiros não estavam tão vinculados um ao outro como antes, até eu vender minhas ações do Spa Os. A ideia de Carl e eu competirmos pelo mesmo terreno era impensável, mas, ainda assim, o fato é que não estávamos mais no mesmo barco. Pelo menos não quando o assunto era dinheiro. Agora, se o assunto fosse prisão perpétua, aí já é outra história.

— Pode ser a GeoData — falei.

Carl balançou a cabeça.

— Bom, nada aqui é listado na bolsa de valores, então talvez não seja ilegal comprar uma propriedade que eles sabem, com base em informações privilegiadas, que vai se valorizar quando o relatório for publicado. Mesmo assim seria crime.

— Um dos sócios já foi condenado por peculato.

— Cinco milhões é muita grana para o terreno, *mesmo* com a estrada principal passando por ele, Roy. Não consigo imaginar dois geólogos decidindo, de repente, investir em turismo num lugar do qual não sabem nada.

— Vai ver, eles sabem que eu estou negociando e querem comprar para me revender por mais.

— Qual é, Roy. Nas águas daqui até tem uns peixinhos, como a Rita Willumsen e talvez esse tal sócio da GeoData. Mas só tem dois tubarões: você e eu.

— Pode ser — falei, me levantei e fui até a janela. Meu Deus, que paisagem linda, os tons avermelhados da mata cintilando nas montanhas, e o céu tão azul. — Mas tem alguém por aí pescando tubarão. Tem alguém usando anzóis grandes com um guindaste. Falei com o Kurt na festa ontem à noite. Ele estava de porre, mas está na cara que está de olho na gente, Carl. Ele usou as palavras "prisão perpétua". Disse com todas as letras que não vamos seguir livres para sempre.

— Ele falou isso? — perguntou Carl, pensativo.

— Acho que ele não tem nada contra a gente no momento, mas é claro que espera encontrar alguma coisa nos carros que vão ser içados de Huken.

Carl assentiu. Beliscou a papada com o polegar e o indicador.

— Seja como for, eu estava pensando em propor uma renovação de contrato ao Kurt essa semana — disse. — Talvez deva subir um pouco mais a proposta do que o planejando.

Carl se inclinou sobre a mesa — a mesma da qual disse, certa vez, de brincadeira, que era feita da madeira de uma espécie de palmeira ameaçada de extinção em Tuvalu. Pegou uma caneta-tinteiro que havia ganhado de presente de Jo Aas.

— Eu sempre acreditei — continuou ele, batendo a caneta na mesa a cada palavra — que não há limites para o que as pessoas estão dispostas a fazer ou, nesse caso, deixar de fazer se você pagar o suficiente. Seja em dinheiro, sexo, drogas ou poder e glória. Sobretudo poder e glória. *Não* há limites.

— Você está falando igual ao papai.

A caneta parou de bater. Meus olhos encontraram os de Carl. Senti a frieza.

— Desculpa — falei e ergui a palma da mão. — Mas para o Kurt Olsen é uma questão de querer saber como o pai dele realmente morreu, certo? E família está acima de dinheiro. E de poder. E de glória. Concorda?

Carl parecia tenso ao me encarar sentado na cadeira de espaldar alto.

— Concordo — respondeu por fim, e seus ombros relaxaram. — Cacete, Roy, eu tenho que parar de beber.

— Como assim, de novo?

— Antes a ressaca só me deixava ansioso — disse, ignorando meu comentário. — Agora também fico paranoico. Ontem à noite, sonhei que os franceses assumiam o controle daqui, me expulsavam e eu tinha que pedir emprego no posto de gasolina para você.

— Interessante. E o que eu respondi?

— Não consigo lembrar. Ou acordei. O que você vai fazer sobre as ofertas pelo terreno?

Dei de ombros.

— Acho provável que o Kurt tenha me ligado sem a Rita saber, querendo mostrar para ela que tem coragem de arrancar mais um milhão de mim. E acredito que fui eu que dei ao Kurt a ideia de que poderia haver outros interessados no terreno, e ele gostou disso. Só que ele passou segundos até demais saboreando a sensação, por isso notei que era um blefe.

— Mas, tendo em mente que queremos manter o Kurt feliz, talvez seja melhor dar o que ele quer, não acha?

Fiz que sim. O celular de Carl começou a vibrar.

Me virei para a janela e fiz uma ligação, enquanto Carl atendia a dele.

— Alô? — veio a resposta rouca.

— Tá bom — falei. — Seis e meio, então.

— Por escrito — disse Kurt, mal conseguindo esconder o alívio. Provavelmente estava com medo de ter estragado o acordo que Rita já havia fechado comigo.

— Certo, mas antes eu quero ver a outra proposta.

— Eu já falei dela.

— Por escrito.

— Escuta aqui...

— Você não confia em mim, Kurt, e eu também não tenho por que confiar em você. Se você inventou uma oferta só para me fazer aumentar a minha, essa é uma razão válida para eu cancelar a oferta. A Rita não te ensinou isso?

Eu devia ter deixado para lá, deixado Kurt sair por cima. Mas não resisti, é uma fraqueza minha.

— A oferta é verbal, e o comprador deseja permanecer anônimo — disse Kurt.

— Então dá o seu jeito de conseguir por escrito. Não preciso saber o nome da pessoa, basta eu saber que a Rita viu a oferta e confirme que ela é real. Porque nela eu confio.

Kurt soltou alguns palavrões. Só alguém nascido e criado em Os para saber para quais círculos do inferno ele estava me mandando.

— Seis da noite — disse ele. — Na casa da Rita.

Carl me olhou com cara de curiosidade, mas, quando sinalizei que precisava usar o computador, ele se levantou e seguiu falando ao celular com seu sotaque carregado do Meio-Oeste dos Estados Unidos. Digitei a oferta em algumas linhas breves e fiz sinal pedindo que Carl as lesse — não queria dar a Kurt nenhuma chance de fazer piadas sobre minha dislexia. Sem tirar o celular do ouvido, ele olhou para a tela e corrigiu dois erros de ortografia, então enviei o texto para a sala de impressão no térreo e saí.

Segurei as portas do elevador para um casal de meia-idade que vinha andando pelo corredor de chinelo e roupão branco. As portas se fecharam e ficamos nos encarando em silêncio.

Eles seguiram para o spa, e eu passei pela recepção e fui para a administração. A porta da sala de impressão estava aberta. Entrei na fila atrás de uma garota loira que estava ordenando as folhas à medida que a máquina as cuspia. Ela havia colocado uma caneca de café ao lado da impressora e balançava a cabeça ao som da música que tocava em seu headphone. Tossi para avisar que estava ali, evitando que ela tomasse um susto e derrubasse o café quando se virasse e me visse. Mas a música estava obviamente alta demais. O som que escapava me era familiar: o riff da música da noite anterior.

Tossi mais alto.

A garota se virou e abriu um sorriso largo.

— Quase acabando! — gritou sem necessidade.

— Leve o tempo que precisar — falei, também sorrindo.

Esperei que ela se virasse para a impressora, mas ela seguiu de frente para mim, me encarando.

— Roy Opgard?

— Isso.

Ela tirou os fones. Notei que não era White Stripes, e sim alguma música clássica, ou pelo menos com muitos instrumentos de sopro e violinos.

— Não me reconhece?

Eu a encarei. Os olhos intensos pareciam grandes demais para o rosto fino com maçãs do rosto marcadas. E havia algo diferente na cor deles, como se na parte inferior das íris houvesse um tom esverdeado que virava azul conforme subia, depois azul-claro na parte de cima. E não só a cor era especial, a expressão também. "Olhos de choro" como costumávamos dizer Carl e eu. Olhos com um ar sensível e vulnerável. Mas a garota — que devia ter uns vinte e poucos anos — não parecia especialmente vulnerável ou assustada e continuou me encarando com aquele sorriso bonito e inabalável. E por isso não a reconheci.

— Natalie Moe — disse ela, por fim.

— Natalie Moe? — repeti, incrédulo, sem conseguir conter a surpresa. — Óbvio. O meu irmão me disse que você tinha começado a trabalhar aqui. Desculpa, deve ser... Como é mesmo o nome? Alz...?

— Não precisa se desculpar. Fico feliz quando as pessoas daqui não me reconhecem.

— Fica?

Ela deu de ombros.

— Acho que você sabe o motivo melhor do que a maioria, Roy.

Fiz que sim. Dei aquele aceno de cabeça lento típico de Os que pode significar tudo e nada. Para cima e para baixo. Em seguida, indiquei os fones de ouvido com a cabeça.

— O que está ouvindo?

Ela esboçou um sorriso quando notou que eu estava tentando mudar de assunto.

— A quinta sinfonia de Bruckner.

— Caramba. Não tem muita gente em Os que ouça esse tipo de coisa.

— Na verdade, nem eu. Só estou meio que... procurando.

— Procurando — repeti.

Não conseguia parar de assentir com a cabeça. Felizmente, notei que a impressão dela havia acabado e a folha com minha oferta saiu junto.

— Essa deve ser minha — falei, apontando. Ela deu um passo para o lado e eu peguei a folha. — Que bom que você voltou, Natalie. Onde...?

— Não, não estou morando na casa do meu pai. Ele mora sozinho lá agora, mas você já sabia disso, né?

— É, fiquei sabendo que ele ficou viúvo.

Tive a impressão de que Natalie se esforçou um pouco demais para me fazer saber que agora ele estava sozinho, mas eu não tinha que saber disso. Bastava olhar para ela agora, uma mulher adulta, e não aquela adolescente assustada que precisava de ajuda. Ajuda para superar a vergonha, para sair da cidade. Sair daquela casa.

— Te vejo por aí então — falei.

— Roy...

Foi estranho ouvi-la dizer meu nome daquele jeito. Mal nos falávamos quando ela morava em Os e ela ia ao posto de gasolina comprar coisas, e, ainda assim, tínhamos essa coisa que nos unia e ao mesmo tempo nos separava. Quando a vi no café em Notodden, ela fingiu que não me viu, e fiquei feliz por isso.

Eu estava à porta quando me virei e a encarei. Ela disse algo, uma palavra, mas tão baixinho que sua voz foi abafada pelo bipe estridente da impressora avisando que havia terminado a tarefa. Sorri e fiz sinal de que estava com pressa.

Quando cheguei ao estacionamento, senti o ar de outono agradável e suave na testa quente. Entrei no Volvo e dei a partida. Eu tinha lido a palavra que havia saído dos lábios dela.

Natalie Moe tinha dito "obrigada".

8

Quando passei por Nergard e comecei a subir, vi algo se mexendo na encosta, logo abaixo da Geitesvingen. Demorei alguns segundos para entender que o que parecia um animal de grande porte escalando a montanha era na verdade um carro. Parei e olhei com atenção. Com certeza, era o primeiro carro, os destroços do Cadillac DeVille preto, modelo 1979. Papai o havia comprado "sem barganhar" de Willum Willumsen, que na época disse que o carro havia sido conduzido apenas por estradas retas no sequíssimo estado norte-americano de Nevada, por isso não tinha ferrugem e estava novinho em folha. Com apenas duas semanas, ele foi parar no mecânico pela primeira vez e, ao longo dos anos seguintes, foi minha escola de mecânica. Mas a lição mais importante que aprendi foi que era possível consertar as coisas. Por um tempo, acreditei que isso valia para tudo. Hoje, não mais.

Quando cheguei à Geitesvingen, o guindaste já havia içado o Cadillac e o depositado na plataforma de carga de um caminhão, em cima do DeVille modelo 1985 de Carl e do Jaguar E-Type branco do matador de aluguel dinamarquês contratado por Willumsen. Os homens me seguiram com o olhar. Reconheci um deles, o único que não usava jaqueta de alta visibilidade. Parei ao lado dele e abaixei a janela.

— Gilliani? — falei. — Está trabalhando no Departamento de Estradas agora?

O perito em cenas do crime sorriu e ajeitou no nariz os óculos de nerd que estava usando.

— Você tem boa memória, Opgard. Faz quanto tempo? Sete anos? Oito?

Isso foi quando Kurt Olsen insistiu em que a KRIPOS enviasse uma equipe para investigar os corpos em Huken. A KRIPOS não encontrou nada que sugerisse que todos não tinham morrido em consequência dos ferimentos sofridos na queda. E, quando detectaram um tipo de resíduo de pólvora na mão do matador de aluguel, ligando-o à arma encontrada no travesseiro ao lado do corpo de Willumsen, concluíram que podiam encerrar o caso também: o matador de aluguel havia assassinado Willumsen. Motivo? A KRIPOS alegou que havia muitos, relacionados a uma dívida de trinta milhões, mas, com ambas as partes mortas, não viu razão para prosseguir com a investigação.

Exceto pelo fato de que agora, sete ou oito anos depois, eles claramente tinham uma razão, afinal.

— Imagino que foi o Kurt Olsen quem pediu a vinda da KRIPOS — falei.

— É possível.

— Entendo. Vocês vão levar os três carros para o laboratório?

— Esse é o plano.

— Para quê? Novidades no caso?

— Agora temos tecnologias novas e aprimoradas.

— Ah, é?

Me lembrei do equipamento sofisticado que vi Gilliani usar anos antes, um detector de resíduos de pólvora que mais parecia um secador de cabelo.

— Mas para que precisam do velho Cadillac?

— Aboliram a prescrição de crimes. Imagino que você esteja por dentro disso.

— Não — menti e me lembrei do dia em que Carl e eu estávamos ouvindo rádio e disseram que o governo havia votado para mudar a lei.

— Agora, qualquer homicídio cometido nos últimos vinte e cinco anos pode ser processado por toda a eternidade — disse Gilliani.

— Sério?

— Pois é. E o Olsen diz que faz menos de vinte e cinco anos que o primeiro carro caiu aqui. Ele tem razão, não é?

Fiz que sim. Me lembrei de Carl e eu xingando enquanto o repórter da rádio explicava as consequências da mudança na lei. Se ela tivesse acontecido poucos anos depois, teríamos três homicídios a menos com que nos preocupar.

— Que tipo de pistas você poderia encontrar depois de tantos anos? — perguntei.

— Vamos ver. Nem a chuva nem o sol chegam com força no fundo na ravina, e o DNA é mais resiliente do que as pessoas imaginam.

Olhei para Gilliani e tentei ler sua expressão. Ele queria me assustar ou estava abrindo o jogo porque eu e Carl tínhamos sido completamente descartados como suspeitos quando a KRIPOS apareceu da última vez?

— Boa sorte — falei e acrescentei que passaria um café, caso eles fossem demorar muito tempo ali. Gilliani sorriu e fez que não com a cabeça.

Eu estava no terceiro café e o Departamento de Estradas continuava ali, furando o chão para instalar a mureta. O vidro fino das janelas da cozinha chacoalhava, fazendo tanto barulho que no começo não ouvi o telefone tocar.

— Alô? — gritei.

— Aqui é o Halden.

— Só um minuto — falei e fui para a sala de estar, onde tínhamos instalado janelas de verdade. — Melhorou. Então, já se decidiu?

— Onde a gente pode se encontrar?

Ele parecia nervoso. Pensei. Isso era bom. Se tivesse ido à polícia pareceria muito mais calmo. Não sugeriu hora e lugar, deixou a meu cargo, então a chance de ser uma armadilha era pequena. Além disso, fazia menos de dois dias desde a minha visita, e calculei que a polícia precisaria de mais tempo para montar um plano.

— Notodden — sugeri.

— Não é meio perto de Os? Se alguém que você conhece vir a gente junto...

— Hotel Brattrein. Quarta, às três da tarde. Quarto trezentos e trinta e três. A menos que você receba outra instrução, vá direto para lá. E sozinho.

— Mas o Fuhr quer...

— Sozinho. Ele pode ir até lá com você se quiser, mas vai ter que esperar no carro.

Houve uma pausa, e tive a sensação de que ele estava trocando olhares com alguém ouvindo a conversa. Fuhr, imaginei.

— Certo, Opgard.

— Beleza. Te vejo lá.

Desliguei. Olhei para a frente. Por que sugeri o quarto trezentos e trinta e três? Era só porque conhecia a planta dele — onde ficava o banheiro, por exemplo? Provavelmente todos os quartos eram iguais, então deve ter sido por pura nostalgia, o desejo de rever o lugar onde Shannon e eu fizemos amor pela primeira vez. Ou seria porque era um lugar maldito, onde eu havia traído o sangue do meu sangue e começado a trilhar o caminho para aquilo que me tornei nos últimos oito anos: um pecador cínico que perdeu a bússola moral que o fazia querer ser alguém, representar algo, fazer a diferença? Ajudar Natalie Moe quando ninguém moveu um dedo. Duas vezes trezentos e trinta e três. Um número que combinava com o novo Roy Opgard.

Liguei para Carl.

— Vou me encontrar com o cara do túnel amanhã.

— Ah, é? O que ele falou sobre...

— Hoje à noite a gente conversa.

Desligamos. Me sentei na velha poltrona do papai, aquela que Carl, estranhamente, insistiu que mantivéssemos depois de redecorar Opgard. Olhei para o celular. Eu tinha evitado qualquer menção à GeoData e a Halden e também evitei que Carl falasse demais. As ameaças de Kurt estavam me afetando? Era porque a KRIPOS estava literalmente na minha porta? Ou a paranoia de Carl estava começando a me contagiar também?

Voltei para a cozinha, encontrei uma caneta ao lado da cesta de pão e assinei a oferta. Olhei para o cano que subia do fogão a lenha e atravessava um buraco no teto que dava para o quarto onde Carl e eu dormíamos. A passagem era a menor possível para evitar um eventual incêndio. Carl dizia que também devíamos reformar a cozinha; não sei por que fui contra. Ele queria ficar com a poltrona, e eu com o fogão a lenha com chaminé. Nenhum dos dois objetos nos trazia memórias felizes. Mas os laços com as coisas do passado são complexos.

Eram seis em ponto quando apertei a campainha da porta de Rita Willumsen.

Aquela ainda era, pelo menos por enquanto, a maior casa de Os e, com aquelas duas colunas ridículas de cada lado da porta, a coisa mais próxima de uma mansão na cidadezinha. Enquanto esperava me ocorreu que, ao longo dos meus 44 anos em Os, era a primeira vez que eu me colocava em frente àquela porta. Que a única vez em que havia entrado naquela casa tinha sido pelo porão.

A porta se abriu e lá estava Rita, mais alta que eu.

— Ele está te esperando no quarto — disse e deu um passo para o lado.

— Quarto? — perguntei enquanto entrava.

— Você sabe o caminho, Roy.

Antes que eu tivesse tempo para perguntar que palhaçada era aquela, Rita me deu as costas e sumiu para dentro de casa. Subi a escada. Na parede do patamar havia um retrato a óleo de Willum Willumsen pendurado. Embora o artista tenha suavizado as papadas e tentado dar ao modelo uma aparência digna, e não vilanesca, o resultado era tão grotesco quanto o próprio Willumsen havia sido em vida.

A porta do quarto, no qual eu também só havia entrado uma vez antes na vida, estava aberta. Coloquei a cabeça para dentro. Kurt estava deitado na cama. Óbvio que estava todo vestido, mas sua pose inevitavelmente me fez lembrar de Burt Reynolds na foto icônica publicada pela *Cosmopolitan* em que aparece nu deitado num tapete de pele de urso. Outra diferença era que Kurt estava com um cigarro nos lábios, em vez de uma cigarrilha, e mantinha a cabeça apoiada na mão esquerda, não na direita, que estava aberta, estendida na minha direção.

Entreguei o papel com a oferta. Ele leu depressa e o colocou embaixo do cobertor.

— Imaginei que você iria querer dar mais uma olhada na cena do crime — provocou ele.

— Ué, mas a Rita e eu nunca transamos aqui.

Kurt ficou tenso e as veias das têmporas dele saltaram.

— Foi aqui que você deu um tiro no Willum Willumsen — disse ele.

— Você me trouxe aqui para ver a minha reação? — perguntei, olhando ao redor.

Até onde dava para ver, nada havia mudado. Mas na outra ocasião era inverno, e entrei no quarto ainda de madrugada, no escuro. Puxei o ar por entre os dentes.

— Como está a sua visão de raios X, Kurt? — falei.

— Caralho, mas você é um filho da puta frio, hein, Roy!

— Dois palavrões na mesma frase. O que me faz lembrar que quero ver a outra oferta.

— Você disse que bastava a Rita ver.

— Certo, então traz ela aqui em cima.

— Não, vou deixar você olhar.

Ele puxou outra folha de papel que estava embaixo do cobertor. Tapou a metade inferior com a outra mão e levantou para eu ver. Dei uma olhada. Algumas linhas curtas, escritas à mão, concluindo com "Atenciosamente". A mão de Kurt cobria o nome. Ele estava prestes a guardar a folha quando pedi:

— Calma aí.

— Ah, desculpa. Esqueci, você é disléxico.

Dei uma olhada. De fato, a oferta era de seis milhões e quatrocentos mil, e não parecia que a cifra havia sido adulterada. Reli o texto curto. "Pelo terreno de camping de propriedade de Rita Willumsen, ofereço a quantia de 6,4 milhões de coroas norueguesas. Atenciosamente." Senti uma agitação por dentro. Tinha a ver com a oferta. Algo que poderia valer mais do que o milhão extra que Carl achava que eu deveria pagar para satisfazer Kurt.

— Ótimo — falei.

— E a grana?

— Vocês vão receber quando a escritura for assinada. É o procedimento padrão. Imagino que você, como xerife, queira seguir o procedimento padrão.

Ele sorriu.

— O dinheiro é da Rita, e eu não sei nada dessas coisas. Mas agora eu tenho isso... — Ele deu um tapinha no cobertor, acima de onde estava a minha oferta. — E se você não pagar...

Ele passou o dedo no pescoço como se o cortasse.

— Que baita matador de aluguel você é, hein? — falei. — A propósito, se não foi o matador de aluguel que matou o Willum, então, vai ver, foi você. Quer dizer, olha só onde você está agora. De repente, tudo foi parte de um plano astuto.

Kurt Olsen fez uma careta.

— Como se a sua alma já não fosse feia o suficiente, Roy.

— Não precisa me levar até a porta — falei e saí do quarto antes que Kurt pudesse se levantar.

Quando passei pela sala de estar, coloquei a cabeça pela porta.

— Acabei de comprar o terreno, Rita.

— Parabéns — disse ela sem tirar os olhos do livro fino que estava lendo, provavelmente algum grande clássico da literatura.

Se ela imaginava que Kurt seria tão receptivo a essas coisas quanto eu, provavelmente quebraria a cara. Mas imagino que ele devia ter outras qualidades.

— Por que deixou a negociação nas mãos dele? — perguntei.

Por fim ela tirou os olhos do livro e me encarou. Parecia cansada.

— Ele queria.

— Queria o quê? Impressionar você? Ou só me ferrar?

Rita Willumsen suspirou. Seu cabelo volumoso estava trançado e preso em um coque firme, talvez para esticar as rugas que estavam começando a aparecer.

Ouvi Kurt descendo as escadas.

— Você viu a outra oferta? — perguntei.

— Seis e quatrocentos — falou ela. — Parecia boa o bastante.

Esperei para ver se ela faria algum comentário sobre o "bastante", até lembrar que eu mesmo estava contente, tanto com o que tinha comprado quanto com o que estava levando a mais. Fiz que sim e saí pela porta da frente.

9

ERAM QUINZE PARA AS sete da manhã quando Carl entrou na cozinha.

— Achei que você estava de serviço hoje — comentou, enquanto enchia uma xícara de café da cafeteira que estava fervendo em fogo baixo havia uma hora.

— Pedi para Egil que me substituísse — falei. — A Rita e eu vamos ao banco assinar a escritura hoje. Quero chegar um pouco mais cedo e revisar tudo com o Vendelbo.

— O Vendelbo é um bom homem para se ter do lado — disse Carl.

Ele sorveu o café, e o som me lembrou de papai. Ele costumava despejar o café no pires para esfriar e depois sugá-lo fazendo um barulho que dava para ouvir lá de cima, através do cano que vinha do fogão e passava pelo piso do quarto onde eu e Carl dormíamos.

— Falando em ter alguém do seu lado, eu estava pensando na Natalie Moe — disse Carl. — O que você acha dela?

— O que eu *acho* dela?

— Acho que talvez seja uma boa ideia incluí-la no projeto do terreno de camping. Precisamos de alguém bom de marketing.

Fui até a janela.

— Pode ser. Mas será que ela não é jovem demais para um projeto tão grande? Talvez seja melhor chamar outra pessoa.

— A gente precisa de jovens. Eles conhecem as redes, sabem o que funciona. Eu te disse que ela havia recebido uma oferta de emprego de uma rede com sede em Oslo quando a contratamos?

— Tenho certeza de que ela é boa, mas...

— Mas...?

— Tem certeza de que é confiável?

— Como assim?

— Sei lá, vai que a gente conta alguma coisa a ela, e ela sai espalhando para a cidade toda. Vai que se mete nos nossos... assuntos particulares.

— A Natalie é de confiança. É uma garota jovem, mas muito séria. Isso eu garanto.

Pensei na sugestão. Não sei por quê, mas me incomodava. Claro que Natalie se sentia em dívida comigo, mas mesmo assim... Talvez o problema fosse exatamente esse. A relação poderia ficar pessoal demais.

— Não sei — falei. — Parece um pouco cedo para pensar em marketing.

— Cedo? — Carl abriu bem os braços. — Agora você tem o terreno. Você tem os planos e uma construtora para pôr a mão na massa. Assim que sair o relatório dizendo que a estrada principal vai continuar onde está, só vai faltar vender a ideia para o Vendelbo e o banco. E você sabe que dessa parte eu vou cuidar.

— Eu sei? — falei. As nuvens se arrastavam sobre o Ottertind, havia previsão de chuva. — E se eles negarem?

— Isso não vai acontecer.

— Durante o jogo eu falei com o Vendelbo sobre o possível tamanho do empréstimo. Ele não caiu para trás, mas disse que o banco ia precisar de garantias.

— Exato. Quando sair a notícia de que a estrada não vai ser desviada, o preço das nossas propriedades vai disparar, e vamos ter garantias de sobra. Quando a gente fechar o empréstimo, vai ser a hora do show, a verdade vai vir à tona. Aí a questão passa a ser como divulgar o projeto da forma certa, e, se usarmos profissionais como a Natalie, vamos ter o efeito surpresa. Só se tem uma chance de causar uma boa primeira impressão, não é?

Fiz que sim, relutante.

— Tá bom? — perguntou Carl.

Suspirei.

— Tá bom.

Ele atravessou a sala e ficou ao meu lado na janela. Pousou a mão no meu ombro e tomou outro gole do café.

— Parece que vamos ter uma mureta de proteção — comentou.

— Parece que sim.

O Os Sparebank ocupava o mesmo prédio sem graça dos anos oitenta onde ficava a sede administrativa do condado, o escritório do xerife e o consultório médico. Asle Vendelbo — o gerente do banco — e eu observávamos Rita enquanto ela lia o contrato de venda. Vendelbo havia feito uma verificação prévia e comprovado que não havia dívidas pendentes na propriedade, que ela não estava sujeita a nenhuma regulamentação que pudesse atrapalhar a transação e que o dinheiro havia sido transferido da minha conta para a do banco e estava pronto para ser pago a Rita.

— São as cláusulas padrão — comentou Vendelbo, enquanto Rita folheava as páginas. — A única coisa que adicionei, por questão de formalidade, é que houve uma oferta de seis milhões e quatrocentos mil. Fiz isso porque, pelo que entendi, vocês preferem não anexar um registro separado com os nomes dos outros interessados, certo?

Rita e eu concordamos.

Vendelbo chamou seu assistente para assinar como segunda testemunha, enquanto Rita e eu assinamos a escritura com cópias e os documentos de venda. Tudo assinado e rubricado na presença de testemunhas, Vendelbo nos parabenizou pela transação e nos acompanhou até a porta.

— Roy, posso falar rapidinho com você sobre outro assunto? — perguntou Vendelbo enquanto segurava a porta para nós.

Fiz que sim, e Rita pareceu meio aliviada por não ter que sair comigo. Ficamos ali, parados, observando enquanto ela saía. Às vezes, suspeito que as mulheres rebolam um pouco mais ao andar quando sabem que estão sendo observadas por homens, mas não Rita Willumsen. Ela sempre andou assim. Feito um gato.

— Obrigado por me ajudar com o contrato de venda — falei. — E por aprovar o pedido de empréstimo tão rápido.

— Em geral, não aprovaríamos um pedido de empréstimo tão alto para a compra de um terreno de camping, mas como, nesse caso, fizemos apenas a transferência da dívida de um cliente para outro, não queríamos complicar a situação.

Ficamos vendo Rita entrar no Saab Sonett. Incrível como ambos estavam em ótimas condições. Estilo, pensei. Muito estilo. A última coisa de que Rita Willumsen abriria mão.

— O banco permitiu esse empréstimo de mesmo valor porque na prática estamos transferindo a dívida de um cliente de risco para outro mais seguro — comentei. — Imagino que você tenha dado uma olhada na contabilidade da Willumsen S. A. Imagino que estejam felizes por ela vender o terreno e pagar parte da dívida.

Vendelbo apenas esboçou um sorriso. Discrição do gerente do banco. Tossiu e disse:

— Só queria informar que falei com a sede sobre a possibilidade de um empréstimo na casa de cem milhões. E, infelizmente, eles estão com o pé atrás sobre financiar um empreendimento que vai ser construído tão longe de tudo. Em outras palavras, a questão é que a garantia oferecida está aqui. O seu patrimônio é formado por propriedades aqui em Os, e a sede notou que houve uma desvalorização dos imóveis desde a decisão de construir o túnel de Todde. Eles acreditam que os preços vão continuar caindo.

— Eles não conseguem enxergar que tem muita coisa acontecendo aqui? O Spa Os está indo de vento em popa, ele vai ficar muito bem sem a estrada principal.

Vendelbo suspirou, balançou nos calcanhares, subiu o cinto da calça do terno.

— O Spa Os não vai ser o suficiente, Roy. A cidade está sufocada. Não existe nenhuma garantia de que o banco sequer esteja aqui em três ou quatro anos. Então, particularmente, eu dou boas-vindas a qualquer coisa que possa dar vida a Os. Mas a sede não acha que deve dar tratamento especial à cidade. Já começaram a estudar projetos em Todde.

— Todde? Não existe nenhum lugar chamado Todde.

— Não, mas pode existir.

— Hã? E você quer ser gerente de banco em... — franzi os lábios como se fosse cuspir — ... Todde?

Vendelbo refletiu sobre a pergunta.

— Na verdade, não, não quero.

— Imaginei. De qualquer forma, obrigado pelo aviso.

Abotoei minha jaqueta jeans Levi's com gola de pele. Julie tinha me dito que elas estavam voltando à moda. Bem, continuo esperando esse dia chegar.

Meu celular tocou enquanto eu estava a caminho do carro. Não reconheci o número, mas, como também não apareceu a mensagem de spam, atendi.

— Alô?

— Oi, aqui é a Natalie. O Carl pediu que eu te ligasse.

Xinguei baixinho. Sei que Carl gosta de se adiantar a tudo, mas ele estava se precipitando demais, vivia fazendo isso. E, quando dava problema, era sempre eu — o irmão mais velho — quem tinha que socorrê-lo.

— Soube que você quer conversar comigo sobre um projeto.

— É, mais ou menos.

— Certo. Quando a gente pode se encontrar?

Pensei um pouco. Olhei para o meu relógio. Eu precisava ir a Notodden no dia seguinte. No outro, havia prometido cobrir um turno duplo no lugar do que Egil estava cobrindo para mim naquele momento. Talvez fosse melhor resolver isso de uma vez.

— Que tal agora?

— Tá bem. Onde?

— No camping. Está de carro?

— Ã-hã. Chego em dez minutos.

Nove minutos depois, enquanto via Natalie sair de um Mitsubishi coberto de poeira e vir em minha direção, me dei conta de que ela era bonita. Provavelmente já era na adolescência e eu não tinha notado. Ou ela escondia a beleza com aquele jeito de andar encolhido e cabisbaixo, protegendo o rosto com a franja preta. Bem diferente de Julie, que era uma adolescente extrovertida e despojada, com curvas femininas, irradiando autoconfiança e alegria, um mulherão para aqueles garotos que batiam racha e rondavam o posto de gasolina como predadores em volta de uma poça de água na savana. Na verdade, essa não é uma boa imagem, porque eram os garotos que comiam na mão de Julie. Na época, os verdadeiros predadores de Os estavam em suas tocas, protegidos por quatro paredes.

Ainda assim, não pude deixar de notar que Natalie Moe balançava os quadris de um jeito parecido com Rita Willumsen.

— Faz muito tempo que não venho aqui — comentou ela, mais uma vez com aquele olhar direto, como se, em algum momento da vida, tivesse decidido que começaria a encarar as pessoas e praticado até dominar essa arte.

De qualquer forma, me parecia muito natural. Muitas vezes eu quis ser extrovertido como Carl. Vai ver, Natalie sempre teve essa luz, mas a situação em que se encontrava apagava seu brilho, ao passo que eu cresci nas trevas e sempre fui sombrio, desde o início. E nunca me enganei achando que seria capaz de passar por uma grande metamorfose, como dizem.

Fomos andando por entre os chalés de madeira em direção ao lago. Era preciso aparar a grama e dar uma demão de tinta nos chalés. A temporada de camping havia acabado, mas Rita me informou quais dos vinte chalés estavam reservados. O acordo que fechamos foi que as chaves, as roupas de cama e as toalhas seriam entregues e devolvidas no posto de gasolina durante o outono.

— A gente costumava vir nadar aqui no verão — disse Natalie. — Na verdade, o meu pai não deixava, ficava preocupado com os meninos que passavam férias aqui. Então eu pedia para mamãe, explicando que a única praia boa do lago era aqui e ela dizia que não tinha problema.

— Mulher inteligente.

— Talvez — disse Natalie com um sorriso. — Mas era mentira: claro que eu vinha aqui para conhecer garotos.

Demos risada. Isso me lembrou que houve um antes e um depois na vida de Natalie, uma época de inocência, antes do ataque do predador.

— E vocês? — perguntou. — Você e Carl vinham aqui quando novos?

— Claro. Mas isso antes de construírem os chalés, quando as pessoas ficavam em trailers e tendas. Fiz um amigo aqui durante um verão. Então voltei nos verões seguintes, esperando revê-lo, mas ele nunca mais voltou. Quer dizer, na verdade uma vez eu vi um garoto parecido, me aproximei e disse o nome dele. O garoto olhou para os amigos, deu uma gargalhada e perguntou onde estava o meu banjo. Depois disso não voltei mais aqui. Até uns anos atrás.

Natalie não disse nada, e de repente pensei que era uma coisa estranha de contar a uma pessoa que mal me conhecia. Eu só tinha contado essa história para uma pessoa, e nem me ocorreu o como isso me fez parecer solitário. Porque Shannon já sabia.

Pigarreei e disse:

— Voltei para cá porque tive uma ideia e consegui uns esboços que mostram que é possível concretizá-la.

Não vi razão para contar que a ordem era inversa, mas tomei nota de que tinha acabado de contar minha primeira mentira para Natalie Moe.

— Uma montanha-russa — disse ela.

— Droga. O Carl te contou?

— Contou.

— Eu queria ver a sua cara na primeira vez que falasse disso.

— Por quê?

— Para saber onde você colocaria essa ideia numa escala de ideias loucas.

Ela deu risada.

— O Carl achou que eu não fiquei tão chocada.

— Não? E ele me disse que você é uma pessoa séria e altamente profissional...

— E sou!

Natalie riu de novo, e a risada me fez lembrar dela. Claro. De vez em quando, eu me pergunto quando vou parar de procurá-la entre os vivos, mas essa coisa se apoderou de mim, é como uma porcaria de vírus: nem sempre ativo, mas presente no meu sangue pelo resto da vida. Tentei ignorar a lembrança.

— Isso acontece com todas as ideias originais — disse Natalie. — Quando você as ouve pela primeira vez, parecem loucura. Mas, quando elas pegam, achamos que a loucura é ninguém nunca ter pensado nelas antes. Conte-me mais.

— Não sei até que ponto o Carl te contou.

— Ele só disse que é uma montanha-russa de madeira. E que vai ser construída aqui.

Fiz que sim.

Nos sentamos num dos bancos de madeira perto do píer da casa de barcos e expliquei que a ideia era que a montanha-russa servisse de complemento para o Spa Os, com foco nas famílias, porque o hotel não tinha muito a oferecer para crianças e jovens. Uma piscina pequena, a chance de ver uma raposa ou um veado durante uma caminhada na montanha — tudo isso era muito bom, mas famílias com crianças que queriam nadar preferiam ir para Sommarland, em Bø, do outro lado de Notodden, e, se quisessem ver a vida selvagem, iriam para o Jardim Zoológico em Kristiansand. Falei que tinha estado na Polônia e visto a Zadra, a maior montanha-russa de madeira do mundo.

— Fica em uma cidadezinha chamada Zator, um povoado que não é maior que Os que fica no meio do mato, a setenta minutos de carro de Cracóvia, mas tem o maior parque de diversões da Polônia. Eles têm atrações de todo tipo, mas óbvio que a montanha-russa é a mais importante. É o que faz os pais se disporem a dirigir por mais de uma hora aos domingos.

— É o que você pretende fazer aqui? Um parque de diversões para toda a família?

— Isso. Mas a montanha-russa tem que vir primeiro.

— Claro.

Olhei para ela. Hora do primeiro teste.

— Por que "claro"?

Ela respondeu sem hesitar:

— Porque a montanha-russa vai mostrar o nível de ambição do seu parque. Vai criar manchetes e expectativas sobre as outras atrações. E a melhor receita para o sucesso é criar altas expectativas e cumpri-las. Mesmo que você só cumpra em parte, já vai ser suficiente, caso as expectativas iniciais sejam bem ambiciosas. É melhor até do que superar expectativas modestas, se é que me entende.

— Por quê?

— Porque as expectativas influenciam a percepção. Teve um exemplo famoso nos Estados Unidos, de uma delicatéssen que vendia o próprio queijo em duas embalagens diferentes. Em uma delas, dizia apenas "QUEIJO FATIADO" e, na outra, "QUEIJO FATIADO DELICATÉSSEN". Quando foram questionados sobre o que acharam do queijo, os clientes que tinham comprado o "QUEIJO FATIADO DELICATÉSSEN" ficaram mais satisfeitos. Mas tudo tem limite: se um parque promete muito mais do que entrega, o castigo dos clientes vai ser duro.

Dei aquele lento aceno de cabeça típico de Os.

— Então, você poderia ajudar...

— ... a criar expectativas altíssimas. A parte de alcançá-las vai ficar com você.

— Entendi. E como faria isso?

— Hoje eu só queria te ouvir, saber dos seus planos. Depois eu penso um pouco mais sobre a minha parte, tá?

— Na verdade — falei, quase travando diante da autoconfiança inesperada de Natalie —, foi o Carl quem disse que eu devia falar com você. No fundo, eu não sei se preciso de alguém para o marketing por enquanto. Além do mais, o Spa Os e a montanha-russa são duas empresas distintas, então você não tem nenhuma obrigação aqui.

— Eu sei. — Ela sorriu. — Então, se acontecer, vou trabalhar nisso no meu tempo livre e cobrar por hora.

— Ai, cacete — soltei. — O taxímetro está rodando?

Ela deu risada.

— Ainda não.

— Tá bom. Vou pensar nisso.

Nos levantamos e voltamos para os carros.

— Você perdeu um pouco do sotaque depois de estudar em Oslo — comentei.

— Não foi a única coisa que eu perdi.

Ela me encarou com um olho meio fechado. Pensei na pálpebra caída de Shannon — um problema congênito que ela chamava de "ptose". Fiquei sem saber se o olhar de Natalie era um incentivo para eu me aprofundar mais ou um aviso para recuar, então deixei passar.

Um sujeito gordo de camiseta e cueca saiu de um chalé. Arrotou e coçou o braço enquanto nos observava passar. Natalie entrou no Mitsubishi. A música começou assim que ela ligou a ignição. Violinos de novo, mas não de música clássica. Dessa vez era o som de um violino Hardanger.

— O que é isso? — perguntei.

— Odd Bakkerud. Gosta?

Escutei com atenção. Um gemido choroso. Papai sempre desligava o rádio quando tocava música folk. A música me fez lembrar alguma coisa, mas o quê?

— Psicodélico — comentei. — É novo?

Natalie deu uma risada.

— Dos anos cinquenta. Da época em que ele tocava em bailes locais, antes de mudar de estilo.

Jimi Hendrix. Era isso. "Purple Haze", do show em Woodstock. Foi isso que me veio à cabeça.

— Sábado de manhã — falei. — Fica bom para você?

— Você não disse que ia pensar?

— Já pensei. Às dez, tá bem?

— Certo.

— Sabe onde fica Opgard?

— Claro. Quer saber quanto cobro por hora?

— Não, mas acho que você não pretende me levar à falência.

Natalie inclinou a cabeça e me lançou um olhar estranho.

— Não sou só eu, acho que você também mudou, Roy Opgard.

— Ah, é? Como?

— Não sei.

Depois ela me disse quanto cobrava por hora, fechou a janela e foi embora. Enquanto eu via o carro partir, me dei conta de que já era hora de repensar aquele papo de os Opgard nunca barganharem.

10

Na quarta de manhã, liguei para Vera Martinsen na kripos.

Ela havia estado em Os por causa da investigação da morte de Poul Hansen, o matador de aluguel dinamarquês. Gostávamos um do outro. Alguns até diriam que tínhamos um relacionamento, porque depois da investigação ela visitou Os algumas vezes, e eu a visitei outras tantas em Oslo. Foi agradável e, sem dúvida, terapêutico, mas, a meu ver, a morte de Shannon ainda era recente demais, e eu não me sentia capaz de manifestar sentimentos mais fortes. A última informação que tive foi que Vera havia conhecido um cara no trabalho e agora eles estavam morando juntos, até se mudaram para uma casa nova. Depois de um bate-papo rápido sobre nossas vidas — e nesse aspecto Vera tinha mais a contar do que eu —, cheguei ao ponto principal. Ou melhor, ela chegou.

— Você quer saber o que houve com a checagem dos carros, certo?

— Isso.

— E sabe que não tenho permissão para contar nada, não sabe?

— Sei.

— Mesmo assim resolveu perguntar — disse, e percebi o tom de repreensão.

— Acho que sim. Eles eram meus pais, Vera. Você também gostaria de saber se alguém foi responsável pela morte deles.

— Provavelmente gostaria. Sobretudo se eu estivesse correndo o risco de ser considerada suspeita.

Fiquei tenso. Na época, Vera riu das acusações de Kurt Olsen. Disse que não passavam de teorias da conspiração. Me explicou que a KRIPOS tinha ido a Os porque a política do governo era demonstrar apoio aos gabinetes regionais dos xerifes. Ela havia mudado de opinião?

— Acho que não me expliquei bem — disse ela. — Só estou falando que não importa o que vamos encontrar, esse seu xerife aí vai pensar em alguma forma de ligar qualquer possível descoberta a você e seu irmão. Ele parece tão obcecado agora quanto no passado.

— Entendi.

Houve uma pausa. Ela não disse nada.

— Mas vocês *encontraram* alguma coisa? — perguntei, por fim.

— Roy...

— Eu sei. Foi mal. É bom ouvir a sua voz de novo, Vera. E fico feliz por saber que as coisas estão dando certo para vocês dois. Boa sorte com a nova casa. E toma cuidado para a mudança não virar motivo de divórcio.

— Pode deixar. Manda um oi para o maçarico-dourado.

— Pode deixar.

Não desliguei. Vera também não.

— Encontraram sangue — falou. — E cabelo.

Esperei. Não ouvi mais nada. Ela havia desligado.

No carro a caminho de Notodden, coloquei J. J. Cale para tocar. Mas, depois de um tempo, parei no acostamento, peguei o celular e busquei Odd Bakkerud. Coloquei a primeira música que apareceu — "Fanitullen" — no som do automóvel e segui viagem. Já tinha escutado antes — qualquer norueguês conhece essa música, na qual em alguns momentos o violinista levanta o arco e toca as cordas com a mão esquerda. Mas essa canção não era tão selvagem quanto a que Natalie estava escutando no carro.

Ainda faltava meia hora para as três da tarde quando estacionei nos fundos do Hotel Brattrein. Havia poucos carros ali, só um com placa de Oslo, e não era o Audi de Halden. Mas, quando pedi a chave do quarto trezentos e trinta e três à recepcionista, ela me disse que meus convidados já haviam chegado.

"Convidados". No plural.

Merda. Polícia? Esperei o elevador. Hora de dar o fora?

Antes de visitar Halden em Oslo, eu havia me informado sobre suborno ou tráfico de influência, a categoria que achei que descreveria a situação. Era melhor saber de antemão qual seria o possível desfecho da situação para mim, para Halden e para Fuhr. Pelo que entendi, segundo o parágrafo trezentos e oitenta e nove do Código Penal, ambas as partes desse tipo de acordo poderiam pegar até três anos de detenção, mas a lei só dizia que aceitar suborno era passível de punição, não falava nada sobre planejar ou discutir suborno. O elevador abriu e fui para o quarto trezentos e trinta e três.

Halden estava sentado numa cadeira perto da mesa, e Fuhr — que reconheci de uma foto que vi ao buscar o nome dele na internet — estava numa poltrona perto da janela. Ambos se levantaram. Halden e eu trocamos um aperto de mão.

— Sei que você preferiria que eu viesse sozinho — começou ele —, mas o meu parceiro insistiu em estar aqui. Afinal, tem muita coisa em jogo para todos nós.

— Jon Fuhr — disse o homem ao lado dele.

Olhei para Fuhr e para a mão estendida. Tinha um estilo bem diferente do de Halden. Corte à escovinha, jaqueta bomber verde-oliva. Parrudo, musculoso, algumas espinhas que sugeriam o uso de esteroides. Nariz torto, possivelmente por praticar algum tipo de luta. Tinha uma *vibe* bem diferente. Parecia frio, desafiador, autoconfiante. Não chegou a ser detido pela condenação por peculato nem pela agressão. Na sentença dizia algo sobre uso de violência desnecessária, mas em legítima defesa.

— Oi — falei e apertei a mão dele.

— É *Roy* Opgard, certo? — disse Fuhr.

Fiz que sim e me perguntei por que ele teria dificuldade com um nome simples de três letras. Tentei olhar nos olhos dele, mas não consegui.

Nos sentamos, e fiquei na beirada da cama de casal onde Shannon e eu tínhamos nos deitado. Ao menos presumi que fosse a mesma cama, tendo em vista que nada no quarto parecia ter mudado desde a última vez.

— E aí? Como vai ser? — perguntei, encarando Halden.

Ele piscava sem parar, parecia nervoso, o que não era de estranhar. Fuhr pigarreou.

— Antes de responder, a gente precisa esclarecer algumas coisas, tudo bem?

— Manda bala — respondi.

— Então você, Roy Opgard, pretende subornar a GeoData, que somos nós, com uma oferta de doze milhões de coroas em troca de entregarmos um relatório falso sobre o túnel de Todde ao Departamento de Estradas e Parques. É isso?

Encarei Fuhr. Embora seja o nome correto, ninguém *diz* Estradas e Parques, todos ignoram a parte do "Parques". Baixei o olhar. O tecido da jaqueta dele era tão fino que dava para ver a luz da tela do celular no bolso interno.

— Com licença, só um segundo — falei, me levantei e fui ao banheiro.

Pelo menos as toalhas eram diferentes. Agora eram azul-claras, e antes, brancas. Tão brancas quanto a pele irlandesa de Shannon. Ela parecia nua quando saiu do banheiro com a toalha no corpo. Abri a torneira e me olhei no espelho. O que Natalie Moe quis dizer sobre eu estar mudado? É óbvio que as pessoas mudam ao longo de oito anos — para começar, envelhecem. Mas ela estava falando de outra coisa, não é? Peguei o celular, toquei na tela, enfiei-o num copo e o virei de frente para a porta. Peguei uma das toalhas pequenas, enrolei na mão direita, fechei a torneira e voltei para o quarto.

É importante saber certas coisas sobre uma briga. Uma é que, por mais que você treine a arte marcial que for, se encarar alguém que passou a juventude caindo na porrada em bailes, todo esse conhecimento não vai adiantar nada, sobretudo porque nas artes marciais você é ensinado a esperar o sinal do juiz para começar. Não parei para fechar a porta do banheiro atrás de mim, usei minha velocidade e fiz como papai me mostrou quando me ensinou a socar o saco de pancadas no celeiro: use o quadril e o ombro. Como Jon Fuhr estava sentado e a poltrona era larga, eu tinha que acertar um gancho baixo. Ele estava com a cabeça apoiada no encosto da poltrona — ou seja, não tinha como recuar nem desviar para os lados.

Quando acertei o nariz de Fuhr, o som que ouvi foi o de um saco de batata frita sendo esmagado. Halden gritou, Fuhr apenas grunhiu. Não teve tempo de levantar a guarda antes do segundo golpe. Foi no mesmo lugar, mas agora sem o som de esmagamento — seu septo nasal obviamente tinha virado história. Ele levantou a guarda, os antebraços na frente do rosto, os punhos erguidos, a cabeça abaixada. Dei um passo para o lado, enfiei a mão no bolso da jaqueta dele e pesquei o celular. Era da Samsung, mesma marca que o meu. Olhei para a imagem ondulante do gravador ligado. Pressionei "parar" e apaguei a gravação. Joguei o telefone no colo de Fuhr. Ele se encolheu, provavelmente pensando que ia levar um soco no estômago. Aos poucos abaixou os braços, e um par de olhos marejados de dor apareceu. Em seguida, o nariz parecia ainda mais torto, e o sangue que escorria das narinas e pingava do lábio superior para o queixo, depois para a jaqueta bomber. Como o gelo da primavera derretendo numa montanha.

— Se for montar uma armadilha, sempre se certifique de que ela não é mais estúpida que a vítima.

Fuhr me observou. Parecia estar pensando em se levantar, imaginando se podia me encarar. Mas então, sabiamente, abandonou a ideia.

— A gente... A gente só queria a gravação por garantia — disse Halden.

Olhei para ele. Parecia pálido, como se estivesse enjoado.

— Se a gente entregasse o relatório e você não pagasse — grunhiu Fuhr.

O ar que saía do nariz esmagado dele soava como um assobio e dava à sua voz um belo tom ressonante, como o violino Hardanger de Odd Bakkerud.

— E se fosse esse o caso vocês ameaçariam ir à polícia com a gravação? — perguntei, debochando. — E arrumar três anos de cadeia para todos nós? Não me parece uma ameaça realista.

Eles se entreolharam. Fuhr disse:

— Se você não pagasse, tecnicamente falando não haveria suborno. Nesse caso a gente poderia ir à polícia e dizer que entregou o relatório falso como uma armadilha para você. Que a gente fez isso sem envolver a polícia porque eles não podem pedir que cidadãos cometam crimes. — O puto teve a audácia de esboçar um sorriso. — A gente ia falar que é importante para a sociedade que as pessoas contribuam na captura dos criminosos, em especial os criminosos mais astutos. E que estávamos prontos para entregar o relatório verdadeiro.

— Relatório esse que vocês já prepararam, certo?

Fuhr limpou o nariz com a manga da jaqueta e fez que sim.

— Você também teria um plano B, Opgard — falou ele, sibilando.

Fuhr tinha razão. Plano B. Óbvio, nós pensávamos igual. Do contrário, talvez eu não tivesse suspeitado quando ele começou com aquela descrição exagerada e superdetalhada da situação — a "exposição", como dizem no mundo do cinema —, me pedindo para confirmar meu nome completo e falando o nome inteiro do Departamento de Estradas e Parques. Mas foi a natureza extremamente amadora da situação como um todo que me fez acreditar neles. Desenrolei a toalha da mão direita e a ofereci a Fuhr.

— Escuta — falei, enquanto me sentava de volta na cama —, ninguém aqui dentro é bandido, só estamos fazendo o que temos que fazer. E estamos fazendo por um motivo maior do que nós mesmos. Vocês, para que os seus funcionários mantenham o emprego em tempos difíceis, e eu, porque quero que o meu vilarejo siga existindo. Temos aqui uma situação em que as duas partes podem alcançar os objetivos, mas, para isso, vamos ter que confiar um no outro.

Segui em frente com meu discurso motivacional mesmo sem saber como ele estava sendo recebido.

— Um *voto de confiança* — falei.

Era uma expressão que ouvi de Willum Willumsen quando trocamos um aperto de mão e concordamos em não tentar matar um ao outro. E funcionou. Pelo menos por um tempo.

— E, como um sinal de que estamos dispostos a seguir com esse voto — continuei, enquanto tirava o envelope gordo do bolso da parca e o jogava na mesinha redonda entre eles —, aqui está um pequeno adiantamento para vocês. Tem duzentos mil aí.

Eles olharam para o envelope. Imaginei que Fuhr seria o primeiro a pegá-lo. Acertei.

— E o resto? — perguntou enquanto folheava as notas de mil coroas fingindo indiferença.

— Quatorze dias após a publicação do relatório.

— Por que tanto tempo?

— Porque é o tempo que o banco demora para pagar depois de receber o meu pedido de empréstimo.

— Empréstimo? — perguntou Fuhr, trocando olhares com Halden outra vez. — Por que esperar pelo relatório antes de pedir um empréstimo?

— Porque o relatório é o que vai fazer com que eles liberem o empréstimo. Eu tenho um posto de gasolina e várias outras propriedades em Os, e eles vão passar a valer muito mais e podem servir de garantia quando souberem que a estrada principal vai continuar passando pela cidade.

Fuhr não parecia muito feliz, mas imagino que, com um nariz recém-esmagado, não conseguiria nem que tentasse.

— Como falei, precisamos ser capazes de confiar um no outro.

Fuhr olhou para Halden. Eles assentiram.

— O relatório vai ser publicado na quinta da semana que vem — disse Halden.

Fiquei à janela, observando os dois atravessarem o estacionamento e entrarem no Mercedes com placa de Oslo. Conversamos sobre os pontos mais importantes do relatório, e eles enfatizaram que os dados a serem publicados não eram exatamente falsificados, só um pouco distorcidos. Se o pessoal das estradas encomendasse uma segunda avaliação independente, a conclusão seria a mesma — ou pelo menos ela não teria como discordar da conclusão da GeoData, dizendo que o túnel de Todde não era viável. Tanto o antigo quanto o novo prefeito de Os tinham ido ao Storting discutir uma solução mais barata que melhorasse a estrada já existente, mas isso não encurtaria o tempo de viagem de A para B e, sejamos realistas, Os não era nem A nem B. Mas, se a ideia do túnel desaparecesse, haveria uma grande chance de recuperarem os planos de melhoria da rodovia atual, e com isso a cidade não só seria salva do isolamento total como se aproximaria dos centros populacionais de Drammen e Oslo.

As luzes do Mercedes se acenderam, e eles partiram.

Entrei no banheiro, que ainda estava com a porta aberta, me inclinei sobre o copo onde havia colocado o celular e, com a minha melhor imitação de voz de apresentador de TV, disse:

— Estamos no quarto trezentos e trinta e três do Hotel Brattrein, onde acabamos de testemunhar Bent Halden e Jon Fuhr, sócios da GeoData, aceitando duzentas mil coroas como parte do pagamento por elaborarem um relatório falso sobre a pesquisa de viabilidade do túnel de Todde.

Tirei o celular do copo e parei a gravação do vídeo. Voltei para o quarto, me deitei na cama e reproduzi a gravação desde o início. Halden não apareceu, mas dava para ver minhas costas e Fuhr contando o dinheiro e enfiando o envelope no bolso. E o áudio da conversa estava bom. Como falei, eles e eu pensávamos da mesma forma sobre a importância de ter um plano B.

Fechei os olhos e senti meu peso no colchão. Com certeza ainda era o mesmo.

A caminho de casa, por acaso me deparei com um álbum chamado *Warg Buen*. Coisa recente. Um dueto de violinos Hardanger que, para meus ouvidos, soavam como uma corrida de automóveis. Coisa boa. Coloquei o volume no máximo e pisei fundo, ultrapassando o limite de velocidade duas vezes antes de aliviar o pé. Agora que Halden e Fuhr tinham pegado o dinheiro, a sorte estava lançada; era hora de comemorar. Se não sozinho comigo no carro, então com quem? Com Carl? Sim, tinha que ser com ele, não havia mais ninguém na equipe. E o plano, qual era? Construir a montanha-russa, até aí tudo certo. Mas e depois? Qual era o *plano*? Caramba, eu ia me torturar com isso de novo? É como perguntar qual é o sentido da vida. Você vai passar um tempão vagando nesse pântano até pisar em terra firme — isso *se* chegar a terra firme. Porque, quando se percebe que tudo o que se faz e o que se é não têm valor nenhum, às vezes é melhor meter uma bala na testa. Esse era um pensamento do qual eu tinha conseguido manter uma distância razoável. Digo razoável porque de certa forma é reconfortante a ideia de que sempre existe uma saída. Depois que Shannon morreu e tudo perdeu o sentido, percebi que a única coisa que poderia ressuscitar meu apetite pela vida era o perigo. A lembrança constante de que sua vida pode ser tirada faz você se apegar mais a ela, como uma criança que joga um brinquedo fora e começa a berrar quando outra criança o pega. Talvez por isso eu tenha entrado no quarto do hotel com uma enorme sensação de arrebatamento, de estar pronto para qualquer coisa, talvez até para minha própria morte. Foi por isso que, na Polônia, fiquei meio que torcendo para o vagão sair dos trilhos na montanha-russa. Foi por isso que senti um formigamento no couro cabeludo quando Vera Martinsen disse que "encontraram sangue e cabelo".

Porque é óbvio que havia sangue e cabelo nos carros que despencaram em Huken com quatro, ou melhor, cinco pessoas dentro. Então é óbvio também que ela poderia ter dito isso a qualquer jornalista que ligasse e não estaria deixando de cumprir o dever de confidencialidade. Isso só podia significar que não foi isso que ela quis dizer quando falou comigo. Vera queria me falar alguma coisa sem verbalizar. Foi o tom como ela disse "e cabelo".

Ela estava dizendo que o cabelo era meu? Se encontraram cabelo meu em um ou nos dois Cadillacs, não tem nada de suspeito nisso, eu entrei inúmeras vezes em ambos os carros. Seria um pouco mais difícil explicar um fio de cabelo meu dentro do Jaguar, mas dessa hipótese eu duvidava. Quando desci Huken e voltei com a arma do matador de aluguel — a que mais tarde usei para tirar a vida de Willum Willumsen no quarto dele —, tomei todo o cuidado para não deixar impressões digitais ou qualquer outro vestígio biológico. Além do mais, a cor do meu cabelo não era exatamente rara e parecia impossível que eles já tivessem completado os exames de DNA nos fios de cabelo encontrados.

Segui dirigindo até alcançar um trator que claramente havia acabado de sair do campo, com enormes torrões de terra se soltando das rodas, e um deles caiu no capô do meu carro com um baque. Eu não estava com pressa para nada, mas colei na traseira perto da curva e esperei impacientemente pelo trecho de reta que sabia que viria logo depois. O torrão de terra desafiava a força centrífuga e permanecia no capô.

Foi quando me dei conta de uma coisa.

Cabelo. Um cabelo tão loiro, longo e grosso que só podia ter duas origens: a juba de Kurt Olsen ou o homem de quem ele a herdou, o velho xerife. Visualizei Sigmund Olsen se debruçando na beira do precipício há mais de vinte anos, olhando para os destroços do Cadillac do pai no fundo de Huken, e Carl dando um passo à frente e o empurrando. Vejo tudo com tanta nitidez que é como se estivesse lá — vejo até com mais nitidez. Porque na minha mente posso desacelerar a cena, posso fazer com que a decisão fatal leve vários segundos para acontecer, quando na verdade foi um ato impulsivo de um adolescente desesperado, morrendo de medo. Sigmund Olsen sendo empurrado com força suficiente para que o corpo desse uma cambalhota para a frente em pleno ar e ele caísse de costas no carro lá embaixo. Não no capô, e sim na parte inferior do chassi, pois o carro também deu uma meia cambalhota ao cair. Eu estava na oficina quando recebi a ligação de Carl. Ele estava quase chorando e eu tinha que ir até lá logo em seguida.

E eu fui. Como sempre fiz quando o meu irmão caçula precisava de mim. Não porque sou um idiota altruísta, mas porque já estávamos ligados por laços de sangue, culpa e destino. Então, de certa forma, foi simbólico quando pegamos uma corda de cem metros, amarramos uma ponta dela no Volvo 240 que eu tinha na época e a outra em mim, Carl deu ré, e eu desci Huken. A parte superior do corpo de Sigmund Olsen estava pendurada diante da placa e do porta-malas, formando um ângulo de noventa graus. Parecia um boneco sem articulações, um espantalho, o tronco e a cabeça pendurados e um esfregão no lugar da cabeça que ainda pingava sangue no chão, produzindo uma série de ruídos breves e secos. Mas o velho xerife não era lá um espantalho muito competente, porque havia um corvo sentado na barriga dele com a garras na fivela grande do cinto e ele só voou quando comecei a atirar pedras nele.

Carl e eu conseguimos içar o cadáver e tiramos suas botas de couro de cobra. Na mesma noite eu as coloquei no fundo de seu barco e o empurrei para o meio do lago Budal. Colocamos o corpo na caçamba do trator que enchemos com Fritz para limpeza pesada, produto atualmente proibido, que dissolve absolutamente tudo o que toca: diesel, asfalto, até mesmo cálcio. Óbvio, foi um choque quando o barco foi encontrado à deriva e tudo sugeria que o xerife havia se afogado, mas todo mundo sabe que homens como ele também não saem por aí dizendo que estão com depressão. O problema é que Kurt Olsen nunca acreditou nesse suicídio. Ele fica de olho em mim e em Carl desde então.

Mas não fazia sentido eles encontrarem sangue e cabelo do lado de fora do carro. Mais de vinte anos depois do que passamos a chamar de noite do Fritz? Com todas as intempéries a que o lugar foi exposto durante esse tempo? Tudo bem que Huken estava protegido da chuva e do sol, mas o solo é repleto de insetos que se alimentam de sangue; qualquer rajada de vento teria levado embora um fio de cabelo perdido. Descartei essa possibilidade outra vez.

Quando peguei a reta, dei seta, olhei o retrovisor, pisei fundo, e, quando olhei o retrovisor de novo, o trator já havia encolhido e estava quase invisível. Aumentei de novo o volume da música com violino Hardanger. Ia dar tudo certo.

11

Choveu até o fim de semana, então o tempo melhorou, com céu limpo e ar fresco. Na manhã de sábado, fui dar uma olhada na nova mureta na Geitesvingen. Parecia que eles tinham seguido todas as recomendações e instruções, e a mureta dava toda a impressão de ser bem robusta. Olhei para a estrada que descia serpenteando com a mureta em direção a Nergard. Dei meia-volta e subi a rampa do palheiro. Acendi a luz, fui até o centro do espaço e olhei em volta. Durante anos, Carl e eu conversamos sobre o que fazer com o celeiro e o cercado de cabras. Se era melhor consertá-los, derrubar e construir tudo novo, ou simplesmente deixá-los desmoronar. Nos últimos tempos Carl vinha defendendo a última opção, achava que talvez desse para ganhar um bom dinheiro de seguro. Eu discordava, dizia que tínhamos que impor limites sobre nossa decadência. Mas agora eu não tinha mais tanta certeza. Com ou sem indenização, não me importaria se uma tempestade de outono chegasse varrendo tudo aquilo da minha memória. O saco de pancadas continuava pendurado ali dentro, onde papai havia socado até os punhos sangrarem, e eu tinha seguido os passos dele.

Olhei para a parede abaixo dos interruptores. Papai tinha deixado o rifle ali naquela noite, com cartuchos em ambos os canos. Para que eu fizesse o que tinha que ser feito. E eu o decepcionei — não apenas ele, mas toda a família. Olhei para o chão. Porque foi ali, naquele exato lugar, que papai se ajoelhou com Dog nos braços. Carl tinha acabado de atirar sem querer no cachorro, e eu usei uma faca para sacrificar o animal porque Carl não foi capaz de fazer isso.

Não, ali não havia nada que merecesse ser preservado.

Olhei para a fachada oeste da casa principal, sem janelas. A prioridade da construção não era a iluminação do ambiente interno, mas sim a proteção contra o vento noroeste. A entrada da casa ficava nos fundos, virada para o norte. Do outro lado — o lado ensolarado — ficava o jardim de inverno de mamãe, onde Carl estava sentado, lendo os jornais de hoje no notebook.

Escutei com atenção. Olhei as horas de novo. Fui para o pátio.

Sim, era um carro. Reduzindo a marcha, provavelmente dobrando a Japansvingen. Quando eu era adolescente, ainda dava para adivinhar a marca do carro pelo barulho que ele fazia, pelo menos se não fosse novinho em folha. Mas hoje em dia eu não tinha a menor chance, era mais fácil adivinhar a marca dos pneus que estavam usando. De qualquer forma, quando o carro contornou a Geitesvingen, vi que era o Mitsubishi de Natalie.

Ela saiu.

— Então essa é a famosa Opgard — disse.

— Nunca esteve aqui?

Ela balançou a cabeça.

— A estrada acaba aqui — comentou.

— Imaginei que talvez você pudesse ter feito uma trilha pelas montanhas e, por acaso, chegado aqui.

— A gente não fazia trilha. Olha só, tem neve recém-caída aqui!

Natalie deu uma risada e apontou para o descampado. Na noite anterior, uma fina camada de neve havia decorado os picos das montanhas próximas, como açúcar de confeiteiro sobre um bolo, e agora ela brilhava discretamente ao sol.

— Aqui em cima é lindo demais, Roy.

— É, temos muita sorte.

Não sei por quê, mas senti certo orgulho. Sim, a terra que estávamos olhando pertencia a Opgard, mas o orgulho de um fazendeiro não se baseia na estética, e sim na qualidade do pasto, na qualidade da floresta que está em seu terreno e, nesses aspectos, Opgard não tinha muito do que se gabar. Era um terreno formado por cerros, bétulas, urzes e coisas do tipo. Ou seja, um lugar em que só cabras resistentes sobrevivem.

— Você nunca veio caminhar aqui em cima? — perguntei.

— Não sei, provavelmente já, em algum momento. Mas não me lembro. De qualquer forma, preciso conhecer melhor, porque as caminhadas por aqui são um dos atrativos do hotel.

— Pois é. Café?

— Por favor.

Natalie abriu aquele sorriso feliz e escancarado dela, mas eu não estava pronto para tanta alegria e abertura; por isso, fingi que ainda estava observando a paisagem.

Fui na frente e entrei em casa. Ela se sentou à mesa da cozinha, enquanto eu passava o café.

— Oi, Natalie! — exclamou Carl do jardim de inverno.

— Oi, chefe!

Ele deu uma risada, parecendo contente.

Me virei para trás apoiado na bancada da cozinha. Vi Natalie sentada. Vi as anotações que eu tinha feito sobre a mesa da cozinha. E me ocorreu como a cozinha era pequena. Claro que poderíamos usar a sala de estar, mas ela ainda estava cheia de restos da pizza da noite anterior e das garrafas de cerveja vazias de Carl.

— Quer saber? — falei. — Já que você tem que conhecer o terreno aqui em cima, que tal a gente colocar o café numa garrafa térmica e dar uma volta?

Natalie olhou automaticamente para sua calça jeans justa e seus tênis Converse frágeis.

— Posso te emprestar as velhas botas de caminhada da minha mãe — falei.

Encontrei as botas no baú do alpendre e, enquanto Natalie as calçava, olhei para o rifle Remington pendurado acima da porta.

— Remington 700 CDL? — eu a ouvi dizer.

Me virei para Natalie. Ela estava de pé, tinha fechado o zíper da jaqueta Patagonia e estava pronta para sair.

— Você entende de armas? — perguntei.

Ela balançou a cabeça.

— O meu pai tinha um exatamente igual a esse.

— Ele caça?

— Caçava.

— Nunca te levou junto?

— Não. E eu também não tinha permissão para tocar no rifle, só para olhar. Ainda mais depois que ganhei um pequeno ferro de solda de Natal e desenhei um coraçãozinho aqui.

Ela ficou na ponta dos pés e passou um dedo na coronha de nogueira.

— Mal dava para ver, mas levei uma baita bronca.

— Um homem rigoroso — comentei, segurando a maçaneta.

— Ah, foi a mamãe quem deu a bronca, foi ela que disse que eu não tinha permissão para tocar no rifle.

Ignorei uma série de perguntas que me ocorreram, abri a porta e a luz do dia iluminou a cozinha.

Andamos pela urze. Percebi que Natalie alternava passos curtos e longos, quase saltitando, como se tivesse dúvida de como caminhar no terreno. Já estava sem fôlego quando chegamos ao topo da primeira colina, que tinha vista para o hotel.

— Você parece a tartaruga da corrida com a lebre, né? — comentou ela.

— Não sei do que você está falando.

— Parece que está andando devagar, mas com os seus passos uniformes, na verdade anda rápido. Igual ao Ola.

— Quem é Ola?

Ela inclinou a cabeça, fechou um olho e me encarou.

— Uma pessoa. Uma pessoa com quem tenho caçado.

— Aaah! Então você *tem* caçado?

— Não. Não tenho licença de caça, só fico observando. Podemos continuar?

— Tá bem. Para onde?

Ela sorriu. Uma boca larga, lábios macios e dentes brancos.

— Para o topo, é claro.

Seguimos em frente. Andei mais devagar e um pouco à direita da trilha para que ela pudesse andar ao meu lado.

— Aproveitando que estamos falando de caçada — disse ela —, não quero de jeito nenhum matar a sua ideia de um parque de diversões em Os logo de cara, mas tenho feito umas pesquisas e analisado o nosso alvo.

— Manda bala.

— Os parques de diversões que fazem sucesso na Noruega têm uma coisa em comum. Sabe o que é?

— Eu poderia tentar adivinhar, mas vai em frente, diz.

— Todos ficam perto de uma estrada principal. Os quatro maiores, Tusenfryd, Kongeparken, Dyreparken e Hunderfossen, estão próximos de autoestradas. O Sommarland fica numa estrada entre duas metrópoles. E vai bem, tem cento e cinquenta mil visitantes por ano. Tem mais atrações que o Hunderfossen. É tudo questão de acesso. Então, quando Os perder o seu à estrada principal, a probabilidade de um grande parque de diversões aqui ser financeiramente viável vai cair, a meu ver. Então, a minha primeira pergunta é: você já considerou construir um parque pequeno?

— Já. E descartei a ideia.

— Por quê?

— Porque a construção de uma montanha-russa por si só custa centenas de milhões de coroas, então são necessários alguns milhares de visitantes todo ano para ter lucro.

Natalie fez que sim como se tivesse entendido, mas percebi que não tinha.

— Você está se perguntando se eu tenho um projeto empresarial sólido ou só uma ideia fixa de construir uma montanha-russa.

— Bem, e é esse o caso?

Encarei Natalie e ela me encarou também. Havia algo, algo que me dizia que ela era capaz de me ler. Me ler do mesmo jeito que eu tinha lido aquela adolescente vítima de abusos sexuais que aparecia no meu posto de gasolina para comprar pílulas do dia seguinte. E, ao ver como ela era capaz de me ler, senti um estranho desejo de lhe contar tudo. Quer dizer, não tudo. Mas uma parte. Porém, óbvio que não podia.

— A matemática precisa incluir mais alguns fatores — falei. — Você tem sinergias. Não só com o Spa Os e um parque de diversões para a família mas também com o posto de gasolina, com o Fritt Fall, com os preços dos imóveis da região. É uma questão de massa crítica para começar uma espiral ascendente, e a montanha-russa é o catalisador.

— Certo — disse ela, ainda sem parecer convencida, talvez porque não tivesse estudado muitas matérias exatas no ensino médio em Notodden ou porque não acreditava na soma dos fatores. — Você não me contratou para avaliar o projeto como um todo, mas preciso ter certeza de que é isso que você realmente quer. Porque existem regras básicas sobre como trabalhar no marketing de algo assim.

— Tipo...?

— Todo mundo sabe que projetos grandes e caros exigem campanhas de marketing mais caras, mas não que ele também vá gastar uma porcentagem maior do investimento como um todo. Veja como funciona a indústria do cinema, em que cada filme é um projeto próprio. Para filmes pequenos e independentes, o marketing leva de dez a vinte por cento do orçamento total, mas para blockbusters é algo em torno de cinquenta por cento ou até mais. Você tem isso para gastar?

— Não — admiti.

— Imaginei. Então, tendo em mente que Os está longe das grandes cidades, está prestes a perder todo o seu tráfego e você não tem dinheiro para convencer as mães...

— As mães?

— Pesquisas mostram que são elas que decidem onde as famílias passam as férias e os fins de semana.

— Ok.

— Eu tive uma ideia, mas vou precisar que você entre nessa comigo.

Fiz que sim, dando a entender que estava ouvindo.

— Você, Roy Opgard, precisa apostar tudo em uma carta. Qual?

— Não entendi.

— Você deveria dizer: "Que carta é essa?"

Revirei os olhos.

— Que carta é essa?

Ela me encarou de novo, então disse, lenta e claramente:

— A. Maior. Montanha-russa. Do. Mundo.

Não entendi nada quando ela agarrou minha mão, me puxou para perto e subiu a manga da minha parca.

— Viu? — disse Natalie, dando uma risada e correndo os dedos pelo meu braço.

— O quê?

— A sua pele ficou arrepiada. Essa é a sua única carta.

— Arrepiada?

Ela soltou o meu braço e eu desci a manga.

— Um orçamento curto para promover o parque não só impede você de gritar alto como também limita o que pode dizer. E a única coisa que você precisa dizer é: "A maior"... — Natalie fez um gesto com as duas mãos e percebi que ela não desistiria até nós dois dizermos em coro: — ... "montanha-russa do mundo."

Então continuou:

— Essas cinco palavras são a sua mensagem. Precisam ser repetidas toda vez que você fizer um anúncio ou alguma declaração para qualquer meio de comunicação.

— Você acha que isso vai bastar para atrair gente?

— As únicas vezes em que o público anual no Tusenfryd ultrapassou um milhão de pessoas foram nos dois anos em que eles inauguraram uma montanha-russa nova. E elas nem foram as maiores do mundo. Se a maior do mundo inteiro estiver em Os, até o pai vai querer escolher para onde a família vai viajar. Isso sem contar todos os nerds de montanha-russa do mundo que vão aparecer. Nos Estados Unidos, eles têm clubes de montanha-russa com milhares de membros que viajam pelo mundo.

— Talvez você tenha razão, mas essa não vai ser a maior do mundo, vai ser apenas a mais bonita do mundo, tanto pelo brinquedo em si como pelo entorno.

— A estética atrai os aficionados por montanha-russa, mas não o público em geral. O público em geral quer poder riscar da lista que andou na maior montanha-russa do mundo.

— Então o que você está dizendo é...

— ... que você tem que construir algo maior.

— Para daqui a dois anos alguém em Dubai construir uma maior ainda?

— O público dos parques de diversões tende a se manter estável, o que significa que o primeiro ano dá uma boa indicação do que vai acontecer nos próximos vinte. É mais ou menos o que acontece com o fim de semana de estreia de um blockbuster. Se você disser sem parar, desde a abertura, que essa montanha-russa é a "maior do mundo", é disso que as pessoas vão se lembrar, e isso vai permanecer na memória delas mesmo quando você já não tiver mais o direito de dizer isso.

— Bem, isso certamente é algo a se pensar — falei, coçando o queixo. Naquela manhã o barbeador elétrico caiu no chão e quebrou, e precisei usar minha velha e confiável lâmina de barbear, mas foi estranho.

— Vamos tomar o nosso café lá em cima? — perguntou Natalie, apontando para o Nesaksla coberto de neve.

— Acho que é um pouco mais longe do que parece.

— E daí?

Dei de ombros.

— Bem, se você gosta de café gelado...

Natalie sorriu.

— Vamos até a neve fazer o nosso próprio *iced coffee*?

Sem esperar minha resposta, Natalie saiu andando. Fiquei ali, esperando que ela desse meia-volta, mas não foi o que aconteceu, então, depois de alguns segundos, fui atrás dela.

O sol deslizava no céu acima de nós, enquanto caminhávamos com dificuldade na neve em direção ao Nesaksla. Natalie também aprendia rápido quando o assunto era andar em terrenos irregulares e em pouco tempo já conseguia se deslocar na minha velocidade normal. Seguimos conversando sobre o parque de diversões, e comecei a perceber que havia muitas coisas em que não tinha pensado. Não porque ela alegasse ter as respostas, mas porque fazia muitas ótimas perguntas. Depois de um tempo a conversa mudou e começamos a falar da paisagem ao redor. Apontei para os picos, disse o nome e a altura de cada um e identifiquei os pássaros que nos sobrevoavam. Sabia o nome dos chalés da montanha pelos quais passávamos, enquanto ela falava das canções de pastores e fazendeiros. De camponesas que passavam o verão sozinhas nos chalés e cantavam para os animais. Ou tinham músicas escritas sobre elas.

— *Você conhece a Kari Midtgard, de Tinn?* — cantou ela com uma voz leve e vibrante que alcançava as notas graves com uma precisão impecável. — *Ela não deixa os meninos brincarem no jardim.*

Era um som tão adorável que eu parei. Talvez tenha ficado boquiaberto também, porque ela deu uma risada. E colocou a mão atrás da orelha quando escutamos uma única nota triste e solitária que pairava no ar.

— Que som é esse? — perguntou.

— É um maçarico-dourado.

— Maçarico-dourado? É um pássaro?

Confirmei com um aceno de cabeça.

— Não vamos vê-lo, porque estamos juntos aqui. Mas, se você vier sozinha, ele vai aparecer para você. O maçarico-dourado é o companheiro dos solitários.

— Então é isso... — falou ela, assentindo para si mesma, como se tivesse acabado de compreender alguma coisa.

— Isso o quê?

— Eu reconheço essa nota. Você e o maçarico-dourado têm se visto bastante, não é?

Em vez de sustentar o olhar de Natalie, que eu sabia que estava em mim, olhei para meu relógio.

— Tem certeza de que não quer voltar? — perguntei.

— Não tenho planos para hoje. Você tem?

Balancei a cabeça, e seguimos andando.

Andamos por mais de três horas até chegar à neve, que estava começando a derreter. A água que descia pelos córregos recém-criados fazia um murmúrio; ao longo das encostas das montanhas já era possível ver as faces rochosas e as manchas de urze. Encontramos duas pedras secas para nos sentar e abri a mochila, tirei a garrafa térmica e servi o café em duas canecas de plástico. O sol ainda esquentava um pouco, embora estivesse se aproximando do Ottertind. Vi um pássaro minúsculo com bico estreito e penas da cauda apontando para cima no toco de uma raiz virada nos observando.

— Então o maçarico-dourado quer companhia mesmo vendo que a gente está junto? — perguntou Natalie.

Balancei a cabeça.

— Aquela ali é uma carriça.

— Ah. Será que tem um ninho por perto?

— Duvido. Em geral, o macho constrói o ninho em áreas arborizadas, onde encontra material com mais facilidade.

— Então nessa espécie também é o macho que constrói, certo?

— Pois é. A fêmea inspeciona o ninho, enquanto o macho torce para ser aprovado.

— E o que acontece se ela reprovar?

Dei de ombros.

— Não sei. Acho que ele tem que construir um novo. Ou ela encontra outro parceiro com um ninho melhor.

— É por isso que você não tem namorada, Roy?

A pergunta me pegou tão desprevenido que mal consegui pensar numa resposta.

— Não tenho? — retruquei.

— Ontem fui cortar o cabelo, e a Grete disse que você não sai com ninguém desde a policial que costumava vir te ver, mas isso faz cinco anos.

Dei uma risada.

— A Grete tem uma noção de tempo impressionante. Melhor que a minha.

— E aí? — Natalie me lançou aquele seu olhar direto. — Por que você não tem namorada?

Levei o copo à boca para ganhar tempo.

— Foi mal se parece uma pergunta um pouco pessoal demais — continuou ela.

— Não, não — menti. — É que não tenho muito a dizer. O tempo passa, e tem tanta coisa a se fazer, né?

Ela fez que sim olhando para a paisagem vazia e desolada, onde em breve as cores do outono seriam tragadas pela escuridão.

— Só achei que seria bom equilibrar um pouco as coisas, tendo em vista que você sabe tanto sobre mim e sobre as minhas questões. Quer dizer, para mim seria.

— Entendo.

Ela jogou o resto do café na neve.

— Preciso fazer xixi — falou. — Fica de olho para ver se vem alguém?

Era uma piada, mas nenhum de nós riu.

— Pode deixar — garanti.

Ela subiu um pouco mais a encosta e se escondeu atrás de um rochedo. Permaneci sentado, observando o sol. Calculei que a volta demoraria duas horas e meia, agora que a maior parte do trajeto seria ladeira abaixo e que Natalie havia aprendido a andar com um passo firme e estava adaptada ao terreno.

— Roy! — O grito ecoou por toda parte. Me virei. — Vem cá!

Eu me levantei e andei os cinquenta metros até o rochedo. Natalie estava parada atrás dele, apontando para a neve.

— Rastros — disse.

E de fato havia uma pegada, quatro dedos, tal qual um chapéu de bobo da corte.

— Não é um lobo? — perguntou.

— Pode ser, mas provavelmente é um cachorro.

— Não é grande demais para um cachorro?

— Depende do cachorro. Na prática, é impossível diferenciar.

— Uma mulher no salão disse que viram lobos por aqui.

— Esse salão parece uma grande fonte de *fake news*. É uma região de caça, tem muito cachorro por aqui.

— Mas e se for um lobo? E o pior é que o sol vai se pôr daqui a pouco...

Ela me olhou com uma expressão amedrontada.

— Se for um lobo, é um lobo solitário — falei, tentando reconfortá-la. Não devia ser difícil para um homem quase vinte anos mais velho do que aquela jovem precoce. — Nesse caso, seria um macho que está sozinho, porque foi derrotado pelo macho alfa — continuei. — Então não é o lobo mais forte. Sem uma matilha, é um lobo faminto e enfraquecido que já está condenado à morte. Além de tudo, ele tem mais medo de você do que você dele.

— Quer apostar?

Um sorrisinho despontou em meio ao medo. Ela estava *mesmo* amedrontada ou só brincando comigo?

— Da próxima vez, trazemos os nossos Remingtons — falei, depois de pegarmos nossas coisas, já descendo a montanha.

— É proibido atirar em lobos.

— Em legítima defesa, você pode atirar no que quiser.

— Tem certeza? — Ela estava andando na minha frente e se virou sem diminuir o ritmo. Fechou um olho. — Se você é condenado à morte e está prestes a ser executado, pode estrangular o carrasco se tiver a chance? Se o rei ordenar que você vá em direção ao fogo inimigo, para morrer metralhado como bucha de canhão, isso significa que você tem o direito de atirar no rei?

Apenas balancei a cabeça.

— Uma pergunta e tanto — continuou ela, forçando uma voz grave.

— Olha para a frente para ver onde está pisando — avisei.

— Admite que você acha que foi uma pergunta e tanto — disse ela, com um sorriso dançando naqueles olhos de cor estranha.

— Eu acho — falei e a empurrei para fazê-la seguir andando — que foi uma pergunta e tanto.

A risada dela ecoou, cortando o ar fresco e limpo sob o céu de outono que desbotava.

Já era noite quando Natalie entrou no carro e foi embora. Carl não estava em casa. Estava no hotel, provavelmente. E eu imaginava quem estava com ele. Fiquei sentado, analisando os esboços da montanha-russa até tarde. Eu tinha as medidas da Zadra e estava tentando calcular como um aumento proporcional de todas as dimensões afetaria a física da pista. Brinquei com as fórmulas por um tempo, mas por fim admiti que era uma tarefa além da minha capacidade, então, antes de ir para a cama, mandei um e-mail para Glen Moore perguntando se era possível. E quanto custaria a mais.

Antes de pegar no sono ouvi um som distante, uma nota longa e triste. Pensei no maçarico-dourado, mas não era ele. Não era um cachorro. Não era um lobo. Não que eu já tenha ouvido um lobo, mas o som parecia humano demais. Era como uma canção. Eu já devia estar sonhando quando a música foi interrompida por um grito gelado vindo das profundezas de Huken. Então voltei a ver o corvo, sentado no mesmo lugar daquela vez: na fivela do cinto de Sigmund Olsen.

12

O DOMINGO TROUXE VENTO e nuvens baixas que atravessavam o céu rapidamente.

O Os F. C. tinha mais uma partida em casa. Carl explicou que a tabela do campeonato tinha sido organizada para que todos os nossos jogos em casa acontecessem antes de novembro e os últimos jogos do outono fossem todos fora, nas terras baixas, onde havia menos risco de nevar.

Subi para a área VIP atrás de Carl. As flâmulas estavam esticadas pelo vento. Percebi que Mari Aas esboçou um sorriso rápido e formal na direção dele, como se os dois não estivessem nos braços um do outro no Spa Os horas antes. Carl e eu nunca falávamos do lance dele com Mari, quase certamente por escolha minha, não dele. A verdade é que eu não queria fazer parte daquela coisa clandestina e tenho para mim que ele havia percebido. Talvez o fato de ninguém saber tornasse tudo mais fácil para Carl — afinal, quando ninguém sabe o que está acontecendo, é mais simples fingir que tudo não passa de coisa da sua cabeça. Pelo menos era assim entre mim e Rita, na época. E entre mim e Shannon, óbvio. É, Shannon... Ainda havia momentos em que eu me perguntava se aquilo tinha acontecido ou se tudo não havia passado de um sonho.

Havia menos espectadores, tanto na arquibancada quanto ao redor do campo. O acesso à terceira divisão estava garantido, e isso se refletiu na escalação do time. Vi Alex tirar o colete — ele obviamente seria titular.

Antes que o árbitro e os bandeirinhas entrassem em campo, o locutor foi até o círculo central com um microfone sem fio numa das mãos e um cupom na outra. Carl havia tido a ideia de, antes de cada jogo, dar um prêmio para o melhor atleta da partida anterior, que sempre era um tratamento de spa de duas ou três horas no hotel.

Carl piscou para mim quando o locutor gritou o nome, a torcida aplaudiu e Kurt Olsen trotou até o círculo central.

— Isso fora a proposta de renovação de contrato que ele recebeu na sexta — sussurrou Carl.

Kurt aceitou o cupom, mas, em vez de dizer o habitual "obrigado" e deixar o gramado, pegou o microfone. Ouviu-se um barulho horrível do vento nos alto-falantes, e o locutor virou Kurt de costas para o vento, protegendo o microfone.

— Acho que essa é a primeira vez que um técnico é eleito o melhor jogador — disse ele. — Mas concordo plenamente com a decisão.

Risos da área VIP.

— Mas provavelmente esse também é um bom momento para informar ao clube e à torcida que tomei uma decisão.

Carl sorriu e se inclinou para trás com as mãos nas costas e a barriga para a frente. Só então me ocorreu que estava carregando mais do que o "peso" a que costumava se referir. Na verdade, ele precisava se inclinar um pouco para trás para manter o equilíbrio. E outra coisa me chamou a atenção: Carl não estava muito longe da forma do antigo rei de Os, Willum Willumsen, quando Willumsen estava com a idade de Carl.

— Concluí que o meu trabalho nesse clube está terminado — disse Kurt. — Gostaria muito de continuar na próxima etapa da jornada, mas o fato é que, como xerife, tenho outra missão, uma missão que, por vários motivos, vai ocupar o meu tempo nos próximos meses.

Tudo o que se ouvia do campo agora eram o silvo do vento e o farfalhar das flâmulas.

— Os chefões ali me apresentaram uma proposta para renovação de contrato. — Kurt apontou para nossa direção e ouvi uma única gargalhada vinda da lateral, que parecia ser de Erik Nerell. — E é uma ótima proposta, como deveria ser, tendo em vista que eles podem pagar e eu sou um técnico foda. — Mais uma vez ouço uma única gargalhada, de Erik Nerell, discípulo fiel de Kurt. — Mas tenho o desejo e o dever de me concentrar nas minhas obrigações como xerife de agora em diante, por isso é hora de passar o bastão. Obrigado por terem fé em mim e adeus. — Ele ergueu o cupom do spa e falou por cima dos aplausos: — Não vou ter tempo para usar isso, então passo a bola para outra pessoa. Alex foi bem nos treinos essa semana, então deixem que ele use a sauna!

Olhei de relance para Carl, que estava ali, impassível, batendo uma das mãos na outra como se quisesse castigá-las.

— Que diabo esse cara está fazendo? — sussurrou ele de canto de boca.

— É óbvio que ele tem alguma bomba — sussurrei em resposta e segui aplaudindo. — E agora está tentando manter distância.

Carl fez que sim, ele entendeu o que eu quis dizer. Kurt estava com uma dinamite, mas precisava sair da sala antes de detoná-la. Se afastar de nós, cortar elos, interesses em comum. Eles encontraram algo nos destroços dos carros, essa era a única razão para ele rejeitar o contrato e a chance de ser uma lenda de verdade em Os. Ou melhor, ele ainda planejava virar uma lenda em Os, só que de outra forma: sendo o homem que não só resolveu o assassinato do próprio pai mas também outros seis homicídios, totalizando sete crimes, que ele próprio vinha investigando mais ou menos sozinho todos esses anos. Então, segui aplaudindo. Porque, óbvio, ele merecia, aquele desgraçado durão, um guerrilheiro de trincheira que seguiu no combate, resistindo mesmo quando o inverno chegou e as notícias do front pararam de chegar.

Rita se virou na nossa direção e nos encarou; vi nos olhos dela algo que nunca tinha visto. Ódio frio e puro. Atravessou meu corpo como um maldito raio gama, e senti um calafrio. Porque, por mais que se consiga racionalizar o fato de ser odiado por uma mulher que um dia abriu o coração e a porta do quarto para você, não dá para escapar da pergunta: será que ela tem razão? Será que você é mesmo esse monstro repulsivo, desalmado, que você sabe que ela enxerga em você? Por outro lado, com certeza nem sempre você foi assim, tendo em vista que um dia ela te amou, ou pelo menos se importou com você. Então, quando isso aconteceu? Quando você perdeu o contato com sua própria humanidade? Foi quando viu o Cadillac com Shannon cair no abismo? Ou foi antes, quando viu o Cadillac com seus pais dentro desaparecer no mesmo lugar? Ou ainda antes, quando você tinha 12 anos e estava deitado no beliche de cima tapando os ouvidos, se esforçando para imaginar que está num lugar completamente diferente?

Rita se virou para o campo outra vez. Os times se posicionaram para o pontapé inicial. O outro time tinha mais em jogo do que nós, pois estava na zona de rebaixamento. Ou seja, era a disputa de sempre, entre quem é o melhor, mais inteligente e mais forte contra o mais motivado.

Em casa, depois da partida, fiz macarrão, e, enquanto Carl e eu comíamos, teorizamos sobre que tipo de bomba Kurt Olsen poderia ter conseguido contra a gente.

— Bem — disse Carl —, se a sua amiga da KRIPOS disse que encontraram sangue e cabelo, e você acha que isso significa que não encontraram em nenhum lugar óbvio, vai ver, encontraram alguma coisa no porta-malas do meu Cadillac.

Notei que ele evitou mencionar o nome de Shannon. Depois de matá-la a pancadas, Carl escondeu o corpo no porta-malas e me ligou pedindo ajuda. Óbvio. Até hoje não sei como consegui me manter impassível quando percebi o que tinha acontecido e vi minha vida virar cinzas. Falei que devíamos colocá-la ao volante, fazer o carro cair no penhasco, dando a impressão de que foi um acidente. "Mais um acidente na Geitesvingen?", perguntou Carl. Respondi que, estatisticamente, metade dos acidentes de trânsito acontecem no local de acidentes anteriores, então três acidentes na Geitesvingen em um período de dezoito anos não era um número que chamasse tanta atenção.

Cravei o garfo na massa.

— A gente lavou aquele porta-malas tão bem que duvido que tenham encontrado alguma coisa nele.

— O que pode ser então?

Dei de ombros.

— Vai ver, encontraram um fio de cabelo ou outro, e, quando verificarem, vão descobrir que são das vítimas ou nossos, então não há com o que se preocupar. Sobremesa?

— Tem?

— Só se você tiver comprado.

Nos encaramos e caímos na gargalhada.

Carl foi dormir cedo. Eu o tinha ouvido chegar tarde na noite anterior. Só Deus sabe com quem Mari estava de conluio para ter desculpas. Sua melhor amiga de infância, Grete Smitt? Ah, ótima ideia. Por outro lado, não foi exatamente isso que as grandes nações fizeram antes do começo da Primeira Guerra, se aliaram aos países com que mais temiam entrar em combate?

Fiquei ali, sentado, pensando nisso. Mari havia feito uma aliança com a KGB na versão Os? Porque a verdade é que manter um caso por tantos anos em segredo era um feito. Eu tinha algo a aprender com essa história?

Olhei os e-mails. Moore havia respondido que adoraria vir fazer uma análise do local e discutir o projeto. Que eu estava certo: não bastava multiplicar todas as dimensões pelo mesmo fator, e infelizmente o custo marginal de construir uma pista maior e mais alta tendia a aumentar, não a diminuir. Em resposta, escrevi que não tinha nenhum compromisso na agenda que não pudesse ser adiado e que ele podia aparecer quando quisesse, quanto antes melhor.

Em seguida, fiz uma busca por música popular norueguesa e Kari Midtgard, mas não encontrei nada, então enviei uma mensagem para Natalie perguntando o título da música que ela havia cantado.

A resposta veio minutos depois: "Você conhece Kari Midtgard?"

Encontrei a faixa no Spotify. Um cara velho, uma gravação antiga, nada que me lembrasse o canto cristalino de Natalie. Tudo bem, essa versão também tinha sua alma, só era diferente.

Então ela mandou outra mensagem.

"Você está interessado de verdade?"

Descartei algumas respostas engraçadinhas ("Defina 'de verdade'" e "Estava me perguntando se alguém mora entre aqui e Nergard") antes de enviar uma resposta de três letras: "Sim."

Depois disso, ela não falou mais nada.

Fui para a cama e li algumas páginas de *A montanha mágica*, de Thomas Mann — o sonífero mais forte e barato que existe, eu o lia havia dois anos e avançava no máximo uma página antes de pegar no sono. Já era madrugada quando a mensagem chegou.

"Desculpa a demora para responder, fiquei um tempão numa ligação. Se quiser ouvir mais música folk hardcore, pode ir comigo a um show em Notodden na quarta. Precisamos de público."

Quarta. Turno da noite. Respondi:

"Adoraria, mas vou estar trabalhando no posto. Espero que possa em outro momento."

Ela respondeu com um joinha.

Li outra página de *A montanha mágica*. E outra. E outra. Suspirei, apaguei a luz e fiquei piscando no escuro. Me virei de um lado para outro. Pensei que é normal ter dificuldade para dormir sabendo que o xerife está no seu encalço e talvez uma bomba esteja prestes a explodir.

Então acho que acabei dormindo, apesar de tudo.

13

A BOMBA EXPLODIU TERÇA de manhã.

Eram dez horas, e estávamos os dois no posto; eu estava nas bombas catando o lixo do chão, limpando o bico das bombas, trocando o rolo de toalhas de papel e o sabão líquido. Ouvi o som de um carro reduzindo a marcha e, quando ouvi o barulho do cascalho sendo esmagado no asfalto, soube que ele tinha entrado no posto. Me virei para o som. O carro freou e vi o homem atrás do para-brisa. Abaixo de uma cabeça calva com alguns poucos fios de cabelo, um par de olhos azuis opacos me encarava. As bochechas eram tão fundas que o rosto pálido e cansado mais parecia uma ampulheta. O homem parecia doente. Por outro lado, Moe, o telhador, tinha essa aparência desde que me entendo por gente. Na época em que enchia o tanque, pagava com cartão do lado de fora e nunca entrava na loja de conveniência, não depois que o espanquei na cozinha da casa dele. Ele sugou as bochechas ainda mais, como se estivesse prestes a cuspir, mas para isso precisaria abaixar a janela da velha van de entregas, e ficaria evidente demais. Em vez disso, acelerou, como se estivesse dando um aviso, tirou o pé da embreagem, voltou para a estrada principal e desapareceu no leste.

Enquanto eu o observava, meu celular tocou. Era Dan Krane, do *Tribuna de Os*.

Admito que fiquei tenso quando ele começou a falar. Contou que tinha havido um vazamento que estamparia a capa do jornal no dia seguinte e seria a principal história da edição on-line em uma hora. Acrescentou que era uma bomba — realmente usou essa imagem — e queria ouvir o que eu tinha a dizer.

— Primeiro você vai ter que me dizer que "bomba" é essa — falei, com a cabeça a mil.

Eu tinha lido em algum lugar que, com os avanços tecnológicos, agora a polícia podia obter os resultados de uma análise de DNA muito mais rápido do que antes, então não deveria ficar surpreso. Afinal, fazia mais de uma semana que eles tinham içado os carros de Huken. O surpreendente era a imprensa nos contatar antes da polícia. E o vazamento? Como aconteceu? Kurt Olsen, óbvio. Do contrário, o jornal de Oslo teria conseguido a história antes do *Tribuna de Os*. Eu devia ter deduzido que Kurt já sabia para quem os resultados de DNA apontavam ao anunciar no domingo que estava deixando o cargo de técnico, percebendo que precisa sair da folha de pagamento dos irmãos Opgard o quanto antes. Eu não me surpreenderia se descobrisse que Kurt havia vazado a notícia de propósito, usando Krane, que odeia os Opgard, como cúmplice voluntário. Ele queria nos ver fritar na frigideira da publicidade antes de termos tempo de nos esconder atrás dos nossos advogados. Meu coração estava acelerado.

— A bomba — disse Krane, sem deixar transparecer qualquer traço de alegria maliciosa na voz, admito — é que o relatório do Departamento de Estradas que deve ser publicado na quarta vazou, e a conclusão é de que o projeto do túnel não é viável e a obra deve ser abandonada.

— Hã?! — exclamei sem necessidade de fingir estar mais surpreso do que de fato estava.

— De acordo com o relatório, o custo do túnel seria muito maior do que o valor aprovado pelo Storting. E, mesmo assim, eles acreditam que não é possível garantir a segurança da construção. É uma bomba que explode todo o projeto de Todde. Estou ligando para obter reações espontâneas das pessoas que vão ser mais imediatamente afetadas. Então, como proprietário do posto de gasolina e de várias propriedades na cidade, você tem algum comentário a respeito da notícia?

Soltei um grande suspiro de alívio. Vi Egil atrás do balcão colocando três pãezinhos pelo preço de dois num saco de papel e entregando-o a mais um cliente satisfeito. Vi seus lábios formarem uma palavra. O preço. Isso foi algo que ele aprendeu comigo, da época em que as pessoas ainda pagavam em dinheiro: dizer o preço em voz alta. Parei de fazer isso quando todos passaram a pagar com cartão e viam o preço na própria máquina, mas Egil, não. Ele dizia "Deu cento e sessenta e duas coroas", e vez ou outra um cliente mal-humorado soltava "É, estou vendo". Não que Egil se incomodasse. E isso era bom. Com a estrada ainda passando pela cidade, ele continuaria tendo um emprego no próximo ano.

Então eu disse algo nesse sentido para Krane; não consigo lembrar as palavras exatas, mas comentei sobre postos de trabalho e que, se a estrada não seria desviada, pelo menos deveria ser melhorada.

— Já falamos sobre isso com Jo Aas, e ele concorda.

Óbvio. Aas estava envolvido de novo. Quando foi prefeito, tentou alertar a ministra dos Transportes sobre o custo astronômico dos túneis e sobre a morte de uma comunidade, sem sucesso, mas no fim das contas ele estava certo.

— Vi o anúncio de que você comprou o terreno da Rita Willumsen semana passada — disse Krane. — Você teve sorte no timing: de uma hora para outra, já não parece mais um mau negócio.

— Está dizendo que acha que parecia mau negócio antes do relatório? — retruquei, tentando soar descontraído e dando a Krane a chance de voltar atrás no que disse, mas não foi o que ele fez.

— Seis milhões e meio é muito por alguns hectares de terra com uma estrada principal passando bem ao lado, mas pagar esse valor por um lugar que, ao que tudo indicava, provavelmente acabaria virando um terreno baldio? Alguns diriam que isso foi uma estupidez. Algum comentário sobre a compra e o timing?

— Não — respondi, tirando a mangueira de uma bomba e limpando a gasolina do bico. — Na verdade, Dan, estou meio ocupado aqui no momento.

— Certo. Vou ligar para o seu irmão. Essa é uma boa notícia para o Spa Os também.

— É uma boa notícia para a cidade inteira. E para o seu jornal também. Na verdade, estou impressionado com a sua calma diante dessa notícia, Dan.

Krane deu uma risadinha.

— É mesmo?

Não respondi. Algo na voz de Dan me fez pensar que ele tinha bebido. E aquela risadinha amargurada revelou o quanto ele odiava a cidade, o lugar que o mantinha prisioneiro, um corno com três filhos e um senso de responsabilidade forte demais para simplesmente ir embora. Ou talvez fosse Mari, talvez fosse o amor por ela que o mantivesse preso. Porque o amor não liberta, ele aprisiona e anula suas vontades. Eu sabia por experiência própria e por isso deixei o amor de lado. Por esse lado, eu sempre acabava sentindo certa simpatia por Dan Krane. E pela primeira vez me ocorreu que talvez ele estivesse enxergando o túnel como sua saída. Sem o sangue vital do tráfego de veículos, Os iria murchar, o jornal iria fechar, ele e Mari teriam que se mudar em busca de emprego e escola para os filhos. Essa era sua salvação, sua razão para ter aguentado até agora. O pensamento me deixou tão triste que precisei terminar a conversa com algumas palavras animadoras e até amigáveis.

— Boa sorte — falei e desliguei.

Fui até a pequena oficina atrás do posto. Passei pelo poço de graxa e pelo trator sem a placa de registro. Numa prateleira alta, como um lembrete, havia duas latas velhas daquele solvente industrial Fritz, do qual ainda estava tentando encontrar uma maneira de me desfazer. Entrei no quartinho que havia construído ali muito tempo atrás. Liguei para Carl e contei sobre o vazamento e sobre a GeoData obviamente ter escrito o relatório que tínhamos pedido. O lucro já estava embutido, como dizem. Avisei que Dan Krane ligaria para pedir uma declaração.

— Precisamos conversar — disse Carl.

— Claro, saio daqui às seis.

— Melhor antes.

Carl estava com a voz esquisita, parecia estressado.

— Pode passar no hotel na hora do almoço?

— Tá bem. Algo errado?

— É. Um pouco errado demais.

Desligamos. Olhei para as placas raras que eu havia pregado na parede — Basutolândia, África Equatorial Francesa, Johor, Honduras Britânicas. Foi então que me ocorreu algo em que nunca tinha pensado: eu só colecionava coisas que não existiam mais. Não tinha fotos de amigos, de pessoas que havia conhecido, ou de mim e Carl — nada.

Voltei para a loja.

Egil disse que me cobriria no meu almoço prolongado.

— Pode sair mais cedo à tarde, se quiser — falei.

Egil deu de ombros.

— Acho que vou ficar aqui, não tenho tido muito o que fazer ultimamente.

— Não?

— Fico morrendo de tédio em casa, desde que todo mundo se mudou.

"Todo mundo" eram os dois amigos com quem Egil passou a adolescência jogando no computador.

— Você pode trabalhar um turno extra amanhã à noite, se quiser.

Egil se animou.

— Posso?

Sorri.

— Fique à vontade.

Saí do posto de carro um pouco antes do meio-dia e resolvi dar uma passada rápida no banco antes de seguir para o hotel.

Vendelbo apareceu e me acompanhou até a sala dele.

— Soube da notícia? — perguntei.

— Claro. Escutei no rádio. Parlamentares tanto do Partido Trabalhista quanto do Partido Conservador já comentaram. Estão dizendo que, se os vazamentos estiverem certos, vai ser preciso planejar uma nova estrada. E isso significa que a nossa estrada não vai ser desviada por pelo menos quinze ou vinte anos, talvez nunca. Na rádio local, tanto Aas quanto Voss disseram que, sem o túnel, a estrada vai ter que passar por Os, não tem jeito.

— Então talvez você continue aqui, no fim das contas.

Vendelbo sorriu.

— Perfeitamente feliz em Os.

— Isso muda a situação do meu pedido de empréstimo?

— Eu já tinha pensado nisso. — Vendelbo se recostou na cadeira, as mãos cruzadas atrás da cabeça. — O posto de gasolina está todo quitado agora, sem dívidas, certo?

— Certo.

Espelhei sua pose e juntei as mãos na nuca. Li em algum lugar que ao imitar o gesto do outro estamos expressando empatia de forma inconsciente, mas imagino que haja exceções à regra.

— Assim como o Fritt Fall, o terreno de camping, vinte e cinco por cento do prédio em que estamos agora, minhas ações no Spa Os e minha parte do terreno de Opgard. Sem dívidas em lugar nenhum.

— Maravilha. Vamos marcar uma reunião com o pessoal da sede?

No hotel, me avisaram que Carl tinha almoçado e estava no spa. Desci as escadas até a recepção do spa, onde uma atendente muito maquiada atrás de sua mesa me contou que Carl estava na sauna e que havia sido instruída a me dizer para entrar assim que chegasse. Falei que só entraria se ela desligasse a música de *mindfulness* que pingava dos alto-falantes como melaço. Ela se limitou a sorrir, achando que eu estava falando de brincadeira, e me entregou uma toalha.

Tirei a roupa no vestiário e encontrei Carl na sauna. Quando abri a porta, o vapor saiu, e, por alguns segundos, eu o vi sentado nu no banco mais alto, até que a porta se fechou depois que entrei e ele sumiu outra vez em meio ao vapor denso.

Me sentei no banco abaixo dele, tentando convencer meu corpo de que não era perigoso respirar um ar com quase cem por cento de umidade, e esperei. Ouvi Carl respirar fundo, um som áspero.

— Uma matéria na internet afirma que a ministra dos Transportes só vai fazer comentários depois de ler o relatório completo.

— Muito sensata — falei. — Mas ela vai concluir que o túnel de Todde morreu.

— É. Alguma novidade sobre o pedido de empréstimo?

Observei todo aquele vapor branco ao redor, mas não respondi.

— Relaxa, a gente está sozinho aqui — disse Carl.

— Vai ser aprovado. Ainda hoje vou mandar para Vendelbo os detalhes e o orçamento do projeto. Assim que eles tiverem uma avaliação atualizada das minhas propriedades, vamos fazer uma reunião. Vendelbo pisou no acelerador e acha que tudo vai estar pronto no começo da semana que vem e que o empréstimo vai ser assinado na semana seguinte.

— Por que toda essa demora?

— Eu disse para a GeoData que levaria quatorze dias para eles receberem os doze milhões que prometi, e eles aceitaram. Por que essa preocupação?

— Eu estou preocupado?

— Está.

Eu sabia que Carl não tentaria contestar — ele me conhecia tão bem quanto eu o conhecia.

— A Alpin — revelou.

— O que houve com eles?

— Querem pular fora.

— Hã?

— Disseram que os engenheiros deles encontraram danos significativos que estavam escondidos e foram provocados pelo incêndio.

— Que tipo de dano?

— Não foram muito precisos. Falaram em danos estruturais, que com o tempo vão comprometer a segurança do edifício. O bastante para não quererem se arriscar a investir.

— Sério?

Me virei para encará-lo, mas ele ainda estava escondido em meio ao vapor.

— Sério.

— Você acredita neles? Será que a gente teve todo o trabalho de falsificar um relatório técnico só para ter outro nos passando a perna?

Carl deu uma risada triste.

— É o que parece — respondeu. — Afinal, eles são franceses. Se tivessem usado o relatório para tentar reduzir o preço das ações emitidas, eu ficaria com o pé atrás. Mas estão abandonando o projeto totalmente.

— Mas a gente vai manter a estrada. Será que eles não mudam de ideia quando souberem disso?

Silêncio.

— Carl, se você está fazendo que sim ou que não com a cabeça, eu não consigo ver.

— Não. Eles não vão mudar de ideia.

— Por quê?

— Porque eu já havia contado para eles que a estrada principal continuaria passando pelo centro de Os.

— Você o quê?!

— Sim. Eu descontei o efeito da estrada para eles.

"Desconto" era uma das duas expressões preferidas de Carl que ele havia trazido para a Noruega ao voltar da faculdade nos Estados Unidos. Significa calcular o valor dos fluxos de caixa futuros a preços atuais. A outra expressão era "ataque preventivo", tática que ele dizia ter aprendido comigo naquelas brigas de sábado à noite em Årtun: atacar primeiro, partir para cima assim que achar que o oponente pretende atacar. Grunhi.

— Então agora os franceses estão sentados lá fora e sabem que alguém, provavelmente a gente, pagou por esse relatório?

— Eles podem pensar o que quiserem, mas isso não importa para eles, Roy. Esse é apenas um dos cem projetos de hotéis que eles estão analisando no momento, a maioria em lugares mais corruptos que a Noruega.

Havia algo escorrendo pelo meu corpo. Não sabia se era suor ou vapor condensado, mas fazia cócegas. Fazia cócegas em vários lugares. Fazia cócegas nos lugares errados.

— O que você vai fazer agora? — perguntei. — Cancelar a construção da nova ala?

— É tarde demais, os contratos foram assinados e as taxas de cancelamento tão perto do início das obras vão nos quebrar.

— E aí?

— E aí que eu estava pensando nesse empréstimo que você vai pegar.

Óbvio. Claro que era isso de novo. Carl faz merda, e o irmão mais velho tem que salvá-lo. Mas não ia acontecer. Eu estava de saco cheio dessa história. Shannon foi a última vez.

— Esse empréstimo é para o parque de diversões, Carl. Você deve entender que eu não posso usar a grana para tirar você de uma enrascada.

— Mais uma enrascada, você quer dizer?

— Não foi isso que eu falei, mas tudo bem. Mais uma enrascada.

— Mas você sabe que me deve isso.

Me virei de novo e encarei aquele miasma branco. Não tinha certeza se havia ouvido direito. Claro, eu me sentia em dívida com ele, uma indenização pelo que tinha acontecido com ele na infância. Mas era eu que me sentia assim, não ele. Era uma maluquice, como se ele, a vítima, tivesse meio aceitado, meio reprimido as lembranças dos abusos noturnos que ocorriam no quarto que dividíamos, e eu que não conseguisse deixar isso para trás. É verdade que, de certa forma, Carl havia explorado meu sentimento de culpa, mas nunca antes havia falado com todas as letras que eu tinha uma dívida com ele. Além de tudo, percebi uma forte amargura em sua voz ao falar, o que nunca havia percebido antes. Mas, à medida que ele continuou, sua voz voltou ao tom suave e conciliador — o Carl no modo sedutor, que eu conhecia tão bem.

— Nós somos uma família, Roy. O hotel é meu, o parque é seu, e nessa conta um e um somam mais que dois.

— Eu sei, mas...

— O banco não está *tão* preocupado com o destino do dinheiro, desde que tenha as garantias e que você pague os juros e as prestações. E seria temporário, só por um mês, dois no máximo, até eu encontrar um novo investidor. As duas empresas chinesas para as quais eu disse não seguem interessadas. Acho que consigo fazer as duas entrarem numa guerra de propostas. Garanto que você vai receber o seu dinheiro de volta muito antes de ter que pagar pela montanha-russa. O que me diz, irmãozão?

É esquisito quando uma pessoa tem poder sobre você: você enxerga o que ela está fazendo, percebe que ela está usando a mão direita para chamar sua atenção enquanto faz o truque com a esquerda. E mesmo assim, mesmo assim, ela consegue o que quer. Porque seu coração está na mão dela, não importa em qual.

— Vou pensar — falei.

— É só o que estou pedindo. Hoje chego tarde em casa, mas podemos falar dos detalhes amanhã depois do trabalho?

— Tá. Aliás, não. Vou para Notodden.

— Ah, é? Fazer o quê?

— Vou a um show.

— Sozinho?

— Não. A Natalie me chamou. Disse que talvez eu gostasse.

Falei de um jeito casual, como se não fosse nada de mais, talvez tão casual que pode ter soado exagerado. Seja como for, não percebi nenhuma reação por trás da parede de vapor.

— Divirtam-se! — foi tudo o que ele disse. — Depois de amanhã, então?

— Beleza. Preciso voltar para o trabalho.

— Tá bom. Vou ficar aqui mais um pouco.

Empurrei a porta, dei meia-volta e a segurei aberta. A nuvem branca escapou pela abertura, o bastante para eu ter certeza de que Carl estava mesmo sozinho. Sozinho, nu e lançando um olhar impenetrável na minha direção. É estranho como alguém com quem você viveu na intimidade por tantos anos pode, de repente, parecer um estranho. Você acha que é por causa de um jogo de luz, porque está exausto, ou porque está lidando com o irmão caçula, uma pessoa incapaz de esconder algo de você. Até que percebe que não consegue sequer ter uma visão total de si mesmo.

14

— Então você quer que a gente te deixe bonito para a Natalie Moe? — perguntou Grete Smitt enquanto massageava meu couro cabeludo.

Eu estava indefeso, deitado de costas na cadeira de lavar cabelo, com a cabeça na pia, torcendo para que as outras duas pessoas no salão não tivessem escutado. Grete estava indo bem, havia contratado uma garota, e eu sabia que ela estava procurando um lugar mais apropriado perto da praça.

— Só o de sempre — respondi. — Não precisa me deixar bonito.

Não sei se ela captou a ironia implícita nem de onde tirou a informação sobre Natalie e eu irmos a Notodden naquela noite, mas não iria perguntar. Ela envolveu meu cabelo numa toalha, me levou até a cadeira de corte, penteou o cabelo molhado e começou os trabalhos com a famosa tesoura japonesa Niigata 1000, que em algum momento do seu monólogo ela conseguiria revelar que tinha custado quinze mil coroas.

— Você não envelhece, Roy — comentou.

O elogio me pegou meio de surpresa. Observei meu rosto no espelho. De certa forma, ela estava certa. Um nariz brutal e torto, boca larga, mandíbula quadrada, olhos fundos e uma cabeleira preta e volumosa que parecia que nunca daria espaço à calvície, pelo menos não totalmente. Será que ela fez esse comentário sobre minha idade porque tinha me associado a uma mulher muito mais jovem? Ela falou de um jeito estranho, como se seu comentário tivesse uma continuação implícita e não dita. E acho que entendi mesmo sem ela ter falado com todas as letras: *Ao contrário do seu irmão, o Carl.*

Entendi não tanto porque era verdade — porque *era* —, mas porque Grete seguia obcecada por Carl. Anos antes, ela demonstrou esse sentimento na forma de uma longa e desesperada paixão unilateral que resultou numa única transa com Carl, que estava totalmente bêbado. Agora, parecia que ela estava tentando reunir evidências para provar como tinha sorte por ter ficado com Simon Nergard. E, mesmo que Simon Nergard fosse um babaca pé no saco — ou talvez por isso mesmo —, ela provavelmente estava certa.

— O seu irmão está indo para algum lugar quente? — perguntou ela.

— Por que a pergunta?

Assim que falei me arrependi de não ter dito apenas "não sei".

— Semana passada ele veio duas vezes ao solário.

— E daí? Vitamina D faz bem para a saúde, não é?

— Claro, mas o pessoal daqui acha que os homens que usam o solário são bichas. Quer dizer, só três homens vêm aqui. O gerente do banco, Stanley Spind e Kurt Olsen. E todo mundo sabe que Kurt gosta de mulher, mas aqui em Os o povo morre de medo de qualquer coisa que tenha a ver com gays. Antigamente aquele Adrian trabalhava aqui, lembra?

Eu lembrava. Um garoto que Stanley havia conhecido nas férias em Ibiza e veio morar na cidade. Aguentou oito meses, um baita feito.

— Ótimo cabeleireiro, mas tive que demiti-lo. Até as mulheres aqui ficam incomodadas com gays cuidando do cabelo delas.

Eu não fazia ideia do que Grete Smitt estava querendo com esse papo nem queria saber. Fechei os olhos torcendo para ela perceber que eu não estava interessado.

— Mas é legal ver que o Carl e o Kurt podem pelo menos aproveitar o solário juntos. Quer dizer, eles não são exatamente os melhores amigos agora que o Kurt desistiu de treinar o time de futebol do Carl. Ou estou errada?

Fale o mínimo possível, pensei comigo mesmo.

— Tenho certeza de que os dois já são bem adultos e sabem lidar com isso — respondi.

— Não foi o que pareceu quando o Carl saiu do escritório do xerife ontem de manhã. Me disseram que ele estava furioso, xingando tudo que é palavrão, e saiu do estacionamento pisando fundo no acelerador.

Me concentrei em respirar devagar. Por que foi que eu não pedi a Julie que desse uma aparada na nuca e nas laterais no escritório no Fritt Fall?

Pigarreei.

— Provavelmente ele ofereceu um contrato ainda melhor para o Kurt, que recusou.

O som de corte das supertesouras japonesas parou. Claramente Grete precisou se concentrar para fazer uma análise completa da explicação.

— Pode ser — disse, por fim, e a tesoura retomou os trabalhos. — E, por falar em ofertas, um cabeleireiro de Notodden me ligou semana passada querendo comprar a minha Niigata 1000. Adivinha quanto ele estava disposto a pagar.

Olhei pelo espelho para o relógio de parede atrás de mim. Eu só pegaria Natalie no hotel às seis, então tinha tempo de sobra. Na verdade, todo o tempo do mundo. E de repente um pensamento que tinha me ocorrido vez ou outra nos últimos oito anos estava de volta: eu tinha mais tempo do que queria ter.

Chovia fraco quando saímos da cidade. "Don't Go to Strangers" saía dos alto-falantes. Como de costume, olhei pelo retrovisor logo depois de passarmos pela placa do condado.

— Zo — disse Natalie.

— Hã?

— Ao contrário parece que está escrito Zo. Por isso você olhou no retrovisor, certo?

Não consegui conter o sorriso.

— Achei que eu era a única que já tinha notado isso.

— Não mesmo. Eu sempre ficava feliz quando via esse Zo porque significava que eu estava saindo da cidade.

Fiz que sim, sem saber como interpretar o comentário. Seria porque aquelas coisas desagradáveis seguiam acontecendo quando ela visitava Os? Eu esperava que não fosse o caso. Não só pelo bem de Natalie, mas pelo meu e pelo de Moe. Porque eu jurei que o mataria se ele voltasse a tocar na filha e pretendia manter a palavra.

— O que é isso que está tocando? — perguntou ela.

— J. J. Cale. Anos setenta.

— Ele está cantando "não fale com estranhos"?

— Quase isso.

— É o que a minha tia costumava me dizer, que eu não devia contar nada para outras pessoas.

Por alguns segundos fez-se um silêncio entre nós. Apenas J. J. e a batida ritmada dos limpadores de para-brisa.

— Ela sofreu abuso do avô — continuou ela. — E o meu pai também.

— O que você está querendo dizer? Que a sua tia *sabia*?

— Isso. Ela percebeu.

Senti o coração bater mais rápido e notei que inconscientemente tinha pisado fundo no acelerador.

— E tudo o que ela fez foi te pedir para não *contar* a ninguém?

Natalie deu de ombros.

— Se fosse a sua família, você tem tanta certeza de que teria contado a alguém?

Dava para sentir que ela estava me olhando. Fiquei sem saber o que responder; de repente senti a garganta fechar.

— Ela me disse que ia parar um dia — continuou Natalie. — Foi o que aconteceu com o avô dela. Um dia ele simplesmente parou. Nunca mais aconteceu, e depois de alguns anos foi como se nunca tivesse acontecido de fato. É como o corpo se regenerando em volta de um ferimento de bala.

— Entendo — falei. Havia tirado o pé do acelerador. — E é verdade? Como se nunca tivesse acontecido?

— Não. Não é. Mas não tenho mais medo dele.

— Por que não? Ele ainda tem força física suficiente para... — Procurei outra palavra, mas então percebi que não havia mais por que evitá-la. Olhei para Natalie. — Estuprar você.

— Claro — disse ela, sem pestanejar. — Mas ele não consegue mais me controlar. Ele perdeu o controle sobre mim. E, depois que a mamãe morreu, perdeu o pouco controle sobre si mesmo também. Ele é um homem triste, Roy. Anda pela casa e... Sei lá. Fica esperando a morte. Não o odeio. Ou melhor, odeio, sim, mas amo também. Sei que é loucura, e é isso que me deixa tão brava. Que um homem que não merece nem uma única lágrima minha consiga me fazer chorar de pena. Porque eu *quero* odiar o meu pai, sabe? O meu cérebro odeia, mas o meu coração me trai. Entende?

Fiz que sim. Porque entendia mesmo.

Seguimos dirigindo. Deixamos J. J. Cale fazer o que faz de melhor: reduzir a frequência cardíaca. Até que ela fez a pergunta que eu sabia que viria.

— Por que você fez aquilo?

— Está falando do seu pai?

— É. Quer dizer, você não era o único que suspeitava.

— Não?

— Não. Mas foi o único que fez alguma coisa. Por quê?

— Acho que foi porque sou um cidadão responsável.

Ela olhou pela janela. Já estava escuro, a chuva tinha apertado, não havia nada para ver lá fora.

Então ela disse. A voz baixa.

— Não quer falar sobre isso?

Vi os nós dos dedos ficarem brancos ao redor do volante. Eu não queria falar sobre isso? Sim, todo mundo quer falar. Falar, se sentir compreendido. Receber ajuda para voltar a se sentir humano, para suportar o próprio reflexo no espelho. Mas não havia ninguém a quem contar. Ninguém seria capaz de entender. Ninguém que eu pudesse confiar o bastante para ter certeza de que manteria a boca fechada.

— Roy?

Além de Natalie, que tinha passado pela mesma coisa, que tinha os próprios segredos de família. Respirei fundo. Por um segundo não tive certeza se minha voz sairia.

— O meu pai também era um abusador.

Pronto. Falei.

Respirei fundo outra vez.

— Foi isso que reconheci no seu pai — continuei. — A vergonha. Era um peso para ele. Como uma mochila cheia de pedras nas costas.

— Imaginei que fosse algo do tipo. Quanto tempo durou?

Hesitei. Deveria revelar que Carl tinha sido a vítima, não eu? Que eu tinha sido o irmão mais velho que ficava deitado na cama de cima do beliche, fingindo dormir, deixando acontecer, porque não me achava capaz de fazer nada a respeito, que aquilo era simplesmente o tipo de coisa que acontece nas famílias e sobre a qual as pessoas guardam segredo? Não, eu não podia entregar o Carl, ele era o chefe dela, essa era a história dele.

— Desde quando eu tinha uns 12 anos.

— Eu também. E então parou?

— Quando os meus pais morreram no acidente de carro.

— Por falar nisso, você está bem acima de cem agora.

— Ai, merda — xinguei e reduzi. — Obrigado.

Ela colocou a mão no meu braço. Senti seu calor através da minha jaqueta e da camisa de flanela.

— Sou eu quem deveria agradecer. Você sabe disso, não sabe, Roy? Que você salvou a minha vida?

— Tudo o que eu sei — falei, desejando que ela nunca mais tirasse a mão dali — é que você me deu a chance de fazer a coisa certa.

— Enfrentar um abusador.

Fiz que sim. Olhei para aquele dedo médio um pouco mais alto que os outros no volante. Resultado de um "ataque preventivo". Na cozinha de Moe, quando dei o ultimato — dizendo que não contaria a ninguém desde que ele deixasse a filha sair de casa —, ele conseguiu esmagar uma falange do meu dedo com uma martelada antes de começarmos a briga, que terminou com ele chorando em posição fetal no chão de linóleo, o sangue formando um córrego represado por uma cadeira caída no chão. Dias depois, Natalie partiu para Notodden.

Ela tirou a mão do meu braço. Aumentou o volume. Coloquei a cabeça no encosto e fixei o olhar o mais longe possível, até onde os faróis conseguiam iluminar. *Oh, woman, when in doubt, call on me.*

O show foi impressionante, diferente de tudo que eu já tinha visto na vida.

O lugar não era grande. Um bar, algumas mesas e um palco acanhado. A plateia, cerca de cinquenta pessoas, parecia ser composta de amigos ou parentes dos que estavam se apresentando. O primeiro foi um rapaz com um traje tradicional completo de Hallingdal — blusa branca, colete vermelho, calça preta até o joelho e meias brancas. Tocava violino Hardanger com cordas de ressonância e marcava o ritmo batendo o pé com tanta força no chão que a caneca de cerveja na cadeira ao seu lado tremia. Depois de mais duas apresentações curtas, outro rapaz se levantou; ele vestia o traje tradicional de Setesdal, com direito a chapéu preto de aba larga. Pela reação da plateia e pelo seu próprio carisma, concluí que era a estrela do espetáculo. Com um brilho nos olhos, o sujeito grande anunciou num sueco arrastado que iria tocar uma música composta pelo homem que tinha sido seu professor. Quando posicionou o violino no pescoço e segurou o braço do instrumento, vi uma cruz tatuada nas costas da sua mão. Ele contou até cinco para começar, e de cara percebi que estava prestes a ver algo diferente. Sua performance era intensa, agressiva, e bem ao fim da primeira música as luzes do palco já se refletiam nos fios de crina de cavalo arrebentados no arco. Em vez de bater o pé no palco para fazer o ritmo, ele batia num pedal que soava como uma combinação de baixo e bumbo. Fechei os olhos. Era selvagem, grandioso, profundo, tão familiar e ao mesmo tempo tão novo, como uma garota com quem se cresceu e que volta para a cidade como se fosse uma nova pessoa, uma pessoa diferente, como alguém que só agora você começa a entender. Ou talvez seja você quem, imperceptivelmente, um passo de cada vez, tem mudado ao longo dos anos, desenvolvendo a capacidade de enxergar, ouvir, entender algo que sempre esteve ali, diante dos seus olhos, sua vida inteira. Olhei para Natalie. Ela me olhou também e ergueu sua garrafa de cerveja num brinde. Ergui meu copo de água.

Na sequência, a banda inteira subiu no palco. Bateria, contrabaixo de duas cordas, acordeão e dois violinos Hardanger. Eles tocaram alto, por assim dizer. Tirando os violinos, o restante era acompanhamento. Os violinistas dispararam sobretons, distorções, linhas de baixo, dois ritmos que se afastavam e ameaçavam provocar o caos, mas se reencontravam, como três e quatro se encontram no doze. Quando você pensava que eles estavam indo para a esquerda, eles viraram para a direita, e antes de recuperar o fôlego você se via numa queda livre musical. Mas, como numa boa montanha-russa de madeira, a todo momento você sentia uma harmonia subjacente, uma ordem, um sentido. O sueco jogou o chapéu preto para o alto, revelando um cabelo curto, exceto por uma franja preta longa e lustrosa penteada para o lado e que passava por entre um grande brinco. Eu já tinha visto isso antes em fotos de velhos violinistas, eles chamavam a franja de *spir*. Ele mostrava os dentes, arregalava os olhos e, nos momentos mais intensos, rosnava para o público.

Depois de uma hora, quando pensamos que havia acabado — e tenho certeza de que alguns já estavam torcendo por isso —, o sueco chamou Natalie ao palco. Ela pegou um instrumento de sopro esquisito, que parecia uma casquinha de sorvete e era quase do tamanho dela. Era o mesmo instrumento que eu tinha visto no pôster do lado de fora, uma ilustração antiga, do período romântico da Noruega, retratando uma camponesa soprando uma espécie de berrante numa fazenda nas montanhas. Eu já tinha visto a mesma imagem em algum lugar, com o nome da banda, Hell Spelemannslag, na mesma fonte gótica, só não conseguia lembrar onde.

Natalie colocou os lábios na ponta estreita do instrumento, seu peito subiu. Ela soprou. E nesse momento eu soube o que era aquela nota longa e triste que ela havia escutado e reconhecido durante a nossa caminhada na montanha. Era o canto do maçarico-dourado. Ela tocou três notas, repetidamente, na mesma ordem. O efeito foi hipnótico.

O sueco começou a bater no mesmo ritmo lento em seu pedal. E então Natalie começou a cantar. O lugar ficou em silêncio absoluto — só se ouviam aquela voz linda e nítida, quase chorosa, e o ritmo constante, como um batimento cardíaco lento e persistente. Fechei os olhos outra vez e xinguei por dentro. Porque naquele instante eu entrei numa verdadeira queda livre.

Ao fim da apresentação, a banda, incluindo Natalie, desapareceu por uma porta nos fundos do palco. Quando eles retornaram, a maioria do público já havia ido embora. Natalie e o sueco se juntaram a mim na mesa. Ele havia tirado o paletó, e a camisa branca estava tão encharcada de suor que grudava nos músculos do peito. Ele colocou uma garrafa térmica no meio da mesa com um baque forte.

— Roy — disse Natalie —, esse é o Ola.

— Então você é o Roy — disse o sueco, estendendo a mão para mim. — Ela estava certa.

— Certa? — repeti, apertando a mão dele.

— Você lembra o Leonard Cohen, mas não tão bonito. Aceita uma dose de *uddevallare*?

Ele pegou a garrafa térmica. A cruz no dorso da mão ondulou sobre as veias saltadas.

— O que é isso?

Ele sorriu. Imaginei que Ola fosse poucos anos mais velho que Natalie, mas ele já tinha várias obturações de ouro brilhando no fundo da boca.

— *Kaffegök* — respondeu. — *Kaffedoktor*. Aguardente e café.

— Obrigado, mas estou dirigindo.

— Certo. — Ele serviu um pouco no copo de Natalie e no seu. — O que achou, Roy?

— Do quê?

— De nós, é claro.

Olhei de Ola para Natalie, e de volta para Ola.

Ele sorriu.

— Da banda. Da música, caramba.

— Ah, tá. — Pensei rápido. — Foi... poderoso.

— Como um *uddevallare*?

— Como um Jimi Hendrix.

Ola fez que sim, satisfeito.

— Que bom. Você entendeu. — Ele bebeu. — Ou pelo menos quase entendeu.

— Quase?

— Natalie me disse que você parece entender de música. Você é bem mais velho que nós e é norueguês, então achei que poderia ter uma referência mais contemporânea do que Jimi Hendrix.

— Ah, é?

— Ah, é. Afinal, existe uma linha que conecta esses dois destaques da música norueguesa. A música folk e...

Ele fez uma pausa e me encarou com expectativa, um olhar intenso de quem estava se divertindo. Eu quebrei a cabeça. Não, espera... É o pôster! A ficha finalmente caiu.

— Black metal — completei. — Burzum. O pôster com a camponesa está na capa de um álbum deles.

Ola se virou para Natalie.

— O seu amigo é muito inteligente. Preciso fazer uma oferenda, gente.

Ele colocou a mão tatuada em cima da de Natalie, se levantou e foi em direção à saída.

— Oferenda? — falei.

Natalie deu uma risada e tomou um gole de cerveja.

— É uma coisa do pessoal de Setesdal. Até pouco tempo, os fazendeiros que moravam em lugares mais remotos ainda faziam oferendas de comida e sangue aos deuses. O Ola diz que faz uma oferenda quando tem que vomitar.

— Ele faz isso com frequência?

— Antes de cada show e às vezes depois. Antes por nervosismo, depois por esgotamento. Ele é um artista, exige muito de si.

— Está dizendo que ele vive disso?

Natalie sorriu.

— Não, claro que não, sem chance de ele viver disso. Ele é sacristão na igreja aqui em Notodden. Mas vive e respira para a música. Tocava uma *nyckelharpa* quando era mais novo em Bohuslän. Começou com 5 anos.

— *Nyckelharpa*?

— É tipo a versão sueca do violino Hardanger, com a diferença de que você aperta teclas em vez de pressionar as cordas com os dedos diretamente. E ele só tem quatro cordas. Ele descobriu o violino Hardanger durante uma competição, quando viajou com parentes para Setesdal. Na verdade, eles estavam usando uma versão antiga do violino Hardanger, mas já tinha as cordas de ressonância. Foi ali que Ola teve certeza. Ele se juntou a um dos melhores professores de música de Setesdal e se mudou para lá.

— E agora ele é sacristão, mas se inspira em bandas de black metal, como o Burzum?

Natalie riu.

— O Ola só ouve a música e os sentimentos. Para ele, todo o resto é só distração.

Percebi o tom de admiração na voz de Natalie e vi o brilho em seus olhos. Hora de ir para casa. Olhei para meu relógio.

— Quer passar a noite aqui? — perguntou.

Olhei para ela.

— "Passar a noite"?

— Tem uma festa mais tarde. Vou ficar na casa do Ola. Tem lugar para você lá também.

Senti um embrulho no estômago.

— Tenho que voltar, trabalho amanhã cedo. Você vai ter que voltar de ônibus.

Percebi que soou mal assim que falei. E já era tarde para voltar atrás. Percebi nos olhos de Natalie que ela estava prestes a dizer algo, se explicar, deixar claro que não tinha me convidado para passar a noite ali só para conseguir carona de volta para Os. Em vez disso, porém, ela levou a garrafa de cerveja aos lábios, piscou e desviou o olhar. A mão que ela colocou no meu braço no carro não passava disso mesmo: uma mão no braço. A conversa deixou um climão e ficamos sentados em silêncio. De repente, me vi com os olhos dela, de Ola, de todos os presentes ali: um cara de meia-idade sentado, babando por uma garota com idade para ser sua filha, enquanto o namorado dela tinha dado uma saída. Meu Deus, como é possível ser tão patético? Cerrei o punho por baixo da mesa. O que havia de errado comigo? O que eu tinha revelado a meu respeito era tão vergonhoso que por um instante desejei que tivéssemos derrapado para fora da estrada a caminho de Notodden e morrido num acidente. Não, ela não. Natalie e Ola pareciam duas pessoas capazes de ser felizes uma com a outra. Bem, eu teria uma segunda chance quando voltasse sozinho de carro para casa. Dei uma risada.

Natalie me olhou surpresa.

— O que foi? — perguntou.

— Nada, eu... Na verdade pensei que a gente poderia aproveitar a viagem de volta para falar da montanha-russa e do parque, agora que, ao que tudo indica, vamos manter a estrada principal. Mas foi mais divertido falar de música e da adolescência. Tirando...

— ... a parte da adolescência — dissemos os dois juntos, e foi a vez de Natalie dar risada.

Eu me levantei.

— Mas a gente pode fazer isso por telefone no fim de semana — falei.

Ela me encarou, e notei nela um olhar de vítima, quase como se tivesse recebido um tapa na cara.

— Certo — disse. — Obrigada por vir. Dirige com cuidado.

Do lado de fora, a caminho do carro, vi Ola e o cara com o traje branco de Hallingdal discutindo sobre alguma coisa. Ola estava com as mãos nos ombros do sujeito, tão bêbado que parecia estar se segurando para não cair. Eles não me viram.

Eram duas e meia da manhã quando estacionei no pátio. O carro de Carl não estava ali. Fui até a cozinha, peguei duas garrafas de cerveja e me sentei no jardim de inverno. Uns dez minutos depois os faróis do BMW de Carl me ofuscaram. Ele entrou, pegou outra cerveja e se sentou ao meu lado.

— Chegou tarde — falei — Comemorando a notícia da estrada?

— Não. Comendo a Mari Aas. De novo.

Bebemos nossas cervejas com o olhar perdido na noite lá fora. Seguia chovendo.

— Você não parece surpreso — disse ele.

— A única surpresa é você me contar. Na verdade, me contar agora. Por quê?

— Porque quero saber a sua opinião.

— Sobre o quê?

— Sobre ela e eu virarmos um casal. De verdade.

— Você quer dizer que ela e Dan se divorciaram?

— É.

— É o que ela quer? Mesmo com as crianças e tudo mais?

— É. O Dan Krane quer ir embora de Os. Ela, não.

— E você vai virar marido e pai? — Ergui a garrafa e fiz um brinde em direção à casa dos Aasgård em algum lugar lá embaixo. — Boa ideia da Mari Aas, trocar um imprestável pelo rei de Os. E o timing também é perfeito, já que ela vai poder se mudar para um castelo novinho em folha bem a tempo de comandar a decoração. E para você também é bom... Você não é exatamente o tipo de pessoa que mora sozinho.

— Para com isso, Roy. Não é como se a Mari e eu não tivéssemos pensado nisso antes.

— Ah, é? E por que ainda não estão morando juntos?

Carl deu de ombros.

— Foi *ela* quem ficou com um pé atrás. Por várias razões. E por orgulho, porque eu a traí na adolescência e a cidade toda ficou sabendo.

— Cacete, mas isso já faz tanto tempo...

— Pois é, mas provavelmente por isso ela nunca conseguiu confiar cem por cento em mim. Quer dizer, a gente começou a se encontrar enquanto Shannon ainda estava viva, então ela já tem provas de que fui infiel duas vezes. E as crianças são muito apegadas ao Dan, ela diz que ele é um superpai. — Ele jogou a cabeça para trás e revirou os olhos. Sei lá o que ele queria dar a entender com o gesto. — Ou era, pelo menos. Também tem dado mole nessa área. — Ele se inclinou para a frente ainda sentado na cadeira, com os cotovelos nos joelhos, as mãos ao redor da garrafa. — Eu disse a ela que agora é um bom momento para seguir em frente. Todo mundo só fala da estrada, então a notícia passaria despercebida. Mari não admite que essas coisas são importantes para ela, mas é claro que são. Seja como for, ela se mostrou um pouco mais a favor quando conversamos sobre o assunto agora à noite.

— É natural. Porque, com a estrada principal mantida aqui, de repente Os é um lugar onde ela e as crianças podem ficar e se estabelecer. Ao mesmo tempo, ela sabe que o Dan não suporta a ideia de ficar num lugar onde todo mundo sabe que ele é corno.

Carl me encarou.

— Você acha que ele sabe?

— O Dan Krane não é cego, Carl. Qualquer um vê que o filho caçula é seu.

Carl voltou a olhar para fora pela janela.

— Merda — murmurou.

— E é melhor você tomar cuidado, corno é um bicho perigoso.

— Você fala com conhecimento de causa, né?

Por um instante eu me vi de volta no carro com Natalie, antes de perceber que a mão que sentia no meu braço era a de Carl.

— Sabe de uma coisa, Roy?

— O quê?

— Você é o melhor irmão mais velho que um idiota como eu poderia ter.

Ele falou isso com tanto sentimento e sinceridade que engoli em seco. Quando duas vidas estão tão interligadas quanto as nossas, é impossível ver e sentir tudo ao mesmo tempo. Você pode se concentrar em detalhes, pode dizer "Ei, se lembra daquela vez?", e por aquele instante tudo o que existe é o que aconteceu e as memórias que vêm à tona.

— Que nada, eu sou um grande idiota — falei, e pelo som da minha voz percebi que devia ter pigarreado antes.

Carl se virou para mim.

— O que houve?

Tossi, depois tomei um gole de cerveja.

Ele apertou meu braço e me encarou.

Então eu contei a ele. Contei sobre a noite em Notodden. Como tinha conseguido mentir para mim mesmo até que, de repente, percebi o que estava fazendo. Aliás, não era bem fazendo, porque no fundo não fiz nada, mas o que estava sentindo.

— Você está apaixonado! — soltou Carl com uma risada, se balançando na cadeira de um lado para outro. — Puta merda, Roy! Eu nunca te vi apaixonado antes.

As palavras dele fizeram meu estômago revirar de novo. Ele parecia tão feliz, e ainda assim eu não conseguia contar a verdade: que já tinha me apaixonado antes, pela mulher que era esposa dele, e que tinha me mudado para Kristiansand só para me afastar, que quando as coisas ficaram mais difíceis pensei em me jogar de uma ponte e acabar com tudo.

Em vez disso, tentei rir junto com ele.

— Vai passar, acho — falei.

— Ah, você vai se livrar do violinista.

— Você me escutou? Eu não *quero* me livrar de ninguém. Estamos falando da Natalie Moe, filha do telhador. Ela era adolescente até ontem! Vou ficar sentado bem quietinho no meu canto até tudo isso passar.

Mas Carl não se deu por vencido.

— Ele é bonito, esse tal de Ola?

— É questão de gosto. Mas o som dele lembra o do Jimi Hendrix. Seria páreo duro até para um cara bom de lábia como você.

Carl esboçou um sorriso satisfeito.

— Qual é, Roy, você está melhor do que nunca.

— Palhaço.

Brindamos. Olhei para meu relógio. Eu teria que me levantar em menos de quatro horas.

— Mas ela disse ao Ola que eu pareço um Leonard Cohen feio.

— Isso é uma contradição.

— No trajeto de volta eu me lembrei de uma história. Nova York, fim dos anos sessenta. O Leonard Cohen e um canadense mais velho estão na cidade, curtindo a cena folk da cidade. Conhecem uma garota linda com uma voz fantástica, Joni Mitchell. Leonard e ela marcam um encontro, comem fora e estão voltando para o Chelsea Hotel, onde estão hospedados, quando uma limusine se aproxima deles. A janela com vidro fumê se abaixa, e ali está Jimi Hendrix. Joni abre um sorriso de orelha a orelha e diz: "Oi, Jimi!" E ele fala: "Oi, Joni, quer dar uma voltinha?"

— E aí?

— E aí? E aí que se fodam "Suzanne" e "Hallelujah"! Ela está diante de "Purple Haze" e "Voodoo Child", e se fosse o Leonard eu mesmo teria mandado a Joni dar o fora, entrar no carro e dar para o Jimi.

Carl respirou fundo. E caiu na gargalhada. Foi libertador ouvir a risada dele. Ela dizia: cacete, a vida não é tão séria. Nem o amor. Nem a morte. Você aproveita os momentos que tem, tudo é temporário, nada é real, nada é autêntico ou duradouro.

— Mas o que aconteceu no fim? — perguntou ele, secando as lágrimas. — Ela deu a voltinha com o Jimi?

— Não lembro. Acho que sim.

Me levantei e fui até a cozinha pegar mais cervejas. Ia ser uma longa noite.

15

Na quarta-feira seguinte, Glen Moore chegou a Os num carro alugado.

Fui buscá-lo no hotel e o levei ao terreno. Ele estava louco de empolgação.

— Caramba, Roy, agora eu entendo por que você quer que o perfil da montanha-russa se harmonize com as montanhas. E o lago! Quer saber? Acho que isso pode ser uma obra de arte, não importa o tamanho.

Ele fez algumas perguntas sobre a geologia do local e a possibilidade de adquirir as terras ao redor, pois achava o terreno pequeno. Respondi do melhor jeito que pude e expliquei as leis relativas ao uso de propriedades rurais e sobre possíveis licenças e isenções.

— De qualquer forma — disse ele —, o visual vai ser incrível para quem estiver no brinquedo, quem olhar de fora e até quem passar de carro. Esses vão querer parar e dar uma volta também.

Concordamos em voltar para o hotel para almoçar e olhar os esboços.

— Vocês estão na temporada de caça? — perguntou ele, quando passamos por três caras com roupas camufladas sentados em cadeiras de praia em frente a um dos chalés. Dois deles estavam limpando os rifles.

— Estamos.

— Vocês caçam o que por aqui?

— Em geral, veados. Alces. Algumas corças.

De vez em quando pessoas, não consegui deixar de pensar. Eu tinha acabado de ver Kurt Olsen passando em seu Land Rover. Não tinha recebido mais nenhuma notícia sobre a perícia nos destroços dos carros, então talvez aquele papo de sangue e cabelo fosse alarme falso. Mesmo assim, senti um formigamento entre as omoplatas, como diziam naqueles romances sobre o Velho Oeste de Morgan Kane que eu lia quando criança, a sensação de que estava na mira de alguém.

Depois do almoço fomos para uma sala de reuniões e nos deparamos com um grupo saindo, entre eles Carl, que me esboçou um sorrisinho discreto. Quando vi Natalie entre eles, entendi o motivo.

— Oi, Roy — disse ela com um sorriso.

Sorri também. Não tinha ligado para ela depois de Notodden. Deveria ter ligado, óbvio, mesmo que fosse apenas para dizer que só começaria a pensar sério no marketing quando todo o resto estivesse acertado — ou seja, quando eu já tivesse uma empresa para construir a montanha-russa e um banco disposto a me dar um empréstimo. Eu poderia ter parado e falado ali mesmo, mas o encontro foi muito repentino, fui pego desprevenido. Senti as bochechas corarem um pouco.

— Me fala uma coisa: por que todas as norueguesas são tão lindas? — perguntou Moore depois que fechamos a porta.

Dei de ombros, e ele não perguntou mais nada sobre o assunto.

Ao longo das quatro horas seguintes, nos debruçamos sobre os esboços, tanto os originais de Shannon quanto as sugestões de Glen Moore para uma pista maior com o mesmo perfil do original.

— Vai ser a pista de madeira mais alta do mundo — disse ele. — Vai bater a Zator, mesmo que só por dois metros.

Embora fosse mais alta, ele disse que provavelmente nossa montanha-russa não alcançaria a velocidade máxima da Zator, de cento e vinte e um quilômetros por hora. Explicou que o ar mais frio das montanhas causava um atrito maior entre as rodas e os trilhos e que isso talvez compensasse o fato de a resistência do ar ser um pouco menor na altitude. Mas concluiu dizendo que só saberíamos a velocidade real da montanha-russa quando a construção terminasse.

— É um papo de doze ou treze milhões de dólares — falou, quando passamos a tratar dos custos.

Fui sincero: expliquei que estava dependendo de um empréstimo do meu banco local, que eles exigiriam um orçamento viável para o projeto, e que uma estimativa realista da receita prevista pelos ingressos me impediria de pagar o preço que ele estava pedindo.

— Bem — disse ele —, vamos ver o que dá para fazer. Todo cliente argumenta que o seu projeto é único, que deveríamos baixar o preço, porque ele nos daria visibilidade. Mas essa é a primeira vez em que isso é realmente verdade. Essa montanha-russa pode ser muito especial, Roy. Eu adoraria, adoraria, adoraria construí-la.

Sorri. Pensei no que ele falou. Eu tinha acabado de barganhar, não tinha?

Estava anoitecendo quando acompanhei Glen até o carro dele. Ouvimos o som de um tiro passando por cima de nós, em seguida o eco sendo devolvido pelo Ottertind. Glen Moore olhou para a encosta.

— Vamos torcer para que o caçador consiga ver no que está mirando — disse.

É, vamos torcer, pensei, enquanto observava as luzes traseiras do automóvel descendo e se afastando em direção ao vilarejo. Vamos torcer para que o caçador saiba no que está atirando.

Carl e eu tivemos uma reunião com o banco na sexta-feira, dois dias depois que o relatório sobre a estrada e o túnel foi publicado. A imprensa tinha feito uma cobertura tão grande sobre os vazamentos que a publicação em si não ganhou destaque. Alguns membros do comitê parlamentar ligado ao Departamento de Estradas chegaram a falar do assunto, mas ninguém se dispôs a questionar uma conclusão baseada em conhecimento especializado. Como disse um membro de um partido de esquerda: "Deveríamos receber esse relatório com alegria, não com tristeza. Pense nos milhões economizados para o país, um dinheiro que teria sido desperdiçado."

Na sala de reuniões do banco, as opiniões estavam divididas. Os dois funcionários que tinham se deslocado da sede em Notodden acharam que era uma má notícia para todo o condado, exceto Os, ao passo que Vendelbo citou a resposta do político de esquerda. Carl estava estranhamente silencioso e pálido. Ainda eram onze da manhã, mas ele pediu que eu dirigisse. Explicou que Lewi, chefe da AUB, tinha aparecido para assinar os contratos para a nova ala na noite anterior e que depois eles foram comemorar bebendo no bar.

— Esses lituanos são duros na queda — resmungou.

Fiz uma apresentação em PowerPoint do projeto "Parque de Diversões de Os" que tinha parecido mais impressionante quando o revisei sozinho mais cedo, na cozinha de Opgard. Mesmo depois de dar uma estimativa cautelosa do número de visitantes e, em seguida, os números exagerados, devido ao aumento do tráfego numa estrada melhorada que ficaria literalmente a um passo da montanha-russa, não percebi nenhum sinal claro de empolgação no rosto das pessoas, nem no de Vendelbo. Carl também notou o mesmo, e acho que por isso exagerou um pouco na empolgação quando chegou sua vez de falar a respeito dos efeitos colaterais positivos do parque sobre os outros clientes do banco, entre eles o Spa Os. Como de costume, seu entusiasmo foi contagiante e até um dos caras de Notodden estava assentindo. Mas, quando Carl terminou a apresentação e os caras do banco começaram a fazer perguntas, os rostos fechados voltaram. Apontaram que eu tinha projetado o parque em propriedades vizinhas que eram terras agrícolas e perguntaram como resolveríamos isso. Respondi com a verdade: disse que havia conversado recentemente com os dois proprietários das terras e que um deles estava interessado em vender por um preço justo e o outro estava disposto a alugar a terra num contrato de vinte anos. Acrescentei que vinha conversando com o Conselho Municipal sobre uma reclassificação dos terrenos e que os sinais que havia recebido até então tinham sido positivos. Afinal, estávamos falando de algo que poderia impulsionar toda a comunidade. Vendelbo concluiu a reunião nos agradecendo e dizendo que receberíamos a resposta no início da semana seguinte.

— Aquele escrotinho esnobe — disse Carl quando entramos no meu carro. — Viu como ele estava se divertindo?

— O Vendelbo?

— Ele odeia o fato de termos assumido o controle do Os F. C. e de que o nome desse banquinho de merda dele tenha saído do patrocínio das camisas. Mas agora ele está lá, sentado, usando aquele terno vagabundo, servindo doces dinamarqueses e achando que pela primeira vez na vida tem o poder que merece.

— Acho que você está equivocado — falei, enquanto tirava o carro do estacionamento.

— Hã?

— Acho que o Vendelbo está só fazendo o trabalho dele. E que eu não fiz o meu. Não montei um grande espetáculo.

— Bobagem. O que acontece é que eles não têm uma visão do todo.

— Ninguém tem uma visão do todo, Carl. Eu não fui bem e ponto. Você fez o melhor que pôde.

— Claro que fiz, você é meu irmão.

— E eu agradeço, mas o fato de *sermos* irmãos provavelmente é parte do problema.

— Ah, não fode! — Carl deu um tapa no painel. — Um bom argumento é um bom argumento, não interessa de onde vem.

Ao estacionar em frente ao restaurante do hotel, percebi que já estava começando a correria da hora do almoço.

— Parece bem cheio — comentei.

Carl suspirou.

— Tem que estar para pagar o salário de um chef ganhador do Bocuse d'Or. — Ele abriu a porta do carona. — Se o Vendelbo não te der o empréstimo, vou proibi-lo de usar a sauna.

— Você acha que ele levaria essa ameaça a sério?

— Ah, acho.

— Certo. Ah, Carl...

— Fala.

— Usa um pouco de spray bucal antes de entrar.

Ele deu uma risadinha e usou. Deu um tapinha na minha bochecha, saiu do carro e caminhou decidido até a entrada. Não porque tivesse qualquer compromisso, mas porque — como me explicou certa vez — a mesma regra que vale para os negócios vale para quando se está andando numa viela em Caracas e não se quer ser assaltado: pareça ocupado.

*

— Pelo resto da sua vida — disse Stanley Spind com seu sotaque sulista, me encarando do outro lado da mesa estreita.

— Eu tenho que tomar esses comprimidos *pelo resto da minha vida*? — perguntei, incrédulo, olhando para a receita que ele havia acabado de me entregar depois de explicar que minha condição provavelmente era mais uma predisposição genética do que consequência de um estilo de vida pouco saudável.

— Você e mais cem mil noruegueses com colesterol alto — respondeu. — A menos que queira morrer, por exemplo, de ataque cardíaco. O mesmo vale para esses outros cem mil.

— Obrigado.

Eu gostava de Stanley. Ele estava com uma camisa havaiana estampada com caveiras sob o jaleco. Tinha descolorido o cabelo e parecia ter uns 30 anos, embora tivesse a mesma idade que eu.

— Além disso, é bom você fazer algumas mudanças na dieta. E se exercitar mais.

— Mas você não acabou de dizer que é uma questão de genética, e não de estilo de vida?

— Sim, mas isso significa que você tem que ser ainda mais disciplinado do que...

— Esses outros cem mil noruegueses?

— É. Você pode pegar os comprimidos de graça em qualquer farmácia. A mais próxima é em... hummm...

— Notodden. — Suspirei.

— Eu sei — disse Stanley, então digitou alguma coisa no computador, parou de repente e olhou para mim. — O seu posto de gasolina está registrado na agência de vigilância sanitária, certo?

— Está.

— Os é um lugar muito pequeno, ninguém vai querer abrir uma farmácia aqui, mas sabia que você tem o direito legal de vender medicamentos num posto de gasolina?

— Sabia, já vendo alguns que não precisam de receita. Paracetamol, pílulas do dia seguinte, coisas do tipo.

— Quero dizer que você pode aceitar pedidos com receita e solicitar a uma farmácia que envie os medicamentos para lá. Assim as pessoas não teriam que se deslocar até Notodden. Dá um trabalhinho extra, mas pode valer a pena, agora que não vamos mais ser uma cidade-fantasma. Dei essa sugestão no mercado, mas eles disseram que não tinham funcionários suficientes maiores de 18 anos. O Asle me garantiu que o banco daria um empréstimo inicial para quem quisesse abrir um ponto de venda.

— Obrigado, mas não quero usar o meu limite de crédito com isso — falei e senti o celular vibrar no bolso.

Dobrei a receita, agradeci a Stanley, saí da sala e atendi à ligação na sala de espera. Era Julie. A filha dela estava doente e não havia ninguém disponível para assumir o turno da noite no Fritt Fall.

— Mas o Erik consegue tomar conta do bar.

— Não sozinho, Roy. É sexta à noite.

— Gostaria de poder te emprestar alguém do posto de gasolina, mas o único com idade suficiente para servir bebida alcoólica é o Egil, e hoje à noite ele tem um encontro de motociclistas em Kongsberg.

— O Egil? Mas ele anda de moto?

— Não, mas ele e o Børge têm um clube.

— Børge Lid? Ele passou na prova de moto? Quando ele saiu daqui era cego de pelo menos um olho.

— Nenhum deles tem carteira, mas o Børge tem uma moto sem registro.

— E os dois têm um motoclube?

— Lid & Evensen. Tem um logo bem legal, nunca viu?

Julie caiu na gargalhada. Ela havia parado de fumar quando engravidou pela primeira vez, mas ainda dava para ouvir os cigarros em sua risada afônica, rouca e contagiante, o que por si só era uma recompensa para quem a fizesse rir.

— Eu vou para o bar — falei.

— Você?

— Eu consigo servir a cerveja, trocar o barril e cuidar do caixa. E ser DJ.

— O Erik cuida da música, duvido que ele te entregue essa tarefa. Mas obrigada, Roy, você é demais.

— Esse é o meu sobrenome.

16

Quando entrei no Fritt Fall, Erik estava sentado a uma mesa de frente para o cavalete da nossa placa de calçada. Eram sete da noite, a clientela diurna tinha ido embora e a noturna só chegaria dali a pelo menos uma hora. Fiquei atrás dele observando-o escrever no quadro. Ele já tinha escrito "DJ ERIK SEXTA À NOITE AO VIVO" em letras floreadas e garrafais, e agora estava acrescentando as palavras "Só sucessos".

— O que acha? — perguntou, tentando inclinar a cabeça.

Digo "tentando" porque Erik tinha uma cabeça tão pequena em um pescoço tão grosso e musculoso que as duas coisas — cabeça e pescoço — pareciam uma só.

— Lindo — respondi, apontando para a placa. — Você tem um estilo próprio, essa fonte devia ter o seu nome.

— Bem — disse Erik sem olhar para cima —, pelo menos eu sei soletrar.

Vi a pele do seu pescoço se contrair, como se ele tivesse percebido que havia ido longe demais.

Dei uma risada.

— Um a zero para você. Só me diz o que quer que eu faça, chefe.

Ele finalmente olhou para a frente e me deu um sorrisinho sem graça.

— Eu? Pensei que você fosse o chefe.

— Sabe, às vezes, dono e chefe são coisas diferentes.

Retribuí o sorriso, mas tive a sensação de que a noite seria cansativa.

E até que ela começou bem. Por volta das oito e meia as pessoas começaram a chegar, e às dez o lugar estava lotado. Fiquei cuidando das chopeiras e cortei um dobrado. O trabalho do DJ Erik era ficar escolhendo as playlists no celular. E ele não estava mentindo quando escreveu "Só sucessos". Mais precisamente, tocou uma mistura de sucessos cafonas como "Bombadilla Life" e outros indiscutíveis, como "Hungry Heart" e "Free Fallin'", hino do bar. Toda vez que eu tinha uma pequena pausa, dava uma olhada na multidão. Não sei por quanto tempo consegui me enganar dizendo a mim mesmo que não estava procurando ninguém em especial. De qualquer modo, ela não estava lá, e acho que era melhor assim. Para um bar ter sucesso num lugar como Os, não se pode tentar apelar para um gosto específico, é preciso atrair todo tipo, sem discriminar ninguém. Ainda assim, fiquei surpreso quando vi Asle Vendelbo diante de mim pedindo quatro cervejas. Não só porque era incomum ver o gerente do banco sem terno mas porque ele tinha uma esposa e dois filhos em casa. Fiquei observando enquanto ele voltava para a mesa e colocava as canecas na frente de três rapazes. Reconheci apenas um deles, um garoto de cabeça quente e meio burrinho que o pessoal chamava de Johnny Depp. Johnny, porque era o nome dele; e Depp, porque, como vice-xerife, era dependente de Kurt Olsen para tudo.

Os rapazes pegaram as canecas, mas não pareciam interessados em conversar com Vendelbo, que estava sentado ao lado de Johnny, que por sua vez já estava matando a cerveja da caneca. Vendelbo colocou a mão no ombro de Johnny, que olhou para ela como se fosse cocô de passarinho, se levantou, gesticulou para os outros dois e trocou de mesa.

Enquanto Erik recolhia as canecas vazias nas mesas, peguei o celular dele, que estava atrás do balcão, abri o Spotify e digitei "Hell Spelemannslag", nome da banda de Natalie. A banda apareceu, mas não tinha foto. Vi que eles tinham cento e trinta e sete seguidores e onze músicas.

Selecionei uma delas, "Ihjælslått", aumentei o volume e apertei "Play". Os violinos Hardanger partiram direto para o ataque e, por um segundo, o clube pareceu um filme pausado. Em seguida o restante da banda entrou e o caos tomou conta do lugar. Quando vi Erik voltando para o bar, coloquei um pano sobre o celular e voltei para as chopeiras.

— Mas o que você está fazendo? — gritou ele, mais alto que as notas estridentes. — Quer esvaziar o clube?

— Achei que seria legal colocar uma música local, que não cheire a mofo.

— Mofo? Existe alguma coisa no mundo que soe mais mofado que um violino Hardanger? Cadê a porcaria do meu celular?

Ele procurou desesperadamente entre as canecas embaixo do balcão.

— Encontro o aparelho assim que tirar essa cerveja aqui — respondi.

Erik me lançou um olhar furioso.

As músicas do Hell Spelemannslag tinham entre dois e três minutos, ou seja, tocamos "Ihjælslått" inteira antes de voltarmos com Creedence. Esvaziei o lava-louça pela segunda vez na noite e fui até as mesas recolher as canecas vazias. Passei perto de Vendelbo, que estava sentado sozinho, coloquei a bandeja na mesa e me sentei.

— Olha só quem apareceu — disse Vendelbo esboçando um sorriso.

Não parecia totalmente sóbrio.

— Oi. E aí? O que os caras da sede disseram depois que a gente saiu?

Vendelbo girou a caneca sobre a mesa.

— O que você acha que eles disseram?

— Que não têm muita fé na ideia.

— Um parque de diversões numa cidadezinha no meio das montanhas, Roy? Você tem que admitir que é um projeto com cara de fracasso.

— Tudo bem. Mas eles de fato não precisam ter fé no projeto, só precisam saber que eu posso oferecer as garantias.

Vendelbo não respondeu. A camiseta e a calça jeans que estava usando o deixavam mais velho, não mais jovem. Mas o que parecia estranho não era isso, e sim a expressão no rosto dele.

— Certo? — acrescentei.

— Certo. — Ele tomou um gole de cerveja. — Não, quer dizer, não está certo.

Senti um desconforto cada vez maior.

— Como assim, Vendelbo?

O gerente do banco me encarou, e seus olhos ainda estavam usando terno.

— Roy, tudo é uma questão de confiança. Eu não devia te dizer isso, mas o problema é que o Carl parece estar envolvido no seu projeto.

— O Carl? Por que isso é um problema?

— O Spa Os não tem pagado as parcelas tão em dia quanto deveria, e a sede acha que os livros de contabilidade do Carl não refletem a verdade do que está acontecendo na empresa.

Engoli em seco.

— Mas o Spa Os e o parque de diversões são duas empresas distintas.

— Como falei — disse ele, dando uma olhada ao redor do bar —, tudo é uma questão de confiança. Vocês dois veem as duas empresas como coisas distintas, mas nós vemos a dívida conjunta. Talvez vocês devessem tentar outro banco, um que ainda não esteja envolvido com o Carl.

— Mas... Nenhum outro banco vai saber calcular o valor dos meus bens aqui em Os.

— Eles vão ser mais cautelosos, mas, se você der tempo a eles, com certeza vão fazer uma oferta.

— Quanto tempo?

— Entre em contato com vários. Espere uns meses. Não tente apressá-los. Se fizer isso provavelmente vão negar o pedido.

— Mas eu não tenho uns meses.

— Claro que tem. Você disse que as obras só começam na primavera.

— É, eu sei, mas...

Senti a garganta seca. Eu estava no meio de uma tempestade formada de uma hora para outra. O que mais poderia dizer? Que precisava de doze milhões para pagar um suborno em duas semanas?

— Asle — falei, percebendo quão falso soei ao dizer o primeiro nome dele pela primeira vez na vida —, você pode convencer a sede de que a gente é confiável. Faz isso, por favor.

Vendelbo balançou a cabeça.

— Provavelmente posso, Roy. O problema é que compartilho do desconforto deles. O problema não é você, é o Carl.

Olhei nos olhos dele. Me perguntei se eles sabiam mais alguma coisa sobre o meu irmão, mas não perguntei.

— Quando vocês vão tomar a decisão?

— Na reunião de créditos de empréstimo de quarta que vem.

— Certo — falei e me levantei. — Vou pensar em alguma coisa para convencer vocês antes disso.

Vendelbo deu outro daqueles sorrisos tristes e sem graça.

— Nada me deixaria mais feliz, Roy.

Olhei para ele. Uma parte de mim o odiava. Outra sentia pena, de tão deslocado e solitário que ele parecia, sentado ali.

Passei o restante da noite na chopeira com a cabeça a mil. Se mostrasse a Halden e Fuhr a gravação deles aceitando dinheiro vivo no quarto do hotel, talvez eles se assustassem e me dessem um tempo a mais para pagar o que faltava. Ao mesmo tempo, é claro que sabiam que eu tinha tanto a perder quanto eles num possível escândalo de suborno, então a paciência deles teria um limite. É provável que eles tenham finalizado o relatório genuíno antes da nossa conversa no hotel, e é provável que ele estivesse numa gaveta em algum lugar. Eles só precisariam dizer que haviam revisado os dados ou algo do tipo e que tinham certeza de que daria para construir o túnel. Não precisariam temer que alguém analisasse a fundo o relatório comprado. Eu tinha que falar com Carl, ele precisava saber que a situação estava saindo do controle.

— Uma cerveja, tio Roy — disse uma voz arrastada na minha frente, seguida por risadas de outros dois caras. Ergui a cabeça. Era Johnny Depp. Estava totalmente bêbado, com os olhos marejados.

— Desculpa, não podemos servir pessoas embriagadas — falei, torcendo para a conversa morrer nisso, embora soubesse que, com bêbados, nunca é assim.

Johnny deu uma risada.

— E de onde você tirou que eu estou bêbado, tio?

— Para começo de conversa, parece que você está achando que eu sou o seu tio.

— Não meu, seu imbecil. De algum dos filhos da Mari Aas.

Johnny olhou para os lados em busca de apoio dos outros dois. Os três sorriam, mas não estavam mais dando risada e me encaravam com atenção. "Jean Genie", de David Bowie, estava tocando — ponto para Erik —, já se aproximando do fim, na parte que tem um crescendo, como diz o pessoal da música.

— Tem razão — falei. — Pensando bem, é possível que eu seja seu tio.

Justo quando "Jean Genie" parece que vai começar um novo verso, ela acaba de forma brusca, e no silêncio que se seguiu Johnny me encarou. Abria e fechava as mandíbulas como um peixinho de aquário.

— Não vai retrucar, Johnny? — provoquei. — Com um tempo de reação tão longo, você provavelmente acabaria sendo pego pelo bafômetro, não é? Prefere uma Coca? Não? Coca Zero?

Johnny Depp balançou a cabeça devagar, inclinou-se para a frente, como se estivesse prestes a dar uma cabeçada, as pupilas vidradas sob as pálpebras.

— Como quiser... — prossegui. — Não esquece de mandar um oi para a sua irmã por mim.

Por um instante, um dos amigos perdeu a compostura e soltou uma gargalhada.

Johnny me deu um soco.

Eu estava de pé com uma das mãos na chopeira e a outra segurando uma caneca meio cheia, mas isso não era desculpa. Os bailes de sábado à noite em Årtun já haviam me ensinado o que acontece quando um cara está com álcool e hormônios demais no sangue: ele vai surtar. Pela linguagem corporal, eu sabia que ele estava se preparando para atacar, então por que não recuei? Eu estava velho, lento, apático demais? Era isso? Talvez. Mas o pressionei até ele não ter escolha, não é mesmo? Eu estava quase pedindo esse soco, certo? Eu sabia que, com o balcão entre nós e os braços curtos de Johnny Depp, o impacto não seria dos piores, mas seria suficiente. Para eu sentir *alguma coisa*. Ele me acertou com mais força do que eu esperava. Vi estrelas, cambaleei para trás e de repente me vi sentado no chão em meio a cacos de vidro e cerveja espumante molhando minha calça. Alguém gritou. A música parou. As pessoas correram na nossa direção.

— O que é que está acontecendo? — gritou Erik, abrindo caminho até o bar.

Me levantei, cocei o queixo e olhei nos olhos assustados de Johnny. Não estavam mais vidrados. De repente, ele parecia sóbrio. Porque, ao contrário de Erik, ele entendeu o que estava prestes a acontecer. Provavelmente já estava vendo as manchetes no *Tribuna de Os*: POLICIAL BÊBADO AGRIDE BARMAN. Dado o número de testemunhas fazendo fila em frente às chopeiras, Dan Krane nem precisaria se resguardar. Talvez Johnny já estivesse se imaginando virando as páginas do jornal atrás de anúncios de emprego.

— Nada — respondi. — Só tropecei. — Ergui a voz. — Alarme falso, pessoal! Não aconteceu nada! Voltem a dançar e beber!

Algumas risadas.

Erik foi até o amplificador atrás do balcão e aumentou o volume. Um dos amigos estava tentando puxar Johnny para longe, mas ele ficou parado, me encarando. Espanei a calça para tirar os cacos de vidro, me inclinei para perto dele e falei bem baixo para só ele ouvir:

— Vamos esquecer o que rolou aqui, Johnny. Para você continuar no seu cargo. Mas você me deve uma. Ficou claro?

Johnny continuou me encarando. Piscou com o olhar inexpressivo. Abriu e fechou a boca até finalmente conseguir formar uma oração, como dizem:

— Seu doente do caralho.

Ele afastou a mão do amigo, deu meia-volta e foi cambaleando para a saída. Olhei para meu relógio. Ainda não era meia-noite. Erik subiu o volume de "Macarena". É... seria uma noite exaustiva.

Quando saí do bar era um pouco mais de duas da madrugada. Peguei o celular e vi que havia duas ligações perdidas. Uma era de Carl. A outra era de um número que não estava nos meus contatos, mas que eu lembrava mesmo assim. Também havia uma mensagem de texto do mesmo número: "Me liga. Não importa a hora."

Apertei o botão de chamada e segurei o celular na orelha enquanto atravessava a praça em direção ao meu carro.

— Oi — sussurrou Natalie, sonolenta.

— Oi — respondi. — Te acordei?

— Ã-hã. Onde você está?

— Na praça. Trabalhei essa noite no Fritt Fall. Só vi a sua mensagem agora.

— Ah, tá. Eu só... — Ela se interrompeu com um bocejo. Eu me perguntei se ela estava sussurrando porque estava acompanhada, mas não tinha a menor intenção de perguntar. — Queria saber se você topa me ensinar a caçar.

— Caçar? Animais?

Silêncio do outro lado da linha. Mas era um silêncio carregado de algo que me dizia que ela estava sozinha.

— Natalie? — sussurrei também.

— É. Nunca fiz isso antes.

— E você acha que eu fiz?

— Não fez?

— Só duas ou três vezes. Sem contar coisas pequenas.

— Coisas pequenas?

— É... Lebres, pássaros. Coisas que você come em uma noite.

Ela deu uma risada baixa.

— Não tinha entendido — disse.

— Sem problema — falei, entrando no carro. — Ainda não sei se somos muito úteis um para o outro agora. Além do mais, você já está comprometida.

— Comprometida?

— Tem outro emprego.

— É, tem isso — disse ela, devagar.

Talvez eu estivesse enganado, talvez a voz dela não estivesse assim por causa do sono, e sim de outra coisa. Concluí que ela não estava bêbada, sua dicção estava clara demais. Mas será que estava drogada? Maconha? MD? Comprimidos?

— Mas é claro que posso te ensinar o pouco que sei sobre caça — falei.

— Quando?

— Quando você pode?

— Tenho o fim de semana inteiro.

Pelo jeito como ela falou, devagar, estranhamente formal, tive a sensação de que estava me oferecendo não só dois dias mas o resto da vida. Era um pensamento ridículo, que não impediu meu coração de bater forte. Logo agora que eu estava começando a me recuperar...

— Amanhã — falei. — Dez horas no hotel. Fechado?

— Fechado.

Desligamos, e eu apoiei a cabeça no volante.

Droga.

17

Era um daqueles dias quentes de outubro que chegam como um presente inesperado para aqueles de nós que vivem aqui em cima. Nuvens brancas pairavam no céu, e assim que o sol desaparecia atrás delas a temperatura despencava. Ainda assim, a velha estrela nos proporcionava calor suficiente.

Natalie e eu não tínhamos sequer andado um quilômetro quando resolvemos tirar os casacos e guardá-los nas mochilas. Eu havia tirado o rifle do suporte instalado acima da porta dos fundos e o carregava pela alça pendurada no ombro. Enquanto caminhávamos, expliquei o que sabia sobre a licença de caça, o que não era muito, tendo em vista que ela só passou a ser obrigatória depois que fui caçar pela primeira vez, quando tinha uns 7 ou 8 anos.

— Carl e eu devíamos ter feito a prova para tirar a licença, mas o meu pai escreveu uma carta para as autoridades dizendo que sabíamos manusear armas de fogo e anexou uma foto nossa ao lado de duas cabras mortas. Isso foi suficiente para nos livrarmos da prova.

Natalie deu uma risada.

Saímos da trilha e assustamos alguns tetrazes, mas expliquei que, embora seja possível atirar em pássaros com um rifle em vez de uma espingarda de caça, estávamos procurando lebres. O vento estava tão fraco que pudemos fazer nossa primeira parada para tomar café num ponto com vista para todos os lados e sem os casacos.

— Hora de aprender a atirar — anunciei depois do café.

Carreguei o rifle e a ensinei a como se deitar no chão, como segurar a arma, como mirar, como respirar e como atirar. Você puxa o gatilho, não o agarra.

Ela atirou. O som ressoou ao redor e o eco só voltou segundos depois.

— De novo! — gritou ela, animada.

Carreguei o rifle.

— Agora mira em alguma coisa — falei e apontei. — Imagina que aquela bétula ali é um nazista.

— Ou um comunista?

Ela fechou um olho e puxou o gatilho lentamente. Na terceira tentativa — depois que ela mesma recarregou o rifle —, a árvore tremeu de leve.

— Você tem um talento *nato* — elogiei enquanto ela comemorava.

Celebramos o momento com outra caneca de café.

— Você acha que eu poderia matar alguém? — perguntou ela, olhando para a natureza selvagem e aquecendo as mãos na caneca. — Digo, se estivesse atirando numa pessoa de verdade.

— Tipo matar um inocente?

— Não necessariamente inocente. E não numa guerra, porque na guerra você não tem escolha. Mas dizer a si mesmo: aquela vida ali, vou acabar com ela...

— Acho que depende do motivo. Se você acha que o mundo vai ser um lugar melhor sem essa pessoa, então talvez.

— Tenho pensado nisso. Se eu tivesse a oportunidade de atirar em alguns chefes de Estado que causaram e continuariam causando sofrimento à humanidade, eu seria capaz de atirar? E sabe o que concluí? Acho que não conseguiria. Quer dizer, eu até quero, mas não consigo. E você?

Umedeci os lábios como se estivesse refletindo.

— Difícil dizer — respondi.

— Pois é, né?

Natalie parecia querer continuar no assunto, então rapidamente tossi e perguntei se ela achava que sua banda estaria interessada em fazer um show no Fritt Fall.

Ela franziu aquele rosto doce e fez que não com a cabeça.

— É um paradoxo — comentou. — Quanto menor o lugar, menos interessadas as pessoas parecem estar na própria música folclórica.

— Pode ser. Mas talvez o Ola tenha interesse, já que é a cidade natal da namorada dele.

Natalie se virou para mim.

— O que você disse que a gente ia caçar mesmo?

— Lebre.

— É uma caça furtiva?

Sorri. Ela também sorriu e se virou de volta para a paisagem.

— O Ola não é meu namorado. É um dos meus melhores amigos, estamos mais para irmãos. Não temos segredos, vimos o melhor e o pior de cada um e mesmo assim nos amamos.

— Que pena. Vocês parecem um casal à vontade um com o outro.

— Casal? — Ela bufou. — O Ola diz que vai tocar no meu casamento se eu chamá-lo para ser padrinho. Mas não vai ter casamento.

— Por que não?

Ela deu de ombros.

— Você me libertou. Quero continuar sendo livre.

— Eu não te libertei. Você fez isso sozinha.

— Tá, mas você abriu a porta para mim.

Não respondi. Deixei os olhos vagarem pelo tapete vermelho de urze, e por um instante pareceu que os pensamentos de Natalie eram os meus quando ela disse:

— Meu Deus, parece um incêndio.

Permanecemos ali, em silêncio, cada um com seu café. Então, ainda sem trocar uma palavra, colocamos nossas mochilas nos ombros e seguimos em frente, montanha acima. Uma hora depois chegamos a uma lagoa no meio de um bosque de sorveiras e bétulas. Não sei se o que ela disse em seguida me pegou de surpresa.

— Vamos nadar?

Fizemos uma fogueira antes de nos despir. Ficamos só de roupa íntima, mesmo sabendo que precisaríamos tirá-las para vestir as outras roupas de novo — o fogo não seria capaz de secar o algodão. Entrei primeiro. A água estava tão gelada que senti as pernas ficarem dormentes de imediato.

— Posso me arrepender e mudar de ideia? — perguntei.

— Sem chance! — exclamou Natalie, passando correndo por mim e mergulhando de braços abertos.

Ela desapareceu debaixo da água, então reapareceu metros à frente. Xinguei para mim mesmo e mergulhei também. Por um segundo pensei que iria perder a consciência ali, submerso. Quando subi, encontrei Natalie nadando desesperadamente de volta, os olhos arregalados e os lábios já azuis.

— Ué, acabou? — falei enquanto voltava com ela.

Nos vestimos depressa e nos sentamos quase em cima do fogo. Nossos dentes batiam como uma castanhola, nos juntamos e tentamos esquentar um ao outro. Ela encostou o nariz gelado no meu pescoço e pressionou a testa na minha bochecha. Eu a abracei e comecei a sentir a respiração — a dela e a minha — se acalmar aos poucos. Ela levantou o rosto, e eu olhei para aqueles olhos de cor estranha. Segui olhando, e ela manteve o rosto ali, imóvel. Esperei. Só a beijei quando era a única opção que me restava. Ela abriu minha camisa. Eu, a dela. Ela sentia calafrios e tremia, e no início eu não sabia se estava excitada ou ainda com frio. Mas, quando ela abriu minha calça, depois a dela, tive certeza. Ela montou em mim, e as gotas do cabelo molhado pingavam como beijinhos no meu corpo. Eu queria dizer alguma coisa, que não precisávamos fazer aquilo, que era melhor parar, mas, quando respirei fundo para falar, ela colocou a mão sobre a minha boca como se tivesse lido as palavras no meu rosto.

— Eu não uso nada — sussurrou, então se inclinou para a frente e me guiou com a outra mão enquanto respirava no meu pescoço.

Parecia irreal e muito real ao mesmo tempo. Eu vinha sonhando dia e noite em fazer amor com Natalie, e agora ali estava eu, vivendo esse sonho. Mas não fizemos amor, nós fodemos. Como se houvesse algo que precisássemos colocar para fora, como se um fosse o remédio do outro. A urze arranhava minhas costas à medida que ela subia e descia, apoiando as mãos na minha barriga. Eu via sua silhueta contra o céu, os seios balançando suavemente, os olhos fechados, o rosto erguido, virado para longe. Éramos um, como dizem, e ainda assim ela parecia tão distante, tão sozinha. Era como se *quisesse* estar só. Em certo momento, a respiração dela começou a ficar ofegante, foi se erguendo, e eu sabia que não devia interromper, então tentei apenas seguir seu ritmo e não atrapalhar, apenas reforçar o que ela estava fazendo. Ela soltou um gemido longo, furioso e trêmulo. O cabelo caiu na frente do seu rosto e ela desabou sobre mim.

E assim ficamos, imóveis. As pontas dos dedos dela tocaram os meus, mas ela não reagiu quando a acariciei. Eu queria colocar meus braços ao redor dela, mas não o fiz. Ela viria até mim quando estivesse pronta. Assim, fiquei apenas ouvindo sua respiração se acalmar novamente. Em algum lugar, um pássaro cantou, soou como um melro-de-peito-branco. Me lembrei de uma coisa que falei numa das primeiras vezes que Shannon, Carl e eu conversamos: que os machos dos pássaros da montanha não cantam para as fêmeas, porque elas acham isso exibicionismo. Em vez disso, eles constroem um ninho para impressioná-las. "Hotéis?", perguntou Shannon. "Ou postos de gasolina?" "Parece que hotéis dão melhor resultado", respondi.

Natalie mudou um pouco de posição.

— Ué — disse ela, com uma voz grave para imitar a minha —, acabou?

Sorri.

— Deve ser o que você está pensando — continuou ela.

— Não — falei e coloquei meu braço em volta dela. — Estou pensando: "Foi tão bom, e essa foi só a primeira vez."

Senti o corpo dela ficar tenso e me arrependi do que falei.

— Relaxa — prossegui. — Só falei por falar. Eu realmente gostei também, tá?

Senti seu corpo relaxar de novo.

— Obrigada — sussurrou ela e me beijou na bochecha.

Logo em seguida, ela se levantou e começou a se vestir.

— Vou voltar agora — falou.

— Já? — falei, subindo a calça.

— É, já pegamos a lebre.

Eu sabia que era uma piada, mas não rimos.

— Eu desço sozinha — continuou. — Você continua caçando.

— Sem chance, eu vou com você — respondi enquanto abria a mochila. — Não quer comer alguma coisa primeiro?

Natalie fez que não com a cabeça.

— Tenho umas tarefas pendentes para resolver antes da festa da equipe. E, se não tiver problema para você, queria saber como é andar nas montanhas sozinha.

Devo ter feito cara de surpreso, porque ela deu uma risada.

— Não vou me perder, Roy. Consigo ver o Ottertind e tenho sinal de GPS. Tudo bem, então?

— Claro que está — respondi, não plenamente convencido.

Natalie não disse mais nada, apenas arrumou a mochila, me deu um abraço e partiu. Fiquei perto do fogo, observando-a se afastar, me perguntando o que tinha acabado de acontecer, o que tinha dado errado. Era culpa minha? Ou ela preferia assim? Só uma coisa física, com o mínimo de intimidade? Óbvio que esse comportamento poderia estar relacionado ao começo de vida de merda que ela teve. Seria até estranho se não tivesse algum efeito em sua postura em relação ao sexo. No fim, concluí que não ganharia nada pensando nisso e talvez tivesse sido apenas uma foda horrorosa. Ou boa, mas que ela não sentia necessidade de repetir. Ou talvez hoje em dia as coisas sejam assim, depois que você consegue caçar sua lebre.

Fiquei vendo sua silhueta diminuir aos poucos até finalmente sumir atrás de um penhasco. Servi mais café na caneca. A fogueira foi se apagando, e ventava tão pouco que a fumaça subia em linha reta.

Quase uma hora se passou até eu conseguir me forçar a pensar em outra coisa: como convencer Vendelbo a aprovar o empréstimo? E então eu vi. Se não estivesse tão quieto ou se não houvesse uma lagoa entre nós, ele não apareceria. Eu não tinha visto sua aproximação, ele estava numa pedra à beira da lagoa, a uns cem metros de mim, separado pela superfície imóvel de água. Seu pelo era cinza e preto, em contraste com a urze vermelha, suas orelhas estavam apontadas para cima em sua cabeça robusta. Um lobo magro, mas grande. Patas dianteiras largas, peito forte.

Observamos um ao outro, ambos imóveis. Dois lobos solitários no mesmo território. Meu descampado, o campo de caça dele. O que ele estava pensando? Era capaz de pensar? Se tivesse fome suficiente, talvez estivesse me considerando uma presa, embora eu duvidasse dessa possibilidade. Acho que ele estava tentando calcular até que ponto eu era um perigo. E então — como se tivesse concluído que "Ele não vai me incomodar" — ele se virou de lado para mim, margeou o lago e subiu a montanha até sumir de vista, na direção oposta a Natalie.

Mais tarde, depois de jogar água no restante da fogueira e me preparar para sair, eu ouvi o eco de um tiro distante. Veio da direção que o lobo havia tomado. Talvez ele estivesse atrás da mesma presa em que o caçador havia atirado.

O dia ainda estava claro quando me aproximei do meu Volvo e vi o Land Rover de Kurt estacionado ao lado. Quando me aproximei, as duas portas da frente do Land Rover foram abertas, e Kurt e Johnny saíram. Ambos estavam de calça jeans e jaqueta de alta visibilidade. Ambos carregavam rifles.

— Polícia! — gritou Kurt, a palavra ricocheteou entre os carros, as janelas e entrou no restaurante. — Roy Opgard, pega a arma pelo cano e coloca no chão! Agora!

Por um instante achei que Kurt estivesse brincando, ou pelo menos que não estava falando no sentido literal, e eu quase tirei o rifle do ombro para mostrar que eles não precisavam pegá-lo no chão, que eu podia entregá-lo na mão deles. Mas então, pela linguagem corporal deles, percebi que era sério. Que, se eu segurasse o rifle do jeito errado, talvez estivesse dando a desculpa com que Kurt Olsen vinha sonhando todos esses anos. Fiz exatamente o que ele mandou: segurei o rifle bem alto pelo cano, me abaixei e o coloquei no chão com cuidado. Me levantei de volta.

— Deixa a mochila cair no chão e levanta as mãos onde a gente possa vê-las — gritou Kurt.

Obedeci. Vi cabeças dentro do restaurante viradas para nós.

— Agora dá quatro passos na minha direção, vira de costas e deita de bruços com o nariz no asfalto! Agora!

Era um absurdo. Não estávamos no Bronx, e sim em Os, e aquele era Kurt Olsen, o xerife de pernas arqueadas e aquela cabeleira estilo Boris Johnson, falando do jeito que provavelmente falava ao dar ordens aos seus jogadores de time da quarta divisão. Mas, claro, fiz o que ele mandou. Enquanto dava os quatro passos, olhei para uma parede de rostos assustados olhando pelas janelas do restaurante. Entre eles estava Natalie, parada entre duas mesas, tapando a boca.

Me deitei de bruços no chão, aspirando a poeira e pensando que, se fizesse exatamente o que Kurt estava mandando, ele não teria desculpa para me humilhar mais do que costuma acontecer numa prisão qualquer. Mas, como deveria saber, eu estava errado. A primeira coisa que ele fez foi se sentar nas minhas costas, como se eu fosse o pônei dele, juntar minhas mãos e me algemar. Depois, como eu não conseguiria me levantar sem ajuda, ele me agarrou pelo colarinho e me puxou para cima. E, enquanto eu estava ali, com Kurt me segurando pelo pescoço, um flash foi disparado na minha frente. Dan Krane. Ele estava a cinco metros de distância, entre os carros, apontando a câmera para mim. Na sequência, mais dois flashes.

— Obrigado — disse Dan, não sei se para mim ou para Kurt, então abaixou a câmera e olhou o resultado na telinha.

Kurt continuou me segurando e esperando. Dan ergueu os olhos da tela e fez um leve gesto de cabeça para Kurt.

— Então vamos — disse Kurt, me empurrando para o Land Rover, onde Johnny estava segurando a porta traseira aberta. O veículo era alto, mas mesmo assim Kurt colocou a mão acima da minha cabeça quando me abaixei para entrar, mostrando à sua plateia que em Os o xerife faz as coisas do jeito certo, até os mínimos detalhes. Provavelmente, ele queria que na Noruega fosse obrigatório ler os direitos do preso. Johnny jogou a mochila e o rifle no porta-malas e entrou no Land Rover ao lado de Kurt. Vi mais uns flashes da câmera de Krane quando o veículo partiu.

18

Depois de alguns minutos de silêncio, vi Kurt me olhando pelo retrovisor.

— Não vai nem perguntar, Roy? É tão óbvio assim?

Dei de ombros e olhei pela janela. Estava nublado. Tudo indicava que o fim de semana seria muito pior do que parecia horas antes.

Johnny tirou minhas algemas no escritório do xerife e me mandou esperar na salinha sem janelas que eles usavam como cela e também fazia as vezes de depósito de pastas e arquivos empilhados contra as paredes. Johnny entrou com uma caneca de café para mim, e nossos olhos se encontraram. Ele foi o primeiro a desviar o olhar. Na sequência, Kurt entrou e se sentou.

— Tudo bem se gravarmos? — perguntou, colocando o celular na mesa com o aplicativo de gravação já ligado.

— Claro — respondi. — Se me permitirem ouvir a gravação depois.

— Mas é óbvio — disse Kurt com um sorriso. — Pode me dizer seu nome, data de nascimento e endereço residencial, para registrarmos na gravação?

Fiz o que fui instruído.

Kurt entrelaçou as mãos e disse uma data e um ano.

— Te lembra alguma coisa? — perguntou.

— Faz tanto tempo, Kurt. Você e eu éramos quase adolescentes na época, mas, como é você quem está perguntando e como você vem tentando me culpar pelo desaparecimento do seu pai desde que se tornou xerife, me permita adivinhar: é o dia em que ele desapareceu, talvez o dia em que o barco vazio com as botas dele foi encontrado.

— O dia em que ele desapareceu, Roy. O que você estava fazendo naquele dia?

— Você me perguntou exatamente a mesma coisa aqui mesmo há oito anos, Kurt. Dá uma olhada nos seus registros.

— Quero que você cheque a sua memória.

Desde que me prendeu no hotel, Kurt vinha mantendo uma calma inquietante, algo que me dizia que ele tinha uma boa carta na manga. Mas ali, sentado de frente para ele, percebi que sua mandíbula estava começando a se mexer, efeito das emoções que estava tentando reprimir.

— E a sua consciência — acrescentou, num tom tenso, metálico.

Eu me inclinei um pouco para a frente e falei em alto e bom som:

— Bem, para os propósitos dessa gravação, eu anuncio que, nesse ponto do interrogatório, nem a pessoa que está me interrogando, o xerife Kurt Olsen, nem ninguém no escritório do xerife me deu qualquer informação sobre o motivo da minha prisão, não me disse quais são os meus direitos, se sou obrigado a responder a qualquer pergunta além da que foi feita sobre o meu nome e os meus detalhes pessoais, quanto tempo pretendem me manter aqui, quanto tempo a lei permite que me mantenham aqui e se posso contatar um advogado.

Kurt sorriu e olhou para Johnny, que estava recostado na parede atrás dele.

— Não banca o espertinho, Roy. Vamos tratar de tudo isso no devido tempo.

— Nota para a gravação — continuei. — O xerife Olsen confirma que começou o interrogatório antes que essas informações fossem passadas para mim.

Kurt se inclinou para a frente de novo, agora com o rosto corado, e desligou a gravação.

— Não banca o espertinho com a gente, Roy, você não conhece esse jogo. Colabora, senão a situação só vai piorar para você.

— Entendido. Você vai apagar essa gravação ou posso ter uma cópia dela também?

— O que acha? — rosnou ele.

Não respondi.

Kurt fechou os olhos e respirou fundo. Certa vez, Julie me disse que Kurt foi o único homem a participar das poucas aulas de ioga realizadas no porão da livraria, então talvez essa reação fosse uma técnica zen. A situação não estava correndo do jeito que ele provavelmente imaginava e ele queria voltar aos trilhos. Religou o gravador e falou com uma voz suave como veludo.

— Em primeiro lugar, temos o direito de manter você preso por quarenta e oito horas, porque o crime do qual é suspeito acarreta pena mínima de seis meses. Se quisermos manter a prisão temporária depois desse período, vamos precisar de uma audiência de custódia. Você pode entrar em contato com parentes e falar com um advogado. E não tem obrigação de responder a nenhuma das perguntas que fizermos. Ficou claro?

— Sim.

— Você foi preso sob suspeita de ter cometido o homicídio de Sigmund Olsen, ex-xerife do condado de Os, ou de ser cúmplice do crime.

— Entendi. Kurt, essa ainda é aquela sua suspeita cheia de furos ou surgiu alguma novidade no caso?

Kurt franziu os lábios no que poderíamos chamar de sorriso. Senti um calafrio e me preparei. Vera tinha me contado que encontraram sangue e cabelo. Não parecia tão ruim à primeira vista, mas pela cara de Kurt dava para ver que a situação não estava nada boa. Para mim, digo.

— Os peritos de cena do crime conduziram uma busca longa e árdua e no fim encontraram sangue no Cadillac dos seus pais — respondeu Kurt. — Sangue e três fios de cabelo.

— Normal, em se tratando de um carro destruído — falei, dando de ombros.

— Certo, mas eles encontraram do lado de fora do carro, Roy. Para ser mais preciso, quando desparafusaram a placa traseira.

A sensação era de que alguém estava puxando a pele ao redor do meu crânio. Num instante, me dei conta do que tinha acontecido. Era uma catástrofe. Fiquei vendo a boca de Kurt se mover, enquanto minha pele se descolava dos olhos, das orelhas, da mandíbula. Quando Sigmund Olsen caiu em cima do porta-malas do Cadillac, sua cabeça bateu no chassi, bem acima da placa. O sangue que escorreu e foi para trás da placa, carregando esses fios soltos de cabelo, secou e colou em volta dos parafusos e das porcas da parte traseira do veículo. Aquela maldita prova de DNA ficou ali, paciente e protegida, aguardando alguém meticuloso o bastante para investigá-la. Alguém como Kurt Olsen. Ele parecia triunfante. Provavelmente vinha sonhando em ver minha cara quando me contasse a novidade. E provavelmente por isso não conseguiu parar, precisou seguir falando.

— Demoramos um pouco para descobrir que era o cabelo e o sangue do meu pai, porque não tínhamos o perfil de DNA dele nem outros restos mortais. Quando aconteceu, ninguém teve a ideia de procurar um fio de cabelo de uma das jaquetas dele, foi tudo para a lavanderia ou jogado fora. Menos, claro, uma coisa. — Kurt ergueu o indicador. — Duas, na verdade. — Ele sorriu e ergueu o dedo médio. — As botas de couro de cobra. Que *você mesmo* colocou no barco para fazer parecer que ele tinha se afogado. Não as jogamos fora. Comecei a usá-las em homenagem ao melhor homem da lei que esse lugar já teve. Certo? E essa foi a nossa sorte, porque encontramos pedacinhos de unha do pé debaixo das solas internas. Dele e minhas.

A essa altura Kurt estava com um sorriso aberto de orelha a orelha. E imagino que minha expressão tenha atendido a todas as expectativas dele. Minha testa estava tensa como um tambor. Mais algumas voltas do parafuso e meu rosto explodiria.

— Já sabíamos que o meu pai havia estado em Opgard no dia em que desapareceu, e agora também sabemos que ele nunca saiu de lá, que acabou despencando em Huken e sangrou sobre o carro que já estava lá. Na época, você e o seu irmão alegaram que o viram sair de Opgard. Bem, o que diz agora, Roy?

Precisei mover a mandíbula algumas vezes antes de me sentir capaz de usá-la.

— O que eu digo é que gostaria de ligar para aquele advogado.

— O mais próximo fica em Notodden. Eles têm dois na lista, e tenho certeza de que ambos vão estar ocupados num sábado. Mas, se quiser ficar sentado aqui o resto do dia e da noite e esperar alguém vir de lá ou de Oslo, fique à vontade. A alternativa é você responder a algumas perguntas agora e depois vai poder ir embora.

— Não.

Kurt me lançou um olhar inexpressivo.

— Tudo bem — disse, por fim. — Que fique registrado que você se recusa a responder a perguntas sem a presença de um advogado. Caso assine esse documento concordando em não deixar a região por quatorze dias, vai estar liberado para ir embora.

— Isso não faz sentido.

— Concordo. Você está liberado para ir embora. — Ele se recostou na cadeira, pegou um maço de cigarro amassado do bolso da calça, tirou um e o colocou entre os lábios. — Como não há perigo de adulteração de provas, e duvido que você pense em fugir do país, não temos razão para detê-lo por mais tempo.

Ele estendeu a mão para desligar a gravação e me encarou quando coloquei a mão entre a dele e o celular.

— Quis dizer que não faz sentido me fazer ir embora *andando* — falei. — Você me pegou ao lado do meu carro no hotel, exijo que me leve até lá.

Kurt me observou. Provavelmente estávamos pensando a mesma coisa. Que para as pessoas no restaurante que testemunharam a detenção, poderia parecer uma admissão de erro da polícia se me deixassem de volta no mesmo lugar meia hora depois.

— A pergunta está gravada — falei. — E então?

O ódio ardia como fogo nos olhos de Kurt.

— Johnny — disse ele, o olhar fixo na minha testa.

Atravessei o estacionamento seguindo Johnny Depp. Na metade do caminho para o carro, olhei para trás e vi Kurt Olsen nos degraus da entrada do prédio. Estava começando a escurecer e vi a ponta brilhante de seu cigarro enquanto ele nos observava. As luzes estavam todas apagadas no banco, no consultório médico e na sede administrativa do condado. Será que Kurt já estava com os resultados dos exames de DNA havia alguns dias, mas escolheu me prender num sábado porque sabia que eu teria dificuldade para conseguir um advogado? Ele deve ter combinado as coisas com Dan Krane com bastante antecedência, porque pais de crianças pequenas estão sempre ocupados nos fins de semana. Talvez tivesse alguma esperança de que eu confessasse, mas certamente não estava contando com isso. Ainda assim, havia alcançado seu objetivo principal: me humilhar. Deixar bem claro para toda a cidade de Os que eu era suspeito. Ligar a máquina de fofocas do lugar, tirar os vermes do esconderijo e expô-los à luz do dia. Dar outra chance a qualquer um que soubesse de algo do que aconteceu na época, mas não relatou a ele.

Johnny abriu a porta do carona do velho e surrado Honda Civic, deu a volta, se espremeu no banco do motorista e deu a partida no carro, que sacolejou e ganhou vida com um zumbido e um som ritmado inconfundíveis.

— Melhor você dar uma olhada nisso — falei.

— É só a correia de ventilação frouxa — disse Johnny pegando a estrada. — Dou um jeito nisso depois.

— Você pode até consertar a correia de ventilação, mas esse barulho é de correia de distribuição desgastada. Se ela der problema, o seu motor inteiro vai para o espaço.

Johnny me olhou para ver se eu estava falando a verdade.

— Leva no posto segunda — falei. — A gente troca a correia na oficina. É coisa rápida.

Johnny voltou a se concentrar na estrada.

— Esse showzinho não foi ideia minha — disse ele. — Nós fomos até Opgard buscar você, mas o seu irmão disse que você tinha ido de carro para o hotel. E o Kurt achou melhor esperar você lá.

— E o Dan Krane?

— O combinado era que o Krane tirasse fotos suas na frente do escritório do xerife quando a gente chegasse lá. Mas, como tivemos que ir para o hotel, o Kurt ligou e mandou o Krane ir até lá. Mais dramático, sabe?

Fiz que sim. Seguimos por um tempo em silêncio.

— Obrigado — disse Johnny. — Por não ter falado nada sobre ontem.

— Se eu fosse fazer a denúncia, não seria com o Kurt, eu iria à delegacia em Notodden.

Ele se remexeu no banco.

— Você vai fazer isso?

Fiz que não com a cabeça. Não tinha a intenção de denunciar o garoto; ele provavelmente tinha aprendido a lição. E eu tinha muitas outras coisas em que pensar. Nas amostras de DNA. Em Natalie. Em um suborno e um acordo de investimento que pareciam estar indo para o ralo. O suficiente para levar qualquer homem ao desespero. O suficiente para fazê-lo procurar qualquer saída. Talvez por isso eu tenha respondido à pergunta dele com outra.

— Qual é o lance entre você e o Vendelbo?

— Lance? Que lance?

— Ele comprando as cervejas para você e os seus amigos.

Johnny deu um sorrisinho. Hesitou, mas imaginou que havia algo além na informação que eu estava pedindo, que seria uma boa ideia mostrar um pouco de cooperação.

— Ele quer conferir o que tem dentro da minha calça. Nada de errado com isso, mas não vai rolar. Agora, se ele quer me oferecer cervejas, jantares e empréstimos, aí é problema dele.

— Empréstimos?

— É, mas, como eu disse, não vai rolar.

— Me diz.

— Umas semanas atrás eu mostrei para ele a foto de um Porsche usado. Uma coisa linda. Um cara de Notodden o colocou à venda. Vendelbo disse que me arrumaria um empréstimo com taxas abaixo do mercado.

Senti minha pulsação — que já havia trabalhado bem ao longo do dia — acelerar de novo. Seria essa a minha saída? Engoli em seco.

— Mas foi só um comentário casual, certo?

— Que nada, ele falou sério.

— Como você sabe?

— Ele me enviou a oferta por mensagem de texto. Parcelas baixas, taxa de juros quase zero. Disse que a gente poderia assinar o contrato depois do horário de fechamento do banco. Que ele daria um jeito de eu pagar. Mas eu entendi aonde ele queria chegar, então neguei. Eu gosto de mulher, sabe?

— Sei. E provavelmente ele te mandou outras mensagens, né?

Johnny sorriu.

— É, pode-se dizer que sim.

— Fotos também?

— Não, sem fotos. O Vendelbo é casado, não pode correr o risco de uma coisa dessas circular pela cidade.

— Mas nessas mensagens ele deixa claro o que quer?

— Você teria que ser bem lerdo para não entender. — Johnny me deu outra olhada, e vi a suspeita em seu olhar estúpido. — Aonde exatamente você quer chegar?

— Ao hotel.

Seguimos em frente, mas ele reduziu a velocidade, como se estivesse esperando, atento ao que viria a seguir, o que quer que fosse.

— Johnny, o que você acha de a gente fazer um pequeno trato?

19

PASSEI O DOMINGO TRABALHANDO no posto, o que serviu de alívio para meu cérebro, que só pensava nos resultados dos exames de DNA e no fato de que eu tinha que conseguir cento e vinte milhões de coroas — e doze para o quanto antes. No sábado, Carl e eu fizemos uma reunião por Zoom com Liv Goebbel, advogada criminal de Oslo, uma cinquentona enérgica e objetiva que eu havia conhecido num jantar no Spa Os. Costumo ser muito exigente nessas questões, mas, quando conversei com ela no hotel, tive a sensação de que era alguém de confiança. Agora ali estava ela, na tela, atrás de sua mesa organizada, com vista para a prefeitura da capital na janela ao fundo, dona de uma risada alta e de uma capacidade tão grande de falar rápido que eu tinha que me concentrar para acompanhá-la. Ela explicou que, mesmo que não encontrasse os restos de unhas dos pés, a polícia provavelmente teria descoberto que o sangue atrás da placa era de Sigmund Olsen.

— Com as ferramentas de análise que temos hoje, uma gota de sangue de uma mulher grávida pode dar não só o perfil de DNA do feto como o perfil do *pai* da criança não nascida. Nesse caso, eles poderiam ter usado o DNA de Kurt Olsen para provar que o sangue era do pai.

Ela se mostrou espantada pelo fato de a polícia não ter interrogado Carl também, e que, provavelmente, só estavam atrás de mim. Me perguntou quantos anos tínhamos, e, ao descobrir que eu tinha acabado de fazer 19 e Carl não tinha 18, explicou que esse era o motivo.

Embora a maioridade penal seja a partir dos 15 anos, antes dos 18 também havia uma grande diferença de tratamento em termos de direito penal. Era difícil indiciar, processar e prender alguém com menos de 18 anos. Assim, num caso tão antigo, era normal que as autoridades focassem em mim. A edição on-line do *Tribuna de Os* tinha publicado uma matéria curta mencionando uma prisão e a recuperação de DNA relacionado a um antigo caso de pessoa desaparecida. Não explicitou qual era o caso, não citou meu nome e não publicou fotos da prisão. Segundo Goebbel, o próprio jornal havia feito uma censura interna com base na seguinte lógica: se eu tinha sido solto e não havia sido indiciado, a sociedade não tinha o direito legal de saber mais do que aquilo que foi publicado.

Carl e eu nos encaramos com um olhar desesperado. Ficou claro que a mulher de Oslo não fazia ideia de que todo mundo, absolutamente todo mundo em Os, já sabia quem tinha sido detido e o motivo, de que Kurt Olsen só estava esperando alguém ligar para dar informações do que aconteceu na época.

Quase não dormi naquela noite, e quando o alarme tocou às seis da manhã me senti libertado. Domingo era o dia mais movimentado no posto — os hóspedes do hotel e as pessoas que passavam o fim de semana nos chalés voltavam para casa. E enchiam o tanque de gasolina mas também precisavam comprar comes e bebes para a longa viagem. Num momento mais tranquilo, Egil me contou que o encontro do motoclube tinha sido um grande sucesso. Quando perguntei como se mede o sucesso de um encontro de motoclube — se tinha a ver com o número de motociclistas que compareciam —, ele respondeu que isso não contava muito, que o importante era que todos se divertissem.

— Mais que o esperado? — perguntei.

— Hein?

— Se você disse que foi um sucesso, então deve ter sido mais divertido que o esperado.

— Acho que eles já esperavam que fosse um sucesso.

Eu tinha acabado de entregar cinco rolinhos de camarão para um cliente no balcão quando Natalie entrou. Estava com o cabelo preso sob um boné de caminhoneiro e usando um moletom com capuz do Tame Impala. Parou perto do expositor de líquidos para limpador de para-brisa. Parecia cansada. Quando o lugar ficou vazio, ela se aproximou de mim.

— Como posso ajudar? — perguntei.

Ela me lançou um olhar direto, no fundo dos olhos, e mais uma vez eu tive a doce sensação de estar perdido. Droga.

— Me diz o que você tem — disse ela com toda a calma.

— Beeem. — Respirei fundo. — Eu estava com uma oferta especial numa carne de cabra dura. Velha, mas eu diria que ainda muito boa.

Ela deu uma risadinha.

— Eu diria o mesmo. Mas acho que confiscaram essa carne ontem. Tinha algum problema com ela?

Dei de ombros.

— Alguns diriam que, na época em que você nasceu, a cabra, ainda jovem, deu uma cabeçada no velho xerife e ele caiu no precipício de Huken.

— E essa cabra fez isso mesmo?

Fiz que não com a cabeça. A porta de vidro se abriu e um cliente entrou. Egil estava ocupado nas bombas de combustível.

— Mas de qualquer maneira a carne vai ter que ser descartada — falei, olhando para o cliente. — Você vai ter que procurar em outro lugar, um que tenha carne mais fresca.

— Roy...

Olhei para Natalie. Ela sorriu, mas só por um instante, como se não tivesse forças para manter o sorriso.

— Sinto muito.

Tentei sorrir.

— Não precisa se desculpar. Você deve fazer o que quiser, Natalie.

— Tá bem. — Ela respirou fundo. Parecia estar na ponta dos pés. — Eu quero... — Ela parou. O cliente pegou uma lata de líquido limpador de para-brisa e se posicionou atrás de Natalie. — ... ver você de novo. Se você quiser.

Olhei para ela, que era tão linda, como uma dessas músicas que fazem a gente querer chorar. E não que eu tivesse medo de ser usado. Às vezes é bom ser usado. Mas a situação ficaria complicada demais, e eu não conseguiria lidar com ela, além de tudo o mais que estava acontecendo. Por outro lado, bastava eu vê-la para ter a sensação de que estava levando uma injeção de morfina num corpo atormentado pela dor, e era impossível não querer mais. Então me obriguei a tirar os olhos de Natalie e me dirigi ao cliente atrás dela.

— Esse está na promoção, três latas pelo preço de duas.

— Opa, tá bom! — disse o cliente empolgado, voltando para a prateleira antes mesmo de eu conseguir dizer que ele poderia pegá-los na saída.

— Vamos conversar depois, Natalie. Quando as coisas se acalmarem um pouco, tá?

Olhei para ela outra vez. Ela estava de olhos marejados e pupilas dilatadas. Estava chapada? Ou tinha chorado?

— Quando as coisas vão se acalmar? — perguntou, a voz embargada.

Engoli em seco.

— Em cinco, seis... — comecei, sem saber se pretendia dizer semanas ou dias.

Vi uma lágrima se formando nos cílios finos e curtos acima daqueles olhos sem cores.

— Horas — falei. — Quando eu terminar o meu turno aqui. Me encontra lá fora às seis.

Às quatro da tarde, saí da loja, limpei a área em volta das bombas de combustível e me aproximei de onde estava a nova geração de moleques metidos a piloto com seus carros tunados.

— Recolham as bitucas — falei, apontando para cinco guimbas no chão.

— Tá bom, pai — respondeu o cara atrás do volante, usando uma jaqueta jeans sem mangas e com o braço nu apoiado na porta e uma tatuagem que dizia "SEM PIEDADE".

— Agora.

— A gente limpa na hora de ir embora — disse ele, dando uma tragada com uma calma constrangedora.

— De jeito nenhum, eu quero essa área limpa.

— Quando a gente sair, pai. — Ele mostrou a garrafa de Coca-Cola e sorriu. — A gente é cliente, né?

Arranquei o cigarro da boca do garoto antes que ele tivesse tempo de reagir e o joguei no banco de trás. Uma garota e um rapaz deram um grito e se afastaram.

— Que porra é essa? — gritou o motorista.

— Agora você sabe como eu me sinto — retruquei e fui em direção à mureta de proteção e à encosta que dava para o lago Budal.

Peguei o celular e liguei para Asle Vendelbo.

— Alô?

— Acho que tenho o que você precisa para me dar esse empréstimo — falei.

— Roy, é você?

— Ã-hã. Depois que a gente conversou, surgiu uma coisa na minha lista de propriedades e que você pode usar como garantia para o empréstimo. Podemos nos falar amanhã cedo?

— Me parece uma boa notícia — disse ele, embora não parecesse transbordar de alegria. — Mas fiquei sabendo que você teve um problema com a polícia, certo?

— Foi um mal-entendido. Mas podemos falar sobre isso e outras coisas amanhã. Pode ser às dez?

— Amanhã é meio difícil, Roy.

— Meio difícil é melhor do que muito difícil. Aliás, o Johnny Depp mandou um alô.

Silêncio do outro lado.

— Dez horas? — perguntei.

Vendelbo tossiu.

— Certo, mas vai ter que ser em meia hora.

— Acho que não vai demorar isso tudo.

Desligamos. O ponto fraco. Eu tinha encontrado. A questão agora era: meu coração era frio o bastante para explorá-lo? Voltei para o posto de gasolina. O cara de jaqueta jeans tinha saído do carro. Estava me esperando. Trocando o pé de apoio. Um cara ruivo de um dos outros carros se aproximou e sussurrou algo no ouvido do cara de jaqueta, que encarou o ruivo incrédulo, depois olhou para mim. O ruivo correu de volta para o carro e o cara de jaqueta abriu a porta de seu carro para entrar.

— Ei, ei! — gritei. — Primeiro as guimbas.

Ele me encarou. Mesmo a dez metros vi o pomo de adão dele subir e descer. Então, ele se agachou e catou as guimbas do chão. Não duvido que o ruivo tenha avisado a ele que eu havia sido preso um dia antes como suspeito do homicídio do antigo xerife.

— Bu! — sussurrei de leve ao passar pelo cara. Ele tomou um susto e as guimbas voaram pelo ar.

Com certeza meu coração estava frio o bastante.

Às seis em ponto saí da loja do posto. Natalie estava ao lado do meu carro, tremendo, de braços cruzados. Fiquei meio surpreso, porque não estava frio — pelo contrário.

— Está esperando há muito tempo? — perguntei.

Ela balançou a cabeça.

— Parece que você está com frio. Quer dar uma volta de carro?

Ela inclinou a cabeça.

— Era isso que vocês costumavam fazer quando eram jovens?

— Pode apostar que era. Quem tinha carro e carteira de motorista era alguém, socialmente falando.

Natalie deu uma risada.

— Então você era o motorista, enquanto os outros bebiam e pegavam as garotas?

— É tão óbvio assim?

— Talvez. Você tem um lugar onde a gente possa ficar a sós? De preferência, um lugar coberto?

— Mais ou menos, desde que você não tenha problema com cheiro de gasolina.

Quando destranquei a porta da oficina, me ocorreu que a última pessoa que havia estado ali, além de mim, tinha sido Shannon, quando ela ainda estava viva. Natalie se sentou na cama do quarto onde vivi todos aqueles anos, e eu, na poltrona. Ela estava pálida e tremia, por isso liguei o aquecedor potente que costumava usar no inverno. Coloquei o único álbum do Lou Reed que vale a pena — *Transformer* — no toca-discos e preparei um chá. O pote de mel estava no armário acima do fogão havia pelo menos dez anos, mas, já que mel é como assassinato — não tem "data de validade" —, coloquei três colheres na bebida fervente e ofereci a xícara a Natalie.

— Você não parece muito bem — comentei.

— É, não estou me sentindo muito bem mesmo — disse ela e tomou um gole. — Obrigada. O que são todas essas coisas?

Ela apontou para a parede.

— Placas de carros de países que não existem mais — respondi. — O meu tio colecionava, então algumas delas já estavam aqui quando assumi a oficina. Outras eu consegui.

— Basutolândia — disse ela, lendo uma das placas.

— Hoje se chama Lesoto.

— Lesoto?

— Um reino minúsculo que é um enclave na África do Sul. Ouvi dizer que é lindo. Fica numa região montanhosa, e os picos mais altos são nevados.

— Parece aqui, então. Um reino nas montanhas. Quem é o rei?

Peguei um punhado de fumo da latinha.

— De lá ou daqui?

Ela sorriu e tomou outro gole do chá.

— Você diz coisas tão estranhas, Roy.

— Não lembro o nome do rei. Sei que ele assumiu o trono depois que o pai morreu num acidente de carro.

— Sério?

— Pegou o carro para dar uma olhada no gado de sua fazenda, mas saiu da estrada e caiu num penhasco. Há quem diga que alguém sabotou o carro, que foi um atentado.

— No que você acredita?

Dei de ombros.

— Para mim isso não passa de teoria da conspiração. Seja como for, o filho assumiu o trono.

— Qual é o nome dele?

— Não sei.

— Vamos pesquisar no Google?

— Ou deixamos isso para lá?

— Vamos deixar para lá — concordou Natalie. — Você vai me beijar?

Dessa vez foi diferente. Lento, terno, paciente e explorador. E, quando encontramos o que estávamos procurando, seguimos com a mesma intimidade lânguida e morna. Precisei segurar Natalie algumas vezes até ela entender a ideia. Então, éramos como dois dançarinos que por fim entenderam o ritmo, o comprimento de onda um do outro, e só então, aos poucos, começamos a aumentar a frequência. Dessa vez ela gozou sem fazer barulho, gemendo e tremendo no meu ombro.

Tomamos mais chá. Virei o disco do Lou Reed e fizemos amor de novo. Depois, assistimos ao primeiro filme do Peter Jackson, *Trash: náusea total*, que descobrimos que nós dois adorávamos. Peguei uma pizza pré-assada no posto e a esquentamos no forno. A essa altura estava quente, mas ela ainda batia os dentes. Não estava com febre — muito pelo contrário —, porque, quando a abracei, senti que ela estava suando frio.

— Que tipo de doença você tem? — perguntei.

— O que acha?

— Acho que o nome pode ser síndrome de abstinência.

Ela fez que sim.

— O que você está usando?

Ela deu de ombros.

— Tenho minhas regras, mas dentro delas sou flexível.

— Como assim?

— MD, anfetamina, cocaína. Microdoses de cetamina quando estou deprimida. Maconha quando preciso dormir, ayahuasca quando encontro e tenho dinheiro para pagar. Mas nunca metanfetamina, morfina ou heroína.

— E qual é o seu nível de vício?

— Não sou viciada. Está mais para um *hábito*, se é que me entende. Toda vez que volto a usar sei que tenho que largar, mas eu consigo. Tipo agora. Vou superar em um ou dois dias.

— Mas por que você volta a usar, então?

Ela inflou as bochechas e soltou o ar.

— Boa pergunta. Porque fico entediada. Ou deprimida. Porque interrompe o trânsito na minha cabeça por um tempo.

— Está dizendo que a ayahuasca para o trânsito?

— Pelo menos muda o tipo de trânsito.

— E onde você consegue essas coisas?

— Eu tenho que ir a Notodden.

— Com o Ola?

Ela me encarou por um segundo como se estivesse se certificando de que eu era confiável, então fez que sim.

— Como adivinhou?

— Bom, o Ola é um cara do black metal que toca violino, né?

Ela sorriu e balançou a cabeça.

— Errado. Os caras do black metal são disfuncionais, mas disciplinados. São caretas fantasiados, nerds esforçados de cidades pequenas. Quem vive o estilo rock 'n' roll é o pessoal do folk. E isso acaba com eles. Sempre foi assim. Sabia que eu ando sempre com um frasco de ipeca por causa dos garotos que tocam folk? Sobretudo o Ola, ele é quem toma mais comprimido.

— Um frasco de quê?

— Ipeca. É um emético. Faz você vomitar. Mas tem que tomar no máximo uma hora depois da overdose, senão já era. — Ela parou. — Estou te assustando?

— Me assustando?

— Eu uso drogas. Sou vítima de abuso sexual. Sofro de depressão. A vida é mais simples se você se mantém longe de gente como eu.

— Ah, está falando nesse sentido. Não, isso não é problema. Eu também tenho os meus problemas.

Tirei a pizza do forno, coloquei num prato e comecei a fatiá-la. Ouvi Natalie se mexer na cama atrás de mim.

— O que mais, além dos abusos do seu pai? — perguntou.

— Não é suficiente?

— Claro. Mas tem mais, né?

— Hum. Talvez. Acho que sempre tem mais.

Cortei a pizza em seis fatias e as coloquei num prato em cima do edredom. Me sentei ao lado dela.

— Se você aguentar — continuei, acenando para a pizza.

— Aguento. Anda, fala.

— Eu estava falando de comer a pi...

— Eu sei o que você quis dizer. Mas quero saber.

Puxei uma fatia. O queijo derretido se esticou, fazendo parecer que ela estava se agarrando desesperadamente à sua casa e não queria sair, não soltava de jeito nenhum. Dei uma mordida e mastiguei, enquanto ela me encarava e esperava. Respirei fundo algumas vezes.

— Moshoeshoe II — falei.

— Hã?

— Era o nome dele. O rei de Lesoto. O filho mais velho dele se chama Letsie III. Muito se especula sobre o que aconteceu de verdade, mas não existe conclusão definitiva. E papai costumava dizer que Opgard era o seu reino. Ele era o Moshoeshoe, eu era o Letsie, que assumiu o controle da fazenda. Com uma grande diferença.

Natalie pegou uma fatia.

— Qual?

— Acho que Letsie não matou o próprio pai.

20

Eu tinha quase 18 anos; Carl, nem 17 ainda. Eu havia prometido ao meu irmão que meu pai nunca mais abusaria dele, que eu iria matá-lo. Papai também sabia, tinha visto nos meus olhos e recebeu bem a ideia, provavelmente desejava que eu o libertasse da câmara de tortura que era sua cabeça. Naquela noite, passou no nosso quarto, depois foi para o celeiro. Socava sem parar aquele saco de pancadas, sabendo que eu estava atrás dele. Tinha levado o rifle, que estava encostado na parede, carregado e pronto para uso — eu só precisava atirar na cabeça dele de perto e deixar a arma ao lado do corpo. O xerife Sigmund Olsen concluiria que era apenas mais um caso trágico da maneira mais comum de cometer suicídio entre os homens da região. Mas não consegui. Não consegui mesmo. Porque, por mais que o odiasse, ele era eu, e eu era ele.

E assim seguimos.

Até uma noite tempos depois, naquele mesmo ano, quando Carl e eu estávamos no pátio e vimos o Cadillac com papai e mamãe dentro prestes a fazer a curva da Geitesvingen. Eu sabia o que iria acontecer. Tinha levado meia hora para soltar o parafuso de fixação e o parafuso que prendia a barra de direção ao rack, fiz furos em ambas as mangueiras de freio e recolhi o fluido num balde. Não tinha contado com a possibilidade de mamãe estar no carro com ele, mas de certa forma havia uma justiça poética nesse desfecho. Ela sempre fingiu que não sabia o que estava acontecendo e não quis ouvir quando tentei lhe contar. Ela sempre amou papai mais do que a Carl e a mim — talvez fosse uma anomalia biológica, como dizem. Eu não entendia a postura da minha mãe e não imaginava o tamanho da vergonha que ela sentia. Ainda assim, não teria sido injusto se eu tivesse sido condenado à morte pelo que fiz com ela.

Ainda me lembro do meu coração batendo tão forte que eu tinha certeza de que dava para ouvi-lo no silêncio que se seguiu, quando o barulho dos pneus no cascalho parou. Me lembro das luzes traseiras vermelhas me encarando como os olhos de uma testemunha silenciosa. E então sumiu. Uma queda livre de cem metros. Me lembro do baque seco e surpreendentemente baixo quando o carro atingiu o fundo de Huken, e que meu primeiro pensamento foi que eles poderiam ter sobrevivido. Que em instantes veríamos papai subir rastejando pela borda do precipício, todo ensanguentado, mas vivo, com aquele olhar de ódio de si mesmo que eu conhecia tão bem. Ficamos sentados no Volvo e ali permanecemos até ter certeza absoluta.

— Você fez o que tinha que fazer — sussurrou Natalie.

Passei um bom tempo contando a história, respondendo às perguntas e, no meio disso, abri umas cervejas velhas que ainda estavam boas. Não reclamei quando Natalie enrolou um baseado para, como ela disse, aliviar o peso da abstinência. A noite havia caído, mas não acendemos as luzes.

— É, eu fiz o que tinha que fazer — concordei. — E faria de novo. — Então, imitando a voz dela, algo que às vezes ela fazia comigo, perguntei: — Estou te assustando?

Senti seu sorriso na escuridão. Ela passou a mão no meu peito nu, na minha bochecha, no meu cabelo, no meu pescoço.

— Não — respondeu Natalie. — Mas só estou me perguntando uma coisinha.

— O quê?

— Como você sabe que pode confiar em mim?

Sorri para ela também.

— Quem disse que eu confio? Você está pelada, então sei que o Kurt Olsen não colocou um microfone em você, e sem uma gravação seria apenas a sua palavra contra a minha.

Ela me deu um soquinho de brincadeira.

— Não fala besteira. E se eu usar alguma coisa mais pesada que isso — ela mostrou o baseado — e falar demais? Não que eu vá fazer isso, mas você não tem como saber.

Dei de ombros.

— Algum risco a gente tem que correr na vida.

Eu não conseguia ver a cor dos olhos dela, só a parte branca, além da silhueta da cabeça e do corpo. Estava tão escuro que se eu quisesse poderia imaginar que era Shannon. Mas não queria. Não precisava.

Ela se inclinou para a frente e me beijou. Senti gosto de maconha, cerveja e Natalie. Eu retribuí o beijo, não porque estivesse com tesão, mas só por curiosidade, para ver se ela estava. O beijo dela ficou mais intenso e minha reação foi imediata.

— Caramba — falei e a soltei.

— Eu sei! — exclamou ela e deu uma risada.

Sacudi as migalhas de pizza do edredom, me levantei e coloquei o prato vazio na pia. Ali, de costas para ela, me perguntei no que tinha me metido. Eu havia confessado um homicídio como declaração de amor? Colocado meu destino nas mãos dela como forma de provar algo? Ou estava fazendo o que meu pai tinha feito: apoiado um rifle carregado e pronto para uso na parede e virado as costas na esperança de ela aproveitar a oportunidade?

Talvez sim. Talvez não. Porque eu só tinha confessado meus dois primeiros assassinatos.

Eles tiraram os corpos do desfiladeiro, mas deixaram o Cadillac lá — tirá-lo de lá teria sido muito caro e perigoso. Não contei a Natalie que, quando Sigmund Olsen começou a suspeitar que a morte dos nossos pais não tinha sido só um infeliz acidente e foi a Opgard avisar que queria descer Huken para analisar o Cadillac, Carl o empurrou para o abismo. Também não falei do matador dinamarquês. Nem de Willumsen. Nem de Shannon e do bebê. Afastei as mãos quando percebi que a dor que estava sentindo vinha da água da torneira, que estava escaldante.

21

— MAS CHEGA DE FALAR do tempo — disse Asle Vendelbo e olhou para meu relógio, como se quisesse me lembrar de que tínhamos no máximo meia hora. — No telefone você disse que surgiu uma coisa na sua lista de propriedades e que ela poderia ajudar a conseguir o empréstimo, certo?

— Pois é — falei, olhando pela janela para a praça. O trânsito na estrada principal que atravessava Os numa manhã de segunda-feira não era muito mais do que um filete de água. Esperei até que ele perguntasse.

— De que tipo de ativo estamos falando?

Voltei meu olhar para Vendelbo sentado à sua mesa com fotos de família. Notei que ele estava pressionando as pontas dos dedos grossos umas contra as outras. As mangas do paletó que usava eram muito curtas. Não sei por que gerentes de banco de cidades pequenas sempre escolhem usar ternos mais baratos do que seus pares das cidades grandes — até onde sei, o salário é o mesmo. É porque eles querem que os camponeses com os quais lidam no dia a dia achem que eles são gente como a gente, como dizem? Ele achava que o cliente médio de Os acharia graça ou se sentiria insultado se ele usasse um terno Ermenegildo Zegna?

— Estamos falando da chamada *goodwill* — falei.

— *Goodwill*?

— Isso. A parte do balanço que trata dos ativos intangíveis.

— Eu sei o que é *goodwill*. Mas esse é um termo coletivo para tudo o que não é um ativo tangível e concreto. De que tipo de *goodwill* estamos falando? Uma marca comercial? Uma reputação? Uma patente?

— Uma reputação. Uma boa reputação.

— Você por acaso recebeu alguma oferta para comprar o seu posto de gasolina a um preço consideravelmente mais alto do que o valor real dos ativos que fazem parte dele?

— Não.

Vendelbo deu um grande suspiro. E, pelo que me pareceu, com certo alívio. Quando entrei na sala dele, às dez e cinco, seu lábio superior já brilhava de suor. Tinha uma xícara de café na mesa e fez comentários banais sobre o tempo. Devia estar suspeitando de algo, se perguntando o que era tudo aquilo. Mas agora parecia um pouco mais confiante.

— Nesse caso, tudo o que temos é uma suposição de que a empresa possui esses ativos extras. E a questão é que o banco não aceita *goodwill* com base na reputação como garantia, porque ela pode sumir da noite para o dia. Sobretudo quando... — Ele se calou.

— Sobretudo quando o quê?

Vendelbo se sentou direito. Me encarou de um jeito que provavelmente achou que pareceria cheio de autoridade.

— Sobretudo quando o dono da empresa é alvo de uma investigação policial. Mas, em todo caso, como eu falei, não podemos aceitar boa reputação como garantia.

— Mesmo que a boa reputação em questão não seja a minha?

— Como?

— Mesmo que a boa reputação que adquiri como ativo não seja a minha, e sim a sua?

Ele engoliu em seco.

— Do que é que você está falando, Roy? — perguntou, elevando o tom de voz.

Coloquei o celular diante dele na mesa e apontei.

— Aqui tem e-mails e mensagens que você tem enviado para um jovem. O fato de você estar pensando em infidelidade com um homem é um assunto seu e da sua mulher, embora, claro, talvez ela não saiba nada sobre isso. Nesse caso, se eu encaminhar essas mensagens para ela, talvez você acabe tendo que mudar essa foto de família na sua mesa.

Uma luz de freio pareceu ter se acendido no rosto de Vendelbo enquanto ele olhava para a tela.

— Mas pior do que o seu casamento ir por água abaixo é a probabilidade de a sua carreira acabar também. — Fui passando as mensagens, dando tempo para Vendelbo ler as palavras que ele mesmo tinha escrito. — Você não devia ter feito essa oferta por escrito, Asle. Você me explicou as regras do banco para empréstimos de uma forma tão detalhada que até eu posso ver que a proposta na tela não é aceitável. Como se chama usar o dinheiro do banco para oferecer um empréstimo com taxas de juros bem abaixo do mercado para um jovem de quem você está a fim? Corrupção? Desfalque? Não sou muito bom com as palavras, mas tenho certeza de que a sede vai saber o termo exato para essa situação. O Dan Krane, do *Tribuna de Os*, com certeza vai saber também.

Vendelbo ergueu os olhos e me encarou. Quando falou, estava tão afônico que sua voz era quase irreconhecível.

— O que você quer?

Assenti lentamente, olhei para o meu relógio de pulso.

— Ainda temos vinte minutos para discutir os detalhes e o que precisa ser feito. Mas, resumindo, quero um empréstimo de cem milhões aprovado em uma semana. Se conseguir isso, não vou ter que usar aquele botão ali.

Apontei para o botão "encaminhar" e me recostei na cadeira. Esperei. Observei Vendelbo, que estava olhando para algum ponto à sua frente e respirando com dificuldade pelo nariz. Por fim, tossiu e perguntou:

— Qual taxa de juros você tem em mente?

— De mercado — respondi, entrelaçando as mãos sobre a barriga. — Os Opgard não barganham.

A caminho da praça, vi que Natalie tinha ligado.

— Oi, meu bem — respondeu ela quando retornei.

Óbvio que ela falou de brincadeira, mas mesmo assim as palavras me deixaram com um quentinho no peito.

— Vai trabalhar hoje à noite? — perguntou.

— Não.

— Se quiser, posso fazer o jantar.

— Eu adoraria.

— Pode ser às sete?

— Perfeito. Quer que eu leve alguma coisa?

— O quê?

— Uma garrafa de vinho, por exemplo.

Ela deu uma risada.

— Está falando de ir de carro até a loja de bebidas em Notodden? — perguntou.

— Você acha que não tenho nenhuma garrafa em casa?

— Estou errada?

— Sim.

— Sim?

— E não. Vou pegar uma garrafa da adega do Carl.

A risada dela fez cócegas no meu ouvido.

— Obrigada, mas se for por minha causa não precisa, Roy. Vou ficar na água hoje.

— Entendido. Vinho não foi uma boa ideia. Você disse ontem que a partir de hoje ia parar de beber.

— Meio-termo não funciona para mim. Gosta de truta?

— Você mesma pescou?

— Pesquei. Da geladeira do mercado.

— É assim que a gente gosta: criada em cativeiro, domesticada e morta. Se você comer truta o bastante, cura clamídia.

Eu sabia que minhas piadas eram de mau gosto, mas, enquanto elas arrancassem risadas de Natalie, eu pretendia continuar a contá-las.

Desligamos e fui para o Fritt Fall. Erik estava atrás do bar lendo um jornal. Olhei ao redor. Dez clientes. Doze se contasse os dois velhotes sentados num canto preenchendo bilhetes de aposta para os páreos do dia. Erik leu meus pensamentos.

— Não se preocupa — disse Erik. — Adivinha quanto a gente fez na sexta.

— Muito. Mas foi porque o seu barman era nota dez.

— É por causa dos hits que eu coloco para tocar! — exclamou Erik. — Sei que você se acha muito superior a algumas dessas músicas, mas elas agradam gregos e troianos. É só uma questão de encontrar o gênero que vai agradar a todos, de ambos os sexos e das quatro orientações sexuais que a gente tem aqui em Os.

Erik mostrou seus dois dentes de ouro num sorriso ainda mais largo e conspiratório, mas não perguntei o que ele queria dizer. Já o tinha ouvido contar essa piada antes e, mesmo sem me lembrar dos detalhes, sabia que não queria ouvi-la de novo.

— A propósito, entramos em contato com o Departamento de Estradas para pedir permissão para colocar uma dessas placas de estrada azuis com garfo e faca, agora que vamos oferecer um menu completo. A nossa expectativa é roubar um pouco da clientela do seu posto.

— Vai em frente. Se a placa for suficiente para lembrar os motoristas de que estão com fome, vai ser uma vantagem para nós dois. Foi ideia sua ou da Julie?

Erik pareceu perdido.

— Boa pergunta... Eu diria que a ideia foi nossa.

Ou seja, foi ideia de Julie. Dei aquele lento aceno de cabeça típico de Os.

— Boas ideias são sempre bem-vindas — falei. — Boas iniciativas, também. Precisamos delas para aumentar a margem de lucro. Também vim aqui por isso.

Erik Nerell me lançou um olhar alerta. Normal: em geral, quando eu tinha algo a dizer, significava más notícias para ele.

— Tenho revisado os relatórios trimestrais — falei. — O problema não são os custos variáveis, e sim as despesas fixas. No geral, isso significa os salários dos empregados fixos.

Vi nos olhos de Erik que era exatamente isso que ele temia. O Fritt Fall só tinha dois empregados fixos, Julie e ele. Julie era competente e estava grávida, então eu não podia nem iria demiti-la.

— Ainda não falei com a Julie — prossegui. — Queria falar com você sobre isso primeiro.

— Sobre o quê? — perguntou ele, num tom duro de desespero e raiva.

— Estou pensando em oferecer a ela parte da propriedade do Fritt se ela concordar com um corte no salário. Assim, vamos estar no mesmo barco, quer as coisas corram bem ou mal. Acho que é uma boa oferta, agora que sabemos que a estrada principal vai continuar passando pelo centro de Os.

Pelo movimento da mandíbula de Erik Nerell, vi que ele estava rangendo os molares.

— E eu? — perguntou, rouco.

— Pensei em te oferecer o mesmo.

— O mesmo?

Ele me encarou incrédulo, como se tivesse certeza de que, quando eu detalhasse a oferta, perceberia que "o mesmo" era só da boca para fora, que na verdade era um acordo de merda.

— Que você, a Julie e eu façamos uma sociedade, cada um com um terço das ações — expliquei.

Erik fechou um olho, mas não do jeito que Natalie fazia — não com curiosidade, apenas desconfiado.

— Você quer que a Julie e eu compremos um terço do Fritt Fall cada?

— Não. Vocês dois vão ganhar um terço das ações de graça. Em troca, você aceita um corte de quinze por cento no salário. Com base nos resultados dos últimos dois semestres, com essa mudança a Julie vai passar a ganhar vinte e cinco por cento a mais, e você vinte e oito por cento.

— Com essa mudança eu vou ganhar *mais* do que a Julie?

— Ela tem um salário mais alto que o seu, então um corte de quinze por cento é maior para ela. E vocês dois vão receber a mesma parte dos lucros.

Erik Nerell parecia não saber muito bem no que acreditar.

— Por que... você quer fazer isso?

Abri os braços.

— Como falei, eu acredito que todos nós estamos no mesmo barco. A minha ideia é dar às pessoas criativas e empreendedoras um sentimento de propriedade em relação ao que fazem. O que é bom para elas é bom para mim.

Erik parecia pensativo. Por fim, balançou a cabeça.

— Caramba, que coisa!

Ele sorriu, e seus dentes de ouro brilharam. Eu sabia como ele estava se sentindo. Eu tinha me sentido da mesma forma quando enfim consegui comprar o posto de gasolina onde havia trabalhado por tantos anos. O que era como se fosse meu enfim passou a ser *todo* meu de verdade. Dentro de todos nós existe um fazendeiro — precisamos possuir, ter nossa própria terra, pisar no nosso solo e, se possível, possuir mais. É como uma doença. Eu tinha acabado de infectar Erik, e era como se conseguisse ver seu fazendeiro interior me encarando.

— Por outro lado, quando todos estão no mesmo barco, se um naufraga, os outros também naufragam. Então todos temos que nos apoiar uns aos outros.

— Claro — concordou Erik vagamente, já observando o interior do Fritt Fall com olhos diferentes, o olhar calculista de um proprietário que está pensando em receitas e despesas.

— Por exemplo, você vai ter que me ajudar a me lembrar de uma coisa que aconteceu no inverno em que fiz 17 anos. Na época você devia ter uns 15.

— Hã? — Erik olhou de volta para mim. — Esse papo é porque o Kurt te levou para o escritório do xerife?

Assenti.

— Eu sei que você e o Kurt são amigos...

— Ah, não sei se eu iria tão longe. Na verdade, ele me procura mais quando precisa de alguma coisa. E ele sabe que vai conseguir, porque tanto o Fritt Fall como eu mesmo sempre dependemos do aval dele para servir bebida alcoólica, certo?

— Mas você também sabe que o Kurt nunca aceitou que o pai dele se jogou no lago e se matou e fica inventando teorias da conspiração de que eu e o Carl temos algo a ver com o caso, certo?

— Sei. Anos atrás, ele queria que eu descesse até Huken para dar uma olhada no carro.

— Exato! Então, preciso que você me ajude a ajudá-lo a reconstruir o que aconteceu quando o meu velho ficou com o Cadillac preso na neve em frente à sua casa. Na época, você tinha 15 anos.

Erik me lançou um olhar interrogativo.

— Isso aconteceu com o seu pai?

— Claro. Não lembra?

Ele coçou a cabeça.

— Bem, não, acho que não.

— Normal, faz tempo, e no fundo não foi tão dramático. Mas vou repassar o incidente em detalhes para ver se você se recorda de alguma coisa. Sabe, é curioso... Certas memórias da infância precisam ser despertadas para a gente se lembrar delas.

Erik estava com a boca entreaberta e me encarava com um olhar concentrado. Então fez que sim devagar, *muito* devagar.

— Pode ser — disse.

22

— Começou quando eu tinha 12 anos — disse Natalie. — Quando menstruei pela primeira vez. Não sei se houve uma relação. Tentei perguntar a amigos psicólogos sobre isso de forma geral, não conto detalhes do que aconteceu em casa naquela época a ninguém. E eles dizem sim, claro, que tem uma causa biológica. Mas psicólogos são como astrólogos, eles vão atrás de toda e qualquer solução fácil e padrão óbvio. E no meu caso a conexão deveria ter tido o efeito oposto. Não é biologicamente inteligente engravidar a própria filha. O meu pai também entendia isso. Por isso, quando achava que tinha sido descuidado, ia ao seu posto de gasolina comprar pílulas do dia seguinte.

Natalie se aconchegou no meu braço. A cama dela era tão pequena quanto a minha na oficina, mas, até ali, naquele início de relacionamento qualquer cama com mais de um metro de largura teria sido desperdício de espaço.

— Até os 12 anos, eu provavelmente era uma menininha extrovertida e feliz — prosseguiu Natalie. — Depois disso me transformei numa garota quieta e mal-humorada, que ninguém queria por perto. E que também não queria ficar perto de ninguém. Mas ninguém nunca perguntou o motivo, nem professores, nem outros adultos.

— A mesma coisa aconteceu com o Carl. Com uma diferença: quando as pessoas começaram a achar estranho, suspeitaram de mim, não do meu pai.

— Está vendo? Mas acho que é difícil culpar os adultos, a maioria de nós passa por mudanças na personalidade durante a adolescência. Talvez eu fosse do mesmo jeito se não tivesse sofrido os abusos. Não que eu ache isso, mas realmente não sei. Vai ver, eu sou assim. A mesma coisa vale para as drogas.

— Ah, é?

— Foi nessa época que eu descobri o álcool. Se fosse mais fácil de conseguir, eu teria bebido ainda mais. Eu andava com os garotos mais velhos, os que podiam conseguir bebida. Acho que por isso ganhei a reputação de safada. Era verdade, mas só em parte. De qualquer forma, alcoolismo e promiscuidade são padrões clássicos de comportamento de vítimas de abuso, mas eu de fato não sei como teria sido se eu não tivesse passado pelo que passei. Vai ver, eu só gosto de me drogar e dar por aí.

— E gosta?

Ela respirou fundo.

— Não. Antes de ontem à noite eu não usava nada havia um ano, então está claro que prefiro ficar limpa. E eu fiquei com oito caras, incluindo você. Não sei com quantas você ficou, mas com o tipo de gente com quem costumo andar oito pessoas me torna uma freira.

— Oito é um número maior do que o meu, mas não é tanto.

— Certo, então nove, se eu contar o meu pai.

Ficamos em silêncio por alguns segundos, em seguida caímos na gargalhada.

— Você acha absurdo que a gente consiga falar desse assunto com tanto distanciamento? — perguntou ela.

— Acho que é o único jeito de falar disso.

— É esquisito. É como falar de uma coisa que aconteceu num universo paralelo, como se fosse um sonho ou um pesadelo. Mas aí você encontra evidências de que foi real. Calcinhas que ele rasgou. O cheiro dele nas roupas de cama...

Natalie parou no meio da frase, talvez percebendo como fiquei tenso por conta da raiva repentina que sempre fervia em mim quando era confrontado com imagens como essa. A simples visão do beliche no nosso quarto já era suficiente para fazer meu coração acelerar.

— Está tudo bem? — perguntou ela.

Respirei o cheiro do seu cabelo e senti o meu coração se acalmar. Lá fora, na praça, ouvi um carro buzinar. O apartamento de Natalie ficava no último andar do Meierigård, antigo edifício que abrigava uma fábrica de laticínios. O quarto, assim como a sala de estar, quase não tinha mobília. Não havia nada pendurado nas paredes. Parecia o quarto de alguém que tinha sido absorvido pelo trabalho desde o primeiro dia e não se interessava pelo lugar onde morava. Ou de alguém que não tinha planos de ficar ali por muito tempo.

— Eu é quem devia perguntar se você está bem — falei. — Continue.

Ela me beijou no ombro.

— Depois que saí de lá me peguei pensando como isso pôde acontecer por tantos anos. Óbvio que foi porque o meu pai tinha liberdade total na fazenda. Eu era filha única e a minha mãe já estava doente, passava a maior parte do tempo na cama. A vida social era quase nula, não tínhamos nenhum vizinho ou parente por perto. Mas mesmo assim eu sabia. O meu caso não era como uma conhecida de Notodden que me contou que o pai dela a fez acreditar que ela também queria. E, mesmo sabendo que não era verdade, ela sentia vergonha. O meu pai tentou a mesma coisa comigo. Acho que para me fazer ser obediente ou evitar que eu contasse para alguém. Mas não foi por isso que fiquei quieta. Eu tinha medo, mas não por mim. Eu tinha medo por ele. Que loucura, né? Se preocupar com uma pessoa que você odeia mais do que qualquer outra no mundo...

— Pois é. Mas acho que essa é uma boa definição de família.

— Às vezes, ele lia a Bíblia em voz alta para mim. Sobre homens de Deus fazendo sexo com parentes. Abraão com a meia-irmã, Ló com as filhas, e assim por diante. Papai era o religioso da família. Tinha desistido de me converter, mas usava essas histórias para tentar me convencer de que não íamos queimar no inferno.

— Me parece que ele estava tentando convencer a si mesmo mais do que a você.

— Pode ser. De qualquer forma, ele sempre tentou me fazer acreditar que o que estava fazendo era normal. Ou, no mínimo, não totalmente monstruoso. Quer dizer, ele tinha que tentar conviver consigo mesmo.

— É — concordei, enfiando um pouco de fumo na boca. — Você tem que conviver consigo mesmo. Até o dia em que decide que não vai mais.

Escutei os sons da noite de outono. O vento sussurrando entre as folhas. O som belo e ritmado de um motor de carro roncando ao longe. O guincho agudo de pneus queimando borracha.

— E essa coisa do seu pai com o rifle encostado na parede? — perguntou ela.

— Para puni-lo, eu devia ter deixado que ele seguisse tentando viver com aquela consciência. Mas eu tive que fazer o que fiz. Para salvar o meu irmão caçula. Olhando por esse prisma, foi mais uma morte assistida do que um assassinato.

O carro foi embora. Imaginei que fosse um Volvo com dois rapazes dentro, a cento e oitenta na estrada, indo em direção à divisa do condado, deixando Os para trás. Então respondi à pergunta tácita de Natalie.

— A minha mãe... Não sei. É, eu a condenei à morte por não ter feito nada. Mas era como se ela soubesse o que iria acontecer. Na noite em que decidi matar papai, levei a minha faca de caça para a cama e só estava esperando que ele entrasse no nosso quarto. Ele entrou, mas talvez tenha sentido o perigo e deu meia-volta. Em seguida, ouvi o choro através do buraco no chão, vindo da cozinha. Desci a escada e a minha mãe estava sentada. Nunca havíamos trocado uma única palavra sobre o que papai fazia com o Carl, mas naquela noite ela disse abertamente, como se fosse uma oração: "Roy, você sabe que eu amo tanto o seu pai que não conseguiria viver sem ele. Se eu tivesse que escolher entre salvar a vida do meu filho ou a dele, escolheria a dele. Quero que você saiba disso. Essa é a mãe que eu sou para vocês."

— Então você acha que ela teria escolhido estar no carro com o seu pai?

Eu pisquei, tentei enxergar na escuridão.

— Não sei. Gostamos de acreditar no que precisamos acreditar. Nesse sentido, eu sou igual ao seu pai.

— Roy — disse ela, se aconchegando em mim, nua e aquecida —, nunca mais mencione você e o meu pai na mesma frase. Promete?

— Prometo.

Natalie se levantou para ir ao banheiro, e, quando acendi o abajur para encontrar a minha calça, notei gotas de sangue no lençol. Natalie riu quando voltou e me viu olhando para elas.

— Qual é a graça? — perguntei.

— Você — respondeu ela e beijou minha testa. — Está com cara de quem acha que quase me matou. Eu só sangro um pouquinho depois do sexo. Não tem nada de anormal ou perigoso.

Nos cobrimos com o edredom e nos aconchegamos. Ficamos escutando os sons da rua para saber se estava acontecendo alguma coisa.

— Olha só — disse ela —, você já foi para Cracóvia?

— Cracóvia?

— Quando esteve na Polônia... Você disse que era perto do parque de diversões. Dizem que o Centro Antigo de Cracóvia é fantástico.

— É, me disseram isso. Mas eu estava sozinho, então não vi motivo para ir lá. Só dei uma olhada no parque e peguei o primeiro voo de volta para casa.

— Que tal uma viagem de fim de semana?

— Você e eu?

— É. Tira uma folga de Os. Você precisa.

— Talvez precise mesmo.

— Eu adoraria ir na sexta, mas tem a festa da equipe no trabalho. Mas tem voos baratos partindo de Oslo no sábado. Eu olhei.

— *Nesse* fim de semana?

— Por que não?

Pisquei outra vez na escuridão. Só ela e eu. Logo em Cracóvia. Sim, pelo amor de Deus! Por que não? Qual o problema? Nenhum. Estava tudo certo.

23

NA QUARTA-FEIRA À TARDE, recebi a ligação que estava esperando de Asle Vendelbo. O empréstimo havia sido discutido na reunião de créditos. E aprovado. Conversamos brevemente sobre as questões práticas, evitando qualquer referência ao outro lado do acordo. E não havia por que ele se preocupar, pois estávamos no mesmo barco. Se eu procurasse outra pessoa para mostrar o que tinha descoberto sobre Vendelbo, ficaria claro que eu havia usado essa informação para chantageá-lo a me conceder o empréstimo, e com isso eu também me daria mal. Mas havia algo de estranho na conversa telefônica, a maneira como parecia uma conversa normal sobre um empréstimo corriqueiro. Ele inclusive me deu os sinceros parabéns. Puro teatro. Como se suspeitasse que a conversa pudesse ser gravada. Eu não tinha pensado nessa possibilidade antes. Que Kurt Olsen havia me detido para me dar um susto, ver como eu reagiria. Que estava me espionando, na esperança de eu fazer algo que revelasse que estava tentando encobrir um assassinato. Eu não tinha a menor intenção de dar a Olsen um caso de chantagem como bônus.

Foi por isso que, em vez de ligar para Bent Halden do meu próprio celular, peguei o de Egil emprestado.

— Alô?

— Bom dia, Halden, aqui é da Oficina Os. O seu veículo está pronto. Onde deseja que ele seja entregue?

No silêncio que se seguiu, ouvi a voz de Jon Fuhr ao fundo. Parecia que ele estava no fim de uma ligação.

— Um segundo — disse Halden, a voz nitidamente trêmula. — Vou passar para o coproprietário.

Ouvi o telefone trocar de mãos e depois a voz de Fuhr.

— Melhor nos encontrarmos pessoalmente — disse. — Para repassar as questões da entrega. Só por garantia.

— Certo. Pode ser o hotel em Notodden?

— Não. Em algum lugar da estrada principal. Eu te mando as coordenadas. Amanhã, às cinco, você consegue?

— Cinco da manhã?

— Temos um dia inteiro de trabalho pela frente, muitas reuniões. E acho que a chance de sermos incomodados na estrada vai ser menor. Anota o número do celular do qual vou mandar as coordenadas. Tudo bem por você?

Escutei com atenção, tentando captar o que Fuhr estava pensando.

— Tudo bem — falei e desliguei.

Em seguida, liguei para Carl e disse que o empréstimo tinha sido aprovado.

Ele comemorou tanto que precisei afastar o telefone da orelha.

À tarde, fui de carro até Opgard. Quando entrei na cozinha, Carl estava com um sorriso de orelha a orelha, só esperando para estourar a rolha de uma garrafa de champanhe. Ela bateu no teto, e ele encheu duas taças verdes que, de acordo com o papai, tinham sido os presentes de casamento mais idiotas da história e só foram usadas uma vez. Não quando Carl ou eu nascemos, mas quando ele comprou aquele Cadillac.

Tomei um gole, e Carl esvaziou a taça.

— Certo — disse Carl. — Venho conversando com o conselho e vamos fazer o seguinte: você vai comprar todo o lote de ações emitidas a quinhentas coroas por ação, num total de cinquenta milhões de coroas.

O champanhe subiu de volta pela minha garganta.

— Comprar? Pelo amor de Deus, mas o acordo era de um empréstimo! Um empréstimo de *curto prazo*.

— Sim, sim, relaxa. *Ao mesmo tempo* que compra as ações, você obtém uma opção de venda com direito, mas não obrigação, de revendê-las de volta para o Spa Os daqui a seis meses por quinhentas e dez coroas cada. Nesses seis meses vou ter tempo de sobra para arranjar novos investidores. A diferença de dez coroas por ação emitida deve cobrir os juros que você vai pagar ao banco e um pouco mais. Assim, não importa se o preço das ações vai cair, porque você vai poder vendê-las de volta para nós sem prejuízo. E se na hora da venda as ações estiverem valendo mais de quinhentas e dez coroas, você pode ficar com elas, se quiser.

— Não posso fazer isso. Em seis meses vou precisar desse dinheiro para construir a montanha-russa.

— Eu sei, e como não existe uma grande demanda para a compra das ações do Spa Os, o que propomos é emitir as ações a quinhentas coroas mesmo e comprá-las de volta a quinhentas e dez. Que tal?

Girei minha taça na mão.

— Como se fosse um empréstimo direto meu para o hotel, certo?

— Isso. Você não vai ganhar muito com isso, mas pelo menos vai ter trinta por cento das ações por seis meses e uma cadeira no conselho.

— Com as ações que já tenho vou passar a ter trinta e seis por cento. Com isso eu não deveria ser presidente do conselho?

Carl deu uma risada.

— Acho melhor passar esses seis meses sem mudar de presidente, o Jo Aas vem fazendo um bom trabalho. Então, o que me diz, irmãozão?

Franzi os lábios. Eu não gosto mesmo de champanhe, mas aquele estava mais saboroso que qualquer outro que eu já tinha tomado na vida. Ergui a taça.

— Eu te amo! — gritou Carl e bateu a dele com tanto entusiasmo na minha que derramou um pouco de champanhe no chão.

Colocamos uma pizza pré-assada no forno e contei a ele da conversa com Halden e Fuhr e das conclusões que tirei. Ele fez que sim, ligou para Goebbel e disse a ela que eu enviaria algumas coisas.

Devoramos a pizza na mesa da cozinha. Carl reclamou de ter que beber todo o champanhe sozinho.

— Vou dirigir — expliquei.

— Dirigir? Você tem a noite toda para metabolizar o álcool se for encontrar com Fuhr às cinco da manhã.

— Quis dizer que vou dirigir agora, daqui a pouco. Vou passar a noite na Natalie.

Ele ergueu uma sobrancelha.

— Sério? Três noites seguidas? Ela é tão boa de cama assim?

Dei de ombros e peguei uma borda da pizza. Carl nunca as comia.

— Vamos para Cracóvia no fim de semana.

— Ah, é? Vai dar outra olhada naquela montanha-russa?

— Não. Só...

— Só?

— Passear pelo Centro Antigo e ver as coisas. Tomar vinho. Comer bem.

— *Você?*

Carl deu uma risada, mas era como se algo tivesse acontecido com ela nos últimos dias. Havia perdido aquela espontaneidade despreocupada que a tornava tão contagiante. Aconteceu antes da minha prisão, então não era esse o problema. Seria Mari Aas e toda a preocupação sobre se deveriam dar um passo adiante e virar um casal de verdade? Era a construção da casa, com todas as questões por resolver e os atrasos intermináveis? Ou era só o trabalho, o esforço diário de manter as aparências e ao mesmo tempo aumentar a lucratividade do hotel até não precisar mais encobrir os resultados negativos? Claro que eu poderia simplesmente ter perguntado a ele. Por que não perguntei? Algo havia se colocado entre nós e estava me impedindo de perguntar? Não, o que poderia ser? Então perguntei:

— O que está te incomodando, Carl?

Ele me encarou com um ar pensativo.

— O todo. A soma de tudo. Você sabe o que quero dizer. Veja como até você é afetado pelo estresse.

— Como?

— Por exemplo, acreditando que o Kurt Olsen pode ter grampeado os nossos celulares. O nome disso é paranoia, e ela contagia tudo.

— Você está certo. Precisamos ter a cabeça fria. Manter a cautela, evitar entrar em pânico.

Olhei para meu relógio e me levantei.

— Já vai?

Ele perguntou como se tivesse escapado, mas seu tom foi mais suplicante do que pretendia. Olhei nos grandes e adoráveis olhos do meu irmãozinho e por um segundo pensei em ligar para Natalie e dizer que Carl precisava da minha companhia. Enquanto eu saía com o carro, era como se pudesse vê-lo no jardim de inverno, me observando. Imaginei seu rosto tingir de vermelho, conforme eu pisava no freio antes da Geitesvingen.

Nos braços de Natalie, depois de fazermos amor e ela adormecer, a voz do meu pai ecoava sem parar na minha cabeça: "Somos uma família. Temos um ao outro e a mais ninguém. Amigos, namoradas, vizinhos, o pessoal da cidade, o governo... Tudo isso é ilusão e não vai valer de nada no dia em que você realmente precisar. Então, somos nós contra eles, Roy. Nós contra todo mundo."

24

Eram cinco para as cinco da manhã quando saí da estrada e entrei no acostamento seguindo as coordenadas. Ainda estava escuro. Os faróis do meu carro iluminaram Jon Fuhr, de braços cruzados, encostado no único outro veículo por perto. Era um Suzuki Across, um carro diferente do da última vez. A luz me permitiu ver o logotipo da empresa de aluguel de automóveis. Ele tinha escolhido um bom lugar, era difícil um carro parar ali. Talvez porque tivesse um ar deserto e claustrofóbico ao mesmo tempo. Um paredão rochoso preto e escarpado bloqueava a vista de três lados, além da mureta e de uma encosta de pedregulhos que dava num laguinho sem graça. Mais vinte minutos de estrada e chegaria a Os, onde o acostamento tinha uma lojinha de conveniência, uma vista melhor e bombas de gasolina.

— Ué? — falei, enquanto saía do carro e olhava na direção da encosta, onde a lua se refletia na superfície escura e imóvel da água. — O Halden não quis vir?

— Não era preciso — respondeu Fuhr e coçou o queixo. Estava com mais espinhas que da última vez. — Vou passar os dados bancários para você fazer a transferência.

Ele me entregou uma folha de papel. Um corvo grasnou em algum lugar no paredão enquanto eu lia.

— Duas contas nas ilhas Cayman?

— Totalmente anônimas. É bom para os dois lados.

— É, acho que sim.

Dobrei a folha e, quando estava prestes a colocá-la no bolso, ele disse:

— Quero isso de volta. É para você transferir o dinheiro agora.

— Agora?

— Você deve estar com o celular, né?

Ele tomou a folha da minha mão. Estava de costas para a lua, então não consegui ver a expressão no rosto dele. Esfreguei as mãos, estava frio.

— Por que essa pressa toda?

— A pressa é porque você é suspeito de homicídio e não vai poder me transferir o dinheiro da cadeia.

— Cacete. Quem te contou isso?

— Moradores locais que estão trabalhando no túnel. Ou melhor, *estavam* trabalhando nele. Se a polícia está te investigando mesmo, o risco que a gente está correndo em fazer esse acordo passa a ser muito maior. O Bent acha que a gente devia pular fora, recusar a grana e enviar um relatório corrigido. E que se foda você com a sua ameaça de tacar a gente pela janela do hotel ou o que quer que seja.

— Certo, porque vocês acham que não têm nada a temer se eu estiver trancafiado. É isso que estão pensando?

Fuhr não respondeu. Ficou de olho num trailer que passou pela estrada.

— Então, Halden não veio porque vocês estão com medo de mim — prossegui. — Acham que, se eu sou mesmo um assassino, poderia apagar os dois agora que o relatório foi publicado, para não ter que pagar os doze milhões.

Fuhr deu de ombros.

— E acabar com qualquer chance de vocês mandarem o relatório revisado depois — continuei. — Porque revisões são até comuns nesses casos.

— Isso é uma ameaça?

— Não, é um motivo.

Fuhr firmou os pés no chão. Estava preparado, eu não seria capaz de nocauteá-lo de surpresa como tinha feito da última vez. Também não parecia assustado. As novas espinhas sugeriam que talvez ele tivesse tomado mais esteroides e aumentado o nível de testosterona. Por isso estava com aquela postura? Ou estava armado? Claro que estava. Dava para ver um volume na cintura, por baixo do casaco. Podia ser qualquer coisa, mas eu sabia que era uma arma. Meu coração começou a bater forte.

— Tá bom — falei, torcendo para Fuhr não perceber o medo na minha voz. — Não tem por que a gente ficar aqui discutindo coisas sem importância. — Peguei o celular. — Só alguns toques aqui e o dinheiro é de vocês.

— Mais do que alguns. São duas transferências, então vamos entrar no seu carro.

— Duas?

— Você viu duas contas. Seis milhões em uma, nove na outra.

— Pelas minhas contas, isso dá quinze.

— O preço subiu, Opgard. Como falei, agora a polícia está de olho em você, a gente está correndo muito mais risco.

— Então imagino que sejam seis na conta do Halden e nove na sua, certo?

— Vamos, entra logo no seu carro.

Engoli em seco. O lugar estava muito quieto. Depois do trailer nenhum outro carro passou. Fuhr notou minha hesitação e manteve os braços ao lado do corpo, como alguém se preparando para levar um soco. Senti o olhar vigilante dele enquanto seguia em direção ao carro e me sentava ao volante. Fuhr se sentou no banco do carona. Uma ideia maluca passou pela minha cabeça: como ele ainda não tinha sacado a arma, se eu ligasse o carro, trancasse as portas, abaixasse a janela do meu lado e arrancasse em direção à mureta, o carro cairia na água antes de ele ter tempo de reagir e eu conseguiria pular pela janela aberta do meu lado. Como falei, foi só uma ideia maluca, mas provavelmente ela deve ter se manifestado na minha linguagem corporal, porque quando me virei para Fuhr ele estava segurando a arma. E era uma das que botam medo.

— Não tenta nada, Opgard. Só transfere o dinheiro agora, enquanto eu vejo, e nós dois vamos poder voltar para as nossas vidas e nunca mais vamos ter que falar um com o outro. Tá bom para você?

Fiz que sim, olhando para o cano da arma e para a promessa de uma morte rápida e relativamente indolor. Se isso tivesse acontecido duas semanas antes, acho que eu teria sentido o mesmo medo, mas, de um jeito amargo, também teria aceitado a ideia. Agora, porém, a situação era outra. Não porque eu havia conseguido o empréstimo de cem milhões, comprado o terreno e mantido a estrada que cortava o vilarejo, mas porque tinha duas passagens aéreas para Cracóvia que haviam me custado menos de mil coroas.

— Me passa esse celular — disse Fuhr.

Obedeci. Observei enquanto ele mexia no telefone com uma das mãos e ficava de olho em mim. Ele me devolveu o aparelho. Havia apagado a mensagem de texto que tinha me enviado com as coordenadas do ponto de encontro.

— Entendi — falei.

— Entendeu o quê?

— O seu plano.

— Eu acabei de te falar o plano.

— Certo, esse papo de a gente nunca mais se falar é verdade, até certo ponto.

Ele colocou a folha com os números das contas bancárias no meu colo.

— Para de palhaçada e digita esses números no celular, Opgard.

Não me mexi, apenas olhei para a folha.

— Agora! — gritou ele e pressionou o cano da arma na minha têmpora.

— Duvido que você atire antes que eu transfira o dinheiro — falei. — Depois, talvez...

Um ônibus passou na estrada, em seguida o silêncio voltou. O único som era o de dois homens respirando num cupê. Dois homens que *ainda* estavam respirando.

— Anda logo! — sibilou ele no meu ouvido.

— Faz você — falei e entreguei o celular a ele.

— Hã?

— Se lembra do que eu falei em Notodden, Fuhr? De que, quando se cria uma armadilha, é preciso ter certeza de que ela não é mais estúpida do que a vítima?

— Do que é que você está falando?

— O seu plano, e digo "seu" porque tenho certeza de que ele é só seu mesmo, não do Halden, é se encontrar comigo num lugar deserto, sem testemunhas e sem deixar vestígios. Foi por isso que você usou um carro alugado para vir aqui e por isso tenho certeza de que deixou o seu celular em casa. Estou certo?

Fuhr não respondeu, apenas pressionou o cano da arma com mais força na minha têmpora.

— É óbvio que você apagou a mensagem no meu telefone com as coordenadas que a polícia *poderia* ter encontrado, caso não fosse tão evidente que estavam lidando com um suicídio. Porque nada seria mais natural do que um cara prestes a ser preso por um assassinato cometido muitos anos atrás escolher a saída mais fácil, certo? Teria toda a cara de um clássico "suicídio de homem solitário". Antes do amanhecer, num lugar deserto, no próprio carro, com uma arma. E me parece que você está no ângulo certo para dar o tiro, Fuhr. Imagino que tenha arranjado uma pistola com uma origem impossível de rastrear. Imagino que ela seja de algum velho conhecido criminoso da época em que você foi condenado por agressão.

Ouvi Fuhr mudar a pegada na pistola, como se estivesse segurando com tanta força que o ácido lático começou a chegar ao antebraço. Com a outra mão, enfiou alguma coisa no bolso do meu casaco.

— O que é isso?

— O seu bilhete de suicídio, Opgard. Só para não restar nenhuma dúvida. Mas não é tarde demais. Você só precisa transferir o dinheiro agora, e ninguém precisa morrer aqui.

— Ah, precisa, sim. Acha que eu sou idiota? Você não escreveu esse bilhete para me ameaçar, mas para usar. A única coisa que pode me salvar agora é eu *não* transferir o dinheiro.

— Existem coisas piores do que uma bala na cabeça, Opgard.

Dei uma risada.

— Aí você está mostrando as cartas que tem na mão, Fuhr. Está falando de tortura? Vai usar o quê? O macaco? Uma faca? Mas aí vai deixar de parecer suicídio, né?

— Vai se foder! — gritou ele, com o rosto tão vermelho que parecia que o sangue tinha ido todo para as espinhas. — Se não transferir a grana, eu te mato, depois mato...

Ouvi a respiração de Fuhr sibilando perto do meu ouvido, e, segundo os escritores de suspense norte-americanos, o cheiro dentro do carro agora era de medo, testosterona ou adrenalina. Talvez os três ao mesmo tempo.

— Depois você vai matar quem? — perguntei. — O problema é esse. Eu posso ser preso por homicídio, então não estou com tanto medo de morrer agora. Só que, ao mesmo tempo, não existe ninguém que você possa matar que signifique mais para mim do que eu mesmo. Claro que é deprimente, mas parece que estou com sorte.

Fuhr engoliu em seco. Recuperou o controle da respiração. Do próprio corpo e da situação — ou pelo menos era o que devia estar pensando.

— Você não está entendendo, Opgard. A melhor coisa é a gente conseguir o dinheiro. A segunda melhor é você sumir, todo esse negócio desaparecer, a gente voltar para onde estava antes de você aparecer. Entendeu? Então, se você não começar a digitar esses números em cinco segundos, eu atiro em você. Se transferir a grana, existe uma chance de não levar uma bala. Por que não aproveita essa chance?

— Não. Prefiro fazer uma oferta que você não vai poder recusar, um jeito de resolver esse impasse que vai ser melhor para nós dois.

— Ah, é?

— Abre o meu e-mail — falei e acenei com a cabeça para o celular. — Entra na caixa de enviados. Abre o e-mail mais recente, para Liv Goebbel.

Com a arma pressionada na têmpora e ouvindo Fuhr mexer no celular, fiquei olhando para a frente, para além do para-brisa, em direção à escuridão. Era imaginação minha ou estava vendo um leve tom de cinza no céu preto do outro lado do lago? De qualquer forma, eu sabia que

Fuhr estava lendo o e-mail que eu havia mandado na noite anterior: "Registro aqui o que conversamos por telefone. Caso eu morra ou desapareça por mais de três dias, minha advogada, Liv Goebbel, está autorizada a clicar no link abaixo, abrir o vídeo anexo e informar as autoridades sobre o conteúdo. Atenciosamente, Roy Opgard." Alguns segundos se passaram, então ouvi as vozes do quarto trezentos e trinta e três do Hotel Brattrein. Fuhr viu o vídeo inteiro, inclusive meu resumo final. A pressão da pistola na minha têmpora perdeu força, e olhei para ele. Estava cabisbaixo, olhando para a telinha.

— A boa notícia — falei — é que os Opgard não barganham. Então, claro, vou transferir os doze milhões de coroas. Porque eram doze, certo?

Fuhr seguiu olhando para a tela e fez que sim tão devagar que qualquer um diria que ele era nascido e criado em Os.

— Maravilha, então estamos quites — prossegui. — Me passa o celular. A gente termina isso agora.

Claro que eu deveria ter previsto, mas acho que perdi o instinto de saber quando alguém está prestes a perder o controle. Fuhr deu uma coronhada na minha testa. Vi estrelas. O sangue escorreu por um olho e pelo meu rosto, e senti um gosto metálico quando o lambi.

— Pronto — disse Fuhr me entregando o celular. — Agora, sim, estamos quites.

Depois que ele foi embora fiquei ali mais um tempo, esperando os batimentos cardíacos desacelerarem. Coloquei a mão no bolso do casaco e tirei o bilhete que Fuhr havia enfiado. A mensagem tinha sido escrita em letras garrafais separadas, sem dúvida para ninguém pensar em compará-la com minha própria caligrafia: CHEGA DESSA VIDA. ADEUS. OPGARD. Curto e grosso. Fiquei impressionado, porque era exatamente o que eu teria escrito.

— Parece uma centopeia na minha cabeça — falei, enquanto Stanley Spind segurava um espelho na minha frente.

— Pelo menos você não vai precisar comprar máscara de Halloween — disse Stanley, guardando os instrumentos. — E, só para você saber, Roy, não engoli essa história de que você deu com a cara no batente da porta.

— Não consegui pensar em nada melhor — falei, passando a ponta dos dedos nos pontos na testa.

— Não encosta — disse Stanley, se posicionando atrás da cadeira e começando a enrolar uma atadura na minha cabeça. — Aliás, que papo é esse que ouvi sobre você ter sido preso?

Stanley era um cara de confiança. Não tinha segundas intenções nítidas e, felizmente, se lixava para as intrigas e fofocas que fascinavam o restante da cidade. Era um cara direto, dizia o que pensava e perguntava sem rodeios quando queria saber alguma coisa.

— Bem... — falei. — Sigilo profissional?

— Como preferir.

— Encontraram sangue do velho xerife no Cadillac dos meus pais. O Kurt está tentando ligar isso a pessoas que ainda estão vivas. Ele não aceita a história de que o pai tirou a própria vida.

— Entendo. É isso que nós, humanos, fazemos. Só aceitamos histórias de que gostamos. Acho que você também está nessa, Roy.

Dei de ombros.

— Todos nós somos heróis da nossa própria história, certo?

— Com certeza. Prontinho. Finalmente Os ganha o seu primeiro morador que usa turbante. — Stanley prendeu a atadura com dois alfinetes e se sentou de volta à mesa. — Como vai a vida amorosa, Roy?

Sorri.

— Não tem pacientes esperando lá fora?

— Tenho. Por isso estou perguntando.

— Não entendi — falei, tirando o casaco do cabide.

Ele cruzou as mãos atrás da cabeça, sorriu e explicou:

— Esse é o meu check-up versão relâmpago: se as pessoas estão apaixonadas, em geral estão com boa saúde.

— Ah, é? Tem alguma prova empírica disso?

— Só anedótica, o que já tem muito valor. Quem é a mulher de sorte?

Não consegui conter a risada.

— Está me dizendo que consegue *ver* isso nas pessoas?

— Vejo pela pressão arterial, pelo pulso e pelo branco dos olhos.

— Talvez seja o contrário, e pessoas saudáveis se apaixonem com mais facilidade.

— Pode ser.

— E como vai a sua vida amorosa, Stanley?

— Vamos ver... A gente alugou um chalé para o fim de semana. — Ele escreveu algo num papel e me entregou. — Analgésicos. Se precisar.

Olhei para a receita.

— Escuta, tenho pensado numa coisa. É verdade que dá para fazer teste de paternidade durante a gravidez?

— Dá. Uma análise simples das células do sangue da mãe pode revelar o perfil de DNA do bebê.

— Inteligente.

— Não é?

Quando saí do consultório dei de cara com Moe, o telhador, na sala de espera. Estava sentado olhando fixo para uma revista e não levantou os olhos. Provavelmente ouviu minha voz no consultório.

Pisei no pedal da pequena lata de lixo niquelada. Joguei a camisinha pesada dentro dela. Senti um calafrio enquanto a tampa fechava devagar.

— Sua cabeça está brilhando no escuro — disse Natalie quando voltei para o quarto.

— O Homem Invisível.

— Hã?

— Só o curativo é visível. Se eu tirar o curativo, fico invisível e posso fazer o que quiser com você.

— Parece que você já faz isso *com* o curativo.

Me deitei na cama quente, e ela virou de costas para mim empinando a bunda. Gemeu de prazer quando beijei seu pescoço.

— Posso perguntar uma coisa? — falei.

— Eu diria que sim, mas, quando você começa assim, já não tenho tanta certeza.

Ela me puxou para mais perto.

— Pode ser depois — falei. — Aliás, deixa para lá.

— Não.

— Sim.

— Tarde demais. Desembucha.

— Eu...

— Anda!

— Você já engravidou alguma vez?

Foi como se eu tivesse cortado a corrente elétrica. Ela me soltou.

— Não sei — respondeu depois de um bom tempo.

— Sei que você usava pílula do dia seguinte, mas houve algum momento em que você *soube*?

Ela fez que não com a cabeça, e o travesseiro fez barulho.

— Já pensou em ter filhos? — perguntei e senti que ela ficou tensa. — Não estou sugerindo nada, é só curiosidade minha — acrescentei logo em seguida.

Natalie ficou em silêncio. Por um bom tempo. E me arrependi de ter entrado num terreno tão acidentado.

— Já.

— Já? Você *pensou* em ter filhos?

— Não, quis dizer que já soube. — Ela se virou para mim. — Que estava grávida. Uma vez.

— E era do...

— Sim, era *dele*.

— Ele soube?

— Soube. Foi ele quem me mandou ao médico. E aí eu... — Natalie procurou outras palavras, mas logo desistiu. — Eu me livrei.

— Lembra se eles fizeram exame de sangue na época?

— Não. Aonde você quer chegar, Roy?

— Não sei. — Me virei de costas e olhei para o teto. — Não sei mesmo.

No silêncio que se seguiu, era como se o ambiente tivesse mudado no quarto. Como se um hóspede indesejado tivesse subido de fininho na cama e estivesse deitado entre nós. Eu sabia que tinha que expulsá-lo antes que ele se instalasse ali de vez. Precisava dizer algo. Engoli em seco.

— Eu te amo — falei.

— O que você disse? — perguntou ela, num tom genuíno de surpresa.

Tossi.

— Desculpa se falei de um jeito confuso. É uma frase que não costumo dizer. O que eu disse foi que...

Os lábios dela calaram os meus.

— Ai — falei quando ela parou de me beijar.

— Ah, desculpa. A sua testa.

— Ah... Não está doendo *tanto* assim — falei e puxei a cabeça de Natalie de volta.

— Vem... — murmurou ela depois de um tempo.

— Não tenho mais camisinhas.

— Mas eu quero você dentro de mim. Só toma cuidado. Estou no período fértil.

— Ah, não. Olha só, eu não confio em nenhum de nós em relação a isso. Vamos esperar até Cracóvia. Ouvi dizer que as camisinhas polonesas são mais baratas.

O corpo dela começou a se agitar.

— É normal você ficar ansiosa — falei. — Nem eu aguentaria esperar tanto tempo para transar comigo mesmo.

Natalie se deitou ao meu lado tremendo de tanto rir. A melhor plateia que já tive.

— Você está rindo porque sou engraçado ou porque valoriza a minha *tentativa* de ser engraçado? — perguntei.

— Digamos que é um pouco dos dois — respondeu Natalie, fazendo carinho na minha bochecha.

Um tempo depois ela se virou e sussurrou no meu ouvido:

— Você não tem permissão para dizer o que acabou de dizer depois de apenas duas semanas, sabia? Mas tudo bem, eu te amo também.

Antes de pegar no sono pensei que era verdade: as coisas se resolvem. Meu Deus, como se resolvem.

Mas, claro, isso foi antes.

Dois dias depois tudo virou de cabeça para baixo de novo.

25

Eram seis da manhã de sábado. O nevoeiro era denso, e uma fina camada de neve cobria a pista que descia de Opgard, passando por Nergard e chegando à praça. A previsão era de que a temperatura aumentaria e a neve derreteria ao longo do dia, mas fiquei satisfeito ao colocar pneus de inverno, para não ter que ir a dez por hora até o aeroporto.

Em geral, as coisas avançaram rápido nos últimos dias.

Como a assembleia geral havia aprovado a emissão de novas ações do Spa Os, bastou a diretoria marcar uma reunião às pressas para me aceitar como comprador. A quantia, cinquenta milhões de coroas, já havia sido paga — as ações eram minhas, pelo menos por seis meses, até eu poder vendê-las. Li atentamente o contrato de emissão de ações com opção de venda. Tudo parecia em ordem, mas é de esperar que a pessoa sinta um leve embrulho no estômago ao colocar tanto dinheiro em jogo.

Eu estava diante da entrada do Meierigård, vendo meu reflexo na porta. Confirmei que a franja escondia a maior parte da cicatriz, depois que tirei o curativo antes de sair de casa. Toquei o interfone do apartamento de Natalie outra vez.

Tinha ligado para ela antes de sair e, como ela não atendeu, imaginei que ainda estivesse dormindo depois de chegar tarde da festa da equipe no hotel. Acordei quando Carl chegou cambaleando por volta das três; quando saí, ele ainda estava roncando como um motor de dois tempos. Ela não atendeu a campainha e eu comecei a ficar mais preocupado. Eu sabia que tinha tocado, porque tinha ouvido o som uma vez, quando ela saiu para comprar café da manhã para nós. Parecia um sinal de escola.

Olhei para meu relógio.

Possibilidades de resposta para a pergunta "O que é que está acontecendo?" passaram pela minha cabeça, mas preferi ignorá-las. Todas exceto uma. Que Natalie havia surtado e estava caída lá dentro, bêbada ou drogada. Resolvi tocar o interfone do vizinho. Depois de um tempo ouvi uma voz sonolenta saindo do alto-falante com o som rachado. Expliquei que Natalie não parecia estar acordada e que tínhamos um voo para pegar em breve. O vizinho pareceu cético, o que era normal, pois eu tinha falado meu nome, e a única associação que as pessoas faziam com ele era de "suspeito de homicídio". Mas, quando expliquei que Natalie tinha ido a uma festa, ele entendeu a situação, e, como é de esperar em Os, ele e Natalie tinham a chave do apartamento do outro, *só por precaução*.

Quando cheguei ao segundo andar, encontrei o vizinho no corredor, usando uma calça de moletom larga e uma camiseta com as palavras "Não seja escroto", pronto para abrir a porta para mim. Ele ficou no corredor e eu entrei. No fundo, não sei o que esperava encontrar, mas o apartamento estava vazio, e a cama, feita. Nesse momento, algumas possibilidades surgiram na minha cabeça, mas nenhuma delas fazia sentido.

Saí do apartamento e pedi desculpas pelo incômodo. Disse que tinha certeza de que a encontraria em outro lugar e fui de carro para o hotel. A garota da recepção disse que havia passado a noite toda de plantão, portanto não estava na festa da equipe, mas sim, tinha visto os colegas de trabalho entrarem e saírem. Sabia perfeitamente quem eu era, que eu era irmão do chefe dela e acionista do hotel. Mesmo assim, hesitou quando perguntei o horário de saída de Natalie Moe. Mostrei a passagem de avião com o nome de Natalie e expliquei que ela não estava em casa quando fui buscá-la. A garota ficou corada e disse que Natalie tinha saído da festa mais cedo, por volta das nove e meia, se não estava enganada, e entrou em um táxi. Eu já estava imaginando o que o rubor poderia significar, então, antes de começar a pensar demais, perguntei sem rodeios:

— Foi embora sozinha ou acompanhada?

— Sozinha.

— Sóbria?

A garota inflou as bochechas e me olhou com cara de pena.

— Não.

Tá bom, então isso pode significar que ela foi se encontrar com alguém. Um amante? Uma amiga?

— E você não sabe para onde ela foi?

— Não.

— Qual táxi era?

Ela digitou algo no teclado e olhou para a tela, provavelmente para ver se havia um pedido registrado.

— O carro era branco ou vermelho? — perguntei.

— Vermelho.

— Obrigado.

Enquanto saía do hotel já estava ligando para Dagur.

Ele atendeu no segundo toque. Perguntei para onde havia levado Natalie Moe.

— Foi mal, Roy — disse ele em sua versão refinada e cadenciada do dialeto de Os —, mas não posso te dizer isso.

— Não me interessa quem ela foi ver, Dagur, só quero saber se ela está bem.

— Entendo, mas é uma questão de confidencialidade.

Bufei.

— Taxistas não fazem voto de confidencialidade.

— Fazem, sim. Pouca gente sabe, mas temos uma obrigação legal de manter a confidencialidade dos nossos passageiros.

— Tá de brincadeira?

— Se eu te contar alguma coisa, vou correr um risco jurídico e posso perder a carteira. Foi mal, mas se quiser informações sobre os meus passageiros, você vai ter que falar com o Kurt primeiro. Tenho que desligar agora, Roy.

O celular ficou mudo.

— Merda!

Percebi que tinha atirado o celular longe. Fui pegá-lo e vi que a tela estava rachada na quina. Enquanto alisava essa área com o polegar e pensava no que fazer, a tela acendeu. A princípio achei que havia ativado a tela, mas então senti a vibração e vi que era Natalie ligando. Foi como finalmente acordar de um pesadelo.

— É você? Cadê você? — quase gritei, ou melhor, gritei.

— Roy, sinto muito.

Ela não estava falando arrastado, mas parecia nitidamente nervosa.

— Onde você se meteu? Está tudo bem?

— Não vou para Cracóvia.

— Não se preocupa com isso. Cadê...

— Mas acho que *você* deveria ir.

Parei.

— Você acha... Por que eu iria sozinho?

— Porque... Porque eu não posso ir com você.

Escutei com atenção, tentando ouvir sons de mais alguém perto de Natalie, qualquer coisa que pudesse me dizer onde ela estava.

— Sei que deu tudo meio errado ontem — falei. — Acontece. Mas a gente pode viajar depois, não tem problema nenhum. Sério.

— Tem problema, sim.

Notei que ela estava à beira das lágrimas. Talvez por isso eu também tenha começado a sentir vontade de chorar.

— Se você está bem, então não tem problema nenhum — falei. — Estou de carro, me deixa buscar você.

— Não — disse ela num tom brusco. Brusco demais.

— Certo. Parece que você não quer que eu te encha o saco agora. É isso?

Ela não respondeu.

— Natalie... Me liga quando estiver se sentindo melhor. Ou... Sim, me liga.

— Roy...

Não gostei do jeito como ela pronunciou meu nome, como o prelúdio de algo que me agradaria ainda menos.

— Sim? — me forcei a dizer.

— A gente não pode mais se ver.

Engoli em seco. De repente foi como se eu não tivesse acordado daquele pesadelo.

— Por que não? — perguntei, sem forças. — Quer dizer, você disse que...

Não terminei a frase.

— Esquece que eu disse aquilo, Roy. Tá? Esquece tudo. Essa história toda foi um erro. Um erro *meu*. Tá bom?

— Mas...

— Sem "mas", Roy. Vou desligar agora.

— Tem outra pessoa? É isso?

Ouvi Natalie hesitar.

— Digamos que eu sou assim, tá?

— Olha, eu sei que merdas acontecem, Natalie. A gente pode conversar sobre isso.

— Não! Não podemos, Roy. Sinto muito.

— Ou podemos não conversar. Podemos...

— Me escuta, Roy!

Então me ocorreu que se alguém deveria estar gritando no celular era eu. Mas eu não estava com o menor ânimo para isso.

— Estou escutando — falei.

Ela respirou fundo duas vezes, de forma intensa e trêmula.

— Quero que me prometa uma coisa, Roy.

— Diga.

— Não vem atrás de mim. Promete?

Engoli em seco, depois engoli em seco de novo. Movi a língua, posicionei os lábios e as bochechas para sussurrar as duas malditas palavras:

— Eu prometo.

Covarde. Foi assim que Ibsen descreveu Aslaksen. Como um covarde, um homem sem um pingo de coragem.

— Obrigada — disse Natalie e desligou.

Fiquei ali, parado, no meio do estacionamento. Foi quando percebi que estava mais ou menos no mesmo lugar onde caí de joelhos quando Kurt Olsen me prendeu. Senti vontade de me ajoelhar de novo. Aquilo estava acontecendo de verdade? Que tipo de demônio se divertia brincando comigo desse jeito? Então me ocorreu que devia ser uma punição. Castigo por sete assassinatos.

— Ué, o seu voo não era hoje? — perguntou Egil de trás do balcão quando entrei na loja.

— Cancelado — respondi e segui andando em direção à sala dos fundos.

— Por causa do nevoeiro?

Balancei a mão num gesto que ele poderia interpretar como quisesse.

— Tenho uma papelada para colocar em dia aqui — falei. — Me chama se precisar de ajuda com alguma coisa.

— Pode deixar — disse ele, me olhando como se eu fosse uma bomba prestes a explodir.

O trabalho sempre foi meu melhor remédio para a melancolia. E, assim como a maioria dos remédios, ele não cura nada, só alivia a dor. Mas, quanto mais eu conseguisse manter o cérebro ocupado com tarefas físicas, como limpar o lava-jato, ou atividades mentais, como revisar a contabilidade, menos tempo minha cabeça teria para ficar remoendo assuntos do coração à toa.

Pendurei o casaco ao lado da jaqueta de couro de Egil, que tinha dois ossos cruzados dentro de um círculo, com as palavras "Motoclube Lid & Evensen" escritas numa fonte gótica. Me sentei diante da mesinha que quase cedia ao peso da pilha de papéis, afastei as amostras de produtos e a cafeteira com defeito e comecei a analisar os documentos com os números do último trimestre, que eu ainda não tinha conseguido fechar. Estava confuso. Não que eu seja um grande conhecedor da natureza humana. Acho que a maioria das pessoas descreveria Roy Opgard como um sujeito simples e prático que busca soluções simples e práticas. Vai ver, aí estava o problema: eu não tinha o poder de entender como funcionava a mente — e o coração — de alguém como Natalie.

Deixei a contabilidade trimestral de lado.

Porque não era verdade que eu não entendia as pessoas. Era o mesmo que acontecia com a leitura: eu era disléxico, às vezes lia as coisas errado, mas *sabia* ler. Assim sendo, o que eu não estava enxergando? Se Natalie tivesse ficado chapada e passado a noite com outro cara, alguém com quem ela não pretendia ter um relacionamento, *e daí*? Ela se sentiu envergonhada, isso era óbvio. Talvez tivesse interpretado isso como traição... Traição? Caramba, nós nem sequer tínhamos nos definido como um casal! De qualquer modo, talvez ela achasse que transar com outro depois de beber um pouco era uma forma meio inconsciente de dizer a si mesma que ainda não estava pronta para um relacionamento íntimo, do tipo em que estava entrando comigo. Caramba, era como a contabilidade do trimestre, a coisa não batia! Ela poderia ter se sentado e dito com toda a calma que não queria continuar comigo, sem o drama e os gritos histéricos ao telefone. Então *o que* tinha acontecido? Quando ela disse que me amava também, foi da boca para fora? Na hora eu não só *acreditei* nela como *senti* esse amor. Mas nesse caso o resto não bate de jeito nenhum.

Fechei os olhos e contraí a mandíbula. Controlei os pensamentos. Então abri os olhos, peguei as folhas com a contabilidade do trimestre, coloquei o dedo na primeira coluna. Respirei fundo. E comecei a procurar o erro.

Eram dez da manhã e eu tinha praticamente acabado de revisar os relatórios do trimestre anterior quando travei. Ali, sentado, com a porta aberta e apenas uma parede fina entre mim e o balcão, dava para ouvir Egil atendendo os clientes. De repente ouvi uma voz familiar: Natalie. Não consegui distinguir o que ela estava dizendo, mas ouvi um leve baque no balcão e depois a voz alta e nítida de Egil:

— Trezentas e quatorze coroas.

Só tem um produto na loja que custa trezentas e quatorze coroas, nós o guardamos atrás do balcão: é a pílula do dia seguinte EllaOne. Contraí a mandíbula e segurei a borda da mesa com toda a força, como se estivesse me agarrando a ela, como se estivesse debaixo da água e a corrente estivesse tentando me puxar para longe dali, para ela, onde eu abriria a boca para dizer alguma coisa, mas só sairiam bolhas de ar, e eu me afogaria diante dos seus olhos. Só quando ouvi o som da porta avisando que ela havia saído foi que soltei o ar e percebi que estava prendendo a respiração.

Coloquei a cabeça na mesa até me recuperar. Pelo menos o bastante para conseguir me levantar e ir lá fora pegar um café. Diante da máquina, olhei pela janela. Sim, a maior parte da neve havia derretido, mas o nevoeiro ainda estava denso. Consegui ver Natalie na calçada andando em direção à praça, devagar e curvada numa parca enorme que eu nunca tinha visto. Ou tinha? Então ela desapareceu no nevoeiro.

Egil estava olhando extasiado para o celular.

— A mangueira da bomba dois não foi recolocada direito — avisei.

— Já vou lá — disse ele me olhando com uma expressão neutra, como se tivesse acabado de vender pão e leite para Natalie Moe, e não uma pílula do dia seguinte.

Talvez não fosse de estranhar, tendo em vista que eu não tinha contado que iria para Cracóvia acompanhado e ele provavelmente não tinha ouvido falar que Natalie e eu estávamos juntos. Ou isso, ou ele presumiu que Natalie tinha ido comprar a pílula porque ela e eu tínhamos nos descuidado, nada de mais. Voltei para a salinha, me sentei e continuei. Ainda não tinha encontrado o maldito erro.

Pouco antes do meio-dia ouvi uma voz com sotaque islandês.

— Ouvi dizer que você e o Børge foram a um encontro de motociclistas.

— Isso — confirmou Egil. — Bomba um. Setecentas e sessenta coroas.

— Espero que sejam pessoas tranquilas. A Islândia está uma loucura ultimamente. Hell's Angels, Bandidos, Outlaws, está todo mundo lá.

— Na Islândia? Por que isso?

— Ah, todo mundo quer ser rei de algum lugar, né? Já arrumou uma moto?

— Ainda não, têm poucas à venda.

— Verdade. Por que não compra a minha? Desde que o hotel abriu eu tenho trabalhado tanto no táxi que mal tenho tempo de andar nela. Acho que consigo fazer um bom preço para você.

— Ah, é? Eu já vi a sua moto, mas ela está em boas condições?

Nesse ponto, Dagur começou a fazer uma descrição que prometia ser longa. Me levantei e saí pela porta dos fundos, que dá para a área entre o posto e a oficina, onde meu Volvo estava estacionado. Segui em direção ao Mercedes vermelho parado na bomba um. Dei uma olhada rápida para a loja e vi que Dagur ainda estava de costas, então me sentei no banco do motorista. Não sou nenhum gênio da computação, mas já entrei em táxis em Os e notei que as viagens anteriores aparecem no visor abaixo do console do rádio. Toquei na tela, ela acendeu e — *voilà* — havia uma lista das viagens da noite anterior. Ponto de embarque, distância percorrida, preço. Ele havia pegado vários passageiros no Spa Os, mas apenas um por volta das nove e meia, mais exatamente às nove e vinte e três. Pela distância percorrida concluí que o trajeto tinha sido mais longo do que do Spa Os até o apartamento de Natalie no Meierigård. Mas não para onde tinha ido. Toquei na linha da viagem para ver se havia mais alguma informação, e apareceu. Não o destino, mas a informação de pagamento.

Natalie Moe não tinha pagado o táxi.

Quando vi isso, tive um calafrio.

Havia um nome depois do número do cartão de crédito: Anton Moe. O telhador. O pai. E me lembrei de onde tinha visto a parca. Foi em Anton Moe. Uma onda de náusea me atingiu com tanta violência que quase vomitei. Tive que abrir a boca, porque não conseguia respirar pelo nariz. Fechei os olhos, depois os abri de novo, mas não, se isso era um pesadelo, eu ainda estava preso nele. Voltei para a tela inicial e saí do carro.

— Caramba, isso é o que eu chamo de atendimento de primeira! — exclamou Dagur ao sair da loja, segundos depois, e me ver passando a esponja com sabão no para-brisa.

— Bons clientes recebem bom atendimento — falei jogando água e passando o rodo no vidro.

Dagur parou ao meu lado.

— Foi mal por não poder te ajudar hoje de manhã, Roy. Você resolveu?

Dagur era um sujeito barbudo e de olhos castanhos. Não se pode presumir que todos os islandeses são pessoas decentes, mas, pessoalmente falando, ainda não conheci um que não seja. Vai ver, é porque só conheci três até hoje.

— Resolvi — falei. — Natalie bebeu demais na festa e não entendeu nada quando acordou na casa do pai.

Dagur deu uma risada.

— Pois é, achei melhor levá-la para lá.

— *Você* achou melhor?

— Eu sei que ela mora no Meierigård, mas, no estado em que estava, achei mais seguro que ela ficasse com alguém que pudesse cuidar dela.

Olhei para ele.

— Foi muito atencioso da sua parte, Dagur.

Ele abriu um sorriso caloroso.

— Normal. Moramos numa cidade pequena e cuidamos uns dos outros, certo?

— Verdade. Pelo que eu soube, o Anton saiu de casa, pagou a viagem e a ajudou a entrar em casa.

— Pois é. A coitada estava completamente fora de si, eu tive que ajudar o Anton. Mas ele não brigou com ela, só ajudou, do jeito que um bom pai deve fazer. O Anton é um sujeito muito legal. Eu... — Dagur ficou em silêncio, como se de repente tivesse se lembrado do seu dever de confidencialidade. — Enfim... — disse. — Obrigado por lavar o para-brisa.

Ele entrou no carro e eu coloquei os limpadores de para-brisa de volta no lugar. Arranquei uma folha de papel do rolo e limpei o rodo, enquanto via a Mercedes vermelha se afastar em direção à praça.

Sete assassinatos.

Eu tinha sete assassinatos na consciência.

Havia tido a esperança de não aumentar esse número.

26

— Tenho que descobrir onde está esse maldito erro — falei.

— Ainda nisso? — perguntou Egil atrás do balcão, me vendo encher minha xícara de café na máquina.

— Isso está me enlouquecendo. Vou me trancar ali na sala dos fundos e não quero ser incomodado sob qualquer hipótese. Por nada. Entendido?

Egil me olhou, surpreso, mas fez que sim. Antes de ir para a sala dos fundos, aumentei um pouco o volume da música na loja.

— Essa é ótima — menti.

Entrei na sala, tranquei a porta e coloquei meu casaco. Quando estava prestes a enfiar o celular no bolso, notei uma chamada perdida de Kurt Olsen. Hesitei por um segundo, saí pela porta dos fundos e entrei na oficina. Passei pelo trator e pela bicicleta que usava para pedalar até Opgard quando jovem. Às vezes, Carl e eu cronometrávamos nossos tempos e chamávamos a subida de Tour de Opgard. De vez em quando, no verão, eu ainda a usava para ir até o lago Budal nadar. Ou será que não? A verdade é que eu não conseguia me lembrar da última vez que tinha feito isso.

Peguei o alicate de corte do suporte de ferramentas na parede, coloquei um par de luvas e cortei a corrente da bicicleta, pensando na conversa que havia tido com Moe aquela vez na cozinha, quando disse o que faria se ele voltasse a tocar na filha.

— E como você me mataria?

— Eu estava pensando numa surra. É bem adequado biblicamente, não é?

Enrolei um pano ao redor dos dedos, enrolei a corrente na mão e cerrei o punho.

Sim, estava bem adequado do ponto de vista bíblico.

Enfiei a corrente no bolso do casaco. Saí para o nevoeiro, entrei no meu carro e dei a partida com a menor aceleração possível, para Egil não ouvir. Peguei a estrada principal na direção leste também para evitar que ele me visse. Passei pelo ponto onde a antiga caixa de coleta de latões de leite ainda se mantinha de pé, fiz um retorno e segui para o oeste. Atravessei a praça e, em meio ao nevoeiro, vi uma luz na janela do segundo andar do Meierigård. Não estava acesa quando passei lá horas antes.

Ótimo. Pelo menos Natalie estava fora da linha de fogo. Segui para oeste.

Aquele nevoeiro denso como sopa de ervilha era muito conveniente. Com uma visibilidade tão baixa, não seria fácil alguém garantir que tinha visto meu carro passar. Era um timing perfeito. Por outro lado, o que era essa ligação de Kurt? O que ele queria agora? Era um timing horrível: matar alguém justo quando a polícia tenta entrar em contato.

Talvez por isso eu tenha me controlado. Ou, vai ver, foi a lembrança repentina de uma coisa que meu pai costumava dizer quando estava me ensinando a lutar boxe. "Quando você fica com raiva, você perde." Essa era uma das vantagens que eu tinha nos bailes de sábado à noite nas cidadezinhas próximas, quando eu enfrentava caras que queriam bater em Carl porque ele estava dando em cima das garotas deles. Eles estavam furiosos; eu estava tranquilo, calmo.

Mas agora era eu que estava furioso.

Reduzi a velocidade. Disse a mim mesmo que era melhor repensar. Por mais denso que fosse um nevoeiro, seria muito difícil escapar impune de um assassinato se eu simplesmente fosse de carro direto até a casa do cara e o espancasse até a morte. Sobretudo numa cidade onde só havia um morador que já era suspeito de ser um assassino.

Desacelerei ainda mais.

Mas, mesmo sabendo que precisava ter cabeça fria, eu não conseguia parar de imaginar Natalie desmaiada na cama com o vestido levantado e o pai dela por cima. Não conseguia parar de imaginá-la acordando de manhã, sozinha, olhando para baixo e percebendo o que tinha acontecido. *De novo*. Só que dessa vez culpando a si mesma, um fardo tão pesado que a impedia de me olhar nos olhos e me contar o que havia acontecido. Ela se considerava uma pessoa estragada, indigna de amor puro e verdadeiro. E como eu sabia disso? Bom, eu mesmo era uma pessoa assim.

Percebi que tinha voltado a dirigir rápido e tirei o pé do acelerador.

— Quando você fica com raiva, você perde — sussurrei para mim mesmo e tentei apagar as imagens da minha cabeça. — Só faz um estrago nele agora. Deixa para matar depois.

A casa de Moe ficava nos campos de plantação, três ou quatro quilômetros a oeste da praça, na parte alta da estrada. Fiz a curva e fui lentamente pela pista de cascalho que levava à casa principal e ao celeiro. Com um nevoeiro tão forte e centenas de metros de plantação entre a fazenda e o vizinho mais próximo, eu sabia que não havia como ser visto.

Estacionei entre o celeiro e a casa, saí do carro. Vi uma luz acesa na janela da cozinha e notei que a van de Moe estava estacionada no celeiro, que estava com a porta escancarada. Ele estava em casa, sem dúvida. Subi os degraus e bati à porta.

— Procurando alguém, Opgard?

Dei meia-volta lentamente.

Moe — com sua cabeça em formato de ampulheta — estava na porta do celeiro. Natalie tinha razão: o rifle do pai era um Remington. Ele o segurava na altura do peito e o apontava para mim.

— Estou procurando por você — falei. — Não pensei que me veria chegando.

— Pois é, mas o som se propaga bem no nevoeiro. E acho que você não está procurando por mim, e sim pela Natalie.

— Só por você. A gente tinha um acordo, lembra?

— Me falaram que você tem andado atrás dela. — A voz de Moe rangia e chiava como uma dobradiça enferrujada, e os fios de cabelo balançavam na cabeça, embora não parecesse ventar. — Agora eu sei por que você estava doido para tirá-la daqui de casa naquela época. Você já queria a minha filha, só tinha que mandá-la para o pasto para engordá-la e esperar que ela fizesse 20 anos. — Moe saiu da porta do celeiro e se posicionou à luz suave do nevoeiro. — É isso mesmo, Opgard?

— Não — respondi, afônico.

— Ah, eu acho que é, sim. Mas a Natalie é uma garota inteligente, então isso não vai acontecer. E sabe de uma coisa? Estou de saco cheio de andar por aí olhando por cima do ombro e me perguntando o que você pode aprontar. Você é um assassino, pelo menos foi o que me disseram.

Engoli em seco. Ser confrontado com uma arma carregada mexe com as suas funções corporais, e aquela era a segunda vez que isso acontecia em pouco tempo.

— Vem — disse Moe, acenando em direção à porta do celeiro. — Entra aqui.

Não me mexi.

— Como preferir... — continuou ele e mirou com o rifle apoiado na bochecha.

Desci os degraus.

— Ali — disse Moe, afastando-se da entrada e mantendo uma distância segura de mim, provavelmente se lembrando de como minha direita era rápida.

Entrei no celeiro e parei ao lado da van.

— Mais para dentro — disse Moe, apontando com o cano do rifle.

Obedeci. Me aproximei do lugar que antes era um chiqueiro. Moe passou por mim, de modo que agora ele estava mais ao fundo que eu, e eu estava de costas para a luz do dia. Foi quando me ocorreu que ele queria ir até o fim. Que ia atirar em mim. Senti a garganta tão seca que precisei tentar falar duas vezes até minha voz sair.

— Como você vai explicar isso depois, Moe?

— Deixa isso comigo. Quando eles encontrarem um assassino rejeitado que invadiu a minha propriedade com uma faca na mão, vão chegar à conclusão óbvia de que foi legítima defesa.

O que ele disse fazia sentido — só precisava colocar uma faca na minha mão depois. Inclinou a cabeça de leve para olhar pela mira e então fechou o outro olho. Não é fácil errar um tiro a dois metros de distância, então imaginei que ele estava tomando esse cuidado porque queria acertar minha cabeça. Assim, teria certeza de que eu cairia e não sairia do lugar, facilitando a tarefa dos peritos de reconstruir a sequência de eventos. O dedo pressionou o gatilho. Como Moe estava mirando minha cabeça e eu estava de pé contra a luz, ele não viu minha mão entrando no bolso do casaco, agarrando a corrente e puxando-a para fora. Baixei o braço, depois o estiquei para a frente e para cima ao mesmo tempo. Eu sabia que uma corrente de bicicleta de cento e dezesseis elos tem cento e quarenta e oito centímetros de comprimento e que meu braço direito mede setenta centímetros esticado, então o tamanho do cano do Remington 700 BDL não fazia diferença. A corrente fez um barulho metálico ao se enrolar no cano como um chicote, eu baixei o braço e o rifle voou das mãos de Moe no momento do disparo, e, antes mesmo que a arma caísse no chão, eu sabia que a bala havia acertado minha perna.

Li em algum lugar que levar um tiro não dói tanto assim. Também li que não se deve acreditar em tudo o que se lê por aí. Preciso dizer que dói muito mesmo. Mas não o bastante para me impedir de usar a corrente para puxar o rifle antes que Moe, que tinha caído para a frente, conseguisse pegá-lo.

O que aconteceu depois não está muito claro na minha mente. Me lembro de Moe correndo em direção à porta e de que provavelmente ignorei a dor na perna e fui atrás dele. Digo isso porque, segundos depois, estávamos no chão, ao lado da van. Montei em Moe, me sentei no peito dele e usei os joelhos para prender seus braços no chão, então enrolei a corrente em volta do pano na mão e comecei a bater nele. No início não muito forte, me aquecendo. Nesse ponto tem outro lapso na minha memória. Na sequência, me lembro de olhar para um rosto — se é que aquilo podia ser considerado um rosto, porque uma corrente como aquela consegue fazer um estrago e tanto — e achar que parecia um pouco com o rosto de Dog, e pensei a mesma coisa que havia pensado na época: eu tinha que dar um fim ao sofrimento do pobre coitado. Dog gemia de dor antes que eu o matasse, e Moe gemeu também. A raiva cega tinha ido embora. Eu segui batendo, não para causar dor, mas para acabar com ela. Segui batendo até não haver mais nada em que bater, até sentir as tábuas de madeira *debaixo* da cabeça contra os nós dos dedos.

Então, por um instante, minha visão escureceu.

Minha lembrança seguinte é de estar de pé olhando para Moe, que não estava mais respirando, com uma dor insuportável na perna. Dava para ver o buraco de bala na calça, e, quando eu mexia o pé, sentia o sangue, que transbordava da boca do sapato e escorria pelas tábuas de madeira não tratadas. Isso me fez despertar. Era o meu sangue no que agora era a cena de um crime. Aquilo ali eram vinte anos de prisão.

O instinto de fuga começou a crescer dentro de mim. Eu tentava ignorar os impulsos da amígdala e, em vez disso, ouvir o que o resto do cérebro tinha a dizer. E ele estava me dizendo que eu tinha uma escolha. Ou mandar tudo para a casa do cacete, fugir e ser preso depois, ou ficar ali, pensar de forma construtiva, fazer o que tinha que ser feito e correr o risco de ser pego em flagrante. O que Moe tinha dito sobre o som se propagar bem no nevoeiro era verdade, e os vizinhos de ambos os lados certamente tinham ouvido o disparo. Se eles mesmos não estivessem indo de carro até o local, Kurt Olsen apareceria em cinco ou dez minutos depois de receber o telefonema. Conclusão: se eu fugisse o resultado seria uma catástrofe garantida; se ficasse o resultado seria uma catástrofe provável. Escolhi a catástrofe provável.

Olhei ao redor. Moe tinha uma bancada de carpinteiro e boas ferramentas penduradas na parede e provavelmente mais outras na caixa de ferramentas no chão. A primeira coisa que fiz foi pegar um rolo de fita adesiva, subir a perna da calça e enrolar a fita com força várias vezes sobre o buraco na perna. Não havia buraco de saída, então concluí que a bala havia parado no osso. Dei outra olhada nas ferramentas. Martelos, alicates, serras. Vi quatro pneus de carro empilhados perto da parede, com um macaco em cima deles. Moe, ou o cadáver de Moe, me lembrou dos quadros de Pablo Picasso que Rita Willumsen tinha me mostrado, com os detalhes do rosto todos fora de lugar. Rita dizia que Picasso havia usado o surrealismo para pintar de forma mais realista que a própria realidade. E o que eu estava vendo era isto mesmo: surrealismo e realismo sangrento ao mesmo tempo. Foi quando compreendi que era isto que eu tinha que fazer: pintar um quadro. Um quadro que parecesse mais realista do que a coisa doentia que havia acabado de acontecer.

27

Eu estava quase terminando o quadro.

Olhei para meu relógio ao me afastar de carro da fazenda de Moe. Quarenta minutos se passaram desde que eu havia matado Anton Moe, o telhador, e o nevoeiro continuava forte. Sorte minha, porque a previsão do tempo era de que ele se dissiparia ao longo do dia. Percebi que havia outra chamada perdida de Kurt Olsen no celular. Oito minutos depois, passei pelo posto, fiz um retorno na altura da plataforma de coleta de latões de leite, fiz o caminho de volta, saí da estrada antes de passar pelo posto e estacionei atrás da loja, fora da vista de Egil. Saí, senti a dor que irradiava pela perna esquerda, olhei para o salão de beleza de Grete e torci para que ela estivesse lotada de clientes naquele sábado e não passasse o tempo todo na janela. Entrei na oficina, abri uma lata de solvente industrial Fritz, joguei a corrente da bicicleta nela e deixei a tampa meio fechada para evitar que a lata explodisse quando a reação química começasse. Eu não sabia quanto tempo o produto levaria para dissolver o metal e me lembrei de quanto tempo levou para que os vestígios do velho xerife desaparecessem por completo. Assim, coloquei a lata na caçamba do trator e a elevei à altura máxima. Saí do trator, tranquei a porta e entrei de fininho pela porta dos fundos do posto. Desabotoei o casaco, bati a palha dos ombros, destranquei a porta que dava para a loja e entrei. Fui direito para a prateleira dos remédios e peguei uma cartela de paracetamol.

— Conseguiu? — perguntou Egil, tirando os olhos do celular.

Embora duvidasse que Egil fosse frio o bastante para me mostrar que percebeu meu truque desse jeito, admito que senti o coração disparar.

— Encontrou o erro? — acrescentou.

— Talvez. Tenho que ir.

Abotoei o casaco enquanto me dirigia para a porta.

— O xerife perguntou por você.

Fiquei tenso. Se Kurt Olsen tivesse estado no posto, provavelmente eles bateram à porta. E descobriram que meu carro e eu tínhamos sumido, junto com meu álibi.

— Eu falei que você estava ocupado — continuou Egil. — Ele pediu que você ligasse de volta.

Respirei aliviado.

— Ele só ligou?

— Isso.

— Tá bom. A gente se fala depois.

— Você está mancando — constatou Egil.

— Dei um tiro na minha própria perna hoje de manhã — falei.

Egil sorriu e voltou a atenção para o celular.

Saí da loja, contornei o edifício, entrei de volta no carro do qual tinha acabado de sair, engoli quatro comprimidos de paracetamol a seco e arranquei. Me livrei por pouco de Olsen, e Grete obviamente também era uma testemunha em potencial; mas, se eu conseguisse terminar de pintar o quadro, com sorte não precisaria de nenhum álibi.

Nove minutos depois estacionei no pátio de Opgard. Nenhum sinal do carro de Carl — provavelmente, estava no hotel. Entrei mancando na cozinha, abri a gaveta de remédios e cinco minutos depois tinha enfaixado a perna, que já estava bem inflamada. Peguei o rifle Remington, carreguei-o e desci pelo alçapão do porão. Era um lugar frio e úmido, com um metro e meio de altura, onde guardávamos batata. Fechei o alçapão para abafar o som e, na escuridão, disparei um tiro em um dos sacos de lenha que estavam ali.

Quando subi de volta vi que o nevoeiro havia se dissipado, restando apenas algumas nuvens dispersas no céu azul. Porra, tarde demais. Mas, quando dobrei a esquina da casa principal, percebi que ele ainda estava forte no vale. Manquei o mais rápido que pude em direção ao carro.

Parei na estrada, na altura da fazenda de Moe, e constatei que dali ainda não dava para ver nem as construções dela nem as fazendas vizinhas. Abaixei o vidro e escutei. Silêncio total. Nenhum sinal de alarme. Dirigi lentamente pela entrada de cascalho e parei no pátio. Entrei no celeiro, passei pela van e por Moe, evitando olhar para o corpo, o coração a mil.

Ao sair, quando estava prestes a entrar no carro, parei e olhei para a casa principal. Eu havia tocado na maçaneta da porta? Fui mancando até lá e limpei a maçaneta de bronze com a manga do casaco. Girei. Estava aberta — claro, não havia razão para que não estivesse. Hesitei por um segundo. Então entrei.

Quando olhei para a escada que dava para o segundo andar vi um bordado emoldurado pendurado na parede. Li o texto.

"Pois de que adianta o homem ganhar o mundo inteiro e perder sua alma?" Olhei para cima, para onde provavelmente havia acontecido. Subi a escada.

Havia dois quartos, uma cama desfeita em cada um. Puxei o edredom, primeiro da cama de casal, depois da de solteiro. Não havia sangue em nenhum dos lençóis. Mas poderia ter acontecido na sala de estar, antes que ela acordasse no sofá no meio da noite e subisse sozinha para o quarto. Fechei os olhos e pensei. Pensei em como era uma pena eu já ter matado Anton Moe, porque isso significava que não poderia matá-lo de novo. Quando abri os olhos, percebi que o céu estava bem mais limpo lá fora. Dois minutos depois eu estava de volta à estrada.

A dor na perna estava de matar. O consultório fechava aos sábados, então liguei para o número residencial de Stanley Spind. Uma voz feminina informou que o dono da linha não estava disponível, então lembrei que ele tinha ido viajar.

O asfalto úmido brilhava, o sol estava começando a atravessar o nevoeiro. De repente, após dirigir apenas mais cem metros, a cidade foi banhada por colunas de luz que desciam pelos buracos nas nuvens, tal como nas imagens de Jesus na capela. E talvez eu também visse beleza naquilo, se não estivesse tão desesperado e questionando minha própria salvação.

Houve uma mudança de turno na recepção do hotel.

— Ele está na sala de massagem agora — respondeu o rapaz quando perguntei por Carl.

Fui mancando até o spa e passei pelo balcão sem bater papo com a atendente. Enfim encontrei Carl depois de invadir duas outras sessões de massagem. Quando olhei para a pessoa deitada na mesa de massagem, com uma toalha cobrindo as nádegas e o rosto enfiado no buraco, reconheci as sardas nas costas do meu irmão mais novo.

— Deixa a gente sozinho — falei em inglês com a massagista, que me encarou indignada.

— Por favor, vá embora, senhor... — começou ela, mas Carl interrompeu.

— Está tudo bem, Petra, continue. Roy — continuou ele em norueguês —, ela não entende nada do que estamos falando. O que foi? Por que não está indo para Cracóvia?

Eu me agachei e falei com o nariz e o queixo que se projetavam do buraco.

— A viagem foi cancelada. A Natalie não quis ir.

— Ué, o que houve? A Natalie geralmente topa tudo.

Fiquei intrigado, mas era difícil saber o que ele queria dizer, pois não conseguia ver seu rosto, e a voz fica esquisita quando alguém pressiona sua coluna enquanto você fala.

— O Kurt tentou entrar em contato comigo — falei. — Não sei bem o motivo, mas acho que não é por acaso que ele está fazendo isso num sábado. Acho melhor a gente entrar em contato com a Goebbel.

— Então faz isso.

— Ela é sua advogada.

— Agora é nossa. É só ligar para ela.

— Obrigado.

— "Obrigado"? Cacete, Roy, você está ficando mole?

— Talvez. Só queria avisar.

— Se era para falar isso, você podia ter me ligado.

— Como eu falei aqui outro dia, acho que precisamos ter cuidado ao usar o telefone.

— É, você falou. Você anda meio paranoico, não acha?

— Um pouco de paranoia nunca fez mal a ninguém — retruquei e me levantei, pronto para ir embora, quando um pensamento me ocorreu e fiz a pergunta que não pretendia. — O que você quis dizer com "A Natalie geralmente topa tudo"?

Carl não respondeu. Petra massageava sua lombar e ele mexia a bunda de um lado para o outro feito um cachorro abanando o rabo.

— Petra, faz uma pausa e deixa a gente sozinho por um minuto, tá bem? — disse ele em inglês, a voz ecoando no chão.

A massagista saiu, e Carl se sentou na mesa. A toalha caiu, e fiquei com a impressão de que ele havia engordado alguns quilos desde a última vez que o tinha visto nu.

— Você está pálido — disse ele. — Algum problema?

— É só um probleminha na minha perna.

— Certo. Em primeiro lugar, a Natalie é só para comer, certo?

— Só para comer? De onde você tirou isso? Porra, eu tinha uma viagem marcada para Cracóvia com ela.

— Mas é isso que se faz com uma garota que é só para comer, né? Escolhe um fim de semana, compra passagens aéreas para algum lugar barato, enche a cara e fode até dizer chega. Quer dizer, quando é sério, você leva a garota para Paris ou Nova York, não é?

Encarei o meu irmão. Alguma coisa em sua expressão canina despertou em mim uma inquietação profunda, mais profunda do que a inquietação que já estava sentindo.

— O que está tentando me contar, Carl?

— Vocês não estão *juntos de verdade*, estão? Digo, você não tem o monopólio sobre ela, certo?

— Vai direto ao ponto, Carl.

Percebi que minha voz estava tremendo. Porque eu sabia, eu já sabia.

— O ponto? — Ele deu um sorrisinho envergonhado e culpado. — O ponto é que, bom... Hummm, eu comi a Natalie na festa ontem.

Engoli em seco. Era muita coisa para digerir, eram só palavras, sons.

— Me diz que não é verdade, Carl.

— Não é verdade — disse ele e suspirou. — Mas é, sim. Nós dois bebemos um pouco demais e... simplesmente aconteceu.

— Na festa? Como isso é possível?

— A festa foi num hotel, ora, lugar é o que não falta. Acho que esse foi um dos problemas.

— Onde e quando?

— A suíte nupcial estava vazia. Era cedo. Umas nove da noite, talvez. Depois ela esvaziou o frigobar e ficou tão bêbada que sugeri que ela dormisse lá enquanto eu voltava para a festa. Mas acho que ela notou que isso podia virar um escândalo e insistiu em ir para casa, então fui até a recepção e pedi que chamassem um táxi para ela.

Senti o vazio tomando conta, exaustão. Sem forças, sentimentos, propósito, ideias, vontade de seguir vivendo.

— Provavelmente ela quis ir para casa para não perder o voo para Cracóvia — sussurrei.

— Pode ser, mas ela não mencionou isso para mim. Na verdade, ela não mencionou o seu nome em momento algum, então eu pensei... Bem, na verdade não pensei muito. Sinto muito mesmo, Roy. Ainda mais agora, que vejo como você está chateado.

Abaixei a cabeça e olhei para o chão. A panturrilha tinha inchado e estava pressionando a perna da calça.

— Porque você está, né?

— O quê?

— Chateado.

— Acho que estou.

— Deve ser horrível.

Não respondi, apenas o encarei. O rosto estava iluminado, a voz era familiar, mas ainda assim era como ver e ouvir um estranho. Ele também parecia estar procurando algo no meu rosto, mas a diferença foi que encontrou. Pelo menos balançava a cabeça, como se tivesse encontrado.

— Me diz se existe algum jeito de consertar isso — falou.

— Está tudo bem. Seja como for, eu a perdi.

Engoli em seco e não disse as palavras que tomaram conta de mim. *E agora perdi você também.*

Fui até a recepção e pedi o cartão-chave da suíte nupcial. Disse que precisava dar uma olhada nela para amigos que estavam pensando em se casar no hotel. O rapaz olhou para a tela.

— O quarto ainda não foi limpo — avisou.

— Eu olho do jeito que está — falei e estendi a mão. Quando percebi que ele estava hesitante, acrescentei: — Eu possuo trinta e seis por cento das ações daqui.

A porta da suíte se fechou com um clique suave.

O sol inundava o quarto e se refletia nos lençóis brancos da espaçosa cama de dossel, feita para casais felizes. Entrava tanta luz que precisei semicerrar os olhos, mas ainda assim vi as gotinhas vermelhas de sangue no lençol ao afastar o edredom.

Abri o frigobar. Estava claro que ele já havia sido reabastecido, tinha bebida suficiente para uma pessoa já meio bêbada tomar um porre até desmaiar.

Desci, entreguei o cartão-chave na recepção e fui de carro para Opgard.

Eram quatro da tarde quando o SUV de Kurt Olsen entrou no pátio em Opgard, e ele e Johnny saíram. Depois de voltar do hotel, troquei o curativo e procurei analgésicos na gaveta de remédios. Primeiro encontrei uma caixa de ansiolíticos verde-oliva que se pareciam com os que Carl havia tomado após a morte de Shannon, depois encontrei tramadol, remédio para dor que Carl havia tomado depois da cirurgia de remoção do apêndice. Tomei três comprimidos e fiquei tão sonolento que tive que me esforçar para sair da cadeira e abrir a porta para os dois.

— Por que você não atende o celular? — perguntou Kurt com um cigarro na boca.

— Esse é um dever meu como cidadão? — rebati, me apoiando no batente da porta.

— Não, mas, se tivesse atendido e ido ao escritório do xerife, teria poupado a si mesmo e a nós de muitos problemas.

— Vai me prender de novo?

— Da última vez foi só uma detenção.

— E dessa vez?

Kurt trocou o pé de apoio.

— Dessa vez é uma prisão mesmo.

— Pelo quê?

Eu não sabia que resposta esperar. A verdade é que naquele momento eu não estava nem aí, seria um alívio acabar com tudo de uma vez. Dar um ponto-final.

Kurt bateu as cinzas do cigarro.

— Fomos informados de que você comprou passagens aéreas para Cracóvia.

— E daí?

— E daí que, se não fosse tão disléxico, você saberia que, no documento que assinou para nós, se comprometeu a não fazer nenhuma tentativa de deixar o país. A simples compra da passagem é uma infração criminal, Roy. E vai facilitar muito com que a audiência de custódia vire prisão preventiva.

Eles não apontaram as armas para mim. Também não me algemaram. Mas, quando entramos no escritório do xerife, percebi que, desta vez, era sério.

28

A PRIMEIRA COISA QUE me chamou a atenção foi que parecia que Kurt e Johnny tinham preparado o escritório do xerife para a ocasião. A mesa que antes estava dentro da cela tinha sido movida para o meio da pequena sala, e três pessoas já estavam sentadas diante dela. Um era Gilliani, com seus óculos de nerd. Outra era uma mulher corpulenta e pálida que eu nunca tinha visto, mas que, como Gilliani, tinha um crachá da KRIPOS pendurado no pescoço. Ah, sem dúvida aquilo era sério. Essa gente não dirige da capital até Os num sábado só para se divertir. O terceiro era um sujeito num terno que parecia ter pegado emprestado de Vendelbo. Kurt puxou uma cadeira para mim.

— Eu confesso — falei e me deixei afundar nela.

— Confessa o quê? — perguntou a mulher corpulenta e apertou um botão no pequeno gravador sobre a mesa.

— Podem escolher — respondi e bocejei.

Bocejar pode indicar que você está cansado, mas — como diria qualquer aprendiz de psicólogo — também pode ser uma reação nervosa, muito comum em cães. No meu caso, era por overdose de tramadol.

— Não recomendo essa linha de ação — disse o homem no terno de Vendelbo.

— Quem é você? — perguntei.

— Sou o segundo e último da lista de pessoas que a polícia chama quando precisa de um advogado de defesa em Notodden e arredores.

Pela cara de buldogue do sujeito era difícil dizer se ele estava tentando ser engraçado ou não. Eu tinha quase certeza de que ele havia sido tirado da cama depois de ficar acordado até tarde numa festa. Certo, então eram dois que só queriam dormir. O cara puxou um caderno.

— A primeira pergunta é se me aceita como seu advogado de defesa.

— Deveria?

Ele esboçou um sorriso.

— Posso ir embora agora, se quiser. Cobro por hora, incluindo tempo de deslocamento, e tem várias outras coisas que eu preferiria estar fazendo hoje.

Kurt Olsen pigarreou.

— Diga sim, Roy. Só criminosos profissionais exigem advogados diferentes dos que a polícia proporciona.

Olhei para Gilliani, que fez que sim quase imperceptivelmente.

— Então digamos que sim — falei. — Fui preso porque reservei um voo para Cracóvia ou porque algo novo apareceu?

— Só me deixa... — começou o advogado, mas ergui a mão e, para minha surpresa, ele se calou.

— O que temos é mais do que suficiente — disse Kurt. — A KRIPOS pode confirmar que o sangue atrás da placa pertence ao meu pai. Correto?

Ele se virou para a mulher robusta, que assentiu enfática, o rabo de cavalo loiro balançando alegremente para cima e para baixo.

— Exato, o sangue encontrado bate com o do antigo chefe da delegacia.

— Antigo o quê?

— Chefe da delegacia.

Me virei para Kurt, que parecia envergonhado.

— Eles não chamam mais de xerife, eles... — começou Kurt.

— Então você perdeu o título que o seu pai tinha — interrompi, sem tirar os olhos dele. Dava para perceber só de olhar. Kurt estava mentindo. Eles tinham encontrado algo novo. Mas o que era? — Você não contou isso para ninguém, Kurt. O letreiro lá fora ainda diz "ESCRITÓRIO DO XERIFE".

— Vai ser trocado — sibilou Kurt entre os dentes. — Está pronto para responder às nossas perguntas ou não, Roy?

— Devo protestar. Se o meu cliente...

— Cala a boca! — grunhimos Kurt e eu ao mesmo tempo, sem olhar para o advogado.

— Manda bala — falei.

— Como o senhor descreveria o seu relacionamento com o seu pai? — perguntou a senhora robusta.

— O *meu* pai? — falei. — O que isso tem a ver com ele?

— Estamos perguntando, porque também temos dúvidas sobre esse incidente.

— Têm? Quais?

Gilliani tossiu.

— Os peritos encontraram defeitos incomuns no veículo, que não podem ser explicados pelo acidente. E como o senhor mexia com carros na época...

— Pera lá — interrompi, precisando de um tempo para pensar. Era isso que Kurt não queria me dizer. A KRIPOS não tinha feito a perícia do Cadillac em busca apenas de sangue. — Eu era mecânico.

Gilliani endireitou os óculos, irritado.

— Não sei que diferença isso faz, mas como eu estava dizendo...

— A diferença — interrompi de novo — é que ser mecânico é um ofício. Quando as pessoas perguntam o que você faz, você diz que brinca de polícia e ladrão?

Gilliani lançou um olhar exasperado para o advogado, como que pedindo ajuda para melhorar meu comportamento.

— A questão — prosseguiu Gilliani — é que encontramos furos nas mangueiras de freio e vimos que a barra do volante estava solta. De acordo com o... hummm, mecânico com quem conversamos, é possível que o carro onde estavam seu pai e sua mãe não tenha conseguido fazer a curva perto da sua casa por esse motivo. O que tem a dizer a respeito?

Assenti vagarosa e demoradamente.

O advogado de ressaca parecia estar se esforçando para interpretar a situação e escolheu esse momento para se inclinar para a frente e intervir.

— O meu cliente não é obrigado a responder a perguntas hipotéticas — disse.

— Não é, na verdade ele não precisa responder a nenhuma pergunta, se não quiser — disse a mulher baixinha e robusta sem tirar os olhos de mim.

Bocejei. De verdade. Não foi uma provocação, foi porque meu cérebro realmente precisava de mais oxigênio. E, quando conseguiu, me recostei na cadeira e disse:

— Gente, me escutem. O meu dia foi bem longo. Então, permitam-me ser o mais breve possível. Pelo que entendi, o xerif... quer dizer, capitão da delegacia ou sei lá o quê Olsen me prendeu, depois me soltou, torcendo para eu ficar com medo e fazer alguma besteira que revelasse que matei o pai dele. Mas ficou decepcionado, porque não fui eu, e agora está usando essa passagem para Cracóvia como desculpa para pedir a minha prisão, para ver se, depois de um tempo encarcerado, eu desisto. E aí, para me pressionar um pouco mais, vocês inventaram essa hipótese maluca de que eu também tenho alguma coisa a ver com a morte dos meus próprios pais. Estou errado? Não, não responde, Kurt, foi uma pergunta retórica, como dizem. Então eu tenho uma proposta: posso trazer aqui e agora uma testemunha capaz de dar uma explicação plausível e nada sensacionalista para esse sangue no carro. Além disso, posso fazer uma confissão incondicional de que matei os meus pais. O que me dizem?

Cinco rostos me encararam por um bom tempo. Então, a senhora robusta voltou a subir e descer o rabo de cavalo energicamente.

Erik Nerell se sentou ao meu lado de olho no gravador na mesa.

Normalmente, Kurt e a KRIPOS o teriam interrogado sem a presença de outras pessoas, mas Erik fez questão de que eu estivesse presente, para ajudá-lo a se lembrar dos detalhes, como ele disse. Quando Kurt falou que isso estava fora de cogitação, Erik disse aos dois agentes da KRIPOS que, se eles quisessem ouvi-lo, seria comigo na sala, do contrário nada feito.

Assim sendo, agora estávamos sentados à mesa o advogado, Erik e eu de um lado e Kurt e a dupla da KRIPOS do outro.

— Conta para eles o que aconteceu — disse Erik. — Eu interrompo se a minha lembrança for diferente.

Percebi que Kurt ia protestar e me apressei para tomar a palavra.

— Foi no inverno antes de os meus pais morrerem — comecei. — Papai e eu tínhamos saído de carro e estávamos passando por Nerell. Ali perto tem uma curva aberta, e não estávamos indo rápido, mas o volante tinha uma folga e os freios não estavam cem por cento. Papai sabia disso desde o dia em que pagou uma nota pelo Cadillac usado daquele trapaceiro do Willumsen. Enfim... O meu pai perdeu a direção, o carro saiu da estrada e entrou de traseira num monte de neve. Ninguém se machucou e o carro não foi danificado, mas não estávamos conseguindo colocá-lo na estrada de novo. O Erik e o pai dele nos viram e foram ajudar a gente a empurrar o carro. Estávamos quase lá, mas as rodas afundaram na neve, e o pai do Erik foi pegar o trator para nos rebocar.

Parei para dar a Erik a chance de fazer que sim e dizer que a versão dele batia com a minha.

— Talvez possamos ouvir o relato do próprio Nerell sobre o que aconteceu a partir desse ponto — disse a senhora robusta.

Erik me lançou um olhar hesitante. Eu assenti, e ele limpou as palmas das mãos nas laterais da calça antes de começar a falar.

— Bem, foi exatamente isso que aconteceu. Aí o xerife, quer dizer, o antigo xerife, passou de carro e parou. Quando soube que o meu pai estava chegando com o trator, disse que o Cadillac só precisava de um empurrãozinho para voltar para a estrada. Não foi isso que aconteceu, Roy?

Erik olhou para mim, e eu prossegui antes que a mulher me interrompesse de novo.

— Foi. A gente disse que tinha tentado de tudo, então o xerife falou que só precisávamos empurrar no ponto certo usando o peso das costas. Acho que ele queria mostrar que era mais forte do que o pai do Erik. Por isso, ele se posicionou na traseira do Cadillac, segurou o para-choque e disse para nós, os jovens, onde tínhamos que empurrar, enquanto o meu pai acelerava com cuidado. O meu pai seguiu a instrução e o xerife empurrou com toda a força, a ponto de gritar. E o carro desatolou da neve, mas nesse momento o xerife escorregou. Provavelmente por causa daquelas botas de couro de cobra com solas escorregadias, sabe? Enfim, a questão é que ele caiu e bateu a cabeça na placa do carro. Sangrou e tudo. Lembra, Erik?

— Claro que lembro.

Encarei Kurt.

— Ele não te contou isso quando voltou para casa?

— Não — respondeu Kurt. — Também não me lembro de nenhum corte na testa.

Dei de ombros.

— Provavelmente não é uma situação da qual um xerife se gabaria. E o corte foi logo acima da linha do cabelo, não foi, Erik?

Erik balançou a cabeça.

— Isso tem tanto tempo que é difícil lembrar, mas faz sentido.

— O seu pai tinha muito cabelo — falei e olhei para Kurt. — Vai ver, foi por isso que você não viu o corte.

Abandonei o duelo de encaradas com Kurt e olhei para os outros.

— E o pai do Erik usou o trator para colocar o carro de volta na estrada. Então tudo terminou bem, pelo menos *naquele* dia.

Os três do outro lado da mesa e do lado certo da lei trocaram olhares. A mulher sussurrou alguma coisa no ouvido de Gilliani, então olhou de volta para mim e perguntou:

— E a confissão que você prometeu, Opgard?

— Está implícita na história que acabei de contar.

— Como assim?

Dei de ombros.

— Eu era mecânico. O carro do meu pai estava em condições tão precárias que era perigoso dirigir. E eu não dei a ele a atenção que merecia e precisava. Então, é óbvio que o acidente foi culpa minha.

Silêncio na sala. A mulher pigarreou e perguntou:

— E é só isso que o senhor tem a confessar?

— A meu ver, é muita coisa.

Ela voltou a trocar olhares com os colegas.

— E o senhor tem alguma explicação para nunca ter consertado o carro dele?

Dei de ombros outra vez.

— Minha única desculpa seria que ele nunca me pediu. É aquela coisa... casa de ferreiro, espeto de pau.

— Entendido, obrigado.

A mulher suspirou e endireitou os papéis à sua frente, como se inconscientemente estivesse se preparando para arrumar as coisas e ir embora. Sem resolver o caso. Ou talvez eles não enxergassem dessa forma, talvez fossem profissionais de corpo e alma e achassem que tinham feito o seu trabalho, que nesse caso foi de tirar o fardo da suspeita de um homem inocente. Talvez.

Mas Kurt Olsen certamente não enxergava dessa maneira. Ele afundou em sua cadeira e ficou olhando para o nada enquanto nós saíamos. Havia anoitecido. Erik se ofereceu para me deixar em Opgard.

— Bom trabalho lá dentro — falei quando já estávamos dentro do carro, estacionado do lado oposto da praça.

— Fiz o melhor que pude. Quando acha que vou receber os papéis da minha sociedade no Fritt Fall?

— Semana que vem — respondi e olhei para o Meierigård. A luz do quarto dela estava acesa.

29

Me sentei no jardim de inverno com dois comprimidos de tramadol dentro de mim e seis cervejas à minha frente e esperei. Só não sei o quê. Natalie ligar? Carl voltar para casa? A notícia de que alguém havia encontrado Anton Moe morto? Ou a KRIPOS e Kurt aparecerem no pátio com as luzes azuis piscando e me prenderem por um ou vários dos oito assassinatos dos quais eu era culpado ou cúmplice?

Abri a primeira garrafa e comecei a fazer um resumo da situação. Natalie havia terminado comigo; claro que tinha algo a ver com o fato de ela ter transado com meu irmão. Não dava para eu ter certeza absoluta da relação entre causa e efeito — se ela havia decidido terminar comigo antes, portanto achava que não seria problema transar com Carl, ou se aconteceu como Carl contou e depois ela achou que não poderia continuar comigo. Talvez ela tenha pensado que Carl não me contaria nada e que poderia guardar segredo se parássemos de nos encontrar. Que o fato de Carl tomar um porre e transar com uma mulher num quarto do hotel não viraria notícia, mas que o fato de ele ter invadido meu território deliberadamente seria mais difícil de engolir. Por que ele disse que ela era "só para comer"? Carl sabia que eu estava louco por Natalie. Então, de todas as mulheres, por que transar justo com ela? Ele também estava apaixonado por Natalie? Não, eu teria notado, ele era meu irmão, nós nos conhecíamos como a palma da mão um do outro.

Será que nos conhecíamos mesmo? Eu tinha me relacionado com Shannon pelas costas dele e estou longe de ser um ator indicado ao Oscar.

Abri a segunda cerveja.

Era estranho perceber que me doía mais pensar em Natalie com Carl do que no fato de que eu tinha acabado de matar um homem inocente. Quer dizer, inocente mesmo ele não era, então eu sabia que seria capaz de conviver com o que tinha feito. Talvez esta seja a única vantagem de já ter sete assassinatos no currículo: você se torna um pouco menos sensível a esse tipo de coisa. Mas claro que eu poderia ser pego pelo assassinato de Moe. Sempre tem algo que você esquece na hora de apagar os rastros. Como o velho Olsen, que sangrou no Cadillac ao cair em Huken, ou o fato de eu ter furado as mangueiras do freio e soltado a barra de direção. Mas agora tudo estava resolvido, e Erik estava prestes a se tornar sócio do Fritt Fall. Halden e Fuhr receberam seus doze milhões. Asle Vendelbo e Johnny Depp tinham minha palavra de que eu manteria a boca fechada sobre o que sabia. Tive que conter o sorriso ao me lembrar do título do único livro que vi meu pai ler, nos anos oitenta. Chamava-se *A arte da negociação*. Como pode o autor maluco desse livro acabar virando presidente dos Estados Unidos? Simplesmente ridículo. Rei da América... Sei, tá bom.

Ao pensar na parte de Erik, lembrei que não tinha falado com Julie que ela também receberia um terço das ações. Peguei o celular e procurei o número dela.

Ela soltou um "Oi" no meio de um bocejo.

— Desculpa, te acordei? — perguntei.

— Não, não. Trabalhei até tarde ontem, só estou meio cansada.

— Mas ontem não era a sua folga?

— Pois é, mas o Carl perguntou se eu podia trabalhar no bar do hotel. Eles fizeram a festa da equipe, e ele queria que o maior número de funcionários estivesse livre para participar.

— Entendi. Escuta, tenho uma oferta para você.

— É? Boa, ou...

— Eu disse "oferta", não disse?

— Pois é, mas chamam de oferta de aposentadoria antecipada quando querem avisar que você não é mais necessário na empresa.

Dei risada. De vez em quando me ocorria que, fora Carl, Julie era a única pessoa com quem eu era capaz de passar horas sem ficar esgotado.

— Vai trabalhar amanhã? — perguntei.

— Vou. A gente abre às onze. Mesmo horário da igreja.

— Dou um pulo lá.

Desligamos. Tomei a segunda cerveja e pensei em ir para a terceira. Fiz uma rápida pesquisa por tramadol no Google e li que não era uma boa ideia combinar com álcool. Certo, então talvez seja melhor eu tomar outro tramadol e ir para a cama.

Não tenho certeza, mas acho que foi o que fiz, porque os sonhos que tive naquela noite parecem típicos de quem está sob efeito de opioides. Vi Shannon sentada numa cadeira, tentando se levantar, mas sem conseguir porque estava com dois pregos enormes cravados nas coxas. Ela gritava e esticava os braços para pegar um bebê na cadeira ao lado mamando no seio de Natalie, que por sua vez estava sentada no colo de Carl. Ele estava nu — sua toalha tinha escorregado —, movendo os quadris e cantarolando uma canção de duplo sentido. De repente, o bebê começa a cantar com uma voz grave: “Você conhece Kari Midtgard, de Tinn? Ela não deixa os meninos brincarem no jardim.” Quando olho mais de perto, vejo que a criança tem rosto de velho. Demoro para reconhecê-lo. Quando consigo, preciso conter a risada, embora sinta mais vontade de chorar. Porque o velho sou eu.

30

Os sinos da igreja ecoaram pelo vale.

"Café e perdão", dizia a placa que Erik havia colocado na calçada, em frente ao Fritt Fall.

— Você está mancando — foi a primeira coisa que Julie falou quando entrei no bar.

— Estou com uma bala de rifle na perna — expliquei, olhando para o clube vazio. — Onze não é um pouco cedo para abrir?

Ela se recostou no balcão.

— Pode ser, mas fico ansiosa esperando em casa. Tropeçou em alguma coisa?

— Pode-se dizer que sim. A minha oferta é transferir um terço do Fritt Fall para você e um terço para o Erik. Em troca, você aceita um corte de quinze por cento no salário e promete permanecer como gerente por pelo menos dois anos, sem contar a licença-maternidade e esse tipo de coisa.

Primeiro ela me encarou surpresa, e logo depois vi sua calculadora mental trabalhando a toda.

— Por mim está ótimo — disse ela após um tempo. — Se não deixarmos esse barquinho afundar, claro. E, se explorarmos o potencial do lugar, como planejo fazer, vou acabar ganhando *muito* mais.

— Então diga sim.

Julie deu uma risada, contornou o balcão e me deu um abraço de urso.

— Obrigada — disse, secando uma lágrima.

— "Obrigada"? Estou fazendo isso para você e o Erik trabalharem duro e me fazerem ganhar mais dinheiro também.

— Eu sei, mas, mesmo assim, obrigada.

— Semana que vem eu cuido da papelada — falei enquanto Julie trazia um café para mim. — Como foi voltar a trabalhar no bar do hotel?

— O de sempre. É engraçado, né? A nossa geração vive vidas completamente diferentes das dos nossos avós. A gente se veste, come, lê e enxerga as coisas de forma diferente. Mas bebe do mesmo jeito. Vamos aos bares e enchemos a cara. Exatamente como faziam há cem... Não, há mil anos, no mínimo!

— Olhando por esse ângulo, é um negócio estável. Tinha muitos bêbados na sexta?

— É, eu diria que sim.

Tomei um gole do café. Mantive a caneca na frente da boca e pensei em tomar outro gole, para me impedir de perguntar o que estava prestes a perguntar. Não deu certo.

— Viu a Natalie Moe lá?

— A Natalie? Vi, sim. Ela está linda, né? Você a viu nos últimos tempos?

Olhei nos grandes olhos azuis inocentes de Julie. Os rumores sobre mim e Natalie ainda não tinham chegado a ela.

— Vi — respondi. — Ela tem me ajudado num projeto. Estava bêbada igual ao restante do pessoal?

Julie pousou a xícara na mesa, olhou para o nada e parecia morder o interior da bochecha.

— Não, não *igual*.

— Mais?

— Sim. E não.

— Não?

— Não sei o que ela bebeu no jantar, mas, quando ela foi até o bar, só pediu água e parecia sóbria. Aí, meia hora depois, estava fora de si. Como se tivesse tomado alguma droga. A cabeça pendia, parecia que ia cair da cadeira. Se não fosse a Natalie, eu teria que pedir que ela saísse do bar, mas não é a primeira vez que vejo esse comportamento e pensei: ela claramente tem algum problema com drogas. Que bom que o Carl apareceu antes de eu ter que fazer alguma coisa.

Xinguei por dentro. Por favor, isso não.

— Ele fez o quê?

— Ajudou a coitada a ir embora. Perguntei por ela um tempo depois e alguém me contou que tinha visto o Carl ajudando-a a entrar num táxi. O seu irmão é um bom sujeito.

Fiz que sim lentamente. Agradeci pelo café, dei um abraço em Julie e fui embora mancando.

Parei ao lado do carro, que havia estacionado bem na porta, e olhei para o apartamento de Natalie. Nenhuma luz acesa, mas era impressão minha ou a cortina tinha acabado de se mexer?

Ao contrário de Carl, eu ainda tinha carro com câmbio manual e fazia uma careta de dor toda vez que precisava pisar na embreagem com a perna baleada. Não sabia se voltava para Opgard ou se ligava para o posto para ver como as coisas estavam. Às vezes, pode-se deixar o corpo tomar decisões como essa, e foi o que fiz. Ele escolheu a terceira opção, o hotel. Eu até podia fingir que não sabia o motivo, mas claro que no fundo eu sabia.

Estacionei bem na entrada do hotel, o que é proibido, fui mancando até a recepção e perguntei onde ficava o depósito da limpeza. Eles provavelmente me reconheceram, apontaram a direção e me deixaram ir sem fazer perguntas. No fim do corredor, abri uma porta com a placa escrita DEPÓSITO e me deparei com um lugar espaçoso, parecido com uma garagem, com mais de dez carrinhos altos, a ponto de me obrigar a me esticar para conseguir colocar a mão dentro deles. No primeiro carrinho peguei um edredom branco.

— Posso ajudá-lo, senhor? — perguntou uma voz feminina em inglês.

Me virei e olhei para a mulher. Tinha um sotaque do Leste Europeu e uma postura mais dura do que o tom da pergunta.

— Estou procurando um... — Tentei lembrar como se falava brinco em inglês.

— Eu falo um pouco de norueguês — disse a mulher.

Era corpulenta, parecia forte, exalava a autoridade natural de alguém seguro de seu papel, independentemente de onde estivesse na hierarquia.

— Brinco — completei em norueguês. — Da minha namorada. Ela acha que perdeu na cama. Tem uns espinhos miúdos e ela acha que pode ter ficado preso no lençol. Se não tiver problema, vou dar uma olhada nos carrinhos com as roupas de cama.

— Tem roupas de cama em todos os carrinhos.

— Todos?

Fiz uma contagem rápida. Onze. Daria um trabalho danado encontrar o que eu estava procurando.

— Quando ela esteve aqui? — perguntou a mulher, agora com uma expressão animada.

— Antes do fim de semana.

— Sinto muito, mas a roupa de cama é retirada toda manhã.

— A Nor Tekstil só vem nos dias de semana. E a minha namorada esteve aqui sábado à noite.

A mulher me encarou.

— Qual quarto?

— Suíte nupcial.

— Nova esposa ou amante?

Eu sorri, e ela sorriu também e suspirou. Então apontou.

— Não tenho certeza, mas acho que está num desses três carrinhos. Volto em dois minutos, tenho que verificar.

Eu tinha chegado ao fundo do segundo carrinho e havia passado por um lençol onde uma hóspede claramente havia menstruado — pelo menos eu esperava que fosse isso — quando encontrei um segundo lençol, este com gotinhas de sangue. Eu não tinha levado uma faca, mas não cortava as unhas fazia um tempo, então as usei para raspar o sangue.

— Encontrou alguma coisa? — perguntou a mulher ao voltar, no momento em que eu estava jogando o lençol de volta no carrinho.

— Infelizmente não.

— Falei com as minhas garotas agora, e elas também não encontraram nada, lamento.

— Os brincos não eram tão caros, vou ter que comprar outro par para ela.

A mulher deu um sorriso malicioso e emendou:

— E talvez ser um pouco mais gentil da próxima vez, né?

Quando cheguei a Opgard, usei um palito de dente para tirar o sangue seco de baixo das minhas unhas e coloquei o material numa latinha de fumo da Berry. Na sequência, liguei para Vera Martinsen.

— Alô — disse ela e deu uma risada.

— O que foi?

— O Gilliani me contou da cara do Olsen quando descobriram como o sangue foi parar na placa do carro.

— O Kurt nunca desiste.

— Quando a gente conversou da última vez, eu sugeri que você fizesse uma denúncia na corregedoria, para eles decidirem se o que ele está fazendo é assédio.

— Eu sei, mas estou ligando por outro motivo. Dois, na verdade. O primeiro é: o meu telefone está grampeado?

— Não.

— Não? Como você pode me responder isso assim, na lata?

— Uma pessoa nos procurou pedindo permissão para grampear o seu telefone. Não vou deixar você tentar adivinhar quem foi. Explicamos que ela precisa de algo muito mais substancial do que apresentou para conseguir uma ordem judicial de escuta telefônica. Qual era o outro assunto?

Expliquei a questão.

Depois que desligamos, senti as dores voltando a piorar. Fiz uma pesquisa na internet e li que o tramadol era altamente viciante e que havia forte risco de overdose. Mesmo assim, minutos depois, abri a gaveta de remédios de novo. Pensei em experimentar um dos comprimidos verde-oliva também, sabia que eles funcionavam para dormir, mas acabei tomando dois comprimidos de tramadol. Então, subi mancando a escada e entrei no quarto. Enquanto tirava a camiseta olhei pela janela. A casa de Opgard ficava afastada de Huken, o que me impedia de enxergar toda a cidade lá embaixo, mas me permitia ver a colina e o palácio de Carl no fundo. Tinha luzes acesas, então Carl estava lá. Talvez estivesse conferindo alguma coisa, talvez estivesse mostrando o lugar para Mari. Nesse caso, ela certamente estaria opinando sobre a construção. E, se eles estavam lá mesmo, será que passaria pela cabeça de Carl que menos de quarenta e oito horas antes ele estava traindo a mulher com quem agora estava falando sobre quartos de crianças? E traindo com uma das próprias funcionárias, justo a mulher por quem o irmão estava apaixonado? Pensei em como talvez ele estivesse parado perto dos janelões da sacada olhando para cima e vendo as luzes acesas de Opgard. Em como eu podia usar as cortinas para enviar mensagens em código Morse. Em como eu tinha perdido muita coisa e não queria perdê-lo também. Em como eu tinha tentado odiá-lo, mas que é verdade, os laços de sangue são mais fortes que qualquer outro — até do que a noção de certo e errado. Numa guerra, você está do lado da sua família, e não é que tenha escolhido esse lado; na verdade, foi ele que escolheu você. Eu nunca quis ter nascido aqui nessa merda de lugar e ser uma merda de um Opgard. Mas nasci aqui e sou um Opgard.

O celular tocou. Me abaixei e o tirei de dentro da calça, que estava caída no chão.

Era Stanley.

— Acabei de voltar do fim de semana e só ouvi a sua mensagem agora. Você atirou na própria perna?

— Pois é.

— E não foi ao hospital em Notodden?

— Longe demais. Fiz um curativo.

— Cacete, Roy. Chego em Os em uma hora. Pode ir até o meu consultório?

Stanley observava o ferimento enquanto eu estava deitado na maca e observava o teto.

— Você foi bem sortudo — disse ele.

— É, também acho.

— A bala parou na tíbia e não parece ter qualquer fratura. O ferimento é tão superficial que consigo ver a bala. Mas vamos ter que levar você para Notodden para fazer um raio X e extrair o metal.

— Sério? Se você consegue ver a bala, não pode simplesmente tirá-la aqui mesmo?

Stanley caiu na gargalhada até perceber que eu estava falando sério.

— Se estivéssemos numa ilha deserta, tudo bem, Roy. Mas precisamos minimizar a chance de infecção, e o hospital é muito mais seguro.

— Não quero.

— Eu entendo, mas...

— Falei não quero no sentido "me recuso". Ou você tira essa bala ou eu pego uma pinça em casa, esquento com um isqueiro e faço eu mesmo.

Stanley me encarou, pensativo.

— Você está ciente das possíveis consequências de uma infecção?

— Estou. Amputação e aposentadoria precoce. Que tal?

Stanley respirou fundo.

— Maravilha — falei. — E nada de anestesia também, obrigado.

Stanley ergueu uma das sobrancelhas perfeitamente alinhadas.

— Tem certeza?

Refleti sobre a pergunta.

— Corrigindo: toda a anestesia que você tiver.

Nesse ponto, tive outro lapso. É possível que eu tenha me esquecido de avisar sobre a quantidade de tramadol que havia tomado e que a interação dele com a anestesia tenha me apagado de vez, mas, seja o que for, não me lembro de muita coisa até ouvir um som metálico, abrir os olhos e dizer a Stanley que parecia uma cena de um faroeste, quando o médico deixa a bala cair da pinça numa tigela de metal. Stanley deu uma risada e me mostrou a tigela, com a bala suja de sangue. Fez um curativo novo na minha perna, me receitou mais analgésicos, me deu um atestado médico e disse que no meu estado eu não podia dirigir e que me levaria de carro para casa. Falei que era gentil da parte dele, mas que ligaria para Dagur, cuja vocação era levar doentes de um lado para outro.

Quando saí da sala de cirurgia com as muletas que Stanley tinha me dado, vi um cigarro brilhando na escuridão perto do escritório do xerife.

— Boa noite — falei.

— Boa noite — disse Kurt.

Ele se afastou da parede em que estava encostado e deixou o cigarro cair. O vento fez as faíscas dançaram no asfalto até ele pisar com o calcanhar e o cigarro morrer.

— O que arranjou na perna? — perguntou.

— Acidente doméstico com arma de fogo. Me diz uma coisa: esse é o seu horário normal de expediente ou você está me seguindo?

Ele deu uma risada rápida e fria.

— Por que eu faria isso?

— Porque está decidido a provar que eu matei alguém, por exemplo?

Kurt bufou.

— Você *é* a porcaria de um assassino, Roy. Se lembra daquele jogo de fliperama que ficava no corredor do antigo Kaffistova? — Ele acenou com a cabeça para o Fritt Fall. — Aquele em que um asteroide explode e você precisa desviar a nave espacial de todos os pedaços? No começo era fácil, mas conforme você ia passando de fase os pedaços ficavam tão grandes e rápidos que no fim você simplesmente não aguentava mais.

— Me lembro bem. Acho que o recorde da máquina era meu, certo?

Kurt balançou a cabeça.

— Ninguém se lembra do seu recorde, Roy.

A Mercedes de Dagur parou ao meu lado. Coloquei as muletas no banco de trás e abri a porta do carona. Ao entrar, falei por cima do ombro:

— Pergunte para a Rita, tenho certeza de que ela vai se lembrar.

O táxi arrancou, e, pelo retrovisor, vi a chama do isqueiro que Kurt usou para acender outro cigarro.

31

Encontraram Anton Moe no começo da manhã de segunda, e no meio da manhã todo mundo em Os já estava sabendo. Claro que me ocorreu que talvez Natalie tivesse encontrado o corpo, mas, segundo Grete Smitt, um vizinho estranhou Moe não ter ido à igreja nem ter hasteado a bandeira no domingo, considerando que ele não tinha viajado, já que ainda havia uma luz acesa dentro de casa.

— Foi horrível — disse Grete, levando as mãos ao rosto como se ela própria tivesse encontrado o corpo.

Ela estava na loja do posto. Egil, eu e Simon Nergard éramos sua plateia.

— A cabeça inteira dele foi estraçalhada — emendou.

— Não é tão surpreendente — disse Simon. — Aquela van dele deve pesar pelo menos duas toneladas. O estranho é que ele se deitou *embaixo* do carro para trocar os pneus.

— Devia estar dando uma olhada no chassi com o carro no macaco — falei.

— Pode ser, mas como é possível derrubar sem querer um macaco que está segurando duas toneladas?

Abri os braços.

— Tenho para mim que ele não tocou no macaco, só desequilibrou o carro. Foi dar uma olhada debaixo do arco da roda, por exemplo, e não percebeu que o macaco estava torto.

— Meu Deus... — disse Egil. — E o tambor do freio desceu direto na cara dele...

— Não deve ter sido nada bonito — comentou Grete, com um suspiro profundo. — O Kurt teve que pedir para a Natalie identificar o corpo.

— Por quê? — A pergunta escapou de mim. Os três me olharam. Umedeci os lábios. — Até onde sei, nos últimos oito anos o Kurt viu o Anton mais vezes do que a Natalie.

— Verdade — disse Grete. — E o Anton fez uma cirurgia para remover um testículo, então eles podiam ter identificado o corpo dessa forma.

Foi a vez de todos a encararem.

— Vocês não souberam? — disse Grete, fingindo surpresa. — O Anton teve câncer.

Passei a segunda-feira toda pensando em como Natalie devia estar se sentindo. Eu tinha prometido não entrar em contato, mas uma morte na família não anularia a promessa? Vai ver, ela estava *esperando* meu contato, embora o mais provável era que eu estivesse nutrindo a esperança de ela estar se sentindo assim. Mas eu seria capaz de *nunca* mais falar com Natalie? Se a resposta era não, não seria esse o momento ideal para quebrar a promessa?

Por volta de uma da tarde, Vera Martinsen ligou.

— Consegui falar com o laboratório, e, como eu disse ontem, eles preferem amostras de urina, mas vão dar um jeito. Perguntaram se era necessário um teste cromatográfico ou se um simples teste imunológico bastava.

— Qual é a diferença?

— O último é mais rápido e mais simples caso se esteja procurando uma substância específica.

— Estou — respondi e expliquei qual era.

— Certo, mas antes de fazer esse favor preciso ter certeza absoluta de que isso não vai me trazer problemas, Roy.

— Eu garanto. Isso não tem nada a ver com o que tem mantido o Olsen tão ocupado.

— Então confio em você.

— Ótimo — falei, tentando parecer tão convencido quanto me sentia, e desliguei.

Havia um fluxo constante de clientes, e toda vez que ouvia o som de um SUV parando nas bombas de combustível eu levantava a cabeça e meio que esperava ver Kurt. Mas ele não apareceu. Não até cinco da tarde, quando ouvi um som que só poderia ser de um Land Rover. Ele saiu do veículo e sumiu, dando a volta no posto. Em seguida, reapareceu e se aproximou da porta com as pernas mais arqueadas do que nunca. Entrou e parou em frente ao balcão, os polegares enganchados na fivela do cinto, tal qual um xerife do Velho Oeste, que era como ele certamente se enxergava.

— Não podemos continuar nos encontrando assim, Roy.

Me perguntei quanto tempo ele passou pensando nessa fala.

— Quero fazer umas perguntas para você, aqui ou na... — Ele hesitou.

— Delegacia — concluí para ele. — Pode ser aqui mesmo.

Ele esboçou um sorriso.

— Acredito que você já saiba que o Anton Moe foi encontrado morto, certo?

Fiz que sim. Notei que ele estava esperando eu dizer algo mais sobre o ocorrido, então não falei nada.

Kurt trocou o pé de apoio.

— Em relação a isso, onde você estava às dez e meia da manhã de sábado?

No silêncio que se seguiu, enquanto nos encarávamos, ouvi o som da descarga do banheiro dos funcionários e a porta sendo aberta.

— Egil! — chamei.

Ele veio arrastando os pés.

— Egil, onde eu estava às dez e meia da manhã do último sábado?

Ele olhou para mim, depois para Kurt, e no fim me encarou de novo. Coçou a orelha.

— Aqui, né?

— O chefe da delegacia de Os quer uma resposta definitiva — falei.

— Quem?

— O Kurt.

— Ah, tá. Vamos ver... Sábado de manhã. É isso mesmo, você estava aqui. Não lembra? Você estava na sala dos fundos, tentando descobrir onde estava o erro nas contas.

Eu ia dizer algo, mas não fui rápido o bastante.

— Você trancou a porta e disse que não queria ser incomodado — completou Egil, claramente satisfeito por poder acrescentar esses detalhes supérfluos. Xinguei por dentro.

— E você não o incomodou? — perguntou Kurt.

— Tentei — respondeu Egil. — O contador de uma das bombas parou de funcionar, mas ele não abriu a porta, então saí e consertei eu mesmo.

Kurt ergueu as sobrancelhas e me encarou.

— Fones de ouvido — falei. — J. J. Cale e contabilidade funcionam muito bem juntos.

Kurt fez que sim.

— Se importa de me mostrar a sala dos fundos?

— Se quiser... — respondi, tentando soar como se isso não me incomodasse.

Kurt esboçou aquele sorrisinho dele, e mais uma vez tive a sensação de que ele estava com uma carta na manga, como dizem.

— Quero, sim — disse ele.

Fui na frente apoiado nas muletas, entrei na salinha, me posicionei entre Kurt e a porta dos fundos e apontei para a mesa lotada de coisas.

— Estou bem atrasado com a papelada, como pode ver.

Mas Kurt não deu a mínima para isso e olhou por cima do meu ombro.

— Essa porta dá para onde?

— Essa?

— A única aqui, até onde estou vendo. — Kurt girou a maçaneta e abriu a porta. — Ah, veja só! E olha ali o seu carro... — Ele parecia de excelente humor. — Que tal tomarmos um pouco de ar fresco, Roy?

Apoiado nas muletas, saí com toda a cautela e andei no asfalto molhado. O padre saiu com o carro do lava-jato, não nos viu ali e foi embora. Kurt saltitava contente em suas botas de couro de cobra enquanto acendia um cigarro.

— De repente esse seu álibi já não vale muita coisa, né? — comentou. — Acho até que ele soa tão esquisito que pode virar um tiro pela culatra. O que acha que o júri vai pensar quando o promotor perguntar a Egil quantas vezes, ao longo de todos esses anos, você trancou a porta da salinha, ou não atendeu quando pediu ajuda, e ele responder que isso só aconteceu uma vez, justo no dia em que mataram Anton Moe?

— Mataram? — Forcei um bocejo. — Achei que a van tinha caído em cima dele.

— É o que dizem — comentou Kurt, dando uma tragada no cigarro e chutando de leve os pneus do meu Volvo. — E no começo eu também acreditei nisso. Até falar com um vizinho que me disse que o último sinal de vida na fazenda foi um tiro no sábado, por volta das dez e meia. O vizinho conseguiu dizer a hora exata porque estava ouvindo o rádio e o som do disparo foi bem na hora em que estava começando aquela série sobre os reis da Noruega, você sabe qual é, né?

— Desculpa. Estou meio por fora.

— Por isso, me peguei pensando: no que um homem atira às dez e meia de uma manhã de sábado?

— Veado?

— Foi o que o vizinho pensou também. Afinal, estamos na temporada de caça, e é normal ver veados pastando nos campos, sobretudo de manhã. Esse vizinho contou que ele mesmo atirou em um veado da janela da cozinha quatro anos atrás.

— Mistério resolvido.

— Não exatamente — disse Kurt e deu outra tragada no cigarro. — No sábado passado tinha um nevoeiro forte. A visibilidade era zero. E eu sei o que você vai dizer, que talvez o veado estivesse bem perto da casa. Mas, para uma pessoa ver um animal com um nevoeiro daqueles, ele tinha que estar a no máximo cinquenta metros, dessa distância não se erra. E não tem nenhum veado morto na fazenda.

Dei de ombros.

— Vai ver, não foi um tiro e o som veio de outra coisa.

Kurt balançou a cabeça.

— Tinha um rifle Remington pendurado na parede do celeiro. Eu verifiquei. O cheiro de pólvora continua forte, mesmo uma semana depois que a arma foi disparada. Não resta dúvida de que a arma foi usada recentemente. — Kurt dobrou os joelhos e se equilibrou na ponta dos pés, parecendo se divertir muito. — E aí você começa a se perguntar: por que ele atirou? Será que foi para se defender de algo que o ameaçou?

Olhei para meu relógio.

— A gente pode acelerar um pouco, Kurt?

Ele deu uma risada.

— Como quiser. Mas podemos fazer isso em algum lugar onde dê para ter certeza absoluta de que não vamos ser incomodados?

— Por quê?

— Você vai entender.

Acenei com a cabeça para a oficina.

— Tudo bem — disse Kurt, apagando o cigarro.

Abri a porta e entrei na frente. Encostei as muletas na parede ao lado da bicicleta, puxei uma cadeira para ele e me sentei em outra. Ele permaneceu de pé na frente da bicicleta.

— Arrebentou? — perguntou ele, usando a ponta da bota para indicar o lugar onde a corrente deveria estar.

— Usei para outra coisa.

— Ah, verdade, usam a corrente para fabricar aquelas chaves de fenda, né?

— Exato.

Senti um calafrio. Talvez porque a arma do crime — ou pelo menos o que restava dela — ainda estivesse na caçamba do trator a menos de um metro acima da cabeça de Kurt. Ou talvez porque tenha me ocorrido que o que ele realmente estava procurando — o corpo do próprio pai — havia sido dissolvido naquela mesma caçamba. Ou porque a oficina estava muito fria e úmida.

— Você está entre a cruz e a espada — disse Kurt, ainda de pé, correndo os olhos pela oficina como se quisesse se familiarizar com o lugar antes de se sentar. — E é uma escolha difícil, não é, Roy? — Ele afundou na cadeira, cruzou os braços e sorriu.

— Não — respondi —, a espada.

— Ah, é?

— O sofrimento é menor, com possibilidade de sair com vida.

— Que seja — disse Kurt. — Nesse caso, aqui está a sua cruz.

Kurt pegou alguma coisa do bolso e abriu a mão na minha frente. Vi um pedacinho de metal.

— Reconhece? — perguntou.

— Deveria?

— É a bala que estava na sua perna.

— Cacete — falei e me remexi na cadeira. — Como você conseguiu isso?

Kurt segurou a bala suja de sangue entre o polegar e o indicador e a observou com atenção.

— Quando o vizinho disse que tinha ouvido um tiro, eu me lembrei de você dizendo que tinha sofrido um acidente com arma de fogo em casa. E me lembrei de outras coisas também. Por exemplo, da vez em que você entrou com tudo acusando o Moe de abusar da filha dele.

Eu também me lembrava. O lugar em que tinha "entrado com tudo acusando o Moe" tinha sido o solário de Grete, e tudo o que conseguia ver enquanto relatava minha suspeita era a fumaça de cigarro passando por entre os painéis da câmara de bronzeamento. E que Kurt se lixou para o que falei.

— Logo depois, o Moe apareceu com a cara toda arrebentada, e você, com a mão machucada. Acha que não consigo ligar uma coisa com a outra, Roy?

Fiquei tentado a responder à pergunta, mas deixei para lá.

— Então liguei para o Stanley hoje de manhã — continuou Kurt. — Expliquei que estávamos investigando a morte do Anton como um caso de homicídio com a possibilidade de reincidência criminal e que por isso ele era obrigado a compartilhar informações confidenciais com a gente. Pedi que ele procurasse a bala no lixo, e *voilà*.

Ignorei o francês e perguntei o que era "possibilidade de reincidência criminal".

— Você não vê TV, Roy? Sempre existe a "possibilidade de reincidência criminal" quando o criminoso é um serial killer como você. — Kurt cerrou o punho em volta da bala. — E você e eu sabemos que, se eu mandar essa bala e o rifle do Moe para a KRIPOS, a análise de balística vai mostrar que a bala saiu da arma. O que coloca você na cena do crime no momento da morte do Moe. E nos ajudaria a explicar algumas coisas.

— Como o quê?

— Como o fato de que, a meu ver, os ferimentos no rosto do Moe não são compatíveis com o tambor de freio. E que o chão da cena tem marcas de arranhões recentes, como se alguém tivesse usado uma faca ou uma plaina para lixar a madeira. Você acha que foi esperto, Roy, mas na verdade não é tão difícil reconstituir o que aconteceu. Você foi confrontar o Moe e o atacou, ele tentou se defender com o rifle, mas só conseguiu acertar o seu pé, e você o espancou até a morte com alguma coisa, obviamente não com os punhos nus, porque as suas mãos parecem intactas. Você raspou o chão de madeira para tirar o sangue do Moe e o seu da cena do crime e ajeitou tudo para fazer parecer um acidente. Como estou indo? Não precisa responder, Roy, a pergunta é... Como você diz mesmo? Retórica?

Kurt abriu a mão de novo.

— Essa bala aqui significa vinte anos de cadeia para você, Roy. Essa é a cruz. Agora vamos para a espada.

Ele ficou me encarando. Até que fiz o que ele queria e perguntei o que seria a espada.

— Quero que você confesse que matou o meu pai. Que o empurrou da borda de Huken e depois empurrou o barco vazio para o meio do lago, com as botas do meu pai dentro para fazer parecer que ele cometeu suicídio. Entendido?

Ele olhou para mim como se estivesse se certificando de que eu havia entendido.

Pigarreei.

— Me soa parecido.

— Pois é, né? Encenar acidentes. Esse é o seu...

Ele procurou a palavra.

— *Modus operandi* — sugeri.

Ele balançou a cabeça.

— O seu *método* — falou.

— Certo. Mas o que estou dizendo é que a cruz e a espada me parecem a mesma coisa.

— Não, não. Em primeiro lugar, um atenuante é que você tinha apenas 19 anos quando matou o meu pai. Em segundo lugar, como o crime aconteceu há muito tempo, vai haver uma redução na sentença. Você vai pegar no máximo cinco anos.

— E você... O que ganha?

O olhar de Kurt gelou.

— Eu limpo o nome do meu pai.

Fiz que sim.

— Então o que você está sugerindo é...?

— Um acordo. Você confessa o assassinato do meu pai e eu jogo essa bala no lago Budal.

Meu movimento de cabeça foi perdendo força até parar.

— Então — falei —, a Natalie Moe nunca vai saber quem matou o pai dela, porque para você é mais importante restaurar a honra e o bom nome da sua família ou algo assim?

Quase dava para sentir o frio que emanava dos olhos de Kurt.

— Você não vai conseguir uma oferta melhor, Roy. Então, o que me diz?

Cocei o queixo. Depois que Natalie reclamou que minha barba por fazer machucava a pele dela, passei a me barbear todo dia. Até sábado. E agora estava coçando.

— Eu sei que você adoraria ser um artista da negociação, Kurt, como foi no terreno de camping. Mas você não tem essa capacidade.

— É mesmo? — disse ele num tom inexpressivo.

— A melhor forma de fechar um acordo é garantir que as partes envolvidas estejam todas no mesmo barco.

— E estamos. Você recebe uma pena reduzida e eu conserto as coisas para o meu pai.

— Presta atenção, Kurt. Vamos, de forma totalmente hipotética, dizer que você está certo e que eu cometi os dois assassinatos. Assim que eu confessar o do seu pai, você não vai ter mais nenhum motivo para jogar essa bala fora, ou seja, eu vou ser condenado por dois homicídios. Agora vamos inverter a ordem, com você jogando a bala fora primeiro. Se você fizer isso, eu não tenho mais por que confessar, e você vai continuar com dois casos de homicídio não resolvidos. Você precisa equilibrar o terror, criar uma situação em que a derrota de um leve à derrota do outro. O problema é que isso requer certa capacidade mental que...

Eu vi que estava prestes a acontecer, mas não fiz nada para impedir. Kurt não tentou me bater — ele se atirou sobre mim. Agarrou meu braço e meu pulso, torcendo até a dor me fazer cair de joelhos e encostar a cabeça no chão. Ele se posicionou atrás de mim e sibilou no meu ouvido:

— Eu não vou receber aulinha de um camponês disléxico de merda com uma bomba de gasolina numa das mãos e uma arma do crime na outra, está me ouvindo?

— Estou — gemi pelo canto da boca que não estava esmagado contra o chão gelado de concreto.

— Então o que vai ser?

— A espada.

— Hã?

— A espada! E, olha, você está batendo num homem que está com um atestado médico.

Ele me soltou, e eu me levantei.

— Você prefere ser julgado pelo assassinato do Moe?

Kurt endireitou a jaqueta jeans como se fosse um blazer de iate clube.

— Não vou confessar nada que não tenha feito.

— Como preferir. Você vai se arrepender, Roy. Porque eu vou encontrar provas de que você matou o meu pai também.

— E quando isso acontecer você vai ter tudo o que deseja — falei enquanto limpava a sujeira da bochecha. — Aliás, só um comentário: a fala da bomba de gasolina numa das mãos e a arma do crime na outra foi impressionante. Sofisticada. Não sei descrever de outra forma.

Ele me lançou um último olhar de quem me mataria se pudesse, então virou as costas. Seus passos ecoaram rápidos e furiosos pela oficina. Ele saiu batendo a porta com um estrondo e eu me deixei cair na cadeira.

Peguei o celular e digitei uma mensagem.

Meus pêsames.

Apaguei. Era fria demais, até para Roy, o Terrível. Não que a mensagem seguinte fosse melhor:

Acabei de saber do seu pai. Se quiser conversar é só ligar.

Mas aí, o que eu iria fazer? Confessar que queria machucar o pai dela porque tinha certeza de que ele a havia estuprado enquanto ela estava indefesa, mas em vez disso o matei? Que bem faria isso? A única coisa que eu podia fazer era me oferecer para estar ao lado dela, caso precisasse. E, se agora ela estava odiando todos os Opgard, poderia simplesmente ignorar a mensagem.

Apertei "enviar".

32

Minha mente precisava de um descanso.

Então me concentrei em coisas práticas, como as tarefas diárias da administração do posto de gasolina. Falei com meu contador em Notodden. Redigi, assinei e enviei os documentos da divisão da propriedade do Fritt Fall em três partes. Do empréstimo de cinquenta milhões de coroas para o Spa Os, do qual passei a ser o maior acionista, com trinta e seis por cento das ações. Carl sugeriu convocar uma assembleia geral para que eu pudesse ser eleito para a diretoria, mas falei que não precisava, que só teria as ações por seis meses e, além do mais, teria que acatar as decisões da maioria da diretoria, que, sem exceção, seguia o comando de Carl em todas as questões, importantes ou não.

Essas distrações mantinham meus pensamentos longe de Natalie e das bombas-relógio que me cercavam, mas não aliviavam a dor na minha perna. Apesar de tomar doses cavalares de analgésicos, eu não conseguia dormir. Então decidi experimentar um dos comprimidos verde-oliva de Carl e dormi como uma pedra naquela noite. Eu sabia que esse tipo de automedicação não era recomendável e que corria o risco de ficar viciado naqueles comprimidos, mas eles eram maravilhosos.

Três dias depois decidi parar de vez, mas na mesma noite fiquei acordado até as quatro da manhã, então desci para a cozinha e tomei mais um, dizendo a mim mesmo que aquele era o último de verdade. Depois disso só me lembro de estar deitado na cama e Carl me sacudindo.

— Estão me ligando do posto querendo saber onde você se meteu — disse, tão alto que na hora entendi que ele estava tentando me acordar havia um tempo.

Peguei o celular na mesa de cabeceira. Seis chamadas perdidas de Egil. E uma de Vera.

— O que você disse para eles? — perguntei, me equilibrando numa perna e vestindo a calça.

— Que você está doente. Mas o Egil disse que não estava sabendo.

— Não consegui encontrar ninguém para cobrir para mim tão em cima da hora — expliquei e coloquei os dois pés com cuidado no chão. — De qualquer forma, a perna está muito melhor.

Estava caindo uma garoa constante e muito comum quando as nuvens que vêm da costa oeste não se dissipam no caminho. Minha cabeça ainda girava quando entrei no carro, mesmo assim liguei para Vera.

— Vai se foder você também! — gritou ela antes de eu dizer oi.

— Ei! O que foi?

— Você prometeu que isso não ia respingar em mim. E agora fiquei sabendo que o pessoal da balística está verificando uma bala retirada da sua perna relacionada a um possível caso de homicídio! Você tem alguma noção do tamanho do problema que pode arrumar para mim se descobrirem que eu te ajudei?

— Ah, merda, pois é. Quando a gente conversou eu não tinha como saber que o Kurt ia ficar obcecado com o acidente doméstico que tive com o rifle daqui de casa.

— Que acidente?

— Eu estava limpando a arma e testei o gatilho... Esqueci que tinha uma bala na câmara.

— E atirou na própria *perna*?

No silêncio tenso que se seguiu, tentei perceber se ela estava acreditando na história ou não. Por fim, ela tossiu de leve e disse:

— O pessoal do laboratório me ligou.

— Ótimo! Encontraram alguma coisa?

— Nada de álcool, mas acharam traços de flunitrazepam. Mais conhecido como Rohypnol, a droga do estupro. Não sei se você conhece.

Minha cabeça ainda estava girando.

— Claro — falei. — Mas achei que só viciados usavam.

— Faz tempo que não dá mais para comprar na farmácia. O Rohypnol virou uma droga de rua, como a anfetamina e a heroína. Tem certeza de que ela não é viciada?

— Tem certeza de que é uma mulher?

— Não tem muita coisa que um exame de sangue como esse não diga.

— Mas você não tinha pedido um teste imunológico, que é mais simples?

— Às vezes, você recebe mais do que pede, Roy.

— Como assim?

— O Gilliani me falou que você tinha reservado uma viagem para a Polônia com uma amiga, e o engraçado é que isso me deixou meio chateada. Você e eu nunca viajamos.

— Você vai ficar menos chateada se eu disser que não foi ideia minha?

— Um pouco. O sangue é dela? E você quer saber se ela é usuária?

— Da última vez que a gente se falou você disse que não queria saber o motivo do teste, para não se envolver.

— É verdade, não queria mesmo. Então a conversa acaba aqui.

— Tá bom. Obrigado, Vera. Tchau.

— "Te amo"?

— Eu disse "tchau".

— Tá bom, então.

Rimos e desligamos.

Liguei para o hotel. Falei com a mesma mulher com quem tinha conversado sobre a lavanderia e perguntei sobre as rotinas envolvendo os minibares.

Cinco minutos depois cheguei ao posto, agradeci a Egil por ter ficado até mais tarde, disse que tinha dormido três horas a mais e que ele podia tirar o domingo todo de folga com pagamento integral. Enquanto ele sorria todo satisfeito, peguei o celular que estava vibrando na minha coxa. Li o nome na tela. Senti o corpo ficando frio e quente ao mesmo tempo. Apertei "aceitar".

— Oi — falei, entrando na sala dos fundos.

— Oi — disse Natalie. — O velório é hoje.

— Estou sabendo.

— Você pode me fazer companhia?

O padre pronunciou algumas palavras de boas-vindas com a solenidade exigida pelas circunstâncias. Eu tive tempo de voltar em casa e colocar um terno preto. Não tive tempo de passar uma camisa, mas não parecia muito deslocado ali, sentado na segunda fileira, embora estivesse me sentindo assim por participar do velório de um homem que estava ali por culpa minha. Natalie havia se encontrado comigo na entrada da igreja, e concordamos que eu não me sentaria com ela e os outros membros da sua pequena família na primeira fileira, e sim diretamente atrás dela. Enquanto o padre entoava a primeira oração, aproveitei o tempo para olhar ao redor. Não dava para dizer que a cidade toda apareceu. Tinha mais gente no velório de Willumsen, por exemplo. E no do antigo xerife também, embora nesse caso não houvesse corpo para enterrar. Mas tinha mais gente do que no velório dos meus pais e muito mais do que no memorial de Shannon, que no fundo era uma recém-chegada a Os. Então, sim, eu estava me sentindo deslocado, mas de certa forma era uma tradição. Tirando o velório do assassino dinamarquês, eu tinha ido a todos os enterros das pessoas que Carl e eu mandamos para a sepultura. O antigo prefeito, Jo Aas, estava na igreja. Assim como Grete Smitt e Kurt Olsen. Julie e Rita também.

O padre anunciou que o irmão do falecido queria dizer algumas palavras. Um homem magro na primeira fila se levantou e foi para trás do púlpito. Seu elogio foi curto e seco, lido de um papel que tremia tanto em sua mão que o microfone captava o som. Resumindo, ele disse que Anton Moe tinha sido um homem honesto e trabalhador que fazia as coisas em silêncio e que tinha como únicos objetivos na vida cuidar da família e contribuir para o bem-estar da comunidade. E parece que era mais divertido do que muita gente imaginava. O homem deu um exemplo de quando roubou um sanduíche de queijo de Anton que acertou uma tapetada na nuca dele e disse que, se fosse sanduíche de presunto, teria usado um pedaço de madeira. Os presentes riram com educação. E não sei por quê, mas essa anedota sem graça e mal contada me tocou. Talvez porque fosse uma situação vivida entre irmãos. Talvez porque fosse um testemunho de amor, de carinho por um irmão, um sentimento que eu me lembrava de ter no passado, em outra época. Numa época em que ele era pequeno e eu era instruído a cuidar dele, mas não conseguia protegê-lo do próprio pai. A pessoa que eu amei tanto e tão incondicionalmente. Pelo menos era assim que eu pensava, até o dia em que percebi uma coisa: sempre há condições.

A primeira vez que percebi foi quando descobri que ele batia em Shannon com frequência.

A segunda foi quando ele forjou minha assinatura para roubar minha parte da terra.

Depois disso, deixei de ser um assassino em parceria com Carl para planejar a morte dele. Mas, como dizem, o homem propõe, Deus dispõe. No dia em que colocaríamos nosso plano em ação, Carl confrontou Shannon dizendo que era impossível ele ser o pai da criança que ela estava carregando. Eles brigaram e ele a matou com um ferro de passar roupa.

Então aconteceu algo que até hoje eu não entendo direito: como sempre acontecia quando se metia numa enrascada, Carl recorreu ao irmão mais velho em busca de ajuda, sem saber que Shannon e eu estávamos envolvidos. E nunca vou entender por que não recusei ajudar. Quer dizer, não é natural. Ou talvez seja. Talvez seja aquela história de que os laços de sangue são os mais fortes que existem. Pelo menos quando tudo mais dá errado. Talvez o fato de a família permanecer unida não importa o que aconteça seja sua maior bênção mas também sua maior maldição. Seja como for, ajudei Carl a fazer aquilo que se tornou minha especialidade: fazer com que assassinatos parecessem acidentes ou suicídios. Em algum momento eu me arrependi de ter ajudado? É como perguntar se você se arrepende de revidar um soco no nariz. Você não escolhe, é tudo automático, pré-programado. Porque mesmo quando eu sabotei os freios do carro do meu pai foi por lealdade. Lealdade a um irmão mais novo que implorou que eu detivesse papai, e lealdade a papai, que implorava que eu o parasse, ao deixar o rifle encostado na parede do celeiro para eu pegá-lo e atirar nele. As coisas poderiam ser diferentes dessa vez? Eu seria capaz de colocar outra pessoa na frente da minha família e de mim mesmo?

Ouvi o som de roupas farfalhando, percebi que todos estavam de pé para ouvir o padre e me levantei também. Pouco depois, os sinos começaram a soar e o caixão foi carregado na chuva.

— Obrigada por vir — agradeceu Natalie na saída do cemitério ao fim do enterro.

— Era o mínimo que eu podia fazer — falei e troquei o guarda-chuva de mão, para protegê-la da chuva também. — Como você está?

Ela cruzou os braços e parecia tremer, mesmo usando casaco.

— Não muito bem. Estou mal.

— Não é de admirar, você acabou de perder o seu...

— Não por causa dele. Pelo que aconteceu na festa da equipe.

— Sério? — Vi Kurt e Rita entrando no Land Rover dele e indo embora. — Você foi muito clara sobre esse assunto, disse que não falaria a respeito do que aconteceu, e tudo bem. Mas é claro que sigo me perguntando o que aconteceu.

— Eu também.

— Você também?

— Não me lembro de nada, Roy. Ou de *quase* nada.

— Bom... É isso que o Rohypnol faz com as pessoas, né?

— Hein?

— Tinha flunitrazepam no seu sangue.

Ela parou e me encarou.

— Como você...

Natalie foi interrompida por algumas pessoas dando os pêsames. Segui andando em direção ao estacionamento. Pouco depois ela se aproximou de mim.

— Eu estava me perguntando se era isso — revelou.

— É mesmo?

— Às vezes a gente usava Rohypnol em Notodden, então reconheci os efeitos colaterais. Por exemplo, não conseguir se lembrar de nada.

Mas eu não levei nenhuma droga para a festa, então alguém deve ter arranjado para mim lá.

— Ou alguém colocou no seu copo de água.

Ela sorriu.

— Aqui não é Oslo, Roy. Ninguém batiza bebidas em Os.

— Bem, alguém batizou.

— Quem?

Segurei a porta do carona aberta, e ela entrou. Me sentei ao volante. A água da chuva corria como lágrimas pelo para-brisa, enquanto os últimos presentes ao enterro entravam em seus veículos e iam embora.

— Quem? — repetiu.

— Carl.

Natalie me encarou incrédula.

— Você fez sexo — falei. — Se lembra disso?

Ela balançou a cabeça lentamente, sem tirar os olhos de mim.

— Acho que é por isso que chamam de "boa noite, Cinderela" — falei. — Você apaga.

— Mas eu sabia que tinha feito sexo com alguém na festa. Quando acordei tinha sangue e esperma na minha calcinha. Desculpa pelos detalhes.

— Disso eu tenho certeza, porque você sangrou nos lençóis da suíte nupcial. Foi lá que encontrei o sangue que mandei para análise.

— Mas como você sabe que foi o Carl?

— Ele me contou.

— Ele te *contou*?

— Menos o detalhe sobre batizar a sua bebida. Ele mentiu e disse que vocês estavam bêbados e acabaram indo para a suíte nupcial.

— Mas como você sabe que não foi isso que aconteceu? E se eu usei alguma droga e ele não percebeu a diferença entre eu estar chapada ou bêbada?

— Pode ser. Mas seja como for ele mentiu quando disse que você esvaziou o frigobar da suíte achando que isso explicaria ter precisado te ajudar a entrar no táxi depois. E não havia vestígios de álcool no seu sangue.

— Eu poderia ter começado a beber o que tinha no frigobar depois do sexo.

— Não. Eu verifiquei com o hotel. O frigobar da suíte nupcial não foi reabastecido no sábado nem no domingo. Estava intacto.

Natalie bufou, criando condensação no para-brisa.

— Tá bom, então ele mentiu sobre eu ter bebido — disse. — Mas não significa que mentiu sobre o resto. Onde ele conseguiu Rohypnol?

Enfiei a mão no bolso e mostrei um dos comprimidos verde-oliva.

— Você tem?

— Não é meu, é do Carl. Ele arranjou oito anos atrás. Para ajudar nas crises de ansiedade e para dormir.

— Ele não conseguiu isso com nenhum médico. Eles pararam de receitar Rohypnol há muito tempo. Teriam receitado outra coisa.

— Pode ser. Na época ele não queria ir ao médico.

— Por que não?

Olhei para Natalie. O que responder? Que um homem que acaba de matar a própria esposa não quer levantar suspeitas dizendo ao médico que vem tendo crises de ansiedade e não consegue dormir? Que prefere comprar o que precisa com algum traficante em Oslo?

— Esquece — disse ela. — Foi ele. Foi o Carl. Agora entendi.

— Agora? Acho que você sabia quando falou comigo na manhã seguinte.

Ela não respondeu.

— Não é verdade? — insisti.

Ela piscou rápido, como se eu tivesse batido palmas na frente do seu rosto.

— Eu me lembro de ele estar meio bêbado e flertando comigo no bar — respondeu. — E achei estranho.

— Porque ele é o seu chefe?

Ela revirou os olhos.

— Porque ele é o seu *irmão*, idiota.

— Foi por isso que você decidiu não me ver mais? Você achou que tinha usado drogas e feito sexo consentido com o meu irmão?

— Não sei o que você pensa de mim, mas não seria a primeira vez que algo assim acontece comigo. Tirando a parte sobre ser irmão de alguém. E seria a primeira vez que eu ficaria com outra pessoa já estando em um relacionamento.

— Certo, porque era isso que nós tínhamos? — falei, olhando para ela. — Um relacionamento?

— Você não acha?

— Não conheço as regras, mas para mim era isso, sim.

— Bom. Para mim também.

Nos encaramos. Por um longo tempo. Eu sabia que se tentasse beijá-la ela teria me impedido. Em primeiro lugar, porque tinha acabado de enterrar o pai, e de onde estávamos sentados dava para ver o túmulo. Em segundo lugar, porque fazia menos de uma semana que meu irmão havia estado dentro dela. E, em terceiro lugar, porque havia muita informação a ser processada primeiro.

— O que você sugere que eu faça agora? — perguntou ela.

— O que acha?

— Que ou eu denuncie o seu irmão para a polícia ou arrume emprego em outro lugar, onde eu tenha certeza de que nunca mais terei que vê-lo.

— Certo.

Ela gemeu.

— O que quer dizer com "certo"?

— Quero dizer que você decide.

— Caramba, Roy, você é quem está me contando tudo isso, você é quem tem todas as informações.

— E agora você também tem. — Respirei fundo algumas vezes. — Você vai deixar um estuprador te expulsar da sua cidade natal e te impedir de ter a vida que quer?

Ela parecia pensativa. A chuva estava apertando.

— Se eu denunciar, você vai me ajudar?

Apertei o volante com força.

— Eu gostaria, Natalie, mas, se você fizer a denúncia para o Kurt Olsen, a melhor ajuda que eu provavelmente posso oferecer é ficar de fora.

— Entendi. Ele está de olho em você. Certo.

— Você tem as informações que acabei de te dar. Aja como se tivesse descoberto tudo sozinha e peça para o Kurt investigar. O sangue, os comprimidos, o frigobar, tudo.

Natalie fez que sim. Segurou a maçaneta e parou.

— Por quê? — perguntou.

— Por que o quê?

— Por que entregar seu próprio irmão? Afinal, ele é...

— A única família que me resta? Bem...

— Bem...?

— Algumas árvores genealógicas espalham doenças e deviam ter sido podadas há muito tempo.

Ela me lançou um olhar que mais parecia um calafrio. Então saiu do carro e foi embora na chuva. Minhas palavras ficaram no carro como um eco. Também senti um calafrio.

33

Recebi os primeiros esboços de Glen Moore e da Rocky Mountain Constructions. Na verdade, eram apenas especificações técnicas desenhadas sobre os originais de Shannon, mas eram tão bonitos e empolgantes que eu não tirava os olhos deles. Moore também escreveu dizendo que a moça devia ser um talento da matemática, porque o material que ela havia criado não se baseava na física que se aprende na faculdade de arquitetura, mas tudo fazia sentido. Também enviou um cronograma, um plano de pagamento e uma proposta de contrato com base em um trabalho que a RMC havia feito na Polônia. À primeira vista, tudo parecia direito, mas eu tinha um acordo com o escritório de advocacia que o hotel acionava para revisar qualquer contrato. Não havia nada que impedisse a assinatura, mas vi que precisaríamos reconsiderar algumas cláusulas e acrescentar outras.

A essa altura o debate sobre a estrada principal não estava mais ligado à construção do túnel de Todde, e, sim, focado em outras opções. Todas elas — as prováveis e as menos prováveis — apontavam para a manutenção ou melhoria da estrada que passava por Os.

Natalie ligou e me convidou para jantar.

— Tem certeza? — perguntei.

— Não. Mas já é um começo.

— Eu estava me referindo ao jantar. Você disse que não é muito boa na cozinha.

— Eu preparo algo simples.

— Ou eu posso ir aí ajudar.

— É a sua forma de dizer que prefere fazer algo complicado?

Depois que desligamos, me fiz a mesma pergunta, porque era isso mesmo que parecia. Tomei banho, me vesti e me arrumei como se fosse para nosso primeiro encontro.

— Você não veio de muletas — comentou ela ao abrir a porta.

— Achei que não combinavam comigo.

Claro que ela só recompensou essa piadinha boba com uma risada por generosidade, mesmo assim adorei.

— Não, obrigada — disse ela quando viu a garrafa de vinho que eu tinha levado.

— É sem álcool — avisei.

Ela torceu o nariz.

— É horrível, né?

— Deve ser. Mas eu estava pensando em passar a vender no posto. Você sabe...

— Donos de chalés desesperados porque não pegaram a loja de bebidas aberta?

— Precisamente.

Enquanto comíamos sua lasanha surpreendentemente boa e bebíamos o vinho que de fato era horrível, ela comentou:

— Você é a única pessoa de Os que usa essa palavra. "Precisamente"

— Eu e o Carl. Herdamos de mamãe. Ela foi governanta na cidade grande antes de se mudar para cá.

— Então é por isso que o Carl fala como um garoto da cidade grande?

— Não, isso começou quando ele era estudante em Minneapolis. Dizia que era para ser compreendido, porque a maioria dos estudantes noruegueses que estavam lá era do oeste. Oslo, Bærum, sabe? E também porque, para a Shannon, era mais fácil aprender o norueguês padrão.

— Besteira.

— Ótimo argumento, nativa.

Ela sorriu.

— Não estou dizendo que sou uma exceção, mas por que nunca ficamos contentes em ser como *somos*?

— Hummm. Isso é uma pergunta?

— Se você tiver uma resposta, é, sim.

— Vou tentar responder. Nunca estamos contentes porque sempre achamos que falta alguma coisa. Isso nos faz tentar imitar pessoas o tempo todo. Aquelas que nos parecem completas, que se bastam. Tentamos nos vestir, falar e comer como elas, querer as mesmas coisas que elas, buscar as mesmas coisas que elas.

— Como modelos — disse ela. — Desejo mimético.

— Uau! — Ergui minha taça. — Você leu René Girard.

— Não, mas eu tinha um professor de marketing que era muito interessado nas ideias dele. Você acha que é por isso que a gente nunca está contente? Porque queremos as mesmas coisas que as pessoas que admiramos, que são nossos modelos?

Fiquei com a impressão de que sabia a que ela estava se referindo, mas perguntei mesmo assim.

— O Carl — respondeu Natalie. — Ele me queria porque eu era sua?

Pensei em Shannon.

— Não acho que seja assim tão simples.

— Por que não? Você é o irmão mais velho. O modelo.

— Era o contrário.

— O contrário?

— Eu era mais velho, mas era o Carl quem tinha o que eu queria. Ele era melhor do que eu na escola. Charmoso, inteligente, querido, podia sair com a garota que quisesse. *Ficava* com quem quisesse.

— E você queria o que ele tinha?

Dei de ombros.

— Ainda quer? — insistiu ela.

Tomei um gole do vinho horroroso.

— Acho que com o tempo você se torna uma pessoa mais completa, mais contente com quem é e com o que tem. Então, não, não quero o que ele tem.

— Não? Você não quer o hotel dele? A mansão nova dele? Não quer ser o rei de Os?

— Você quer?

— Não! — Natalie deu uma risada, então, como se lembrasse do que estávamos falando, voltou a ficar séria. Olhou para baixo e deu uma garfada na comida. — Então, se o Carl está acostumado a ficar com quem quiser, por que correr atrás de uma mulher com quem sabe que o irmão está envolvido?

— Porque estava bêbado, e você era a garota mais atraente da festa.

— Então um cara que pode pegar quem quiser tem que batizar a minha água para conseguir o que quer?

Suspirei e olhei pela janela. Estava começando a escurecer mais cedo.

— Não sei, Natalie. Talvez nem ele saiba. Talvez seja um tipo de cleptomania.

— Acho que você vai ter que me explicar isso melhor.

— Pode ser um tipo de transtorno compulsivo. Assim como tem gente que fica viciada em jogos de azar, o Carl busca emoção fazendo uma coisa que sabe que pode significar não só uma prisão mas o completo ostracismo social.

Natalie não parecia convencida.

— Tudo bem, então — falei. — Mas, por falar em prisão, você...?

Ela fez que sim.

— Ainda não recebi nenhuma notícia — disse.

— Falou com o Kurt Olsen?

— Falei. Ele sugeriu que eu aguardasse até ele ter feito algumas investigações para só então prestar a queixa. Pelo meu próprio bem, segundo ele.

— Ah, é?

Natalie deu de ombros.

— Disse que queria conferir se as informações que passei são suficientes. Porque uma queixa que não desse em nada poderia me colocar em uma situação ruim. Eu entendo a lógica dele. As pessoas acham que as mulheres dizem que foram estupradas só para salvar a reputação ou se vingar de um homem que não está mais a fim delas. Podemos falar de outra coisa?

— Claro.

Natalie afastou a cadeira e se sentou de uma forma que eu pudesse ver seu corpo inteiro. Lançou aquele olhar dela. Também afastei minha cadeira. Cruzei os braços.

— Como estava a lasanha? — perguntou e piscou preguiçosamente.

— Como eu falei, estava... muito boa.

— Você só elogiou duas vezes.

— Três agora — falei lentamente.

— Essa não conta, porque eu tive que pedir.

— Certo, então quantas vezes eu tenho que elogiar?

— Quatro para o prato principal, duas para a sobremesa.

— Então vai ter sobremesa?

— Vai. — Natalie se levantou, desabotoou o vestido e o deixou cair no chão, depois cruzou a sala com um rebolado.

— Você esqueceu de colocar a calcinha — falei, ela de costas para mim.

— Puxa, é mesmo... — disse ela, então subiu no sofá de quatro com a bunda virada para mim. Virou a cabeça e me lançou aquele olhar sugestivo.

— Que sobremesa... — comecei e precisei umedecer a boca — ... maravilhosa.

Como não tinha roupa limpa para trabalhar na manhã seguinte, voltei para casa pouco depois da meia-noite e encontrei Carl sentado no jardim de inverno tomando cerveja. Eu disse a ele da cozinha que estava indo para a cama, mas ele me chamou.

— O que foi? — perguntei, parado à porta.

— O Kurt passou no hotel — disse ele, sem tirar os olhos da vista. — Aquela piranha está pensando em prestar queixa contra mim.

— Quem é a piranha?

— A Natalie Moe. Disse que eu a droguei com aquela droga de estupro. Como se eu tivesse isso aqui.

— Não tem? Não foi a que você comprou em Oslo por causa das crises de ansiedade e da insônia?

— *Aquilo* era Rohypnol? Bom, pode ser, mas não tem qualquer chance de aqueles comprimidos ainda fazerem efeito.

— Não sei se é bem assim. Li em algum lugar que a maioria dos comprimidos segue fazendo efeito anos depois das datas de validade na embalagem.

— E daí?

Carl me encarou. Tinha algo estranho no olhar dele. Me lembrou o olhar que às vezes ele lançava na direção de papai na mesa do café da manhã: magoado, mas ao mesmo tempo duro.

— Talvez tenha sido uma estupidez da minha parte, então — disse ele. — Não ter jogado os comprimidos fora muito tempo atrás.

Eu apenas fiz que sim. Sabia que, se olhasse na gaveta, não encontraria mais os comprimidos. Só esperava que ele não tivesse percebido que faltavam alguns.

— O que o Kurt disse? — perguntei. — Você está encrencado?

Carl deu de ombros.

— Claro que o Kurt quer me pegar, sobretudo porque não consegue pegar você. Mas admitiu que o fato de ela ter enviado uma amostra de sangue contendo Rohypnol não prova nada, só que ela tomou a substância em algum momento. O que não é exatamente novidade, porque ela tem antecedente por posse.

— Tem?

— Não sabia? Fique feliz por estar tudo acabado entre você e essa mulher, Roy. Não, eu não estou encrencado, a queixa dela não vai dar em nada.

— Você disse para o Kurt que transou com ela naquela noite?

— Ficou maluco? — Carl soltou uma risada sem graça. — Não que transar com ela seja crime, mas não tem por que eu complicar a minha situação admitindo isso. Eu disse que ela estava bêbada, por isso a coloquei na suíte nupcial e só. O resto é a palavra dela contra a minha. E acho que nem chega a isso, porque ela mesma admite que não se lembra de nada do que aconteceu.

— Então acho que deve ficar tudo bem.

Carl tomou um gole de cerveja.

— Caso a polícia pergunte se eu te contei alguma coisa sobre o que aconteceu, você não vai dizer nada, vai?

Inclinei a cabeça e respondi com outra pergunta:

— O que você acha, maninho?

Carl deu um sorriso rápido.

— Acho que não, mas sabemos muita coisa um do outro. Isso causaria uma guerra nuclear total, né?

Não respondi. Ele se virou para trás e me observou.

— Você está muito elegante. Onde estava?

— Jantando fora.

— Com quem?

Pensei na pergunta. Os segundos se passaram.

— Com uma pessoa que está pensando em comprar o posto de gasolina — respondi, enfim.

— Sério? Está pensando em vender?

— Não — respondi e bocejei. — Mas queria ouvir a oferta. É sempre interessante saber o valor *real* das coisas, não acha?

Carl pareceu meio surpreso.

— Boa noite — falei, virei as costas e saí.

34

Erik e eu estávamos analisando o pôster que eu estava pregando na parede, junto à entrada do Fritt Fall.

— Tenho a sensação de que já vi essa foto em algum lugar — disse ele.

— É porque já viu mesmo.

— Hell Spelemannslag... Não sei se esse nome me diz alguma coisa.

— Eles são bons. É o suficiente para mim.

— Eles aceitaram tocar por cinco mil mais a bilheteria. *Isso sim* é o suficiente para mim.

— Vamos ver, talvez apareça mais gente do que você pensa.

— Se aparecer, vai ser um bônus. Considero isso um gasto para promover o Fritt Fall como o point de Os.

— E com quem a gente compete?

— Hummm... Com a igreja. Com o salão e o solário da Grete. Com o seu posto de gasolina.

Erik entrou, e preguei as últimas tachinhas. Virei e estava prestes a entrar no bar quando avistei Natalie atravessando a praça, vinda do Meierigård. Fiquei esperando e observando. Ela estava com o cabelo preso num coque e andava de braços cruzados sobre um suéter cinza grosso, como se estivesse com frio sob a luz cinzenta e fraca da manhã. Usava uma calça jeans justa, desbotada, e caminhava balançando os quadris. Aquela boca larga, quase gananciosa, com os lábios macios que eu havia beijado e mal podia esperar para beijar de novo. Aquele leve arrepio de prazer que percorria seu corpo quando estávamos deitados nus lado a lado, e mais tarde o tremor intenso quando ela, com naturalidade, mas quase exasperada, sussurrava: "Vou gozar." E depois, a maneira como ela se aconchegava no meu corpo, feito um gato, como se fosse sua vez de entrar em mim e nos tornarmos um. Mas notei que havia algo duro em seu jeito de andar — como na primeira vez que passeamos nas montanhas —, e quando ela se aproximou vi que seus olhos estavam vermelhos. Ela parou a certa distância de mim.

— O que foi? — perguntei.

— O Kurt Olsen ligou.

— E...?

— Disse que não tenho o suficiente para prestar uma queixa formal.

— Mas isso não faz sentido!

— Disse que falou com o Carl e que a versão dele é que me ajudou a encontrar um lugar para me deitar até me sentir melhor. O Kurt diz que é a minha palavra contra a dele, e nem isso, porque não consigo me lembrar de porra nenhuma do que aconteceu.

— "Porra nenhuma"? Foi esse o termo que ele usou?

— Foi.

Balancei a cabeça e dei um passo para perto dela para abraçá-la, mas parei quando ela ergueu a mão.

— O que foi?

— O Kurt me disse outra coisa.

— É?

— Disse que não acredita que a morte do meu pai foi um acidente.

— Não?

— Acha que ele foi espancado até a morte. Por alguém que ele feriu primeiro em legítima defesa. — Ela me encarou com aqueles olhos vermelhos, os braços cruzados com tanta vontade que parecia que estava usando camisa de força. — Disse que vai ter a prova muito em breve.

Engoli em seco e fiz que sim.

— Prefiro ouvir a verdade de você do que de Kurt Olsen, Roy. Você matou o meu pai?

Claro que eu devia estar preparado para a pergunta, mas não estava.

Respirei fundo para ativar as cordas vocais, para emitir um som, sem ideia de qual seria. Porque não sabia se era capaz de seguir mentindo, se tinha forças para isso. Para os outros, eu podia, sim, mas não para ela. Não para a garota que tinha acabado de atravessar a praça e me feito pensar que, caramba, ela conseguiu uma coisa que parecia impossível: me fez voltar a me apaixonar.

O ar finalmente saiu dos meus pulmões, mas nenhum som foi junto.

Seus olhos ficaram marejados.

— Entendi — sussurrou. — O meu pai dizia que tinha medo de você. Eu dizia que ele não tinha motivo para ter, que eram águas passadas. Mas agora sei que ele estava certo.

— Natalie...

Dei outro passo à frente, mas ela recuou.

— Nunca mais quero te ver. Nunca.

Natalie se virou de costas e voltou rápido pelo mesmo caminho. Vi seus ombros começarem a tremer. Depois ela passou a correr. Só quando a porta do Meierigård se fechou depois de Natalie passar foi que fechei os olhos e sussurrei todos os palavrões que me vieram à mente.

A reunião da diretoria do Spa Os se deu à tarde no salão de conferências do hotel. Eu nunca havia participado de uma reunião da diretoria, mas as coisas aconteceram mais ou menos como eu tinha imaginado. De fato, os membros deveriam ser eleitos em uma assembleia geral de acionistas, mas, como o presidente Jo Aas disse ao conselho, como o membro do conselho da Alpin havia renunciado antes do término do mandato e a sede em Paris não fez questão de manter um representante, o conselho estava autorizado a me eleger para cumprir o restante do mandato.

Me sentei na ponta da mesa e ouvi os outros membros passarem pela pauta do dia. Carl e Aas eram os que mais falavam, e os outros assentiam e pareciam concordar com tudo. O ambiente estava bom e ninguém fez perguntas em tom de crítica. Como eu tinha que ser eleito antes de ter a chance de ver a contabilidade do hotel, só pude ver os números acumulados das contas operacionais e o saldo apresentado na reunião, e tudo me pareceu razoável, o que me levou a crer que era por isso que ninguém estava questionando nada. Apesar disso, ficou claro que alguns itens mereciam um detalhamento maior do que o oferecido por Carl. Notei que as despesas com manutenção tinham aumentado de forma drástica no ano anterior e não me lembrava de ver muitos trabalhadores no hotel. E, quando fiz algumas perguntas simples sobre a avaliação de certos ativos fixos, se a taxa de depreciação usada era adequada e coisas do tipo, Carl pareceu mais irritado do que solícito.

— Isso é para a contabilidade e a auditoria decidirem no balanço anual, não dá para ver agora — disse ele.

Como se não fosse ele quem controlasse quais números entrariam no balanço. E talvez não fosse mesmo, porque ninguém à mesa parecia suspeitar de nada esquisito.

Na saída para o estacionamento, Jo Aas me puxou num canto e disse:

— Só queria agradecer por você ter agido, Roy.

Fiquei vendo aquele homem alto e magro seguir em direção ao carro, um Opel que ele parecia ter havia muito tempo e que, até onde eu sabia, nunca havia tido qualquer problema. Todos nós temos nossos defeitos ocultos, peças faltando, mas Aas e aquele carro dele representavam confiabilidade, consistência. Então o que ele quis dizer com "agido"? Agir não é algo que você faz quando as coisas parecem estar indo mal? Eu só havia aportado capital para financiar a expansão do hotel, certo?

Entrei no Volvo, esperei e liguei o motor quando Carl se sentou no banco do carona.

— O que o Aas queria? — perguntou.

— Disse que estava feliz por eu estar aqui — respondi, enquanto dava ré olhando pelo retrovisor, embora a tela do vídeo mostrasse o que estava atrás do carro.

Seguimos em silêncio enquanto a rádio local falava da situação da estrada principal.

— A propósito, eu te contei que conversei com a Goebbel sobre a Natalie? — disse Carl.

— Não.

— Ela disse que não tenho nada a temer por parte da lei, mas que, se a Natalie prestar queixa e isso levar outras funcionárias a fazerem o mesmo, eu posso me dar mal.

— E existe esse risco?

— De outras? — Carl balançou a cabeça. — Quando trabalhei no Canadá, tinha duas garotas recém-contratadas... Daria para dizer que eu tinha certa autoridade sobre elas, mas na época a gente não via as coisas assim. Aliás, isso me faz lembrar que ouvi uma história interessante sobre um caso em um hotel de Bergen anos atrás. Dois dos chefes se apaixonaram pela mesma garota, uma jovem recepcionista, e estavam dando em cima dela. Foi o de sempre: convites, flores, trocas de mensagens, essas coisas. Um deles tirou a sorte grande, se casou com ela e agora comanda o hotel. O outro foi demitido por assédio sexual e se matou com um tiro pouco tempo depois. No fim das contas descobriram que as mensagens que levaram à demissão dele eram praticamente iguais às do cara de quem ela decidiu que gostava e com quem se casou.

Passamos por Nergard e reduzi a marcha para subir a colina.

— E a moral da história é...?

— Que vale a pena ser atraente. E conhecer o seu público.

— Não é tão simples. Assédio tem a ver com contexto, não só com o conteúdo de uma mensagem ou com a parte do corpo onde o chefe tocou a funcionária.

— Certo, não é tão simples, mas para o cara que perdeu o emprego e a reputação e se matou com um tiro, acho que foi.

Naquela noite saí para dar uma volta sozinho. Sempre me acalmei ao sentir um volante nas mãos, ver a estrada fazer curvas familiares, ouvir o som do motor e saber que está em boas condições, ouvir J. J. Cale dizer que não está legal, mas que de certa forma tudo bem. Naquela noite, porém, não estava dando certo. Me obriguei a parar de pensar em Natalie, mas com isso comecei a pensar no sujeito que se matou.

E em Carl. Talvez por isso me vi, de repente, diante de Kongsgården, o palácio que ele estava construindo. Eu tinha estado ali com meu irmão quando ele estava procurando terreno, mas não tenho uma boa explicação para não ter voltado desde então. Claro que ele havia me convidado, mas eu sempre arrumava uma desculpa, sempre acontecia alguma coisa que me impedia de ir, e argumentava que não havia pressa. Afinal, como eu dizia, a casa não iria a lugar nenhum.

Estacionei atrás de uma betoneira e saí do carro. Usando a lanterna do celular, avancei por entre pilhas de caixas fechadas de tábuas e ladrilhos. A porta principal estava trancada, mas fui até a lateral da casa virada para Os, encontrei uma janela do porão semiaberta e entrei. O lugar cheirava a pó de cimento e isolante térmico. Andei pelos cômodos inacabados, um por um. Eram tantos que a casa parecia grande até para uma família de quatro pessoas. Subi até o segundo andar, onde uma única lâmpada brilhante pendia do teto, que tinha pelo menos seis ou até sete metros de altura na parte mais alta. A luz não chegava às paredes, eu mal conseguia vislumbrar os mezaninos e tive que usar o celular para ter uma visão completa do ambiente. Presumi que seria uma sala de estar, uma sala de jantar e — a julgar pelos pontos de tomada — uma cozinha que estava vindo da Alemanha. Havia várias ferramentas espalhadas por ali: pistolas de pregos, serras, uma plaina e uma bancada com serra circular, tudo com o mesmo logotipo da AUB que eu tinha visto na nova ala do hotel. O lado da sala voltado para Os tinha parede de vidro do chão ao teto e um grande terraço. Fiquei perto da bancada e olhei para fora.

Era uma casa fantástica. Fria, impessoal e fantástica. Ou para uma pessoa fria talvez fosse pessoal. Mas, ainda assim, absolutamente fantástica. Ali me ocorreu que Carl deve ter pensado que a casa não apenas tinha uma vista perfeita de Os mas também dava a Os uma vista perfeita do seu palácio. Não havia nenhuma razão prática para a casa ser tão alta; era só para que as pessoas lá embaixo pudessem olhar para cima e ver Carl Opgard se elevando ao céu. Uma prova incontestável de quem era o verdadeiro rei de Os.

Por algum motivo, de repente pensei no bordado emoldurado na casa de Moe, que dizia "Pois de que adianta o homem ganhar o mundo inteiro e perder a alma?". Talvez não fosse uma pergunta que deixasse Carl tão preocupado, ele sempre foi o mais durão de nós dois. Tudo bem que fui eu, não ele, quem usou uma faca para pôr fim ao sofrimento de Dog, mas essa foi uma morte necessária, até misericordiosa. Por outro lado, na hora de fazer o que tinha que ser feito para alcançar a dominação global, Carl era o cara, o durão.

"Perder a alma."

Foi isso que entendi quando não consegui mentir nem contar a verdade para Natalie? Que era uma escolha impossível? Que a verdade significaria perdê-la de imediato, e a mentira também, porém de forma mais lenta e dolorosa? Nesse sentido, a chegada da fase seguinte, da tristeza, seria quase uma libertação, porque nela absolutamente tudo pareceria sem sentido e sem valor, pois nem a perda da pessoa amada teria tanta importância. E eu sentia que essa fase estava chegando.

Olhei para o cabo que segurava a lâmpada. Parecia bem preso ao teto.

O celular tocou.

Pensei em não atender. A tela me informava que era Vera ligando.

— Alô.

— Oi. Está sozinho?

— Sim, acho que sim.

Ela hesitou, pareceu estar pensando em me pedir para explicar a resposta, mas então continuou:

— Chegou o resultado da balística.

— E...?

— Eles não conseguem ligar a bala da sua perna ao rifle no celeiro do Moe.

— Não?

— Sempre é possível que a bala tenha vindo da arma. Mas conversei com o Gilliani, e ele concorda que parece que temos aqui um xerife que está atrás de uma vingança pessoal. Então ele vai apresentar o resultado ao Kurt Olsen de uma forma que... Bem, que ele não tenha qualquer motivo para se prender ao fato de que existe uma possibilidade teórica de estarmos enganados.

Vi uma luz distante nas águas do lago Budal.

— Obrigado, Vera.

— Estou aliviada por você ter me contado a verdade. Desculpa por duvidar de você.

— Não precisa se desculpar.

— Você parece meio... triste.

— Pareço? Acho que tem a ver com a época do ano. A estação das trevas. Você e eu estamos esperando ansiosamente pela primavera, pela época do acasalamento. Obrigado de novo. Te amo.

— Ei! Agora você disse...

— Você ouve o que quer ouvir, Vera — interrompi. — Esse tipo de transtorno tem nome, sabia?

— Ah, cala a boca.

Desligamos, dei uma última olhada ao meu redor e saí do palácio do jeito como tinha entrado.

35

— Sim, eu falo inglês — disse o homem do outro lado da linha, parecendo meio ofendido.

— Desculpe, Sr. Gerard — falei. — Eu não tinha certeza, porque... — me contive.

— Porque sou francês? — perguntou ele num tom provocador.

Sem muito interesse, procurei no meu cérebro uma resposta diplomática, antes de perceber que não me importava tanto.

— É — respondi, por fim.

O homem do outro lado da linha deu uma risada.

— Estou tão ocupado quanto o senhor, Sr. Opgard. Então, como pode me ajudar?

Duvidei que fosse um deslize linguístico ou uma piadinha.

Expliquei que no momento era dono de trinta e seis por cento das ações do Spa Os, tinha assumido o assento no conselho depois que a Alpin o deixou vago e por que estava ligando. Gerard escutou com atenção. Quando terminei, ele sugeriu que eu fosse a Paris e me perguntou como estava minha agenda.

— Se eu tivesse uma, estaria vazia.

Gerard deu outra risada e sugeriu data e hora.

Desligamos. Era minha segunda ligação internacional do dia. A primeira tinha sido para Vilnius, na qual precisei esperar quinze minutos até que a recepcionista da AUB me passasse para Lewi Wirkus. Fui direto ao ponto e disse que estava verificando a contabilidade do Spa Os e que havia encontrado uma fatura de três milhões de coroas da AUB intitulada "Trabalho preparatório". Perguntei a Wirkus se podia me dizer exatamente que trabalho era aquele. O tempo de espera foi em vão.

— Não fornecemos informações desse tipo, mas, de modo geral, especificamos nossas faturas como nossos clientes pedem — respondeu Lewi Wirkus. — Se tiver mais perguntas, fale com nosso cliente.

E desligou.

Liguei para Paris.

Esse foi o segundo passo. Ainda haveria um terceiro, o mais difícil. Eu estava exausto, mas não havia outra forma de executá-lo. Claro, havia um jeito de escapar, isso sempre há. Saí do posto de gasolina, fui até a encosta, enfiei um punhado de fumo na boca e olhei para o lago Budal e a neve fresca que cobria o Ottertind. Ali, a céu aberto, com um sol de outono que estava fazendo o que podia, as trevas desceram. As trevas reais, insuportáveis. Esse pensamento sempre existiu, mas estava ali, encapsulado, fazia tempo que não se mexia. Mas agora não só se mexeu como se ergueu, ganhou vida e andou na minha direção, parando na minha frente, bloqueando o sol.

Acenei com a cabeça para o gigante invisível, como se tivéssemos chegado a um acordo. Entrei na oficina e fui até a parede das ferramentas. Como pôr um ponto-final? A imaginação era o único limite. Entrei no quartinho e olhei para as placas de registro. Ou melhor, olhei para uma delas, de Barbados, que Shannon tinha me dado. Abri uma gaveta e peguei a caixinha acolchoada de veludo vermelho. Passei o indicador sobre a aliança fina de ouro que tinha comprado em Kristiansand. O plano era pedi-la em casamento no caminho, na jornada que nos levaria para longe de Os e rumo a Barbados. Será que ela, eu e o nosso filho teríamos conseguido construir uma vida lá, como esperávamos? As coisas teriam sido diferentes ou as trevas também teriam me alcançado lá? Não sei. Só sei que elas nunca tinham sido tão escuras desde a morte de Shannon e do bebê. Se alguma coisa fosse capaz de trazê-los de volta à vida, talvez eu pudesse ter voltado também como o homem que havia sido no passado, antes de matar meus pais, antes de me transformar nesse desgraçado frio e depressivo. Porque eu não só me parecia com meu pai: eu havia me *transformado* nele.

Fechei os olhos.

Quando os abri, tirei o celular do bolso e o coloquei no parapeito da janela. Saí apressado e voltei para a loja. Egil estava ocupado limpando os fornos, bendito seja esse rapaz.

— Egil, consegue tocar o barco aqui pelo resto do dia?

— Sem problema.

— Por falar em barco, pode me emprestar aquele barco do seu tio que está no lago Gudim?

— Claro. Mas não posso garantir que não esteja furado.

— Vou pescar um pouco.

— Pescar?

— Preciso de tempo para pensar.

Egil fez cara de quem não havia entendido nada. Provavelmente porque a única coisa que já tinha me ouvido falar sobre pescaria era que eu não entendia nada do assunto.

Subi de carro até Opgard e considerei minhas opções. O rifle pendurado no alpendre ou o que restava do tramadol e do Rohypnol na gaveta de remédios. Por uma série de razões, a escolha recaiu sobre os comprimidos. Foi uma decisão prática: se tomasse os comprimidos não precisaria levar o rifle, e o tio de Egil não teria que lavar o barco depois. Também concluí que o uso do rifle provavelmente levaria a mais uma análise balística que só traria problemas para os que ficariam para trás. Sopesei o frasco de tramadol e o saquinho com Rohypnol. Tinha lido que uma dose de seis gramas de tramadol era considerada mortal, e ali tinha pelo menos o dobro disso.

Peguei a estrada principal de novo e segui para o leste, passei pelo posto de gasolina e estacionei numa clareira do bosque, mesmo lugar onde Rita Willumsen costumava deixar o Saab Sonett na época em que eu era seu jovem amante e nos encontrávamos no chalé dela. Engoli dois comprimidos de tramadol e comecei a caminhar. Foi surpreendentemente rápido e fácil. Minha perna estava muito melhor, o que me deixou meio irritado, sabendo que em breve não a usaria mais. Depois de vinte minutos de caminhada cheguei ao topo da colina. Não estava ventando, e o pequeno lago Gudim estava liso como um espelho refletindo o céu azul acima como se fossem uma coisa só. Encontrei o barco de fibra de vidro verde do tio de Egil debaixo da mesma árvore que o barco vermelho de Willumsen, empurrei-o para a água e pulei dentro. Quase perdi o equilíbrio, talvez por culpa do tramadol. Encaixei os remos e remei para o meio do lago. Observei a superfície da água como havia feito oito anos antes, em pé numa ponte, com o mesmo pensamento. A diferença é que dessa vez a decisão estava tomada. E além de tudo tive sorte, porque, por acaso, enfiei a mão no bolso do casaco e encontrei o bilhete de suicídio já pronto, de maneira que não teria que me preocupar em cometer os erros de ortografia de sempre.

JÁ CHEGA DESSA VIDA. ADEUS. OPGARD.

Engraçado.

Desenrosquei a tampa do tramadol e olhei para dentro do frasco. Percebi que havia esquecido que precisaria de água para engolir os comprimidos. Olhei ao redor, encontrei um balde no barco, mergulhei-o na água, esvaziei o frasco todo na boca e bebi a água direto do balde. Parecia que uma cadeira estava descendo pela garganta, mas todos os comprimidos desceram. Fiz o mesmo com o que restava do Rohypnol. Me deitei no assoalho aquecido pelo sol e fechei os olhos. Agora que a sorte estava lançada, dei boas-vindas à escuridão da mente e senti um leve pânico quando tive a impressão de que meu pior inimigo iria me trair. Mas então ele surgiu. Grande, escuro e opressor. A melhor coisa da dor é saber que em algum momento ela vai passar.

Acho que o sono e a dormência chegaram pouco a pouco, pois cada vez que eu abria os olhos o sol se movia só um pouquinho no céu. Pelo menos foi o que pensei na hora. Vai ver, era só o barco girando.

Dentro de mim, ficou tudo parado. Depois, preto. De um jeito bom.

Atravessei uma paisagem plana e desolada, repleta de automóveis destruídos. Deviam ter caído do céu — não consegui imaginar outra forma de terem parado ali. Alguns estavam amassados como sanfonas; outros, de lado; alguns, de ponta-cabeça com o teto achatado. Havia carros novos e velhos, alguns enferrujados, outros com a pintura ofuscante. Alguns estavam sem pneus, como se ladrões de túmulos tivessem passado por ali. Acima de mim pairavam pássaros que não cantavam nem grasnavam. De repente, ouvi um estrondo atrás de mim. Me virei e vi um carro em pé, envolto por uma nuvem de poeira, e entendi que ele tinha acabado de cair ali. Então, o silêncio voltou. Eu estava procurando alguém, mas havia esquecido quem e por quê. Desisti, me deitei no chão duro e ressecado e fechei os olhos. Ouvi um zunido vindo do alto. Não me mexi, só esperei o carro me atingir. Mas o zunido se transformou num gemido longo e triste que aumentava e diminuía. Abri os olhos e estava deitado na água. Não, estava boiando na água num vagão da montanha-russa. Me levantei para ver de onde vinha o som. Tinha uma garota parada na margem, não muito longe. Estava usando uma fantasia de camponesa e dedilhando um *langeleik*. Ela largou o instrumento e começou a andar na minha direção. Andou pela água. Não, a água estava batendo nos joelhos dela. Chegou à cintura. Mas ela seguiu andando, como que se recusando a afundar — ou então tinha poderes sobrenaturais. Me deitei de novo, sentindo o sol quente e agradável no rosto. Então, algo tapou o sol, e o calor foi embora.

— Roy.

De alguma forma, aquele era o meu nome e alguém o estava pronunciando.

— Roy.

Se eu simplesmente ignorasse, talvez a voz sumisse.

— Roy!

A voz estava se dirigindo a mim, isso estava claro. Mas eu não queria voltar para onde estava, queria ficar ali.

Me sacudiam de um lado para outro, alguém estava balançando o vagão.

Abri um olho. Era Natalie.

— Roy! O que você fez?

Tentei montar uma frase: "Estraçalhei a cabeça do seu pai." Mas meu maxilar não me obedeceu. Então a luz se apagou.

36

A LUZ REACENDEU, TÃO forte que dava para ver através das pálpebras. Ouvi vozes murmurando e entreabri um olho. Ao meu redor tudo era branco: as paredes, as cortinas, as roupas de cama, os uniformes de duas das três mulheres ao pé da cama com as cabeças próximas. Fechei o olho de novo. Pesquei palavras como "veneno" e "composição"; isso me lembrou das três feiticeiras sobre as quais Rita leu em voz alta para mim, aquelas que fazem uma sopa para Macbeth e profetizam que um dia ele seria rei.

Relutante, abri os olhos.

— Ele acordou — disse uma das bruxas vestidas de branco.

— Roy? — chamou outra. Com dificuldade, consegui focar no rosto dela, mas não a reconheci. — Eu sou a Dra. Helgesen. Você sabe onde está e o que aconteceu nas últimas vinte e quatro horas?

Eu estava prestes a balançar a cabeça, então percebi que provavelmente doeria menos apenas dizer que não.

— Nem sei que dia é hoje — falei.

— Você dormiu por dezoito horas — disse ela, enquanto passava os olhos pelos papéis em sua prancheta de plástico. — Tivemos que fazer uma lavagem gástrica e administrar carvão ativado para desintoxicação.

— Como... eu vim parar aqui?

— A sua namorada te trouxe.

— Namorada?

A mulher de branco sorriu para a terceira bruxa, que não estava de branco.

— Pelo menos foi o que ela disse.

Consegui focar na terceira pessoa. Era Natalie. Ela se aproximou e pegou algo no edredom. Só percebi que era minha própria mão quando registrei, com um breve atraso, o calor da mão dela. A médica continuou com o relato, do qual só ouvi partes, pois meu foco estava todo em Natalie. Seus olhos brilhavam, seu sorriso tremia.

— Vamos deixar vocês dois a sós um pouco — disse a Dra. Helgesen.

Ouvi a porta se fechar sem tirar os olhos de Natalie ou soltar sua mão. Ela se sentou na lateral da cama.

— Namorada? — perguntei.

— Foi a solução mais prática. Caso contrário eles teriam entrado em contato com o seu parente mais próximo, e como você só tem um e eu não quero ter que lidar com ele...

— Certo. Mas como...

— Como o quê?

— Tudo. E por quê?

— Bem — começou ela, então olhou para a frente por alguns segundos, como se precisasse de tempo para dar forma ao relato que iria fazer. — Ontem o Kurt Olsen me ligou. Disse que a polícia acreditava que o meu pai tinha atirado na perna de uma pessoa em legítima defesa, mas acontece que a bala na perna da pessoa não veio do rifle do meu pai. Agora eles acreditam que o disparo ouvido pelo vizinho foi o meu pai atirando em um veado ou um lobo.

— Lobo?

— Foi o que o Olsen me contou. Enfim, ele também disse que descartaram a teoria de que o meu pai foi espancado até a morte, acham que foi acidente. Fiquei tão feliz, Roy. Porque o meu pai não foi assassinado, mas principalmente porque você não é um assassino. — Ela engoliu em seco e me encarou. — Me perdoa por acreditar que tinha sido você?

— Claro. Não é de admirar que você tenha acreditado.

— Eu devia ter percebido. É que eu tinha um pressentimento de que era assim que acabaria entre vocês dois. Então eu julguei e condenei você. Mas você era inocente. Depois que conversei com o Kurt Olsen fui direto ao posto de gasolina pedir perdão e perguntar se você... se você me aceitaria de volta, mesmo que eu tenha te decepcionado. Mas você não estava lá, o Egil disse que você havia acabado de sair para pescar. Tentei ligar, mas você não atendeu. Tentei de novo, e nada. Então vi uma luz em uma janela da oficina. Me aproximei e vi o seu celular lá dentro, no parapeito da janela, o que me deixou preocupada.

— Por quê?

— Porque parecia tão... abandonado. Não vi motivo para você deixar o celular num parapeito de janela sujo. Muito menos para esquecê-lo ali. Era uma coisa que eu teria feito se fosse...

— Se fosse...

— Desaparecer.

Resmunguei e apertei a mão dela.

— E aí?

— E aí eu perguntei ao Egil para onde você tinha ido. Ele me contou do barco verde e marcou o lugar para mim no Google Maps.

— Como você chegou até o barco?

— Eu entrei em pânico e saí andando lago adentro.

— Então era *você*. Pensei que estava alucinando... Bem, acho que teve um pouco disso também. Mas e aí...?

— Aí subi no barco. Tinha um pote vazio rolando no fundo. Vi que era tramadol e deduzi o resto sozinha. Então peguei o meu frasco de ipeca...

— Ah, caramba. Está falando do emético que você carrega na bolsa?

Ela sorriu.

— Praticamente esvaziei o pote na sua garganta.

— E eu vomitei?

— Como o Robert em *Náusea total*.

— E aí?

— Aí eu remei até a margem do lago e consegui carregar você até a estrada.

— Eu estava conseguindo andar?

— Não.

— Você...?

— Mais ou menos, sim.

— Cacete.

— Sério, você precisa ampliar um pouco o vocabulário.

Fiz que sim. Senti as pálpebras voltando a pesar.

— Um psiquiatra vem falar com você antes de darem alta — falou Natalie. — O que vai dizer para ele?

— Sobre o quê?

— Sobre quando vai ser a próxima tentativa de se matar.

Balancei a cabeça. Não doeu tanto quanto eu esperava.

— Não vai haver próxima tentativa.

Ela esboçou um sorriso.

— Todos nós dizemos isso.

— É sério. Você salvou a minha vida, e não quero que tenha sido um desperdício. Bem, talvez a minha vida seja um desperdício, mas pretendo continuar vivendo.

— Por quê?

— Não precisa ter medo, Natalie. Não tomei os comprimidos porque você terminou comigo. Nada disso é responsabilidade sua, tá?

— Também não pensei nisso. Mas, seja como for, não quero um namorado suicida.

Fiquei vendo a mão dela acariciar a minha. Respirei fundo.

— A única outra vez que estive perto de fazer algo assim foi há oito anos. Eu diria que duas vezes em quarenta e poucos anos não é tão frequente. Pela média, vou ter uns setenta anos na próxima tentativa, mas até lá provavelmente já vou ter morrido de outra coisa.

Ela inclinou a cabeça.

— Você acha mesmo que esse é um bom argumento para me convencer a apostar em você?

— Não consegui pensar em nada melhor agora e ainda estou tão grogue que você podia me dar um desconto.

Natalie fez que sim e se levantou.

— Vou me encontrar com o Ola para almoçar. Volto mais tarde. Talvez eles te deem alta e a gente possa voltar de carro para casa.

Só soltei a mão dela quando foi necessário.

— Namorado? — perguntei. — Eu sou?

Ela sorriu.

— Ainda não.

— Tá bem. O que vai ser preciso então?

— Uma viagem para Cracóvia.

Pensei um pouco.

— Acho que posso melhorar a proposta.

— Melhorar?

— Que tal Paris?

37

— ESSE É O NOSSO preço — disse Gerard.

— De acordo — falei.

— De acordo?

— Os Opgard não barganham.

O homem que Gerard havia apresentado como sendo seu advogado especialista em finanças se inclinou para perto do chefe e sussurrou algo em seu ouvido. Com o movimento, a Torre Eiffel apareceu atrás dele. Não que eu conheça Paris ou duvide que os escritórios da Alpin tenham uma localização exclusiva, mas comecei a ter a sensação de que era possível ver aquela maldita estrutura de qualquer ponto da cidade. Natalie e eu a víamos do quarto do hotel, e ela até insistiu que nos vestíssemos para poder abrir as portas da sacada do quarto e ver a lendária torre.

— Qual é o seu problema com a Torre Eiffel? — perguntou ela.

— As luzes no alto. Elas atrapalham a migração dos pássaros que vão da África para Os. Torre de merda.

Natalie caiu na gargalhada, e isso foi o suficiente para me deixar feliz.

— Roy, como você sabe tanto sobre as coisas se nunca foi a lugar nenhum?

— Lendo. Era a minha forma de viajar.

— Então me diz algo de que você goste nessa cidade — exigiu ela.

— Certo. Isso aqui.

— Isso aqui?

— As sacadas francesas. Elas surgiram aqui em Paris, porque as pessoas que não tinham jardim precisavam de um lugar para cultivar flores. Na Inglaterra, chamam de "sacadas de Julieta", porque Romeu estava debaixo de uma como essa quando se declarou para ela. Adoro essas sacadas.

Natalie ficou em silêncio por um longo tempo, então perguntou:

— Tem alguma mensagem subliminar no que você falou?

— Nenhuma mesmo.

Ela me deu o lento aceno de cabeça típico de Os.

— Tá bom. Agora a gente pode tirar toda essa roupa e transar?

— Com certeza.

O "sim" empolgado de Natalie me lembrou de quando Gerard me encarou na reunião do dia anterior e disse:

— É tudo seu.

— Ótimo — falei.

Então trocamos um aperto de mão, e o advogado de Gerard empurrou os papéis para eu assinar do outro lado da mesa.

Olhei para a primeira página e ergui uma sobrancelha.

— Desculpa — interveio Gerard rapidamente. — Tem uma cópia em inglês, mas é uma política francesa que, no país, toda transação seja feita no nosso idioma. Na verdade, é uma política francesa espalhar a língua sempre que possível.

— Por quê? — perguntei enquanto lia a versão em inglês.

— Por quê? Orgulho, inveja e dominação mundial, claro. Existe algum outro motivo?

Gerard me acompanhou até o elevador.

— Agora que assinamos, pode me dizer por que aceitou vender? — perguntei.

— Quer dizer, além do preço que o senhor ofereceu?

— Não acredito que tenha sido por causa do preço, Sr. Gerard.

— E tem razão, Sr. Opgard. Foram as contas. Não gostamos delas. Mais precisamente, não gostamos da contabilidade. Conheci o seu irmão em Toronto. É um homem inteligente. Talvez inteligente demais.

A porta do elevador se abriu, entrei, me virei e acenei para o francês. O terno dele devia custar cinco vezes o meu. Dava para ver Gerard pensando que havia enganado um caipira. Mas o que ele não tinha como saber era que ocasionalmente eu vendia um carro ou outro na minha oficina em Os, que no momento em que entrei na sala de reuniões, percebi como eles estavam ansiosos para vender, e que o preço que paguei por quinze por cento das ações do Spa Os era mais ou menos trinta por cento menor do que estava disposto a pagar. Descendo no elevador, pensei no que Gerard tinha dito sobre motivações. Orgulho, inveja e dominação mundial. Tentei pensar em outras razões. Sem sucesso.

No dia seguinte, Natalie e eu alugamos um carro e fomos até Plailly, uns trinta quilômetros ao norte de Paris, e visitamos o Parc Astérix. Era quase inverno, e estávamos bem agasalhados, mas havia muita gente no lugar para um dia gelado. O parque era muito menor que a Disneyland Paris, mas tinha sete montanhas-russas e eu queria testar todas. Estava especialmente curioso sobre a Tonnerre Deux Zeus, que — pelo menos até a reforma — era considerada a melhor pista de madeira do mundo. Natalie não estava tão curiosa.

— Preciso ir também? — perguntou, enquanto olhávamos para o topo da pista, que tinha um formato de coração, e um trem mergulhava com tudo em nossa direção acompanhado por um coro de gritos histéricos.

— Você não *precisa* fazer nada — respondi. — Só o que quiser.

— Com você eu quero fazer quase tudo — disse ela, se apoiando em mim.

— Ah, é? Tipo casar comigo?

Ela puxou meu braço.

— Não brinca com casamento!

Dei uma risada.

— Desculpa, eu só queria saber.

— Não, você quer saber de antemão se eu vou responder que sim, porque pretende filmar quando fizer o pedido no alto da montanha-russa para depois colocar no YouTube.

— É isso que eu quero fazer?

— Espero que sim.

— Certo, então você descobriu.

— É, sei!

Suspirei.

— Se quiser saber, vai ter que ir comigo.

— "Se quiser saber, vai ter que ir comigo" — repetiu ela lentamente.

Se a montanha-russa em Os tinha deixado de ser apenas uma homenagem a Shannon, minha catedral particular, então por que não pedir Natalie em casamento lá em cima, quando o brinquedo fosse construído? Afinal, o rei Sigurdo, o Cruzado, se casou na catedral que ele mesmo construiu em Oslo. Mas só de imaginar isso fiquei zonzo, e assim que o trem desceu zunindo outra vez, abandonei totalmente a ideia.

Fomos de carro direto do parque para o Aeroporto Charles de Gaulle. Enquanto esperávamos na decadente área de embarque para voos escandinavos, liguei para Jo Aas, avisei que tinha acabado de comprar ações e perguntei de quanto tempo ele precisaria para convocar uma assembleia geral extraordinária no Spa Os. Ele disse que todos os acionistas com mais de dez por cento das ações tinham o direito de convocar assembleia, que deveria acontecer em no máximo um mês, e perguntou o motivo da pressa.

Silêncio do outro lado da linha quando respondi.

— Você discutiu isso com o Carl? — perguntou Aas, por fim.

— Não.

— Tem certeza de que é isso que quer fazer, Roy?

— Você tem alguma objeção?

— Muita gente pode ser prejudicada.

— A curto prazo, talvez. Mas a longo prazo, a empresa e a comunidade vão sair fortalecidas. Concorda?

— Roy, o perigo é de uma pedrinha na estrada derrubar uma grande carga. Sugiro a gente conversar pessoalmente quando você voltar.

— Perguntei se você concordava porque estava curioso para saber o que pensa, Jo, não porque a sua resposta mudaria a minha decisão.

Quase dava para ver o antigo rei de Os arregalando os olhos de surpresa ao me ouvir não só discordar dele como também chamá-lo pelo primeiro nome. Mas ele não disse nada. Astuto e pragmático, ele era capaz de sentir uma mudança de direção no vento.

— Como quiser — respondeu. — Mas existe outra opção, claro.

— Que seria...?

— Deixar a diretoria cuidar de tudo. Não sei exatamente por que você quer demitir o Carl, mas, se a diretoria for responsável por isso, vai ser mais fácil lavar a roupa suja sem o mundo inteiro saber. E vamos ter mais liberdade para decidir como as mudanças de comando vão ser comunicadas ao mundo externo.

— O que você está dizendo é que dá para maquiar a situação e fazer com que a demissão não seja tão humilhante para o Carl.

— Bem, não é isso que queremos, afinal?

Vi o carro descendo a Geitesvingen com Shannon dentro; vi Natalie inconsciente na cama de dossel da suíte nupcial.

— Alô? Roy, ainda está aí?

— Tenho que ir, vamos embarcar. Sim, vamos deixar a diretoria cuidar de tudo.

38

Passava da meia-noite quando voltei para casa.

Carl se virou na cadeira de balanço e me viu à porta do jardim de inverno.

— Como estava Paris?

— Grande. Vamos dar uma volta?

— Volta? Agora? Onde?

Acho que ele herdou de papai essa ideia de que, se não é para fazer alguma coisa, não faz sentido se mexer, gastar energia. Bater num saco de pancadas tudo bem, assim você está treinando para algo que vai fazer um dia, mas ele não entendia por que alguém daria uma volta ou pegaria o carro só para passear.

Carl calçou as botas de borracha e vestiu o casaco de pelo de camelo.

Fui na frente, atravessando a urze ao luar, e ouvi Carl ofegante atrás de mim. Depois de quinze minutos, parei numa colina de onde dava para ver as luzes do hotel iluminando a noite abaixo de nós. Esperei Carl se juntar a mim.

— Se lembra desse lugar? — perguntei.

Ele fez que sim, ofegando para recuperar o fôlego.

— Foi daqui que mostrei a você e à Shannon onde queria que o hotel fosse construído.

— Antes disso — falei.

Ele balançou a cabeça.

— Você queria provar para papai que não era fraco, incapaz de matar coisas — continuei. — Então pegou o rifle e o Dog. Você assustou um bando de tetrazes quando estava a poucos metros deles, e quando eles saíram voando você colocou o rifle no ombro. Não foi isso que aconteceu?

— Eu só fiz do jeito que papai nos ensinou. Esperei tanto tempo que podia ter apertado a mão deles e então puxado o gatilho.

— Só que você não conseguiu puxar o gatilho.

Carl deu de ombros.

— Acho que na hora refleti que eles eram seres vivos. Estavam juntos, eram uma família.

— Então você abaixou a arma e só então puxou o gatilho.

— Isso. Foi para vocês dois ouvirem. E para papai ver os tetrazes voando.

— Mas você acertou o Dog.

— É, acertei o Dog.

— Aí voltou correndo para casa e me chamou. Só falou comigo. Porque não queria que papai soubesse. Só queria que eu viesse limpar a bagunça que você tinha arrumado.

Carl fez que sim.

— Eu sacrifiquei o Dog com a faca — continuei. — Fiz o trabalho sujo para você. E depois dissemos para papai que foi você, que você tinha assumido a responsabilidade e feito o que tinha que ser feito depois do erro que cometeu.

Carl trocou o pé de apoio, dava para ver que estava ficando impaciente.

— Eu já agradeci por isso, Roy. Por que está voltando a esse assunto? Quer que eu agradeça de novo?

— Não. Você não me deve nada.

— Eu estava em dívida com você. Mas, quando construí o hotel nas nossas terras, fiz de você um homem rico também. Sem ele...

— Eu não teria conseguido comprar o posto de gasolina — completei.

— Nem qualquer outra propriedade.

— Verdade.

— Está tarde e frio, Roy. Vamos direto ao ponto para poder voltar para casa?

Concordei com um aceno de cabeça.

— Vou ter que sacrificar uma coisa para você de novo, já que você não vai fazer isso por conta própria.

Carl apenas me encarou.

— Comprei ações em Paris — revelei.

Carl ergueu o queixo. Reconheci o gesto, significava que ele estava começando a entender.

— A minha participação acionária naquele hotel lá embaixo agora é de cinquenta e um por cento. Isso significa que posso sacrificar, ou pelo menos demitir, o gerente. E, assim como aconteceu com o Dog, você vai acabar me agradecendo.

Já estávamos tão brancos ao luar que era impossível saber se Carl ficou ainda mais pálido. A primeira pergunta dele foi a esperada.

— Por quê?

— Porque você disse a Lewi Wirkus para faturar o Spa Os pelo trabalho que a AUB está fazendo na sua casa. Você pediu que eles descrevessem como "Trabalho prep...".

— Não isso — interrompeu Carl. — Estou perguntando por que acha que vou agradecer.

Respirei fundo.

— Cedo ou tarde alguém vai fazer perguntas sobre essas faturas, Carl. Se não for alguém da diretoria, vai ser na assembleia geral. Ou pior, o Dan Krane. O Vendelbo já sabe. O Gerard já sabe. Mas o Gerard é empresário, um cara pragmático. Entre as opções de demitir você ou vender as ações antes que o escândalo estragasse tudo, é óbvio que ele escolheu a segunda opção. E fique feliz por ter sido assim. Porque, comigo como acionista majoritário, e até agora a única pessoa no conselho que conhece essa verdade desagradável, podemos amenizar a sua saída, dizer para as pessoas que você precisa descansar e vai me entregar o comando, mas que não descartamos a sua volta no futuro.

— *Você* vai ser o gerente?

— E diretor-chefe. Vou garantir que o contador corrija o que é um erro óbvio no faturamento da AUB e que ele seja mandado para o destinatário certo, ou seja, para você pessoalmente, como pessoa física. Imagino que você vá ter que vender alguma coisa para cobrir essa despesa de mais de três milhões. Acho que é mais fácil vender as ações no Spa Os, e, se escolher fazer isso, eu aceito comprá-las por um preço mais alto do que paguei pelas ações do Gerard. Compro, digamos, por um preço vinte por cento acima do valor real delas. Pelo menos você tem uma escolha.

Carl tremeu com uma risada silenciosa.

— Eu não *acredito* em você, Roy.

— Não?

— Você rouba o meu hotel e tem a cara de pau de dizer que está me fazendo um favor.

— Você não acha que estou fazendo um favor?

— E se eu for até o Vendelbo e disser para ele que cinquenta milhões daquele empréstimo que ele deu para a montanha-russa estão sendo usados para outra coisa? O que você acha que vai acontecer?

— Acho que o Vendelbo vai adorar saber que o dinheiro está sendo investido em um projeto menos arriscado. Um Spa Os com uma estrada melhorada, uma nova ala e sem você na gerência: esse é o grande sonho do banco. Ele vai me agradecer, Carl.

Notei que Carl percebeu que eu tinha razão, por isso sua reação foi um pouco surpreendente: ele começou a rir de novo. Provavelmente estava mais bêbado do que eu imaginava.

— Andei pensando — disse ele. — Sobre por que papai não fez com você o que fez comigo. Afinal, você era o mais velho, foi o primeiro a chegar na idade.

— Você era mais parecido com a mamãe quando ele se apaixonou por ela.

— Imbecil... Foi porque ele sempre teve um pouco de medo de você. Ele percebeu que, se tocasse em você, mesmo que tivesse acabado de entrar na adolescência, você o mataria. Ele viu um assassino impiedoso em você, Roy. E sabe de uma coisa? Ele estava certo.

— Eu diria que ele estava errado. Eu sou um assassino piedoso. Pensa no que acabei de dizer para você. A reunião do conselho é daqui a duas semanas.

Comecei a voltar para Opgard. Na metade do caminho, me virei para trás. A silhueta de Carl continuava no mesmo ponto, como se ele estivesse admirando seu hotel.

Passei os dez dias seguintes no apartamento de Natalie. Ficamos juntos em todos os momentos em que eu não estava trabalhando no posto. Dormíamos, comíamos, víamos filmes, líamos, fazíamos amor, conversávamos. Sou o que as pessoas chamam de um sujeito calado, e nunca antes na vida eu tinha dito tantas palavras e frases como naqueles dias. Nem mesmo Shannon havia conseguido soltar minha língua como Natalie fazia. Mas houve situações em que não dizer nada era o certo a ser feito. Como na vez em que a acompanhei ao cemitério para colocar flores no túmulo do pai e, para minha surpresa, vi uma lágrima no olho dela. Quis perguntar se um pai que também era um abusador merecia as lágrimas dela, mas desisti. Talvez por também ter vivido essa esquizofrenia. Talvez por medo de fazer alguma crítica ao pai dela e ela enxergar em mim, ouvir na minha voz, que de alguma forma eu estava defendendo um assassinato. "Descanse em paz" eram as palavras esculpidas na lápide. Não era isso que ele estava fazendo nos pesadelos que eu vinha tendo nos últimos tempos. Mas, se ele e os outros naquele cemitério realmente estavam descansando em paz, então eu os invejava. Sim, em alguns dias eu trocaria de lugar com eles de bom grado.

Passeávamos pelas montanhas e conversávamos sobre a vida, o futuro e as coisas que víamos ao nosso redor. E sobre administrar um negócio — o hotel, e não o parque de diversões. Eu vinha observando Carl no Spa Os e concluí que, em princípio, não era muito diferente de comandar um posto de gasolina. Por outro lado, era óbvio que Natalie sabia muito mais sobre o setor hoteleiro do que eu e tinha uma compreensão intuitiva do panorama da administração de uma empresa.

— Delegar — dizia ela pelo menos cinco vezes a cada passeio.

Eu falava que sabia o significado da palavra, mas ela seguia repetindo. Explicava que é isso que um líder faz, um líder tem que confiar na equipe. Porque o líder era como um técnico de futebol, que precisa explicar as responsabilidades de cada jogador e mostrar por que eles são uma parte importante da estratégia para vencer a partida. Mas o líder tinha que ficar do lado de fora. Líderes não entram em campo.

— Quando você vê os jogadores se abraçando, quando fazem um gol, é quando você sabe que fez algo certo como líder. Eles não querem apenas vencer por você, eles querem vencer por si mesmos. Eles querem que o Spa Os seja um lugar em que tenham orgulho de trabalhar.

— Você devia dar uma dessas palestras motivacionais para os funcionários.

— Ah, mas eu vou, no dia em que for diretora-geral — disse ela com um sorriso astuto ao ver que eu estava com uma sobrancelha erguida.

— E enquanto isso vai fazer o quê?

— Não sei. — Pouco a pouco, o dialeto de Os começava a recuperar espaço na fala de Natalie. — Mas sei o que quero fazer exatamente agora.

— O quê?

— Chegar em casa o mais rápido possível, tirar todas as nossas roupas e transar.

O Fritt Fall estava lotado na noite em que o Hell Spelemannslag tocou. É claro que pode ter sido porque, naquela hora, sempre havia muitos clientes no Fritt Fall, independentemente da noite e de quem estava tocando. Mas a apresentação foi uma loucura, como se a cidade estivesse esperando para ouvir a música folk pesada do violino Hardanger. Quando Ola — com sua franja que passava por dentro do brinco — se equilibrou no monitor de áudio e seu violino começou a uivar e gemer, as pessoas já estavam de pé. Vi Johnny e seus amigos pulando feito loucos em frente ao palco, como se estivessem num show do Satyricon.

Em certo momento, Ola jogou a cabeça para trás e sua franja saiu do brinco e lançou uma chuva de suor e água batismal sobre os recém-convertidos, e eu vi — isso depois de algumas cervejas, mas definitivamente acho que vi — Egil e Børge colocando a língua para fora, tentando capturar as gotas no ar. Em seguida, Natalie subiu no palco, ficou na frente com seu *langeleik* e encarou os vizinhos, que nunca a tinham visto assim, como alguém capaz de exigir submissão total e obtê-la. Onde segundos antes as pessoas estavam enlouquecidas, de repente passou a reinar um silêncio sepulcral. Quando ela começou a cantar, senti um braço na cintura. Era Julie, e seu outro braço estava em volta de Alex. Ela ficou na ponta dos pés e sussurrou no meu ouvido:

— Seu sortudo. Eu também teria ficado com ela.

Eram quase duas da manhã quando o bar enfim esvaziou e só restaram Julie e Alex, Erik Nerell, eu e a banda. Tirando Julie e Natalie, dividimos uma garrafa de conhaque, e Erik estava quase chorando de felicidade. Não porque o bar tivesse batido o recorde de faturamento, não foi o caso, mas porque nós — ou seja, principalmente ele — tínhamos conseguido dar ao povo de Os uma experiência da qual se lembraria por muito tempo. Pelo resto da vida, afirmou ele, convencido, e voltou a me agradecer por lhe dar outra chance. Quando ele chegou ao ponto de me abraçar, me lembrei do que Natalie havia falado sobre jogadores de futebol comemorando um gol. Certamente havia uma verdade nisso.

Voltei para casa me apoiando em Natalie.

— Acha que eu devia ter ficado sóbrio em solidariedade a você? — perguntei, com a voz arrastada.

— Não. É bom ver que Roy Opgard também consegue se soltar um pouco de vez em quando.

Por dez dias eu fui, em duas palavras, absurdamente feliz. E mesmo sem muita experiência nesse tipo de felicidade, gosto de lembrar a mim mesmo que tudo foi ainda melhor pelo fato de o sol não estar brilhando num céu sem nuvens. Pelo contrário: havia nuvens carregadas por todo lado. Mas é nessa hora que você sabe que precisa aproveitar o calor, certo? Você percebe que esse momento vai acabar, que deve saborear cada segundo e que, ao fechar os olhos e sentir que está ficando ainda mais quente, é porque o sol está se aproximando de uma nuvem, porque os raios mudam de ângulo e ficam mais focados, como se atravessassem uma lente. Mas logo depois o sol vai sumir, a temperatura vai cair e — num céu como o meu — uma grande tempestade vai desabar.

Era nesse ponto que eu estava — sob meu céu ensolarado, desfrutando uma felicidade desesperada, frenética, quando Carl ligou e pediu que eu fosse ao hotel. Eu não sabia o que ele queria, mas conheço cada nuance da voz dele — assim como ele conhece a minha —, e nesse momento a temperatura despencou. E uma hora depois, quando eu estava no escritório dele, uma grande tempestade de fato desabou sobre mim.

39

Carl estava sentado à sua mesa quando entrei.

— Por favor, sente-se — pediu.

Como somos irmãos que não costumam usar esse tipo de cerimônia, entendi o pedido como um preâmbulo, um aviso de que ele tinha algo sério em mente.

Assim que me sentei, ele se levantou.

Sem dúvida era sério.

— Você gosta desse escritório? — perguntou, dando um tapinha no espaldar alto da cadeira executiva. Ele continuou sem esperar uma resposta. — Eu também. — Foi até a janela. — Também gosto da vista dos nossos descampados. Gosto quando peço ao pessoal do hotel e eles trazem o meu almoço aqui em cima. Gosto quando me atendem no spa se estou precisando de uma massagem. Gosto da combinação de liberdade e responsabilidade que o trabalho de um chefe, como esse, me dá. Gosto do respeito que ele proporciona. E do poder. O poder de fazer coisas boas. Coisas boas para mim, para a minha equipe e para Os. E gosto tanto, Roy, que decidi que vou ficar com ele. — Ele se virou para mim. — Na nossa última conversa, você disse que pelo menos estava me dando uma escolha. Mas não é bem assim, porque você não me deu escolha. Eu tive que fazer o que fiz.

— Fazer o quê?

Carl sorriu, mas vi culpa e resignação em seu olhar. O mesmo olhar de quando ele me contou que tinha atirado em Dog, de quando admitiu que havia empurrado o velho xerife em Huken e de quando me disse que espancou Shannon até a morte.

Engoli em seco.

— O que foi, Carl? Me diz o que você fez.

— Fiz um acordo com o Kurt Olsen para contar tudo a ele. Sobre você ter matado mamãe e papai, como fez parecer que o Sigmund Olsen morreu afogado e que o Willum Willumsen se matou.

Olhei para meu irmão enquanto tentava entender o que ele tinha acabado de falar. Porque não fazia sentido. Como costumo dizer, não sou grande coisa na leitura, mas sou muito bom em fazer contas. E essa não fechava. Simplesmente não fazia sentido.

— Você está preparado para admitir que matou o velho xerife para evitar que eu me mude para esse escritório? — perguntei.

— Estou preparado para dar provas de que foi você que matou o Sigmund Olsen. E o Kurt já disse que acredita em mim. Todo mundo que foi alguma vez àqueles bailes em Årtun sabe que, de nós dois, o violento é você.

Fechei os olhos e contraí a mandíbula.

— Está dizendo que já falou com o Kurt sobre isso?

— Pois é.

Eu respirava tão forte pelo nariz que ele chiava.

— Você consegue a minha condenação, mas e daí? Vai perder o cargo aqui de qualquer forma quando a fraude for descoberta.

— Não vai ser assim. E talvez você também não tenha que ir para a cadeia.

Voltei a abrir os olhos.

— Não? E como isso vai ser possível, tendo em vista que você já me dedurou?

Um sorriso, agora largo e sincero, se espalhou pelo rosto dele.

— Roy, uma declaração à polícia é uma coisa, um depoimento formal é outra. Uma denúncia falsa pode ser retirada. Posso dizer que me senti pressionado pelo Kurt, ou que só queria provocá-lo e dar o troco pela forma como ele tem perseguido a gente todos esses anos. E posso fazer isso hoje mesmo, Roy, desde que você não convoque a reunião e eu continue no cargo. E que você pessoalmente, sem chamar a atenção de ninguém, pague a fatura de três milhões. Se o erro for descoberto depois, a gente pode culpar a AUB e mostrar que está tudo solucionado.

Fiz que sim. Fiquei atordoado. Carl havia seguido o conselho de papai sobre o boxe: golpear o oponente com toda a força quando ele estiver avançando.

— Você parece meio abalado, irmãozão. Mas tente ver isso como se eu estivesse lhe fazendo um favor. E pelo menos estou lhe dando uma escolha.

Apenas segui assentindo, como um daqueles cachorrinhos de brinquedo que balançam a cabeça e que os velhos costumavam colocar atrás do banco traseiro dos carros.

— Sei como você se sente — disse Carl. — Mas assim ficamos quites e podemos começar do zero. Equipe Opgard. O que acha?

— *Quites?*

— É. Porque é óbvio que eu sabia que você estava apaixonado pela Natalie Moe. Sabia que você ficaria péssimo se eu transasse com ela. Mas eu tinha que fazer isso. Então, também estamos quites nisso.

Eu o encarei. Foi quando o idiota do Roy Opgard entendeu tudo. Óbvio que Carl não tinha drogado Natalie só para transar. Ele tinha feito isso para se vingar de mim. E isso só podia significar uma coisa: que ele sabia.

— Como... — comecei, mas tive que parar para pigarrear.

— O Kurt. Ele veio me ver. Queria que eu testemunhasse contra você no caso do assassinato do pai dele. Em troca, me daria imunidade contra qualquer acusação de envolvimento no crime. Disse que tinha certas informações que achava que "acabariam com o amor fraternal", nas palavras dele. Ele me contou que a KRIPOS não tinha analisado só o sangue do velho Olsen que descobriram atrás da placa do carro do papai: eles fizeram o mesmo com o sangue da Shannon, no carro em que ela estava. Descobriram que ela estava grávida, o que é claro que eu já sabia. O que não sabia era que, através do sangue da mulher grávida, eles podem apontar quem é o pai. Sabia disso?

Fiz que sim com a cabeça. Senti a pele do pescoço começando a formigar.

— Incrível, não é? Tão incrível quanto o fato de que era você, sabe? Você, Roy, o meu próprio irmão, estava comendo a minha esposa na surdina. — Ele inclinou a cabeça. — Eu tenho me perguntado que planos você e a Shannon tinham feito. Iam manter o segredo? Para eu alimentar e criar o filhote de cuco como se fosse meu?

Engoli em seco. Não me achei capaz de dizer que o plano era bem mais drástico do que esse.

— O Kurt parecia convencido de que estava criando uma divisão entre os irmãos. O que não é exatamente uma mentira. Falei que pensaria na proposta dele. E pensei, Roy. Eu podia te atirar aos leões, me vingar e ao mesmo tempo parar de ter que vigiar a retaguarda o tempo todo, imaginando quando o Kurt Olsen viria atrás de mim.

Agora eu sabia o motivo daquele olhar estranho e enigmático que Carl havia me lançado. O mesmo que ele lançou uma vez para papai. Uma combinação de ódio e culpa pelo que sabia que estava prestes a fazer.

— No começo, achei que comer a Natalie Moe seria suficiente — prosseguiu ele. — Eu queria ver a sua dor, ver o seu coração se partir. Esperava que isso fosse suficiente para mim. E sabe de uma coisa? Foi. Poderia ter parado aí, Roy. Mas então você começou a guerra nuclear, e aí só me restou fazer uma coisa. O mesmo que papai costumava dizer sobre a Terceira Guerra Mundial.

— Retaliação.

— Retaliação — repetiu Carl. — Bombardear todo mundo, especialmente os comunistas, até voltarmos à Idade da Pedra.

Não consegui conter o sorriso.

Carl se sentou de volta na cadeira executiva.

— O que acha da proposta, irmão? A gente sacaneando o Kurt Olsen e arrancando a vitória dele? Digamos que eu e você trocamos alguns socos abaixo da linha da cintura e deixamos por isso mesmo? Eu sigo no comando do hotel e você ganha o seu parque de diversões e a sua princesa no acordo.

Ficamos nos analisando. Não sei o que ele viu, mas eu vi o irmão mais novo com quem eu tinha brincado e brigado, discutido e competido, que tinha protegido quando podia e consolado quando precisava. Quando nós dois precisávamos. Aquelas noites em que papai aparecia e ia embora; eu descia do beliche, colocava os braços em volta de Carl e o abraçava até ele parar de chorar. O irmão mais novo que havia acordado no meio da noite quando pensou que eu estava dormindo, abriu minha mochila, pegou o dever de casa que eu deveria entregar no dia seguinte e corrigiu todos os erros de ortografia que eu não tinha percebido; que dançava com todas as garotas bonitas em Årtun e me obrigava a intervir e lidar com todos os namorados ciumentos.

— Foi por isso que a queixa da Natalie não deu em nada? — perguntei. — O Kurt Olsen estava protegendo você, que é a testemunha principal dele no único caso com o qual realmente se importa?

— Ah, acho que o Kurt não disse para a Natalie nada que não seja verdade. A maioria das acusações de estupro acaba sendo arquivada por falta de provas.

— Claro.

Esfreguei o queixo.

Carl se inclinou para a frente na cadeira e estendeu a mão direita para mim.

— Vamos trocar um aperto de mão e fazer as pazes, irmãozão?

Minha mão seguiu acariciando aquela pele suave e estranha; eu ainda não tinha me acostumado a me barbear todo dia. Um pensamento estranho me ocorreu: o de que, quando pegasse aquela mão estendida para mim, a sensação quente e áspera da pele do único outro sobrevivente do clã Opgard me pareceria mais reconfortante e familiar do que a pele do meu próprio queixo naquele momento.

Tossi.

— Eu me lembro bem do que papai dizia sobre retaliação e guerras mundiais — falei. — Ele queria dizer que, no dia em que bombardeássemos um ao outro até voltarmos à Idade da Pedra, deveríamos fazer o mesmo com todo mundo também. Assim, poderíamos continuar lutando em pé de igualdade, com machados de sílex.

Carl me lançou um olhar inseguro, a mão suspensa no ar como uma frase inacabada. Eu me levantei.

— Vai até o Kurt e presta o seu testemunho, Carl. E eu vou voltar para casa para pegar o meu machado de sílex.

Ouvi sua cadeira executiva ranger como se ele estivesse balançando o corpo, enquanto eu andava pelo chão de parquete e fechava a porta ao sair.

40

Naquela tarde, já sabendo que a Terceira Guerra Mundial tinha começado e que todos sairiam perdendo, preparei *lapskaus* para Natalie. Quer dizer, não a cópia norueguesa, e sim a versão alemã, o *labskaus* de verdade. Óbvio que não foi a versão simples que servem aos marinheiros, com carne de segunda e pão dormido, mas a que até os burgueses ricos de Hamburgo e Bremen comem, a receita que a mamãe tinha aprendido quando era governanta, com carne bovina salgada, arenque, batata, beterraba, cebola, salsinha e temperos. Enquanto Natalie se servia pela terceira vez, perguntei, desnecessariamente, se ela havia gostado. Ela se limitou a dar uma risada e apontou para meu prato.

— A pergunta é: *você* gostou? — indagou ela.

— Claro, só não estou com muita fome.

— Algum problema?

— Sempre tem algum problema — falei, porque se mente melhor quando não se está mentindo.

— Trabalho?

— Trabalho — respondi, e tecnicamente ainda estava falando a verdade, já que o problema era sobre meu trabalho no comando do hotel.

— Vou ouvir com o maior prazer se você quiser falar sobre o assunto.

— Obrigado, querida, mas não tenho muito o que contar.

Eu tinha notado que estava usando essa palavra de Natalie — "querida" — cada vez mais. No início, eu a usava do mesmo jeito que ela, com afeto e certo distanciamento irônico. Mas com o tempo a ironia foi ficando cada vez menos perceptível.

— Tudo bem. — Ela suspirou. — É só que eu preciso pensar em alguma coisa. Estou começando a ficar nervosa por falta do que fazer.

Afastei meu prato.

— E eu estou sentindo que o meu cérebro também precisa de uma arejada. Vou dar uma volta, talvez ligar para o Erik no clube depois. Quer que eu traga alguma coisa na volta?

— Acho que o posto de gasolina é o único lugar aberto agora, e fica meio longe para ir na chuva.

— É meio longe, sim — concordei.

Beijei a testa de Natalie e saí para a noite chuvosa. Subi o capuz do casaco, atravessei a praça e segui pela calçada que levava ao posto de gasolina. Um pouco à minha frente, vi uma mulher saindo de um Skoda híbrido, o tipo de carro ideal para a família. Reconheci o veículo, mas não a mulher, na hora só achei que era um lugar engraçado para sair de um carro, porque ali perto não havia casas nem nada do tipo. Ela começou a andar depressa pela calçada na minha direção — em direção à praça —, e, quando o Skoda arrancou na mesma direção, entendi o que estava acontecendo. O carro passou por mim primeiro, e, por trás do vaivém dos limpadores de para-brisa, vi Dan Krane olhando fixo para a frente, como se, de alguma forma, a testemunha na calçada deixasse de existir se ele não olhasse para ela. Quando a mulher passou por mim eu também a reconheci. Era a mulher com sotaque do Leste Europeu que tinha me ajudado com os lençóis no hotel. Assenti, mas ela se manteve impassível, olhando para a frente como se eu não existisse, embora estivesse com as bochechas levemente coradas.

Mas o que eu tinha acabado de vislumbrar não era felicidade, nem mesmo uma felicidade fugaz. Os dois pareciam mais solitários que nunca, como se estivessem à deriva no meio do mar. Fui até o posto e peguei uma grande barra de chocolate ao leite para Natalie — que, embora morresse de culpa sempre que comia, adorava — e voltei pelo mesmo caminho. Contei os passos e disse a mim mesmo que precisava tomar uma decisão antes de chegar a trezentos e trinta e três. Carl iria mesmo testemunhar contra mim em juízo? Era difícil imaginar. Se aquilo não passava de uma ameaça vazia, então o que eu estava planejando — um ataque preventivo — poderia acabar sendo um erro catastrófico. Trezentos e trinta e um. Parei na entrada do Fritt Fall. A chuva havia borrado a mensagem escrita a giz por Erik na placa da calçada.

Entrei.

Erik repetiu minha pergunta.

— Que tipo de amigos nós somos? Bem... A nossa amizade *costumava* ser do tipo em que ele tomava as decisões e o resto do pessoal seguia. A gente admirava o Kurt, pelo menos durante a adolescência. Em parte, porque ele era filho do xerife. Acho que a gente imaginava que ele tinha uma vida familiar mais emocionante que a nossa. Em parte, porque ele era de longe o melhor jogador de futebol da galera, todos diziam que era a maior promessa da história de Os. Mas, acima de tudo, pela forma como se comportava, pelo seu jeito de ser.

Erik completou minha caneca de café. Tinha entregado o comando do bar para Alex e estava sentado comigo na mesa mais distante, perto da porta, onde ninguém poderia nos ouvir. Tomei um gole sabendo que Erik talvez demorasse um pouco para chegar ao ponto.

— Ele era o melhor e sabia muito bem disso. Não era o mais inteligente, nunca foi o melhor aluno da turma nem nada do tipo, mas, assim que o sino do intervalo da escola tocava, ele era o número um em tudo. Foi o primeiro a começar a transar com as garotas. Elas gostavam da autoconfiança dele. Isso sem falar no cabelo loiro e volumoso como um feixe de trigo, é claro. Ele devia ter entrado numa banda. O pior era que ele realmente sabia tocar violão e não era tão ruim, só não se esforçava. Além disso, ele teve que dar prioridade ao futebol. Já jogava profissionalmente com 16 anos. Recebeu uma oferta de Notodden e foi para Skien fazer um teste no Odd. Ficou no banco algumas partidas, entrou vez ou outra e não foi tão mal, mas... estava meio nervoso, sabe? Não conseguiu mostrar todo o seu futebol. Voltou para casa bem rápido. Dizia que não tinha gostado de Skien, que não conhecia ninguém, que gostava de Os, que aqui era seguro, que aqui estava protegido, que gostava de ter amigos com quem pudesse contar se precisasse.

— Ele preferia ser um peixe grande num lago pequeno.

Erik concordou com um aceno de cabeça.

— Se havia um ponto fraco no Kurt, era que ele não suportava não ganhar. Bom, talvez esse também fosse um ponto forte, ele corria de um lado para outro até esgotar o time adversário. Era paciente. Nunca desistia. Mas às vezes também explodia. Eu me lembro de um jogo da copa contra Notodden. Eles tinham um garoto, bom driblador, que deu duas canetas em Kurt. A torcida caiu na gargalhada e aplaudiu porque ele passou pelo nosso capitão. Na terceira vez que o garoto tentou o drible, Kurt o acertou na altura do joelho. Ele teve que ser retirado de maca. Rompeu um ligamento. Seis meses depois, li nos jornais que teve que se aposentar.

Vi Johnny fardado, sentado a uma mesa com dois caras. De vez em quando eles olhavam na nossa direção.

— Você falou sobre ele poder contar com os amigos se precisasse — falei. — Eu me pergunto se ele já fez uso disso.

— Está se referindo a quê? — perguntou Erik, levando sua caneca aos lábios, mas ela estava vazia.

Eu estava saindo pela porta do Fritt Fall quando meu celular tocou.

Era Bent Halden.

— Que foi?

— Jon Fuhr.

— Diga.

Halden explicou o problema. Fiquei surpreso, mas não chocado. Perguntei em quanto tempo ele poderia chegar a Os. Ele respondeu que estava com medo de ser visto comigo, mas falei que ele poderia ir de carro até minha oficina e se alguém falasse algo ele poderia dar a desculpa de que eu precisava consertar alguma coisa que estava pendente desde a última vez.

— Tá bom — concordou ele, e desligamos.

Fiquei ali, olhando para o piso de parquete velho na entrada. Tinha uma área quadrada mais clara, e me dei conta de que era do velho fliperama que costumava ficar ali. Os fragmentos de asteroides estavam voando na minha direção agora, e Kurt Olsen estava certo: no fim, algum deles me acertaria. Mas o que fazer? Seguir jogando até aparecer Game Over na tela, a música parar e a luz se apagar?

41

ERA QUASE MEIA-NOITE. BENT Halden tinha levado o Audi na oficina, se sentado numa cadeira de madeira perto da parede e me explicado a situação. Fazia um frio de doer na oficina, e nós dois estávamos de casaco. Jon Fuhr tinha dito a Halden que, agora que havia percebido quanto meu irmão e eu poderíamos faturar com o relatório, queria pedir mais. Mais seis milhões de coroas.

— Por que seis? — perguntei.

— Não sei — disse Halden, num tom desesperado. — Acho que ele está devendo... Perdeu alguma aposta.

— Não faz diferença. Não vai acontecer. Tínhamos um acordo, e espero que vocês cumpram a parte de vocês.

— O Jon diz que, se você não pagar, ele vai mudar o relatório.

— Se vocês mudarem uma vírgula sequer, nós vamos atrás de vocês.

— Ele não acredita que exista um "nós". Diz que são só você e o seu irmão.

— Ele não percebe que, mesmo que vocês mudem o relatório e a gente *não* vá atrás de vocês, a situação vai ser suspeita? Tudo vai vir à tona e todo mundo vai acabar na cadeia. A sentença de vocês vai ser maior que a nossa.

— *Eu* entendo. E acho que o Jon também entende, mas...

— Mas...?

— Ele quer seguir em frente com isso de qualquer forma. Está extremamente... ousado.

— Ousado?

— Parece descontrolado.

— Esteroides.

Halden me lançou um olhar perplexo.

— Você não sabia? — continuei. — Que o seu sócio toma esteroides anabolizantes?

Halden balançou a cabeça.

— Ele toma uns comprimidos que guarda na gaveta da escrivaninha, mas diz que é um suplemento...

— Esteroides costumam ter esse efeito. Deixam a pessoa destemida, agressiva, irritada e fora de si. Você diria que, hoje, essa é uma descrição precisa do Jon?

— Sim, diria.

— E foi por isso que você entrou em contato comigo sem que ele soubesse? Você tem medo do que ele pode fazer?

— Não quero mais fazer parte disso — disse Halden, tremendo e esfregando as mãos. — Tenho que pensar na minha família. Quero pular fora.

— Quando o vagão começa a andar, é tarde demais para sair da montanha-russa.

— Mas ele... Você não conhece o Jon, ele não vai parar. Já começou a revisar o relatório. Não sabe que eu sei, mas eu liguei o computador dele e vi.

Peguei a latinha de fumo de mascar, ofereci a Halden — só de brincadeira, eu sabia que ele não era do tipo que masca fumo — e enfiei um punhado na boca. Mantive a calma. Processei o que ele havia acabado de me contar. Comecei a ter uma ideia do que estava por trás disso.

— Me diz uma coisa, Halden: por que você está me contando tudo isso?

— Porque quero que saiba que eu não quero fazer parte disso.

— E porque você quer que eu faça alguma coisa?

— Hã? Não! — Ele me encarou. — Ou sim... Isso é, se você *puder* fazer alguma coisa...

Segui encarando Halden. Talvez tentando ler seus pensamentos. Imaginei que pelo menos um deles era sobre a história que havia contado na garagem dele naquela noite, sobre o engenheiro que convenientemente caiu da janela do quarto de hotel.

— Sabia que viram um lobo por aqui? — falei.

Halden pareceu confuso. Balançou a cabeça.

— Tem um monte de criador de ovelha querendo atirar nele, claro, mas isso é ilegal. Então, o que eles fazem é descobrir onde o lobo vai caçar e deixam um carneiro envenenado no lugar. Digamos que é como se fizessem o lobo se matar.

Halden piscou devagar. Vi o cérebro dele trabalhando. Geólogos são caras muito espertos.

— Isso também não é ilegal? — perguntou ele.

— Provavelmente. Mas é um pouco mais difícil de averiguar e muito mais difícil de descobrir o culpado.

— Certo. Você... Hummm... Esse é o tipo de coisa que você faz?

— Não — respondi com firmeza. — Mas, se fizesse, usaria fentanil. É cinquenta vezes mais forte que heroína. Com sorte você consegue comprimidos iguais aos que o lobo já está tomando. E simplesmente os deixa no lugar onde o lobo costuma comer, entendeu?

— E a necropsia mostraria o quê?

— Que o lobo tomou overdose de uma droga bem conhecida. É surpreendente, mas não chocante, quando um exame mais detalhado revela que o lobo vem usando outras drogas há muito tempo. Li outro dia que, atualmente, os esteroides anabolizantes são a segunda droga mais popular nos Estados Unidos. As pessoas não estão usando só para ganhar musculatura, mas para aumentar a libido e o nível geral de energia. Funciona um pouco como as anfetaminas, sabe?

Halden olhou para mim e fez que sim. Não tão devagar quanto fazemos em Os, mas faltou pouco. Sim, ele era esperto o bastante. Esperto o bastante para saber quando um problema precisa ser resolvido na raiz. Esperto o bastante para saber a diferença entre doze milhões divididos por dois e doze milhões divididos por um. Fizemos alguns comentários sobre o tempo, fechei o capô do Audi, abri a porta da oficina e acenei quando ele foi embora.

Quando entrei no apartamento de Natalie, ela estava de camisola no sofá. Disse que estava me esperando. Estava tão linda, sentada ali, me observando em silêncio. Eu a beijei e fizemos amor — não conseguimos sequer chegar à cama. E ela era como eu, selvagem, intensa, quase desesperada. Como mulheres e homens em tempos de guerra que, segundo li em algum lugar, inconscientemente sabem que esse momento, essa noite, pode ser o último.

Como sempre, comecei a me segurar quando senti que ia gozar, mas desta vez ela não deixou.

— Continua! — sibilou no meu ouvido.

— Mas... — comecei a dizer.

— Shhh!

Ela cravou as unhas nas minhas nádegas. Fechei os olhos e deixei acontecer.

42

Era domingo e faltavam dois dias para a reunião da diretoria.

No café da manhã, perguntei a Natalie se ela queria ir à partida de futebol comigo.

— Não ligo muito para futebol — respondeu ela. — Achei que você também não ligasse.

Dei de ombros e sorri.

— Pode ser emocionante.

— Emocionante? O time já não subiu de divisão?

— Não estava pensando na partida.

Ela me observou com a testa franzida.

— Então estava pensando no quê?

— Pois é, *no que* eu estava pensando? Seja como for, é de graça.

— Ah, é?

— É. Como acionista majoritário do Spa Os, tenho direito a dois ingressos na área vip.

Deu para ver quando ela começou a compreender.

— Você quer ir para... que as pessoas vejam a gente?

Fiz que sim. Antigamente, em Os, uma garota e um garoto eram reconhecidos como um casal quando chegavam juntos ao baile de sábado ou à missa de domingo.

— Você decide — falei. — Podemos deixar para outro dia. Ou para dia nenhum. Talvez você não queira, talvez só queira o meu corpinho.

Natalie se levantou, deu a volta na mesa e se sentou no meu colo.

— Você é tão fofo — disse ela e me deu um beijinho no nariz. Então travou. — O seu irmão... Ele não vai estar lá também?

— O que você diria se eu contasse que ele não vai?

— Nesse caso eu vou — respondeu ela, e dessa vez me beijou na boca.

Eu estava sentado no trono com o celular na mão e ouvindo Natalie na sala de estar estudando francês no Duolingo. Carl atendeu no segundo toque.

— Cadê você? — perguntei.

— Na casa nova. Os alemães estão aqui com a minha cozinha.

Pela voz — ou melhor, pelo silêncio —, percebi que ele estava esperando eu dizer o que esperava que ele queria ouvir: que eu havia mudado de ideia e queria fazer as pazes.

— A Natalie quer ver o jogo comigo hoje — falei. — Mas só se você não estiver lá. Acho que seria um gesto respeitoso, Carl. O tipo de coisa que pode fazer a diferença quando ela tiver que decidir se vai derrubar você ou não.

Carl ficou pensando. Ao fundo dava para ouvir o zumbido da serra circular e a batida de martelos.

— Não vou ao jogo se você abandonar o plano de tomar o poder no hotel — disse ele.

— Não vai acontecer. Estou salvando o hotel *e* você. Você não está vendo isso?

Carl suspirou.

— Ah, sim, estou vendo, Roy. Estou vendo com muita clareza. Você tem as suas razões, então não me vem com esse papinho de "me salvar". Eu esperava que você tomasse juízo, por isso não apertei o botão vermelho. Mas agora vou ter que fazer isso. Lembre-se, Roy: a escolha foi sua. Não se esqueça disso. Adeus.

— Carl, espera!

Ele não desligou, e eu ouvi de novo. Talvez tivesse algo a ver com sua respiração, a mesma que eu ouvia na cama de baixo do beliche quando éramos crianças e que eu conhecia tão bem. Agora ele estava se agarrando a esse “espera” como a última chance. A última chance que provaria que, enfim, eu havia me lembrado das palavras que papai tinha gravado em nós: “Somos uma família. Temos um ao outro e mais ninguém.”

Pigarreei.

— Você vai ao jogo ou não?

Carl soltou o ar como se estivesse desinflando.

— Está com sorte, irmãozão — disse, a voz tão monótona quanto um pneu furado. — Tenho que ficar de olho aqui hoje para garantir que tudo está sendo feito corretamente.

— Garantir que tudo está sendo feito corretamente — repeti.

Ele desligou e puxei a descarga.

Me levantei com o barulho da caixa às minhas costas.

— *On y va!*

Considerando que era um jogo sem importância para o campeonato, o público da partida foi impressionante.

— Todo mundo aparece nas festas das pessoas de sucesso — disse Natalie quando comentei.

Achei um tanto otimista da parte dela, afinal, era um jogo da quarta divisão. Anos antes, Os tinha colocado um biatleta na seleção nacional júnior, e de alguma forma isso tinha sido mais importante que o acesso à terceira divisão. Por outro lado, em geral só pais de atletas e gente esquisita comparecia aos campeonatos locais de biatlo para juniores. O futebol atrai as massas, porque as massas jogam. As pessoas sabem quando estão vendo um bom desempenho em campo e quando não estão, reclamam quando um jogador perde um gol de cara. Por outro lado, quando um biatleta de esquis a cinquenta metros de distância do alvo dispara seu rifle e acerta um alvo do tamanho de uma chama de vela, quase invisível, é praticamente um milagre.

— Uma chama de vela? — disse Natalie enquanto seguíamos para a área VIP. — Isso eu tenho que tentar!

Ela pareceu não se importar com todos os olhares que recebemos. Agi com casualidade, mas deu para perceber o que aqueles pares de olhos arregalados estavam pensando: “Eita, a filha do Moe com o Roy

Opgard! Quem imaginaria?", "Ela está com ele pela grana", "O Roy pegou para criar", "Por que esses dois parecem tão felizes?" ou até "A Grete Smitt disse que o Carl Opgard comeu a Natalie na festa da equipe do hotel. Agora ela tem que se contentar com o irmão, porque o Carl está com a Mari Aas."

— Oi — disse Rita Willumsen enquanto subíamos a arquibancada. — Que bom ver você acompanhado. Oi, Natalie.

— Oi, Rita.

As duas trocaram sorrisos calorosos. Elas nunca haviam trocado uma palavra sequer — a única coisa que haviam compartilhado até aquele momento tinha sido eu —, e agora ali estavam, como duas velhas amigas. Coisa de mulher. Não entendi, e se alguém tivesse tentado me explicar duvido que teria ficado mais claro.

Mari Aas e Dan Krane estavam juntos. Dan evitou meu olhar, nada anormal, tendo em vista que ele sabia que eu o tinha visto com outra. O mais estranho, porém, era que eles estavam de mãos dadas. Acho que o pior problema de motor de todos os tempos é mais fácil de entender do que as coisas mais simples que os seres humanos fazem. Acenei a cabeça para Asle Vendelbo e Jo Aas, que abriram espaço para mim e Natalie.

— Contra quem a gente joga hoje? — perguntei a eles.

— Kongsberg 2 — respondeu Natalie. — É um time de meio de tabela.

Olhei surpreso para ela e vi Vendelbo confirmar com um aceno de cabeça.

Como eu falei, prefiro um motor de carro esquisito...

Aas pigarreou e não disse nada, mas eu sabia o que ele estava pensando. Queria saber se eu havia pensado no que ele tinha dito. Se eu havia mudado de ideia sobre Carl. Cuspi o fumo pela lateral da nossa pequena arquibancada de madeira e, pelo seu aceno quase imperceptível, soube que ele tinha entendido minha resposta.

No intervalo bebemos cerveja. Não sei como conseguiram, mas a área VIP era considerada uma área privada, portanto estava isenta da proibição de bebidas alcoólicas que existe nas partidas da federação.

Em nome do banco, Vendelbo nos ofereceu cerveja em taças, como se estivéssemos bebendo champanhe, enquanto os plebeus ao redor da área VIP nos encaravam e balançavam a cabeça como se fôssemos babacas elitistas caçando raposas. Mas ninguém falou nada, porque eles sabiam que fomos nós — ou melhor, nosso dinheiro — que fizemos o clube subir de divisão e talvez conseguíssemos repetir a dose.

No meio do segundo tempo, a multidão de um lado da arquibancada começou a aplaudir. Como não estava acontecendo muita coisa em campo, viramos para ver o motivo. Era Kurt, andando lentamente com aquelas pernas arqueadas na faixa de grama entre a linha lateral do campo e a torcida, se aproximando da área VIP. Os aplausos se transformaram num coro de "Kurt, Kurt". Ele abriu um sorriso largo, acenou para a torcida como que entendendo a brincadeira — mas todos sabiam que não era só brincadeira, que ali estava o rei de Os *deles*. Kurt olhou para a área VIP, para mim; eu soube imediatamente o motivo da sua chegada. Dessa vez, não estava acompanhado por Johnny, mas não restava dúvida: ele estava prestes a me prender pela terceira vez e não conseguia pensar num lugar melhor para fazer isso do que na área VIP, no meio de uma partida, com todos assistindo. Especialmente Rita. O que só podia significar que agora ele estava certo de que tinha um caso à prova de falhas.

Jo Aas — que estava falando com Natalie sobre a nova ala do hotel — deve ter percebido o que estava acontecendo. Ficou em silêncio, olhou para Kurt, que seguia se aproximando, depois para mim. Então deu os três passos de que suas pernas longas precisavam para chegar à primeira fileira da área VIP e bloquear o caminho de Kurt. Colocou as mãos nos ombros do xerife, aproximou-se e sussurrou no ouvido dele. Kurt parou e escutou. Porque todo mundo em Os escuta quando o velho prefeito Jo Aas tem algo a dizer — é assim que as coisas são. Kurt respondeu, mas Aas balançou a cabeça e continuou falando. Kurt fez que sim. Olhou para o campo sabendo que todos os olhares estavam dirigidos a ele, levantou a calça pelo cinto — do jeito que o pai costumava fazer — e fingiu que estava assistindo ao jogo. Rita se aproximou de Kurt e disse algo também, mas ele fez que não com a cabeça. Minutos depois, olhou para o próprio relógio com um gesto exagerado e saiu. Fiquei observando até ele sumir atrás do quartel de guerra alemão. Tentei ouvir o som do motor do Land Rover, mas estava ventando forte.

— O que o Kurt queria? — perguntou Natalie.

— Nada que não possa esperar por uma ocasião melhor — respondeu Aas e se virou para mim. — Melhor você falar com ele depois do jogo, Roy. Acho que ele tem umas dúvidas que você pode ajudar a sanar.

Assenti.

Natalie se ofereceu para dirigir, então bebi mais umas cervejas e, minutos antes do fim da partida, fui ao banheiro do estádio mijar antes da multidão. Falei que me encontraria com ela no carro.

O banheiro estava vazio.

Tinha um mictório cuja descarga era acionada por um mecanismo que nunca consegui decifrar. E acho que foi o som da descarga que me impediu de ouvir a porta se abrir atrás de mim. Só percebi quando senti um cutucão nas costas e ouvi a voz de Kurt.

— Isso é o cano de uma Glock-17, Roy. Não se mexe. Põe as mãos nas costas.

Se isso tivesse acontecido em qualquer outro momento durante toda a minha vida em Os, eu poderia ter rido da paródia.

— Kurt...

— Faz o que eu estou mandando agora, ou isso vai ser considerado resistência à prisão, o que significa que eu posso fazer o que quiser e vou ter a lei ao meu lado. E acho que você sabe o que eu quero fazer...

— Só me deixa...

— Agora!

Fiz o que ele mandou. Senti e ouvi as algemas clicarem em torno dos meus pulsos.

— Agora vira — ordenou ele.

Me virei.

— Caralho! — gritou Kurt quando o jato de mijo acertou as coxas dele.

Kurt cambaleou para trás, mas o jato foi atrás dele, e não posso fingir que tentei impedi-lo. Estava perdendo força e descendo das coxas para os joelhos, mas só quando acertei as botas de couro de cobra foi que ele perdeu o controle e começou a soltar uns gritos incompreensíveis. Surtou de vez. Quando o jato enfim morreu, ele deu dois passos para a frente e o que aconteceu foi uma repetição de algo que eu obviamente deveria ter previsto. Ele me deu uma coronhada. Na testa. Senti os pontos tensionarem e a ferida se abrir. Fechei os olhos e senti o líquido quente escorrer pela minha bochecha. Quando os abri, o rosto de Kurt estava bem diante do meu.

— Eu vou te matar — disse. — Você sabe disso, né, Roy?

Reagi por instinto. Não refleti, não planejei, mas também não fiz com raiva, nem com medo ou qualquer outra emoção contraproducente. Foi como se meu cérebro tivesse feito uma série muito simples de cálculos e dito aos músculos o que fazer com base nas respostas que havia encontrado. Que ele tinha que me salvar. Então, com as mãos algemadas nas costas, recuei um pouco e fiz um movimento de cabeça. Não devagar, no estilo de Os, e sim forte, no estilo de Årtun. Kurt deve ter se esquecido do truque mais velho de todos, a cabeçada. Ouvi o estalo de algo cedendo — era o septo nasal de Kurt se quebrando, assim como tinha acontecido com Fuhr. Ele perdeu o equilíbrio, escorregou no mijo e caiu. Ouvi um baque desagradável quando a parte de trás da cabeça dele bateu no chão de ladrilho.

Fiz o mesmo que tinha feito com Moe: me sentei no peito de Kurt e usei os joelhos para pressionar os braços dele no chão. Sim, a mesma coisa, tudo de novo. Tudo igual. Minha vida girava em círculos e eu não tinha ideia de como sair disso. Meu sangue escorria do queixo e pingava no rosto de Kurt, o que deve tê-lo trazido de volta. Ele abriu os olhos e me encarou. Pareceu levar alguns segundos para perceber onde estava.

— Agora você está em apuros, Roy — sussurrou, rouco.

— Você também. Quando a gente sair daqui as pessoas vão ver que você bateu em um homem algemado.

Kurt piscou quando uma gota de sangue o atingiu na bochecha. Bufou, mas parecia tranquilo, tendo em vista que eu não conseguia usar as mãos. Mexeu o corpo.

— Levanta agora, Roy, senão eu te jogo no chão.

— Você vai perder o emprego, Kurt.

— Sem chance. Vou dizer que você me deu uma cabeçada primeiro, eu tive que te bater para te conter e te algemei depois. Palavra de um policial contra a de um assassino. Difícil saber em quem vão acreditar, não acha?

Um sorriso se espalhou pelo rosto de Kurt ali, deitado, embaixo de mim. Admito, ele era duro na queda. E talvez não fosse tão burro quanto eu às vezes suspeitava. Nesse momento a porta se abriu, e houve o barulho de travas de alumínio batendo no chão de ladrilho. Ergui a cabeça e vi um homem usando a camisa do time travar no meio do caminho. Era nosso atacante nigeriano, aquele por quem pagamos uma nota. Ele olhava fixo para nós naquele silêncio repentino.

— Treinador? — disse.

— Diga, Umar.

— Precisa de ajuda?

Kurt virou a cabeça e olhou para o atacante.

— Não, Umar. Deixa a gente, por favor.

Umar ficou olhando para mim. Mais precisamente, para meu pau, ainda para fora da calça e — como só agora percebi — perto da boca de Kurt. O jogador parecia tentar juntar os vários elementos da imagem: sangue, sexo, dois homens, algemas, um lugar público. Depois assentiu, como se entendesse e aceitasse a situação, e recuou.

A porta se fechou quando ele saiu, e o som das travas se afastou.

— A sua versão já era — falei.

— Sai.

— Promete tirar as algemas?

— Sai!

Me levantei. Kurt fez o mesmo, pegou a arma que havia caído debaixo da pia, pegou a chave e tirou as algemas. Coloquei a cobra de volta no lugar e fechei a braguilha.

— Você está preso — murmurou Kurt, me entregando uma toalha de papel do dispenser perto da pia.

— Pelo quê?

Ele abriu um sorriso triste.

— Mal sei por onde começar.

— Carl? — perguntei enquanto lavava o sangue, que descia sem parar.

Ele fez que sim. Tocou o nariz com cuidado e fez uma careta.

— O seu irmão me contou tudo hoje de manhã. Acabou. Nem preciso da sua confissão. Mas ela pode ser levada em conta para a sentença. Mesmo que seja difícil, já que estamos falando de vários homicídios. Então, o que me diz? Quer ir direto para a cadeia ou fazer uma declaração primeiro?

— Como o Aas convenceu você a não me prender com todo mundo assistindo?

Kurt deu de ombros.

— Veio com um argumento sobre discrição profissional. Fez parecer uma ideia sensata.

— O Aas é bom nisso.

— Ele é.

Ficamos ali, nos limpando, enquanto a água saía das torneiras.

— Você não vai conseguir provar que eu bati em você primeiro — disse Kurt. — Na verdade, você não vai conseguir provar nem que eu bati em você.

— Nem tinha pensado em tentar.

— Não? Por que não?

— Porque entendo muito bem a sua reação. Eu mijei em você, né?

Kurt resmungou.

— Você podia pelo menos ter mirado em outra direção.

— Acho que o júri concordaria com você nisso.

Pelo espelho vi Kurt sorrindo, sorrindo de verdade.

Não sei por que de repente surgiu esse clima leve. Para Kurt, talvez fosse porque a caçada finalmente havia acabado. Roy Opgard estava preso, e o pai dele, livre da suspeita de que havia tirado a própria vida. Quanto a mim, nunca entendi a vergonha ligada ao suicídio. Vai ver, é porque nunca se conseguiu ter uma vida que achava digna de se viver. Mas quem pode controlar algo tão complicado e arbitrário quanto a vida?

— Vai confessar? — perguntou ele.

— A gente chega nisso num instante. Primeiro tenho que estancar o sangramento.

Saímos do banheiro e fomos para o vestiário. Os jogadores ainda estavam se trocando, mas cumprimentaram Kurt e o abraçaram — dava para ver que ele era amado de verdade pelos atletas. Só o atacante ficou afastado.

— Stanley — chamou Kurt.

Stanley Spind, que estava agachado em frente a um jogador que dobrava o joelho com todo o cuidado repetidas vezes, se virou para nós.

— Caramba! — exclamou ele. — O que aconteceu com vocês?

— Escorregamos — disse Kurt. — Alguém mijou no chão do banheiro e batemos a cabeça quando caímos. Cadê o seu kit de sutura?

Stanley olhou de Kurt para mim e depois de volta para o xerife. Claramente não acreditou numa única palavra sequer da história, mas abriu a bolsa preta e pegou o estojo.

— Você vem tendo muitos acidentes nos últimos tempos — comentou Stanley, lacônico, enquanto costurava minha testa outra vez.

Fiquei em silêncio enquanto ele colocava outro turbante em volta da minha cabeça. Depois ele deu uma olhada no nariz de Kurt, que já estava começando a inchar.

— Posso te dar uns analgésicos e te mandar para o departamento de otorrinolaringologia em Notodden, para fazer um raio X.

— Está torto — disse Kurt. — Consegue dar um jeito?

— Posso tentar endireitar o seu nariz, mas vai doer.

— Manda ver — disse Kurt, sentando-se no banco e fechando os olhos.

Senti um calafrio ao lembrar como doeu quando Stanley recolocou meu indicador no lugar oito anos antes. Kurt não fez nenhuma careta, não emitiu nenhum som. O nariz quebrado estalou e nessa hora os jogadores, sim, fizeram um som, um gemido de espanto e fascínio, enquanto assistiam à cena, ali ao redor. Kurt agradeceu a Stanley, se levantou e veio até mim, piscando para afastar as lágrimas de dor.

— Hora de dar uma voltinha, Roy.

Ele pôs a mão no meu ombro e partimos.

O estacionamento estava vazio, exceto por Natalie, que estava parada de braços cruzados ao lado do meu Volvo. Ficou tensa ao nos ver.

— Posso...?

— Pode, mas rápido — disse Kurt.

Fui até ela. Vi a confusão e a preocupação em seu rosto.

— O que houve?

— O Carl contou a ele o que aconteceu quando os meus pais morreram.

— O quê? Mas...

— Preciso ir com o Kurt agora. Te ligo assim que souber mais alguma coisa, tá?

Entreguei as chaves do carro e a beijei na bochecha.

— Te amo — falei.

Ela piscou.

— Você... Você vai voltar?

— Vou.

— Tem certeza?

— Não. Mas é provável.

— Quanto...?

— Uns setenta e um por cento.

— Bobo.

Essa foi a última coisa que ela me disse antes de eu seguir em direção ao SUV de Kurt, que estava segurando a porta do carona aberta para mim.

— Virou uma mulher e tanto, essa Natalie — disse ele ao ligar o carro.

— Para onde vamos?

— Notodden.

— Cadeia?

— Você precisa de comida e alojamento adequados agora que vai ficar trancafiado por um tempo.

Quando chegamos à estrada principal e começamos a seguir para o leste, o sol atravessou a camada de nuvens.

— Vou te contar a história toda — falei.

— É melhor esperar chegar a Notodden, lá a gente grava — disse Kurt.

— Não, não vou falar nada em Notodden. Então é melhor a gente fazer uma parada. Melhor para nós dois. Um pouco de fumo de mascar, um cigarro e uma história.

Kurt me olhou.

— Como assim "melhor para nós dois"?

— Sabe de uma coisa? — falei, apontando para a frente. — Seria ótimo se você parasse ali na frente, o lugar onde a história meio que termina.

Kurt olhou para a frente. Hesitou. Mas entendeu o que eu quis dizer. Bem à nossa frente estava a casa de barcos com o barco que foi encontrado à deriva com as botas de Sigmund Olsen. Ele deu seta e freou.

— Vamos ver se vai entrar água nesse barco — falei e empurrei a porta.

— Devagar — disse Kurt, que parecia prestes a sacar a pistola do coldre de ombro, mas depois mudou de ideia.

Ele me seguiu até a velha casa de barcos pintada de vermelho, solitária à beira da água, iluminada pelo sol da tarde. Havia um cadeado na porta. Empurrei o suficiente para espiar lá dentro. Vi o barco.

— Você trocou o cadeado — falei. — Na época, o que estava aqui era grande e niquelado.

— Fui obrigado a trocar — disse Kurt, me oferecendo um cigarro do maço. — As chaves desapareceram junto com o papai.

O "papai" me acertou em cheio. Algo aconteceu comigo quando ele falou essa palavra. Entendi uma coisa que deveria ser óbvia para mim havia muito tempo. Eu nunca tinha ouvido Kurt se referir ao pai como "papai", e quando ele fez foi como se estivesse baixando a guarda, me mostrando algo. Não era sua vulnerabilidade, embora ela também estivesse ali; era algo mais. Os laços de família. A intimidade. O amor pelo pai. É uma vulnerabilidade, sim, mas também é uma força imbatível. Eu não amava meu pai, não tinha sido amado, e por isso Kurt Olsen seria capaz de me derrotar sempre. Sua caçada tinha um propósito, um sentido, ao passo que eu estava apenas *fugindo*, sem rumo. Eu sabia, Kurt sabia, e agora que ele havia me derrotado foi como se seu ódio tivesse sido desligado. Era quase como se ele estivesse agradecendo a um oponente digno pela partida. O espírito esportivo fácil do vencedor.

Me sentei nas pedras em frente à casa de barcos e peguei minha caixa de fumo de mascar.

— Eu mexi nos freios e na direção do carro que os meus pais usaram quando caíram em Huken — confessei. — Era para ser só o meu pai no carro. Ele abusava do Carl.

— Sim, o seu irmão me contou. — Kurt se sentou ao meu lado e acendeu um cigarro.

— O seu pai começou a suspeitar de alguma coisa, e o Carl o empurrou em Huken.

— Por acidente — disse Kurt, soprando fumaça. — Ele tinha 17 anos, então aconteça o que acontecer ele não vai cumprir pena por isso agora. E depois?

— Depois eu precisei ajudá-lo. Tínhamos que sumir com o corpo. Desmembrei o cadáver na minha oficina, coloquei as partes na caçamba do trator e a enchi com Fritz. Como você deve saber, é um produto corrosivo. Não sobra nada.

Vi Kurt engolir em seco.

— Peguei as botas e o chaveiro do seu pai, entrei nessa casa de barcos no meio da noite, tirei o barco de dentro, joguei as botas nele e o empurrei para fora. Ele entrou sozinho de volta, então precisei remar até a correnteza pegar o barco, pulei na água e nadei de volta para a margem.

— Você cometeu um homicídio e foi cúmplice na ocultação de um cadáver — disse Kurt. — Você ainda não tinha 18 anos, então não vai pegar uma pena longa por isso. Mas o do Willumsen é pior.

— O Carl disse que eu o matei?

— Disse que você planejou o crime e executou o plano.

Suspirei. Carl realmente havia contado tudo a Kurt.

— O Carl se meteu em apuros, e o Willumsen tirou proveito: emprestou uma grana com juros de agiotagem. O Carl não conseguiu pagar, e Willumsen mandou um matador de aluguel dinamarquês atrás dele. E de mim.

— E você matou os dois?

Dei de ombros.

— Legítima defesa, eu diria. Defendi a família. Você entende isso, Kurt?

Kurt fez que sim lentamente.

— Mas o último assassinato não teve nada de legítima defesa, né? — disse ele.

— O último?

— A esposa do Carl.

Esse foi um golpe baixo. Sério que Carl disse que *eu* tinha matado Shannon? Provavelmente foi porque pensou que eu revidaria dizendo a Kurt que ele a matou e tentou se antecipar. Mas não fazia sentido. Carl estava puto e queria me impedir de tomar seu emprego, mas não era idiota. Ele tinha plena noção de que eu sabia que nós dois tínhamos muito a perder se um dia descobrissem que Shannon não foi parar no fundo de Huken por acidente.

— E o que faz você pensar que eu a matei? — perguntei, cuspindo com tanta força que caiu na água.

— Quando a sua cunhada está grávida de você e se nega a fazer um aborto, o problema tem que ser resolvido de alguma forma. E você resolveu, afinal tinha certa experiência nesse tipo de trabalho, então...

Ele gesticulou com o cigarro, dando a entender que o resto era óbvio.

— Então não é o Carl quem está dizendo que a Shannon foi assassinada?

Kurt deu uma tragada forte. Provavelmente sentiu que seu cérebro precisava de mais nicotina para tomar a decisão certa, se devia ou não continuar blefando.

— Eu não disse que ele disse isso — respondeu.

— Então essa é a sua hipótese?

— Por aí. Está mais para uma pergunta lógica, considerando que todos os outros por aqui que parecem ter morrido em circunstâncias mais ou menos naturais, na verdade, foram assassinados por você e seu irmão. Mas vejo que você está negando, e tudo bem... — Ele largou a guimba na pedra cinza e a esmagou com o calcanhar. — Já tenho mais do que o suficiente contra você.

Ele enfiou a mão no bolso do paletó, tirou um par de óculos de sol Ray-Ban autênticos — não as cópias baratas que vendemos no posto de gasolina — e os colocou. Ergueu o rosto para o sol.

— Sabe de uma coisa, Roy? Tudo isso na verdade é uma pena. Porque eu entendo você. Por vezes, cheguei a pensar que poderia ter sido eu. Até a parte de engravidar a esposa do próprio irmão, porque aquela Shannon com certeza era um mulherão. Entendo, porque eu e você somos bem parecidos. Não só temos o mesmo gosto por mulheres como somos uns teimosos. Seguimos em frente em situações em que outros desistiriam até conseguir o que queremos. Somos assim. — Ele sorriu para mim. Não era o sorriso triunfante de um vencedor, mas o sorriso de um igual, um sorriso de reconhecimento, um sorriso convidativo, até amigável. — Eu te perdoo, você fez o que tinha que fazer. E acho que, se os dados tivessem rolado para outro lado, teríamos sido amigos, Roy.

Concordei. O sol estava se aproximando do pico do Ottertind. Em breve, outro dia chegaria ao fim, mais uma noite estava prestes a começar. E lá vamos nós de novo, a mesma coisa de sempre.

— Bem, melhor seguirmos viagem — disse Kurt, então se levantou e ficou sorrindo para mim, mas continuei sentado na pedra.

— Você quer dizer amigos como você e Erik Nerell? — perguntei.

O sorriso de Kurt diminuiu um pouco nos cantos da boca.

— O tipo de companheiro que você pode pedir para fazer um favorzinho bem esquisito? — prossegui. — Um bom companheiro que pode ajudar você a sair de uma enrascada em que se meteu, porque foi um pouco precipitado? Não quer se sentar, Kurt?

— Para quê? — perguntou ele, a voz áspera como a pá de um veículo limpa-neve raspando no asfalto seco.

— Porque eu disse que ia contar a história toda. E *essa* é a história.

O pomo de adão de Kurt subiu e desceu. Ele se sentou.

— Certo. — Tirei o fumo da boca e coloquei na pedra. — Você quis aumentar o preço de um terreno que ia vender pela sua namorada. Não porque seja um cara ganancioso, mas para mostrar para ela que é um cara esperto, como dizem. Então, inventou uma oferta para fazer o interessado original aumentar a oferta. Parece bem inocente, vendedores vivem usando essa tática. É aquela velha história de "quem parte e reparte, não fica com a melhor parte". O único problema é que existem regras para a venda de imóveis e terrenos. Então, quando o comprador, que, no meu caso, conhece um pouco dessas regras, pede para ver a confirmação por escrito do lance rival, você percebe o que fez e entra em pânico. Se você admite o blefe, perde o respeito não só do comprador e da namorada mas também porque a essa altura já é culpado de tentativa de fraude. Não uma fraude bobinha qualquer, mas uma fraude genuína, com F maiúsculo, que está no Código Penal norueguês. O tipo de coisa que provocaria exoneração do cargo. Com o histórico que existe entre nós dois, você acha que eu não vou ter misericórdia caso descubra a fraude. E também sabe que a Rita é uma mulher que cumpre as leis, uma pessoa de princípios que não vai concordar com nenhum tipo de fraude; pelo contrário: vai querer ver a outra oferta também. Enfim: você pensa nisso tudo e conclui que, em vez de forjar algo por conta própria com um nome inventado e correr o risco de Rita querer conferir, é melhor falar com o Erik e pedir que ele finja que foi ele quem fez a oferta. Você pede que ele faça a oferta por escrito, numa folha de papel. Depois mostra à Rita, que certamente vai ficar meio surpresa ao descobrir que o Erik tem seis milhões e quatrocentos mil e quer entrar no negócio de terrenos de camping. Mas tudo bem, pensa ela, afinal o Erik perdeu o Fritt Fall, e ela sabe que ele é o tipo de cara que gosta de ter coisas e ser o próprio chefe, então por que não? Quando você me mostra a folha, esconde o nome, porque sabe que eu já estou desconfiado e verificaria. Mas eu aceito o lance sem ver o nome da pessoa, porque para mim a palavra da Rita basta. O único problema é que, quando eu vejo a caligrafia na oferta, descubro quem escreveu. É o cara por trás da caligrafia rebuscada que eu vejo na placa da calçada em frente ao Fritt Fall todo dia.

E como sei que ele não tem esse dinheiro e que vocês são bons amigos, eu somo dois e dois. Então, tive uma conversinha com o Erik outro dia. Ele admitiu tudo, me contou que você não falou nada sobre eu ser o outro comprador e que só falou para ele que era um favor, que o terreno já estava vendido, que você só queria mostrar ao comprador um lance que o fizesse se sentir melhor e não achasse que pagou um valor acima do preço de mercado. Assim todo mundo sairia feliz, certo? Então eu disse para o Erik que você não tinha feito isso para deixar todo mundo feliz, mas para me enganar e me fazer aumentar a oferta, que você tinha me driblado e dado um carrinho no joelho dele. Mas é provável que a lealdade dele tenha mudado de lado depois que eu dividi a propriedade do Fritt Fall com ele e com a Julie, e além de tudo ele percebeu que você o usou para uma coisa que pode levá-lo a ser acusado de cúmplice de estelionato.

Kurt parecia pálido e enjoado ao meu lado.

— Então, o Erik assinou um documento descrevendo passo a passo exatamente o que aconteceu. Esse documento agora está com uma advogada em Oslo. Por enquanto, só nós três, agora quatro, incluindo você, estamos cientes do conteúdo.

— Por... — Kurt teve que umedecer os lábios. — Por que manter isso em segredo?

— Por que você acha, Kurt?

Ficamos nos encarando como dois boxeadores exaustos no décimo quinto round, ele com um nariz quebrado ainda inchando, eu com uma bandagem ensanguentada enrolada na cabeça.

— Porque você sabia que poderia ser útil — respondeu.

Fiz que sim. Ele pareceu se dar conta de algo.

— Você já sabia de tudo isso quando comprou o terreno — disse. — Sabia que tinha sido enganado.

Dei de ombros.

— Quanto eu paguei a mais? Mais de um milhão de coroas? Achei que valia a pena, como seguro.

— Você me transformou em um estelionatário.

— Ah, não mesmo. Você fez isso sozinho, Kurt. Eu só não te impedi.

— Puta merda! — disse Kurt com tanta intensidade que achei que ele fosse vomitar.

Eu tinha imaginado que esse momento seria doce, delicioso. Mas estranhamente não foi. Porque, caramba, eu senti pena do cara.

— Então aqui estamos — falei e coloquei a mão no ombro dele. — Nós dois, no mesmo barco, um com um podre bem pesado do outro.

Ele abaixou a cabeça.

— O que você quis dizer quando disse "vamos ver se vai entrar água nesse barco"?

— Algo como — falei e dei um tapinha reconfortante nas costas dele — se nós dois ficarmos parados, provavelmente o barco vai continuar boiando.

— Que loucura — sussurrou Kurt.

— Concordo.

Ele acendeu outro cigarro.

— Aposto que você também já pensou à frente, Roy. Então, o que sugere que a gente faça agora? Morre tudo aqui e cada um segue seu rumo?

— O problema — falei — é o Carl.

— Por quê?

— Quando ele perceber que você não vai me prender, ele pode ir à polícia em Notodden ou Oslo.

— Certo. Mas eu não tenho como impedir que ele faça isso.

— Mas deveria. Do contrário, a minha advogada vai publicar o documento. Aliás, sem implicar o Erik.

— Pelo amor de Deus, Roy, como acha que eu posso impedir o Carl de ir à polícia?

— O Carl é um sujeito racional. Procurou você porque sabia que poderia conseguir um acordo que o livraria do problema. Ele não vai conseguir isso tão fácil em outro lugar. A menos que você organize isso para ele com os seus colegas. Então, se não fizer esse favor para ele, nós dois vamos estar bem seguros.

— Você acha?

— Acho. Além do mais, quando a diretoria do Spa Os eleger um novo gerente, o Carl não vai ter mais nada a ganhar lançando bombas atômicas por aí.

Kurt coçou a cabeleira.

— Você é irmão dele, então sabe melhor do que ninguém.

Nos levantamos e fomos para o carro enquanto Kurt falava pelo celular com a delegacia de Notodden e cancelava o interrogatório e a abertura da cela. Desligou e se sentou ao volante, comigo no banco do carona. Fez um retorno e, enquanto esperávamos uma brecha para entrar na estrada principal, a pergunta simplesmente escapou de mim:

— Você me odeia, Kurt?

Percebi que ele estava pensando enquanto olhava de um lado para o outro para pegar a estrada, em seguida acelerou. Foi só quando estávamos a caminho de Os e eu achava que ele havia esquecido ou preferido não responder que ouvi a resposta.

— Por muitos anos achei que sim, Roy. Mas acho que é o que costuma acontecer nesses casos.

— "O que costuma acontecer"?

— Quando você odeia alguém tão intensamente é porque, na verdade, odeia a si mesmo.

Seguimos em silêncio, enquanto eu olhava pela janela e pensava no meu pai. O sol se pôs atrás do Ottertind. Em breve chegaria a escuridão — que em Os não cai, e sim sobe do chão.

Quando entrei em casa, contei tudo a Natalie.

Ela ouviu com os olhos arregalados de espanto.

Não fizemos amor naquela noite, mas nos abraçamos forte e dormimos banhados de suor, como se um estivesse sonhando que o outro estava prestes a cair no mar.

43

— QUER CASAR COMIGO?

Foi a primeira vez na vida que falei essas três palavras precisamente nessa ordem. Natalie olhou ao redor com os olhos sonolentos, piscando à luz da manhã, como se estivesse verificando se minha pergunta era para outra pessoa. Eu me ajoelhei ao lado da cama com uma xícara de café numa das mãos e na outra um prato com um guardanapo, uma fatia de pão com queijo *brunost* e uma caixinha vermelha com forro de veludo contendo uma pequena aliança de ouro. Ela pegou o pão, deu uma mordida e mastigou, enquanto olhava para o teto.

— Tá bom — disse, como se a resposta dependesse do gosto do pão.

Então explodiu numa risada histérica e não conseguiu tapar a boca a tempo de impedir o pão e o queijo de saírem e caírem por todo o edredom. Limpamos com o guardanapo.

— Vamos tentar de novo? — perguntei.

Ela fez que sim.

Saí do quarto, voltei e me ajoelhei ao lado da cama. Repeti as três palavras na mesma ordem, agora pela segunda vez na vida.

— Sim — respondeu Natalie em voz alta e clara, então começou a chorar de soluçar.

— Vamos tentar mais uma vez? — perguntei.

— Bobo! — disse, então me puxou para a cama e usou minha camiseta para secar as lágrimas. — Me beija, seu bobo.

Compensamos a chance perdida na noite anterior, em seguida ela tirou a aliança da caixinha.

— É tão linda — elogiou ela, enquanto tentava colocá-la no anelar. — Você acha que eu tenho dedos finos? — Natalie deu uma risada, então olhou para mim e provavelmente entendeu a expressão do meu rosto. — Você não comprou isso para mim, né?

Fiz que não com a cabeça.

— Comprei para a Shannon, mas nunca tive a chance de oferecer a ela. Agora estou oferecendo a você. Tudo bem?

Foi como se eu pudesse ver as perguntas surgindo dentro da cabeça dela: "Você está perguntando se tudo bem eu ser a número dois? Prefere economizar dinheiro em vez de comprar uma aliança nova? Ou quer que eu use esta para você poder fingir que eu sou a Shannon, a mulher que você ama de verdade?"

Acho que ela teve que pôr todos esses pensamentos em ordem, como eu mesmo tinha feito antes. De repente, foi como se ela tivesse percebido algo que fez a dureza em seus olhos perder a força. Que aqui nas montanhas não jogamos fora coisas utilizáveis, nem mesmo as que só têm valor simbólico. Nosso amor é tão pouco sentimental quanto a natureza e nossas condições de vida. Você ama uma pessoa e a perde, então, se tiver sorte, se apaixona por outra. Você pode fingir que não é assim, inventar uma história romântica, mas isso seria mentir, e Natalie e eu tínhamos um pacto de não mentir um para o outro.

— É linda — murmurou ela, passando o dedo na aliança. — Vou levar numa joalheria e mandar ajustar.

Pegamos no sono e, quando acordei, estava sozinho na cama. Me levantei e encontrei Natalie sentada diante do laptop na sala de estar.

— Fui chamada para uma entrevista em Lillehammer — falou. — Estou mandando um e-mail para eles agora.

— Para a vaga de diretora?

— É um hotel pequeno. Mas você vai gostar de Lillehammer. E tenho certeza de que vai conseguir um bom preço pelo posto de gasolina.

Dei uma risada. Então percebi que ela não estava brincando. Ou talvez só um pouco. Ela esboçou um sorriso.

— É só uma primeira entrevista — disse.

— Você vai receber mais ofertas. O que seria preciso para manter você em Os?

Ela deu de ombros.

— O de sempre.

— O de sempre?

— Salário mais alto, emprego melhor, um lugar melhor para morar, um marido. Nessa ordem.

— Agora você tem um marido, e o seu apartamento é bem legal.

Ela balançou a cabeça e seguiu digitando.

— Muito pequeno para dois, talvez três.

Senti o coração palpitar. Ela tirou os olhos do teclado e deu uma risada.

— Te assustei? Relaxa, é brincadeira. Grávidas não saem por aí se candidatando a vagas de emprego.

Ela voltou a digitar.

— Deve ter algo maior por aqui — comentei. — O Carl está de mudança.

— A fazenda Moe é maior.

— Você quer morar lá? Com todas...

— Com todas as memórias ruins? O mesmo vale para Opgard, não acha? Não é por isso que o seu irmão está construindo uma casa nova?

— Em parte talvez, mas principalmente pelo mesmo motivo que a carriça.

Natalie pareceu confusa por um instante, então se lembrou. E entendeu.

— Está dizendo que ele tem que construir um ninho que deixe a Mari Aas feliz?

Fiz que sim.

— Para eles poderem ser o rei e a rainha de Os — completou Natalie.

— Sim. Era isso que a Mari e o Dan achavam que seriam quando se mudaram para cá. Mas não aconteceu. Então, agora, ela arranjou outro parceiro.

Natalie pensou no que falei.

— Mas você disse que ela e o Krane estavam de mãos dadas na partida de futebol...

— Pois é, eu vi.

— Por que, então, se ela pretende se separar?

Dei de ombros.

— Vai ver, ouviram um boato de que vão se separar e quiseram mostrar que é mentira.

— Não — disse Natalie e afastou o notebook. — É por causa da Irini.

— Irini?

— A governanta do hotel. A mulher que você viu saindo do carro do Krane. A Mari descobriu o que está acontecendo entre eles.

— Você acha?

— Acho.

— E...?

— E aí acontece uma coisa esquisita: a Mari percebe que o homem por quem ela perdeu o interesse e a fé é atraente para outras. Percebe que talvez seja ele que vai acabar dando um pé na bunda dela. Ela redescobre o marido, ela o quer de volta.

— É o desejo mimético em ação? — Passei a mão no curativo na cabeça. — Mas, segundo a teoria, a Mari deveria enxergar a Irini como um modelo, e, mesmo que ela seja socialista, digamos que ela não é uma pessoa de ideias igualitárias.

— Não dá para encaixar toda a realidade nessas teorias — disse Natalie, então suspirou e voltou para o notebook.

Jo Aas ligou enquanto eu inspecionava alguns chalés do terreno de camping. Me convidou para um café e fui de carro até sua casa. Ele me recebeu na porta usando seu suéter rústico de lã e chinelos. Sua esposa, Elin, serviu café e *kransekake* — bolo típico da Noruega — na sala de estar, que tinha vista para um campo tão amplo e ondulado que parecia que estávamos no leste do país. O lugar era lindo, e fiz questão de dizer isso a ele.

— Pois é, mas também é muito grande para dois idosos, então vamos nos mudar para uma das casinhas anexas no ano que vem — revelou

Aas, acenando para a casa onde sua filha e Krane moravam. — Eles precisam de mais espaço, sabe?

Não respondi. Não fazia ideia se ele só estava fingindo ou não sabia dos planos de Carl e Mari.

— Como estou no fim do meu mandato de presidente da diretoria, acho que seria oportuno dar algumas dicas e conselhos ao meu sucessor — disse ele e esperou a esposa sair da sala antes de prosseguir. — O meu conselho geral provavelmente é o que se espera que um homem mais velho diga a um mais jovem: não tenha pressa. Não se precipite. Essa é a raiz de muitos problemas, Roy.

Segui comendo.

— Esse *kransekake* está ótimo.

— Para a maioria das pessoas, cortar laços familiares é mais dramático do que elas imaginavam. Sabia que a Elin é de uma família de Testemunhas de Jeová?

— Não.

— A regra lá é: ou você é um de nós ou não podemos ter contato com você. A Elin perdeu a fé nos princípios que eles pregavam bem cedo, mas não foi por isso que precisou romper com eles. Ela fez isso para poder ficar com um forasteiro como eu.

Aas sorriu, mas isso não suavizou nem um pouco seu rosto duro feito granito, que parecia saído de um cartaz de propaganda de qualquer um dos extremos políticos.

— Não é um caso tão raro, e todos que estão do nosso lado da cerca enxergam esse como o único final feliz possível. Mas é aí que eles se enganam. — Ele mexeu o café. — Às vezes, a Elin ainda se pergunta se tomou a decisão certa. E eu sei o que você está pensando. Ela acha mesmo que seria melhor ter mentido sobre a própria crença e ter permanecido no grupo em vez de viver uma vida longe dos familiares, mas enxergando a verdade? Em alguns dias a resposta é sim; em outros, é não. — Ele me encarou. — Olhe para a Mari. Ela tem família, e todos nós sabemos como isso às vezes atrapalha as coisas, especialmente no caso de vocês, que são jovens e... bom, ambiciosos, pessoas que querem cada vez mais da vida, me parece justo colocar dessa forma. Tanto que, às vezes, vocês esquecem a importância da família, e nessas horas precisam de alguém mais velho e, com sorte, mais sábio para lembrá-los. Para colocá-los de volta no caminho certo, que leva a um final feliz.

Só me restou acenar positivamente com a cabeça. Jo Aas sabia de Mari e Carl. Talvez de Dan e a mulher do Spa Os também. Não foi o desejo mimético ou qualquer outra coisa sofisticada do tipo que uniu Mari e Dan de volta. Foi um discurso estrondoso do velho prefeito. A ameaça de cortar os laços familiares, provavelmente adoçada com a promessa de se mudarem para o casarão se eles obedecessem. Mas por que Aas não agiu antes? E também vi a resposta para essa pergunta: agora que sabia que Carl Opgard seria demitido e enfrentaria um futuro incerto, Aas concluiu que o divórcio que previa para a filha não valeria mais a pena.

— Quando o Carl e a Mari namoravam na adolescência, ele era como um filho para mim — continuou. — Você sabe: eu o ajudei a conseguir aquela bolsa de estudo nos Estados Unidos. E, talvez por ter ajudado a definir o caminho que ele tomou na vida, de certa forma me sinto responsável pela situação em que ele se encontra agora. Por isso, me vejo na obrigação de pedir que você tome todos os cuidados na forma como trata o seu irmão na situação em que ele está agora.

— Obrigado. Vou tentar. É só isso?

— É.

Comi o restante da fatia de *kransekake* e me levantei.

— Mais uma coisa — disse Aas no hall. — Falei com o Dan agora há pouco. Um homem chamado Fuhr da GeoData anunciou uma coletiva de imprensa sobre a estrada principal para hoje à noite.

O *kransekake* que eu ainda estava mastigando de repente dobrou de tamanho na minha boca.

— Vamos torcer para que não sejam más notícias para Os e para o spa — disse Aas, enquanto segurava a porta aberta para mim. — Nos vemos na reunião de amanhã?

Uma coletiva de imprensa.

Fuhr estava determinado.

Acelerei como se tivesse um compromisso urgente. Mas era tarde demais, a corrida já estava perdida, isso era claro. Porque quando um camicase fodido todo cheio de anabolizante decide explodir tudo, não há o que fazer. Sinceramente, o que mais eu poderia esperar?

Será que, depois de sair da mira de Kurt Olsen, eu tinha me tornado confiante demais a ponto de pensar que conseguiria desviar de cada pedaço do asteroide explodido? Que alcançaria o nível celestial, onde o horizonte está limpo e você pode seguir tranquilamente em direção ao pôr do sol? Como dizem, o homem propõe, Deus dispõe.

Não consegui conter a risada.

Me ocorreu que, assim como nos romances das irmãs Brontë que Rita lia para mim, o clima parecia refletir a situação. Agora estava bom, com poucas nuvens, porém choveria ao fim da tarde, e eu senti — mais do que vi — as nuvens carregadas se formando no oeste.

Natalie pareceu surpresa quando surgi na sala e sugeri que repetíssemos a caminhada que fizemos juntos na primeira vez.

— Agora?

— O tempo está bom demais, não vai durar muito.

Ela suspirou.

— Um passeio costuma significar que você tem mais confissões horríveis para fazer.

— Acha que eu posso superar o que você já sabe?

— Acho que você pode superar tudo. Será que vem devorando bebês?

— Vem comigo?

— Eu sou o seu maçarico-dourado — disse ela, fechou o notebook e foi se trocar.

Na página do *Tribuna de Os* dizia que a coletiva de imprensa da GeoData estava marcada para as seis da noite. Ou seja, eu tinha quatro horas até o caos se instalar. Até perder tudo. E ali percebi uma coisa: que não seria o fim do mundo se o Spa Os, o posto de gasolina e a montanha-russa fossem pelo ralo, desde que eu ainda estivesse com ela. Porque eu acreditava nela. Ela era meu maçarico-dourado. Era a companheira do solitário. Não era uma carriça, como a Mari Aas, que primeiro olhava para o ninho e só depois para o homem.

— Ainda não tenho botas de caminhada — gritou ela do corredor.

— O Carl está no trabalho, podemos pegar as de mamãe em Opgard. Também posso pegar umas roupas para mim.

— Tá bem.

Pegamos o carro dela e no caminho falei da coletiva de imprensa. E mais uma vez me ocorreu como é libertador ter alguém para quem você possa contar absolutamente tudo. Bem, quase tudo. Em um ponto da minha vida Carl tinha sido essa pessoa, mas a sensação era de que isso fazia séculos.

— Então o Fuhr vai publicar um relatório revisado dizendo que o túnel pode ser construído, no fim das contas — disse Natalie, reduzindo a marcha ao nos aproximarmos da primeira colina íngreme.

— Parece que sim.

— E por que você não liga para ele e diz que aceita as condições? Porque provavelmente é o que ele está esperando.

— Porque não vai parar por aí. Ele vai ficar fazendo mais exigências.

— Mas você tem alguma escolha?

— Posso deixar o que tiver que rolar acontecer agora.

— E tudo pelo que você trabalhou? Vai simplesmente deixar para lá?

— Sim, tudo. A porra toda.

Não ousei encará-la, apenas escutei e esperei sua reação. Que veio.

— Tá bem.

Leve como um pintarroxo na primavera.

— "Tá bem"?

— Se é assim que você pensa, então deixa tudo para lá. É assim que vejo. Você pode ser um homem de família em Lillehammer. Me ligaram agora há pouco tempo, e quando eu disse que não tinha certeza se iria para a entrevista, eles praticamente me ofereceram o cargo.

— Jura?

— Juro. Então podemos escolher, querido.

Considerei o que fazer. Vender tudo, incluindo Opgard, e dar no pé. Um recomeço. Esse tinha sido meu sonho lá atrás. Até que foi tirado de mim, junto com Shannon. Poderia se tornar realidade agora? Pensei. Claro que podíamos nos mudar, caramba, era só pôr a mão na massa. Então o que estava me segurando? Eu estava velho e com medo de mudanças? Não, não era isso. Era ela. Era a ideia de pôr minha vida nas mãos de outra pessoa.

— Confia em mim — disse Natalie.

Eu a encarei, incrédulo.

— O que você disse?

— Confia em mim.

Engoli em seco. Agora ela podia até ler meus pensamentos?

— Te amo — falei. Soou estranho, mas era a coisa certa a dizer.

— Quanto?

— Pra cacete.

Soou certo nos meus ouvidos.

Sem tirar os olhos da estrada, ela se inclinou e me beijou na bochecha. Ah, eu confiava nela, com certeza. Claro que o novo relatório poderia dar lugar a uma investigação mais profunda sobre o que aconteceu com o primeiro, e talvez certos fatos desconfortáveis viessem à tona, embora Fuhr estivesse disposto a fazer de tudo para evitar que isso acontecesse. Mas, com Natalie ao meu lado, as consequências do desastre seriam limitadas.

Pelo menos era isso que eu pensava.

Cinco minutos antes de o desastre acontecer.

Todo desastre deveria ter um prelúdio. Uma escalada, um aviso do que está por vir, como era o caso da coletiva de imprensa. Como aqueles segundos no pátio, quando papai me olha antes de ele e mamãe entrarem no carro e darem a partida. Como Carl ligando para me dizer que tem algum problema. Como um xerife que late e tenta morder seus calcanhares. Como o estrondo que vem do alto da montanha antes da chegada da avalanche.

Mas nem sempre é assim. Às vezes, o sol está brilhando num céu limpo e os pássaros estão cantando quando você percebe que o desastre não só está a caminho como já chegou. Eu estava no andar de cima, dentro do quarto, jogando camisetas, meias e cuecas numa bolsa de viagem que levaria para a casa de Natalie depois do passeio. Ouvi Natalie batendo os pés para experimentar as botas de caminhada de mamãe no corredor, ao pé da escada. Coloquei mais roupas na bolsa e ouvi um barulho de cadeira sendo arrastada. Enfiei uns casacos e duas camisas amassadas. Poderia passá-las mais tarde e me arrumar antes de preparar um jantar delicioso para ela.

Lá embaixo, silêncio. Abri umas gavetas para ver se havia mais algo de que pudesse precisar, fechei o zíper da bolsa e desci a escada. Natalie estava em pé no banco de costas para mim, se contorcendo para tocar no que estava pendurado acima dela: o rifle Remington. Do pai dela. O rifle idêntico do meu pai estava pendurado na parede do celeiro da fazenda dos Moe. A porta do celeiro tinha sido trancada depois da morte, e eu ainda não tinha encontrado uma desculpa para pedir que Natalie me desse a chave para trocar as armas de volta. Imaginei que a chance iria surgir. Mas ali percebi que não seria o caso.

Ela passou a mão na coronha de nogueira. Na única coisa que distinguia as duas armas, um detalhe que você teria que conhecer para encontrar: um coraçãozinho que a filha havia entalhado na madeira para deixar o pai feliz.

Natalie se virou para mim. Uma lágrima escorria em cada bochecha, a da direita mais depressa. Parei na escada, a dois degraus do piso, de modo que estávamos na mesma altura, como se pairássemos um pouco acima do chão. O silêncio era absoluto no alpendre, o único som que se ouvia era sua respiração acelerada e trêmula. Ela desceu do banco e tirou as botas de caminhada. Calçou os próprios sapatos, tirou algo do bolso e colocou no banco. Seus movimentos não eram nem apressados nem hesitantes, apenas eficientes, e seu rosto — tirando as lágrimas — parecia sereno, calmo, como o de alguém que já tomou uma decisão, se resignou com o fato de que não tem alternativa. Foi o fato de ela não parecer nem um pouco indignada que me fez entender que era definitivo. Pessoas que ficam bravas demais alcançam um ponto em que deixam de ficar, e quando isso acontece é possível que passem a enxergar as coisas de um jeito um pouco diferente. Mas Natalie sequer pareceu surpresa, apenas alguém que tinha confirmado uma suspeita e já havia decidido quais seriam as consequências.

— Pois é... — disse.

Como em "Pois é", a vida é assim, as coisas são assim, essas coisas acontecem, "Pois é", pelo menos tentamos. Então deu de ombros, girou a maçaneta e foi embora.

E eu fiquei ali, arrasado.

Ouvi o motor ligar e o carro partir.

Só então larguei a bolsa, fui até o banco e vi a aliança.

44

Acordei assustado na escuridão total. Um rugido profundo e estrondoso perdia força. Tempestade. Eu havia tido um pesadelo. Não com os sete velhos fantasmas que não me davam descanso, nem com o novo, Moe, o telhador. Nesse pesadelo, Natalie me deixava pela terceira vez, e meu pai gritava no meu ouvido "Strike três, você está fora!", do jeito como fazia quando ensinava a mim e a Carl a jogar beisebol no pátio. Então, sim, foi um alívio acordar do sonho. Até que lembrei que a realidade não era muito melhor. Me virei achando que estava na cama e caí do sofá. Reconheci o cheiro do velho tapete persa que papai havia trazido dos Estados Unidos e percebi que estava na sala de estar. Os ponteiros do meu relógio brilhavam fraco. Onze e meia. Me lembrei vagamente do que havia acontecido depois que Natalie foi embora. E não era muita coisa. Eu tinha desligado o celular e começado a beber a Budweiser que Carl havia comprado numa encomenda especial da loja de bebidas em Notodden, embora concordássemos que era uma cerveja aguada demais. Mantive a TV e o rádio desligados e tomei um porre, o que diminuiria um pouco a dor toda vez que eu pensasse em Natalie. A cerveja bastou — dessa vez eu não tinha planos de pegar um atalho para o silêncio eterno. Só queria dormir.

Quando acordei, o silêncio me pareceu excessivo. Um pensamento louco me ocorreu: que Natalie havia ligado para avisar que tinha mudado de ideia e queria que eu fosse com ela para Lillehammer ou qualquer outro lugar. As garrafas de cerveja vazias tilintaram enquanto eu tateava em busca do celular, que achei que havia colocado na mesa. Um relâmpago iluminou a sala por um instante, e vi o celular sobre um livro. Liguei o aparelho no instante em que ouvi o começo do trovão. Seis chamadas perdidas e duas mensagens de texto. Nenhuma de Natalie. Gemi. Três ligações eram de Carl, duas de Dan Krane, uma de Jo Aas. As mensagens de texto eram de Dan Krane. Abri a primeira.

Tentei te ligar. Tendo em vista que você é um dos principais investidores de Os, o Tribuna de Os *gostaria de um comentário seu sobre as informações que vieram à tona na coletiva de imprensa da GeoData, sobre os erros no relatório anterior.*

Tive que conter a risada. Não sabia exatamente quais seriam as consequências para mim — o que eu perderia —, mas elas não significavam nada comparadas à perda de Natalie. Claro, eu ficaria sem o posto de gasolina, o parque de diversões e talvez até o Spa Os, mas pelo menos seria épico. Um desastre de primeira, pode-se dizer. Tive vontade de cair na gargalhada, quando abri a segunda mensagem de texto.

Tem algum comentário a fazer sobre a tragédia e sobre as acusações de que Fuhr e a GeoData agiram de forma desonesta?

Minha vontade era ligar para Krane e comentar que a palavra "tragédia" deveria ser reservada para casos de mutilação, morte súbita e corações partidos, e não para descrever a ampliação da malha rodoviária norueguesa e seus efeitos no despovoamento das zonas rurais. Na verdade, sequer chegava a isso, porque, no fundo, o que mataria Os seria uma bênção para Todde. Aliás, eu ainda não tinha tomado café da manhã. Decidi comer alguma coisa, ir para a cama e acordar cedo pela manhã. Faltavam dez horas para a reunião da diretoria, e havia muitos preparativos a fazer à luz das mudanças. Um assunto seria a demissão de Carl e minha nomeação como gerente do hotel. Outro, igualmente importante, seria avaliar se valeria a pena seguir com a construção da nova ala, agora que a estrada principal seria desviada de Os.

Fui até a cozinha. Sem acender a luz, cortei duas fatias de pão integral, encontrei um pouco de presunto na geladeira e me sentei à mesa perto da janela. Comi olhando para a escuridão densa. Foi quando percebi como rapidamente havia parado de pensar no término com Natalie e me concentrado em questões práticas. A estrada principal, a reunião, comida. A mesma coisa aconteceu quando Shannon morreu. Talvez fosse o instinto de sobrevivência mostrando que, apesar de tudo, eu queria seguir vivendo.

Outro raio rasgou o céu.

Foi quando eu vi.

De novo.

O lobo.

Provavelmente ele havia derrubado a lata de lixo que fica ao lado do celeiro, e no clarão do raio eu o vi, com o focinho no lixo caído no chão.

Em seguida, a escuridão voltou.

Pisquei. Eu tinha visto mesmo? Foi como quando o tio Bernard chegou dos Estados Unidos com um View-Master — ou minicinema, como o chamávamos em Os — para mim e para Carl. Na época, era o equivalente a óculos de realidade virtual. Mostrava imagens estáticas iluminadas com um efeito 3-D fascinante. O nosso tinha imagens do Grand Canyon e das Montanhas Rochosas. Muito legais, mas provavelmente impressionaria mais os moradores dos vales do que nós, das montanhas. A imagem que eu nunca me cansava de olhar era a de um grande puma na encosta de uma montanha. Não por causa da montanha, mas porque o puma parecia solitário. A enciclopédia de papai dizia que o puma vive e caça sozinho num território extenso. O macho só busca a companhia da fêmea no cio, para acasalar. Quando ela aceita, eles passam as duas semanas seguintes juntos. E ponto-final. Duas semanas, nem mais, nem menos. Ao fim desse período o macho vai embora e fica sozinho novamente, para caçar e governar seu vasto reino deserto. Parecia tão triste. Mas de um jeito bom, que não sei se consigo explicar. Você nasce um puma, é sua natureza, faz o que tem que fazer, o que faz parte da sua natureza, não há motivo para ficar chateado. Mas, se você é um lobo — um animal que vive em grupo —, foi rejeitado pela matilha e tem que sobreviver com o que encontra em latas de lixo, é outra a história.

Olhei para a escuridão lá fora, esperando o relâmpago seguinte. Para vê-lo. Para me ver. O rei do lixo. Um miserável que sacrifica a própria dignidade no altar da sobrevivência, como todos fazemos. Mudamos os limites do que chamamos de dignidade, mudamos a definição da palavra para poder seguir vivendo. Até as pessoas que matam quem se mete no caminho, que roubam a esposa e o cargo do irmão, sentem que têm uma honra a defender. E a defendem com mais afinco do que a maioria das pessoas, porque não têm mais como mover os limites, porque não há mais dignidade a ser movida.

Outro relâmpago iluminou o pátio. Mas o lobo tinha sumido.

Acendi a luz e segui comendo. Tentei não pensar em nada, só me concentrar na tempestade. Não sabia dizer se ela estava no começo ou no fim. Depois de um tempo, joguei o resto do sanduíche fora, lavei o prato e estava perto da porta aberta da geladeira quando ouvi outro som. O BMW de Carl. Fui até a janela e vi o carro parando no pátio, mas, em vez de estacionar diante de casa, ele subiu a rampa e entrou no celeiro. Desligou a ignição, e por alguns segundos o lugar ficou totalmente escuro até que a lâmpada tubular de néon pendurada no teto piscou várias vezes até acender de vez. Carl estava escondido pela parede do interruptor e demorou um tempinho até reaparecer. Desceu a rampa e, à luz da porta do celeiro, percebeu a lixeira virada e o lixo espalhado, mas não fez nada. O que pretendia fazer? Estava bêbado? Ele se aproximou de casa com a luz do celeiro às costas e eu sabia que ele podia ver minha silhueta em pé perto da janela.

— O que você está fazendo aqui? — perguntou ao entrar na cozinha e me ver, agora sentado, esperando por ele.

— Acho que moro aqui.

— Mora? — Ele ficou parado à porta. Sua voz era baixa, sem vida. — Cadê o seu carro?

— A Natalie esteve aqui. Usamos o dela.

— Mas já foi embora?

Assenti.

— Então, talvez tenha um tempinho para me ajudar com o meu carro.

— Hã? Tem algum problema com ele?

— Os freios. Não estão funcionando direito.

— Olho amanhã cedo.

— Prefiro agora.

Nossos olhos se encontraram. Ele parecia sóbrio. Dei de ombros. Ele foi na frente e atravessou o pátio. Eu estava atrás, olhando ao redor, mesmo sabendo que o lobo devia estar a quilômetros dali.

Outro raio seguido por um trovão. E, como se ele tivesse aberto um buraco no céu, começaram a cair gotas pesadas de chuva. Subimos a rampa correndo e entramos no celeiro. Outro relâmpago, outro trovão, e de repente os pingos se transformaram num toró que martelava o telhado de ferro corrugado e a rampa no escuro lá fora. Carl se sentou no banco do motorista e abriu a trava do capô. Levantei o capô e me inclinei. Conferi o fluido de freio.

— Parece normal — comentei.

Ele não respondeu, e percebi que teria que gritar para me fazer ouvir em meio ao barulho ensurdecedor da chuva no telhado.

— Tudo parece normal aqui! Vamos ter que...

Parei a frase no meio quando olhei por cima do capô, para o banco do motorista, e vi que Carl não estava mais sentado ali.

— Não se preocupe com isso — ouvi Carl dizer bem atrás de mim.

E naquele momento eu soube.

— Vai ver, estão bons — prosseguiu, e mesmo perto de mim ele precisou erguer a voz para se fazer ouvir. — Nunca dá para ter certeza. Comecei a me preocupar hoje mais cedo, quando ouvi que a polícia acha que havia algo errado com os freios do carro que a Shannon estava dirigindo também e que por isso ela caiu no precipício.

Não me virei. Apenas segui ouvindo a chuva. Outro trovão. Estavam cada vez mais frequentes.

— Afinal, era o meu carro — continuou ele. — E sei que não havia nada de errado com os freios da última vez que dirigi. O que me fez pensar: você e a Shannon iam ter um filho, talvez até estivessem ansiosos por isso, fazendo planos. Só que eu era um problema, de muitas maneiras. Aí, o que você faz? Bem, isso é óbvio. Quando você tem que fazer uma coisa arriscada, mas que já conseguiu fazer antes, você simplesmente repete a tática, certo? Você "consertou" os freios do meu carro do mesmo jeito que consertou os do carro de papai. Talvez tenha descoberto um jeito mais refinado de fazer isso, para evitar que a perícia suspeitasse de crime dessa vez. Se eu não tivesse matado a Shannon antes de ir para aquela reunião de investidores no Spa Os naquela noite, eu é que teria morrido, não ela. Estou certo, Roy?

Me virei lentamente.

Carl estava parado a dois metros de mim, segurando o rifle na altura do peito. O indicador estava no gatilho, os dois canos apontados para mim. Ele me conhecia, sabia que havia uma boa chance de eu tentar algo. E, desta vez, eu não tinha uma corrente de bicicleta.

— Repetição — falei.

— Em que sentido?

— Você também escolheu o mesmo método de quando atirou no Dog. Mas talvez a gente repita os erros também. Você não conseguiu matar o Dog, só feri-lo. E foi um acidente. Como vai conseguir matar o próprio irmão?

Carl sorriu.

— Meu caro Roy, talvez essa coisa de o primeiro ser o mais difícil seja verdade ou talvez seja bobagem, mas o fato é que de lá para cá eu matei duas vezes. O velho xerife e a Shannon. Não, espera. Foram três, contando o seu filho.

Engoli em seco.

— O que você acha que vai conseguir me matando? A diretoria não vai devolver o seu cargo agora que sabe de todas as irregularidades.

— Mas você está se esquecendo da herança, Roy.

— Herança?

— É. Era nisso que eu estava pensando na minha casa nova, olhando para Opgard. Vi que tinha uma luz acesa na cozinha e percebi que você havia voltado. Para a sua herança. A partir daí, a minha sequência de raciocínio foi: eu sou a única família que você tem. Que, se você morresse agora, eu herdaria tudo que você possui. Não só Opgard mas também as ações do Spa Os. Que você não poderia me tirar da gerência na reunião de amanhã e que eu, como futuro acionista majoritário, poderia demitir toda a diretoria, ou pelo menos os que não fossem a favor de eu seguir gerindo o hotel. — Carl deu uma gargalhada ao perceber minha expressão de surpresa. — Simples, não é, Roy?

— Certo. Mas como você pretende se safar?

— Se safar do quê? Ninguém vai me culpar quando descobrirem que você se matou com um tiro aqui no celeiro.

— Ou seja, um suicídio um dia antes de eu assumir o Spa Os e demitir você. Acha que alguém vai acreditar?

— À primeira vista, talvez seja difícil enxergar um motivo claro para suicídio. Mas quando descobrirem que recentemente você deu entrada no hospital em Notodden precisando fazer uma lavagem estomacal para tirar uns comprimidos que tinha engolido, a polícia e todo mundo vão achar que você vem pensando em se matar há muito tempo. Não é tão incomum em homens da sua idade. É só ver o que aconteceu com o Fuhr.

— O Fuhr?

Carl levou a cabeça para trás, espantado, e me encarou com a testa franzida.

— Não ficou sabendo?

— Do quê?

— Sério? Ah, o seu celular estava desligado. — Carl deu uma risadinha. — O Jon Fuhr se matou. Não apareceu para a coletiva de imprensa. O corpo foi encontrado logo depois. Acham que foi overdose. Vai ver, ele tinha um motivo. Pelo que o Bent Halden falou na coletiva, parece que o Fuhr se sentia responsável pelos erros no primeiro relatório.

— Erros? Como assim, no relatório que a gente pediu?

— Não, não, aí está a ironia. Acontece que tem um rio subterrâneo correndo por baixo da montanha que eles não descobriram na época do estudo e que não dá para desviar nem represar. Então, independentemente da geologia, não daria para construir o túnel. O Halden admitiu que a GeoData devia ter descoberto isso muito antes, porque teria economizado ao país algo em torno de cem milhões de coroas em custos de planejamento e pré-produção. Parece que o Fuhr vinha se gabando de que havia ganhado uma fortuna nos últimos tempos.

Com isso, começaram a especular que apoiadores do projeto de Todde o subornaram para evitar a menção ao rio subterrâneo no relatório.

— Então a estrada principal...

— Vai seguir passando por Os. E agora não há mais dúvidas, não é questão de interpretar dados aleatórios e pedras soltas. Se construíssem o túnel, ele se transformaria num rio.

Percebi que tinha interpretado de forma equivocada a mensagem de texto de Krane pedindo comentários sobre a GeoData e "erros no relatório anterior". E também a mensagem posterior, que Krane obviamente havia mandado depois de encontrarem o corpo de Fuhr. "Tem algum comentário a fazer sobre a tragédia e sobre as acusações de que Fuhr e a GeoData agiram de forma desonesta?"

— E por falar em rios... — disse Carl, com o rifle apoiado na bochecha.

Olhei para o interior dos canos. Vi seu dedo se mover para apertar o gatilho. Não senti medo, apenas cansaço. Queria acabar logo com aquilo.

— Espera! — exclamei.

— Por quê?

Ele olhou para mim com um olho, o outro seguia fechado.

— Você não pode atirar em mim a dois metros de distância com um rifle e fazer parecer suicídio. Em primeiro lugar, pelo impacto vão saber que eu não teria feito isso sozinho. Em segundo lugar, não dá para ter certeza de que vou morrer na hora, o que vai deixar rastros. Pessoas que se matam com um tiro de rifle colocam o cano da arma na boca.

— Certo, então o que você sugere?

— Usa o rifle pendurado no alpendre. Já está até com uma bala na câmara.

— Sério? — Ele inclinou a cabeça. — Você está me ajudando ou tentando aprontar uma?

Balancei a cabeça.

— Em primeiro lugar, não quero sofrer sem necessidade. Em segundo lugar, você é meu irmão. Se eu tenho que morrer mesmo, e não é que eu não mereça, não tem sentido o último Opgard ir direto para a cadeia só porque não consegue pensar nas coisas de forma prática. E em terceiro lugar...

— Sim?

— Se eu colaborar agora, quero que a Natalie fique com o posto de gasolina e os imóveis na cidade.

Carl pensou.

— Ela pode ficar com o posto de gasolina.

— E os imóveis também. Lembre-se: você vai ficar com o terreno de camping e as ações. E Opgard.

Carl deu uma risada.

— Fechado. Afinal, devo alguns favores a você. Mas vai ter que ser com o rifle mesmo.

— Certo, mas então atira dentro da boca.

— Sério?

Ele parecia cético.

— Olha, eu não vou tentar nada — falei, me ajoelhando e colocando as mãos nos bolsos. — Depois você limpa o gatilho e esfrega o meu indicador direito nele. E não toca em mais nada, deixa tudo exatamente como está. Quando falar com a polícia, fica o mais próximo possível da verdade, sobre a hora em que chegou aqui e coisas do tipo. Diz que chegou aqui e não me encontrou, mas quando ia se deitar ouviu um tiro. Correu para o celeiro, me encontrou, verificou os meus sinais vitais e então ligou para eles. Entendeu?

— Entendi.

— Tá bom, então. Vamos acabar logo com isso.

Abri a boca. Carl olhou para mim, incrédulo. Então — com toda a cautela — deu um passo na minha direção. Fechei os olhos. Outro trovão, desta vez mais distante. Senti o cano duplo do rifle nos lábios e abri mais a boca. Carl enfiou o cano e eu senti o gosto horrível de pólvora e aço. Eu tinha lido uma teoria que explicava por que a pessoa vê a vida inteira passar diante dos olhos quando sabe que está prestes a morrer. Ela diz que nesse momento o cérebro está fazendo uma varredura desesperada em todo o banco de memória em busca de algo que ajude a pessoa a escapar. Eu não queria escapar, mesmo assim foi o que aconteceu. Carl e eu enjoados no banco de trás do Cadillac, papai dirigindo e fumando e mamãe lendo o mapa. Papai parou para a gente vomitar, afagou a cabeça de cada um de nós e prometeu parar no próximo posto de gasolina para comprar sorvete. E cumpriu a palavra. Antes de chegarmos a Oslo, paramos no fiorde e tomamos banho de mar na água salgada. Mamãe também entrou na água, enquanto papai ficou encostado no carro, fumando e observando a cena. Quando acabamos, ele nos entregou uma toalha grande. Me lembro do meu pai sorrindo e de pensar que ele estava feliz ali. Talvez estivesse mesmo. Naquele exato momento. Depois eu estava diante de Carl, segurando minha redação com nota 10. Meu irmão caçula sorria e negava que tinha corrigido meus erros de ortografia, embora desse para *ver* que tinha feito isso. Em seguida, o Cadillac se afastando de nós, com papai e mamãe dentro dele, Carl e eu observando do pátio. Quatro pessoas naquele velho Volvo que meu tio me deu de presente de aniversário de 18 anos, indo para um baile em Årtun. Carl e Mari, os namorados, no banco de trás, Grete Smitt, que é apaixonada por Carl, no banco do carona, e eu, que sou apaixonado por Mari, ao volante. Mari me dando mole para se vingar de Carl, que tinha tomado um porre e comido Grete, e eu percebendo que não era por Mari que estava apaixonado, mas por qualquer coisa que fosse de Carl, e ela não era mais. Moe na loja do posto de gasolina, encolhido de vergonha e medo, comprando uma pílula do dia seguinte. Shannon. O cabelo vermelho como fogo, a pele branca como neve, aquela pálpebra danificada e meio fechada, como se ela estivesse mirando em mim. Eu me vi perto da grade de proteção da ponte Varodd depois que me mudei de Os para Kristiansand para me afastar dela. Ela na minha porta certa noite, a água da chuva pingando do cabelo, me perguntando se podia entrar. Natalie deitada na urze. O milagre de encontrar outra pessoa para amar. Zator. A vista do topo, a sensação de estar lá no alto, bem acima de todo mundo, e ao mesmo tempo saber que um segundo depois você vai cair no abismo. Então o estrondo. Mas, em vez de ficar preto, foi como se tudo começasse a recuar. O rifle tremeu e o cano saiu da minha boca. Na hora me perguntei se quando se morre você começa a reviver a vida de trás para a frente. Eu conquistaria e perderia Natalie três vezes até que ela ficasse mais jovem? Reencontraria Shannon? Será que papai, mamãe, Moe, Willumsen, o velho xerife e todos os outros fantasmas voltariam dos mortos? Eu veria Natalie adolescente andando de costas para sair do posto de gasolina e nunca mais a encontraria? Senti um líquido quente escorrendo pela bochecha e pelos lábios e coloquei a língua para fora instintivamente. Reconheci o gosto na hora. Não eram lágrimas, era sangue.

Abri os olhos.

Carl não estava mais em pé diante de mim, eu estava olhando para a escuridão além da porta aberta do celeiro e tudo o que conseguia ver era a luz da janela da cozinha. Então eu estava vivo, certo? O estrondo. Devia ter sido um trovão. Outro relâmpago iluminou toda a nossa casa. Vi uma silhueta perto da parede. Talvez estivesse morto, talvez estivesse vendo o que queria ver, talvez estivesse no paraíso. Porque era ela, Natalie, e ela estava obviamente tocando um *langeleik*, mas chovia tanto que eu não conseguia ouvir nada. Então escureceu de novo, e ela sumiu. Um gemido. Enfim, olhei para baixo.

Era o Carl.

Estava caído no chão, o rosto pálido. Mas sua camisa branca tinha uma cor.

Vermelho-sangue.

Carl me encarava enquanto tentava pegar o rifle. Chegou a encostar nele antes que eu o pegasse. Me virei e o coloquei no BMW atrás de mim. Percebi que a grade do radiador estava coberta com o sangue dele.

— O q... O que aconteceu? — sussurrou Carl, quase sem voz.

Eu ainda estava de joelhos, olhando para a escuridão.

E então ela entrou na luz. A chuva escorrendo do cabelo.

— Oi — disse Natalie.

Eu estava enganado. Não era um *langeleik* que ela estava segurando. Era um rifle.

— Oi — falei, incapaz de pensar em algo melhor.

— Vi vocês quando dei a volta na casa. Ele ia...

— Ia — falei e me levantei. — Pegou esse rifle do alpendre?

Ela se aproximou.

— Fiz tudo o mais rápido que pude. Ele está...?

— Não totalmente.

Olhamos para Carl. Seu rosto estava ficando branco nas bordas, como chocolate velho. O sangue escorria da frente da camisa e caía nas tábuas de madeira. Natalie havia atirado de dentro da casa, a uma distância de setenta ou oitenta metros. A bala entrou pelas costas e saiu pelo peito de Carl. Olhei para trás vi que a parte de baixo do capô do BMW tinha um amassado quase imperceptível onde a bala havia parado.

— Ele vai ficar...?

— Não. Não tem como ele sobreviver.

Natalie me olhou como se fosse perguntar mais alguma coisa — por exemplo, como eu podia saber que Carl não tinha salvação, mas provavelmente viu alguma coisa no meu rosto e desistiu.

— Pode pegar a minha faca de caça? — pedi, vendo Carl se contorcer como uma minhoca num anzol. — Está na última gaveta da cômoda do alpendre.

— Tá bem.

Natalie desapareceu na escuridão da noite. Um raio iluminou sua silhueta de costas. Logo em seguida veio um trovão, como se sempre tivesse feito parte da cena. Me agachei perto do cadáver vivo. Carl abriu e fechou os olhos. Chiava feito um pneu furado.

— Eu vou morrer, né?

Depois de tantos anos o sotaque de Os soava quase estranho na boca de Carl.

— Vai — respondi. — Algum último pedido?

Carl parecia estar tentando rir.

— O mesmo que o seu — disse, chiando. — Que você garanta que o rei de Os seja um Opgard.

— Não sei se tenho tanto interesse no título.

— Talvez *você* não saiba, mas eu sei. Porque você sempre quis o que eu tenho.

— É mesmo?

— O trono, a Shannon, até a Mari quando a gente era adolescente. Eu percebia. Até a atenção de papai, tirando a parte de... Você sabe. É maluquice, mas é verdade, né?

Senti um calafrio. Era verdade?

As pálpebras de Carl estavam semicerradas, ele parecia prestes a dormir. Segurei sua mão e apertei. Ele apertou também.

— O que você vai fazer com o meu corpo? — sussurrou.

— Ainda não tive tempo para pensar nisso.

— Ah, pensou, sim! Você pensa rápido nessas coisas práticas. Qual é o plano?

— Tem certeza de que quer saber?

— Não, então, se for muito horrível, mente.

— Vou enterrar você aqui na fazenda. Com uma vista.

Carl riu e tossiu ao mesmo tempo.

— Você pode mentir melhor que isso!

O sangue da tosse caiu no queixo e no lábio superior.

— No descampado — falei. — Bem fundo, para evitar que raposas te encontrem.

— Melhor. — Ele sorriu, os lábios pálidos, parecendo cascas vazias de larvas. — Ótimo. Obrigado.

Natalie emergiu da escuridão. Me entregou a faca de caça de lâmina larga com as duas mãos, como se fosse um instrumento médico, e eu, um cirurgião. Era a faca de papai, que eu tinha usado para acabar com o sofrimento de Dog.

— Vou lá para fora — disse Natalie.

— Isso.

Fiquei sentado olhando para a faca. Tinha um design brutal, com estrias laterais para desviar o sangue ao esquartejar a presa.

— Está doendo muito agora, Roy. Por favor, pode acabar logo com isso?

Fiz que sim, mas não conseguia me mexer. Pigarreei.

— E se eu ligar para o Stanley agora e você sobreviver?

— Pensa um minuto, Roy — disse ele, gemendo e sussurrando tão baixo que precisei me inclinar para ouvi-lo em meio ao barulho da chuva. — Eu sobrevivo, sou demitido amanhã, entro em falência e tenho que me mudar para aquela casa maldita sozinho, agora que a Mari não vai largar o Dan. A Natalie vai para a cadeia por tentar me matar, e eu, por tentar matar você. Por outro lado, se eu for embora, todos os problemas de nós dois vão sumir junto comigo. Então, *por favor*, posso não sobreviver? E você pode, por favor, andar logo com isso?

Me sentei no chão atrás dele e segurei aquela cabeleira cheia e escura com a mão esquerda. Foi quando as noites em que eu descia para a cama de baixo do beliche depois da visita de papai voltaram a mim como um déjà-vu; eu ficava com ele e o consolava enquanto ele chorava, acariciava o cabelo do meu irmãozinho enquanto ele se desfazia em lágrimas. Puxei sua cabeça com força para trás, o abracei com o braço direito e pressionei a ponta da lâmina na pele do lado esquerdo do pescoço.

— O que acha? — sussurrei em seu ouvido. — Esse nome, Spa Os, é meio... formal. Que tal rebatizá-lo de Carl's, bem norte-americano?

— Idiota — chiou ele.

— É sério.

Um sorriso tomou conta dos seus lábios pálidos.

— Vou pensar — sussurrou.

Cravei a ponta da faca e a puxei para a direita com força, mantendo a pressão e a posição horizontal ao longo do movimento. O sangue começou a escorrer. Até que cortei a aorta, e aí começou a jorrar. Três jatos voaram em arco e caíram no chão. Então o sangue cessou, e Carl ficou inerte entre as minhas mãos. Deitei meu irmão com cuidado e me levantei. Fiquei olhando para ele ali, deitado numa poça de sangue. Não senti nada. Não pensei em nada, tirando o fato de que mais uma vez precisaria usar a plaina para lixar o sangue do piso de madeira.

45

Ouvi dizer que, em geral, pessoas em luto conseguem manter a tristeza afastada enquanto estão ocupadas preparando o velório. Não sei se foi por isso que me senti estranhamente indiferente à morte de Carl. Ou, vai ver, eu já estava destruído por dentro desde antes e *sequer* era capaz de sentir luto. De qualquer forma, não enterramos Carl no descampado, como eu havia prometido. A verdade é que ele estava certo: por que arriscar mudar de método quando se pode repetir o que já funcionou?

Assim, colocamos o celular de Carl na mesa da cozinha, envolvemos o corpo dele em sacos de lixo grandes, enfiamos o cadáver no porta--malas do BMW e fomos para a oficina nele e no carro de Natalie. O momento e o clima eram perfeitos. O posto de gasolina estava fechado e não havia vivalma na chuva que caía sem parar. Abri a porta da oficina, entrei com o BMW, e, com a ajuda de Natalie, ergui o corpo e o coloquei na caçamba do trator. Em seguida, despejamos o que restava do Fritz para limpeza pesada na caçamba. Dava para ouvir a carne já começando a borbulhar e chiar enquanto a caçamba era erguida na altura máxima, quase tocando o teto. Deixamos nossos celulares na oficina, voltamos para os carros e seguimos para o leste. Paramos no mesmo acostamento remoto onde eu tinha conversado com Jon Fuhr. Onde tinha conseguido a carta que tirei do bolso e coloquei no banco do carona.

JÁ CHEGA DESSA VIDA.

ADEUS. OPGARD.

Com um pano que havia pegado na oficina, limpei o volante e outros lugares que pudesse ter tocado, embora duvidasse que haveria uma investigação — fora que encontrar vestígios do irmão mais velho da vítima no carro não tem nada de suspeito. Saí do carro, limpei as chaves, coloquei-as em cima de um pneu dianteiro e apaguei minhas pegadas no cascalho enquanto voltava para o Mitsubishi de Natalie.

Seguimos em silêncio. Os únicos sons eram da chuva e dos limpadores de para-brisa. Até ali só tínhamos falado sobre os problemas práticos que precisávamos tratar de imediato. Agora era hora de falar sobre o outro assunto. Sobre a questão pendente que precisávamos resolver.

Mas não falamos. Talvez precisássemos relaxar um pouco antes. Permitir que o cérebro e o corpo descansassem depois do que havíamos passado. No fim, fui eu quem quebrou o silêncio.

— Por que você voltou?

Outro longo silêncio se seguiu, mas vi que ela engoliu em seco várias vezes, feito uma criança tentando conter as lágrimas.

— Porque eu sei — respondeu, com a voz embargada. Tentou continuar, mas parou e respirou fundo. Esperei. Então ela recomeçou. — Você fez o que fez porque achou que o meu pai tinha me estuprado. Não sei se você fez porque me ama, talvez tivesse feito de qualquer maneira, por causa do que o seu pai fazia com o Carl. Mas eu entendo, e é isso que me assusta. Depois que fui embora da sua casa mais cedo, percebi que, *se* o meu pai tivesse tocado em mim, eu teria desejado que você ou eu mesma o matasse. Me dei conta de que sou como você. De que poderia ser uma assassina. E agora... — Uma lágrima escorreu pela bochecha. — Agora eu sou.

— Não. Você é uma pessoa que salva vidas. Salvou a minha duas vezes.

Ela secou a lágrima com as costas da mão e fungou.

— Não pretendo transformar isso num hábito, se é o que está pensando.

Sorri.

— Sorte a minha você ter tido pressa e voltado para me contar.

— Besta, a minha pressa não era para contar *isso*.

— Ah, não? Era para quê, então?

— Besta — repetiu ela, fungou e limpou o nariz com a manga do casaco.

— Sou mesmo. E gente besta precisa receber explicações bem claras.

Ela deu um suspiro cansado.

— Eu estava com pressa para dizer que te amo, tá bem?

Olhei para ela.

— Quanto...?

— Pra cacete.

Caímos na gargalhada. De verdade.

Entrei na oficina para pegar nossos celulares enquanto Natalie me esperava do lado de fora. Não ouvi nenhum som de reações químicas vindo da caçamba do trator, mas senti um cheiro de veneno e prendi a respiração até sair. Quando nos deitamos na cama de Natalie com as luzes apagadas para tentar dormir algumas horas antes da reunião, achei que ela estava dormindo quando de repente senti sua mão acariciando meu abdômen. Me virei para ela meio surpreso — era isso mesmo que ela queria logo depois de participar do assassinato de uma pessoa cujos restos mortais estavam sendo dissolvidos naquele exato instante a centenas de metros de onde estávamos? Mesmo no escuro vi um brilho nos olhos dela e concluí que não, não havia interpretado aquela mão da forma errada. E de repente me dei conta de que ela queria fazer sexo não apesar do que havia acabado de fazer, e sim *por causa* disso. Não que ela tivesse se transformado numa psicopata que se excitava ao matar, e sim porque a proximidade da morte desperta nosso apetite pela vida, o desejo de prolongá-la, de transmitir nossa existência adiante. Menos de um minuto depois de terminarmos ela estava dormindo feito uma criança, como dizem.

Vi Rita Willumsen sair de seu Saab Sonett assim que entrei no estacionamento do Spa Os. Ela ficou me esperando sair do Volvo.

— Bom dia — disse. — Você parece bem.

— Obrigado, você também — respondi, sendo sincero.

Óbvio que ela não estava falando sério. Eu mal tinha dormido, e quando me olhei no espelho naquela manhã parecia dez anos mais velho do que o cara que tinha ido dormir poucas horas antes.

— E parabéns pela namorada — completou ela enquanto seguíamos para a entrada do hotel. — Você encontrou uma pessoa com inteligência e estilo.

Quase repeti "Obrigado, você também", mas consegui me segurar.

Pensei numa lista de razões para Rita Willumsen, de repente, ser tão amigável com Roy Opgard, o garoto que ela tratava como bichinho de estimação no passado e que ela sabia que, muito provavelmente, era o responsável por deixá-la viúva.

Na verdade, a lista era curta, contava com apenas dois itens. Um era que Kurt tinha dito que estava nas minhas mãos — ou seja, Rita sabia que também estava envolvida nos métodos ilegais usados na negociação do terreno. Mas, no fundo, eu duvidava que Kurt tivesse dito uma única palavra sobre o assunto. Em vez disso, apostei no segundo item: Rita havia entendido o que aconteceria na reunião e concluiu que sem dúvida era melhor ter Roy Opgard do seu lado. Porque, embora ela fosse sentimental... Quer dizer, na verdade não era, então me permita reformular. Embora Rita fosse capaz de sentir fortes antipatias, ela era acima de tudo uma empresária pragmática que dançava conforme a música.

Os outros seis membros da diretoria já estavam presentes quando Rita e eu entramos no salão de conferências na hora exata do início da reunião. Cumprimentei a todos, me sentei e notei que, conscientemente ou não, eles tinham deixado vaga a cadeira na cabeceira da mesa onde o presidente, Jo Aas, costumava se sentar.

— É melhor esperarmos o Carl — disse Aas e deu uma olhada no relógio.

Todos concordaram, inclusive eu.

Enquanto esperávamos, a conversa da mesa foi principalmente sobre o rio subterrâneo e como a descoberta da GeoData garantia ainda mais que a estrada principal seguiria passando por Os, mas também sobre o suicídio trágico do sujeito que havia metido os pés pelas mãos ao não registrar a existência do rio no documento original. Acho que a menção ao suicídio mudou o clima quando falei que a última vez que tinha visto meu irmão, ou tido notícias dele, foi quando acordei no sofá em Opgard no meio da noite ouvindo o som do carro dele se afastar.

— Tentei ligar para o Carl várias vezes — disse Aas, franzindo a testa profundamente. — Ele não atendeu.

— Faz sentido — falei. — Quando saí, vi que o celular dele estava na mesa da cozinha. — Olhei para meu próprio celular. — Ele é esquecido, mas é estranho que não tenha voltado para buscar o telefone. E fico preocupado por ele não estar aqui e não ter entrado em contato com ninguém para dizer que não poderia vir ou que ia se atrasar.

Olhei para todas as caras sérias ao redor da mesa. E percebi o que estavam pensando: que não seria a primeira vez que alguém em Os tirava a própria vida depois de perder o emprego.

— Em geral, as pessoas acabam aparecendo — comentou Jo Aas. — Em geral. Mas, claro, existem exceções. Vamos torcer para que essa não seja uma delas. Seja como for, precisamos começar a reunião.

Aprovamos a convocatória e a pauta. Na sequência, fomos direto para o primeiro ponto, a escolha do novo presidente, que na prática foi apenas uma formalidade.

— Acho que o Roy é a escolha certa, e não só porque é dono de mais de cinquenta por cento das ações e isso nos deixa sem escolha — disse Aas em meio a risadas. — Como todos sabem, o Roy tem experiência de gestão do posto de gasolina, do Fritt Fall e do edifício Meierigård, sem contar outras propriedades. E até onde sei todas têm sido lucrativas. Então, a meu ver, o hotel e a diretoria vão estar nas melhores mãos possíveis quando o Roy assumir o comando.

Fui eleito por aclamação, uma palavra que poucas vezes pronunciei na vida.

— Gostaria de poder lhe entregar um martelo — disse Aas com um brilho nos olhos. — Mas infelizmente isso é só uma força de expressão. Na verdade, nunca pude bater um martelo mesmo quando era prefeito.

Mais risadas. Eu me contive e apenas dei um breve sorriso — melhor não cair na gargalhada quando seu irmão caçula está sumido e você está preocupado com ele. E o pior é que eu *estava* preocupado mesmo. Tudo o que havia acontecido na noite anterior me parecia tão irreal que parte de mim se perguntou se havia chance de Carl entrar por aquela porta, para eu poder respirar aliviado sabendo que tudo não tinha passado de um pesadelo.

— Enfim — prosseguiu Aas —, de agora em diante, você é formalmente o líder dessa reunião, Roy.

— Obrigado — agradeci. — Mas eu agradeceria se você nos guiasse pelos pontos restantes da pauta, Jo.

Notei que ele ficou um pouco surpreso de novo ao me ouvir chamá-lo pelo primeiro nome.

— Será uma honra — disse ele. — O próximo ponto é a nomeação do novo gerente.

Aas se saiu muito bem ao evitar o uso de palavras como "demissão", "substituição" ou "destituição". Mesmo assim, um clima pesado tomou conta da sala, como se os demais tivessem se lembrado do que poderia estar implícito naquela cadeira vazia à mesa.

— A sugestão de Roy e de Carl é que Roy assuma o comando. É uma boa sugestão, considerando que o próprio Carl sente que é hora de se afastar. Digo isso baseado só nas conversas que tive com Carl. Seria melhor que ele estivesse aqui para poder se explicar.

— A rigor, o que o próprio Carl pensa não importa — interveio um dos membros da diretoria. — Se o Roy quer demiti-lo, a decisão é dele.

Um dedo com unha pintada de vermelho se ergueu.

— Sim, Rita? — disse Aas.

— A meu ver, o que o Carl pensa importa, sim. Assim como a maioria dos executivos, ele assinou um contrato em que recebe uma compensação e abre mão dos direitos trabalhistas em caso de demissão. Ou seja, o conselho tem todo o direito de demitir o Carl com efeito imediato se quiser e não precisa explicar o motivo. Mas, se ele está deixando o cargo por iniciativa própria, também está abrindo mão da compensação, que, se não me falha a memória, equivale a dois anos de salário.

E o salário anual do Carl é tão alto que acho que o conselho precisa saber se ele está sendo demitido ou se quer renunciar pelo motivo que for, e precisamos ter essa resposta antes de fazer a nova nomeação. Se o conselho demitir o Carl antes de sua possível renúncia, vai estar fazendo um *ataque preventivo*...

— Um o quê? — interrompeu Aas.

— Você ataca antes que o adversário em potencial ataque primeiro — expliquei.

Aas olhou para os outros presentes com as sobrancelhas erguidas, como que para ter certeza de que não era o único que nunca tinha ouvido aquele termo.

— De um lado estão as consequências econômicas a curto prazo — continuou Rita. — De outro, a longo prazo, temos que entender como uma demissão repentina afetaria a reputação do Spa Os. Embora o presidente anterior acredite que não vai ser o caso, se o Carl não renunciar por bem, então sugiro fazermos a seguinte oferta a ele: Carl renuncia do ponto de vista formal em troca de uma compensação menor, digamos um ano e meio de salário, que chamaríamos de bonificação pelo trabalho bem-feito, em vez de uma indenização por demissão. O acordo economizaria seis meses de salário para a empresa e danos à reputação dela e evitaria que o Carl sofresse danos graves à reputação dele próprio. Se a diretoria concordar com a minha sugestão, proponho primeiro esperar a resposta do Carl para só então fazer a nomeação do novo gerente, e assim que ele responder marcamos outra reunião.

Aas voltou a olhar para todos à mesa. Todos fizeram que sim, inclusive eu, e decidi que Rita Willumsen seria a primeira pessoa que eu convidaria para participar da minha nova diretoria.

Estava anoitecendo quando vi o Land Rover de Kurt Olsen chegando ao posto de gasolina. Quando ele estacionou longe das bombas, imaginei o motivo da visita. E, quando ele entrou pelas portas de correr, vi que estava com a cara de padre que costumava usar para ir a velórios e dar más notícias. Com um gesto, pedi que Egil cuidasse dos clientes e fui ao encontro de Kurt.

Fomos para os fundos do posto. Kurt acendeu um cigarro e eu enfiei um naco de fumo de mascar da Berry debaixo do lábio. Ficamos lado a lado olhando para a água, enquanto ele me explicava que tinha recebido uma ligação de Grete Smitt; um cliente dela relatou ter visto o carro de Carl num acostamento a leste da divisa do condado. E, como ela também soube que ele não havia aparecido na reunião daquela manhã, achou que tinha o dever de informar a polícia.

Fiz que sim.

— Que bom que temos um centro de inteligência extraoficial como a Grete.

— As fofocas podem ser úteis. Seja como for, fui lá verificar. Era o carro dele mesmo. Tinha um bilhete no banco do carona. Nunca é um bom sinal quando você vê cartas, bilhetes. Pior ainda quando também encontra a chave do carro em cima da roda dianteira esquerda.

— Não, não é — concordei. — Não precisa enrolar, Kurt, manda logo a verdade.

— Lamento. — Ele tragou tão forte que vi a brasa subindo pelo cigarro. Soltou a fumaça. — Parece um bilhete de autoextermínio, Roy.

— Autoextermínio?

— Termologia policial. Suicídio.

Term*in*ologia, pensei, mas não disse nada.

— Essas palavras de Oslo estão me enlouquecendo — disse ele. — "Chefe de delegacia", por exemplo.

Kurt bufou com desprezo, provavelmente achando que era uma boa distração para o momento.

— O que estava escrito? — perguntei, porque teria parecido estranho não perguntar.

— Vejamos — disse Kurt enquanto pegava o celular, porque era óbvio que ele havia fotografado o bilhete.

JÁ CHEGA DESSA VIDA.

ADEUS. OPGARD.

Ele leu em voz alta, e eu assenti muito, muito lentamente, como se precisasse sentir o gosto das palavras, mastigá-las e digeri-las.

— O xerife local está lá agora com cães farejadores — acrescentou Kurt. — Mas duvido que encontrem alguma coisa. Tem uma ladeira íngreme que desce do acostamento para o lago.

— Acho que sei onde fica esse acostamento.

— É claro que também pode não ser o que estamos temendo...

O que estamos *torcendo para que seja*, falei. Porque você também dormiria melhor sabendo que Carl não poderia mais ir à polícia de Notodden ou Oslo relatar que o xerife de Os não investigou denúncias bastante críveis sobre vários assassinatos. Na verdade, não falei isso, só pensei. Justo, estávamos no mesmo barco. Por isso não fiquei nem um pouco nervoso quando vi Kurt olhando para a oficina e provavelmente se perguntando se a história estava se repetindo e se naquele exato instante havia algo em processo de corrosão na caçamba do trator.

Kurt deu uma última tragada e chegou ao filtro.

— Se encontrarem alguma coisa, é claro que vou entrar em contato com você de imediato.

— Obrigado.

Kurt deixou a guimba fumegante cair numa poça no asfalto e voltou para o Land Rover. Fiquei parado, olhando para a guimba. Então a peguei e joguei na lata de lixo. Gosto de manter o posto de gasolina impecável.

46

Pouco antes da Semana Santa recebi uma ligação de Liv Goebbel. A camada de gelo que cobria o lago Budal estava coberta de neve recém-caída, e o sol no terreno de camping estava me ofuscando. Me afastei um pouco de Glen Moore e dos dois engenheiros noruegueses que estavam falando sobre onde ficaria cada coisa enquanto apontavam para os esboços e para o terreno alternadamente. Goebbel me comunicou que havia convencido o tribunal de que não restava dúvida sobre o óbito e que havia obtido uma Declaração de Ausência com Morte Presumida — termo que, admito, me fez travar na primeira vez que escutei. Significava que enfim Carl Opgard havia sido oficialmente declarado morto e que o processo de liquidação da herança poderia começar, embora não houvesse muito a ser feito, tendo em vista que Carl não tinha deixado testamento e que eu era seu único parente próximo. Os ativos líquidos não valiam muito, Carl tinha mais dívidas do que dinheiro, se é que posso dizer assim. Mas, claro, ele tinha posses e nem todas tiveram que ser vendidas para pagar as dívidas. Como inventariante nomeado, eu tinha vendido o BMW antes do Natal, além das ações do Spa Os, compradas por Rita Willumsen em troca da promessa de cuidar do hotel tão bem quanto eu havia cuidado de seu Saab Sonett. Pelo sorriso que ela deu ao dizer isso, percebi que suas palavras tinham duplo sentido.

— Tudo deve estar resolvido em uma ou duas semanas — disse Goebbel. — Vai fazer um velório para o Carl?

— Uma missa póstuma. E vou colocar uma lápide ao lado de mamãe e papai.

— Ah, legal.

— Obrigado, Liv. Te vejo na reunião da diretoria quarta que vem.

Desligamos e olhei para o meu relógio. Disse a Glen que tinha um almoço marcado no hotel com Natalie e que precisava ir.

— Vai ficar incrível — disse ele, empolgado. — Imagine o brinquedo quando está nevando. Do cacete!

Quando cheguei, dez minutos atrasado, Natalie estava sentada me esperando na nossa mesa de sempre, junto à janela.

— Desculpa, a gente se empolgou um pouco — falei e beijei a mão que ela me ofereceu tão graciosamente. Senti a aliança nos lábios.

— Que bom. — Ela sorriu. — Você parece feliz.

— E estou — falei e fiz os pedidos ao garçom, que chegou de imediato. Um chá e uma salada Os para Natalie, truta local e água para mim.

— É *ótimo* que você esteja tão ocupado com o parque — disse ela. — Ao mesmo tempo, me sinto quase obrigada a dizer que está começando a ficar claro que você tem menos tempo para outras coisas igualmente importantes.

Assenti e coloquei a mão sobre a dela na toalha de mesa branca.

— Tem razão. A gente podia tirar um fim de semana prolongado para viajar. Você também trabalha muito. Estava pensando que, assim que acabar a alta temporada da Semana Santa, podíamos ir a Barcelona para o San Jordi.

— San Jordi?

— Dia de São Jorge. É o festival catalão em homenagem ao santo padroeiro da Catalunha. A mulher dá um livro ao homem que ama, e o homem dá uma rosa à mulher. É um costume antigo, da época em que as mulheres não podiam ler, mas como no nosso caso é o contrário, vou ficar feliz em ganhar a rosa.

Ela deu uma risada e tentou me acertar com o guardanapo de tecido.

— Que fofo. Mas eu não estava falando de você negligenciar a nossa relação, e sim do trabalho aqui no hotel.

— Entendi. — Coloquei o guardanapo no colo, enquanto o garçom trazia um pão recém-saído do forno e patê de azeitona. — Está se referindo exatamente a quê?

— Eu fiz uma lista.

Dei um sorriso, mas pelo rosto de Natalie vi que ela estava falando sério.

— Algumas são decisões que *precisam* ser tomadas — disse ela. — E outras são decisões que *poderiam* ser tomadas.

— "Poderiam"?

— Propostas boas, iniciativas.

— Suas?

— E de outras pessoas. Aqui tem muita gente competente em todos os níveis. E nenhum líder pode ser ótimo em tudo, então isso significa que ele precisa ser bom ouvinte.

— Querida, me escuta...

— Eu sei, Roy, você *é* um bom ouvinte — interrompeu Natalie. — O problema é que no momento você não tem *tempo* para ouvir. E precisa encontrar uma solução para isso. É só o que estou dizendo.

Concordei com um aceno de cabeça. Observei as mãos de Natalie, enquanto ela espalhava o patê no pão. Ela colocou a aliança de volta no dia seguinte à nova noite do Fritz, em que pegou o rifle no alpendre em Opgard e atirou em Carl. Ela chegou, entendeu o que estava acontecendo, analisou as alternativas, tomou a decisão e fez o que tinha que ser feito. Me perguntei se situações fictícias como essa não são exatamente as usadas nos Estados Unidos para testar a capacidade de resolução de problemas de candidatos a cargos de direção.

— Antes de me mostrar a lista, preciso mostrar uma coisa — falei.

— Ah, é?

— Depois do almoço.

Enquanto comíamos, Natalie falou sobre outra oferta de emprego que havia recebido, dessa vez de uma grande rede de hotéis que queria contratá-la para trabalhar na sede. Explicou que, embora estivesse lisonjeada, queria trabalhar onde as coisas estavam acontecendo de verdade, ou seja, na linha de frente, no hotel em si. Nossa conversa foi interrompida várias vezes por pessoas que apareciam para nos cumprimentar. O novo prefeito, Gilbert Voss; Asle Vendelbo, o gerente do banco; e o chefe do Departamento de Estradas, Dag Cappelen, responsável pelas melhorias que estavam sendo feitas na estrada que atravessa Os. Eles comentaram sobre a nova ala do hotel, o clima, as perspectivas para o Os F. C. na temporada seguinte, enquanto Natalie e eu acenávamos com a cabeça, dando a entender um subtexto que talvez existisse, talvez não. Até Dan Krane foi me cumprimentar. Também estava amestrado, tinha percebido que era melhor manter o status quo, agora que ele e Mari tinham se mudado para a casa principal e estavam esperando o quarto filho.

— Caramba — disse Natalie depois que Krane se afastou. — Parece que agora todo mundo quer prestar reverência e beijar o seu anel.

Demorei uns segundos para entender que não era uma referência à parte da minha anatomia que eu estava pensando inicialmente, mas à cena final de *O poderoso chefão*.

Depois que pagamos — não misturo minhas contas particulares com as da empresa, como Carl fazia —, Natalie e eu fomos dar uma volta no meu Volvo, carro que tanto Erik quanto Kurt sugeriram que eu deveria trocar, agora que era diretor do hotel e tudo mais.

— O que você está tramando? — perguntou Natalie quando peguei um desvio e entrei numa pista que entrava na floresta antes de chegar à cidade.

— Espere e verá.

Minutos depois, estacionei e saímos do carro. À nossa frente, estava a casa que chamam de palácio, com a neve recém-caída brilhando no telhado e no chão do terreno.

— O que acha? — perguntei.

— É fantástica. Então, está pronta?

— Pois é. Só preciso encontrar alguém para morar aqui.

— Talvez você encontre um comprador na Semana Santa, quando os ricaços de Oslo vêm para cá. A gente pode pôr um anúncio no hotel. Ficou tão bonita por dentro quanto está por fora?

— Vamos dar uma olhada.

Como havia nevado muito e os sapatos que Natalie usava para trabalhar não eram apropriados para andar nessas condições, eu a peguei no colo, subi a escada e passei pela soleira antes de colocá-la de volta no chão.

— Meu Deus! — exclamou ela.

Da entrada, era possível ver a vista do outro lado do salão enorme e ainda sem mobília. Como eu tinha ligado a calefação na noite anterior, ela tirou os sapatos, ficou de meias e foi até a janela sobre o piso de parquete recém-polido. Parei atrás dela, e olhamos para a cidadezinha ensolarada lá embaixo. Quando a abracei, ela se recostou em mim.

— Ainda acha que devemos anunciar para venda? — sussurrei no ouvido dela.

De início ela ficou tensa. Não falei mais nada. Só esperei. Então, segundos depois, seu corpo começou a tremer de tanto rir.

— Você é muito malandro — disse.

— Foi você que pediu.

— Eu? Nunca, nunca mesmo...

— "Salário mais alto, emprego melhor, um lugar melhor para morar, um marido" — interrompi. — Essas eram as suas condições para continuar em Os. Não lembra?

— Ah, lembro. Mas também me lembro de dizer "nessa ordem".

— Eu sei. Então a minha próxima pergunta é: o que acha de assumir o cargo de gerente do hotel Spa Os? Caso sim, qual salário você tem em mente? Mas só lembrando que é a diretoria que decide isso.

Ela se virou para mim com um olhar incrédulo.

— A questão — prossegui — é que o cargo vai ficar vago, porque o gerente atual vai estar ocupado construindo um parque de diversões.

Dava para ver que a cabeça de Natalie estava a mil por trás daqueles olhos de cor estranha.

— Se quiser provar, vai ter que se arriscar — falei.

Natalie sorriu e balançou a cabeça, fingindo estar exasperada. Tudo bem, ela não estava totalmente convencida, pelo menos não ainda. Se virou de volta para a frente, para Os, e eu apoiei minha bochecha na dela.

— Olha — disse ela e apontou para uma nuvem branca descendo a encosta da montanha.

Era uma avalanche silenciosa. Em pouco tempo chegaria ao lago Budal, mas era uma neve fresca e leve, que dificilmente seria pesada o bastante para quebrar o gelo. Ao bater na superfície, ela explodia e se espalhava pelo lago em direção à cidade, que estava segura na margem oposta. Uma cidadezinha com pouco mais de mil habitantes — três mil, se somássemos todo o condado —, mas com uma população que poderia aumentar rápido. Os fica seiscentos metros acima do nível do mar. O verão é curto, mas quente e seco, e o inverno é rigoroso. As pessoas aqui trabalham duro e só falam o necessário, a menos que você considere um pouco de fofoca local algo desnecessário. A inveja é humana, e até certo ponto a competição é saudável, mas a união é fundamental para a sobrevivência. E, embora todos aqui sejam iguais, de vez em quando eles precisam de uma referência para mostrar o caminho em meio ao nevoeiro, às ravinas profundas e aos lobos.

Deixei meu olhar vagar pela paisagem. Vi a igreja. Årtun. Nergard, com Opgard acima. A praça e o terreno de camping. Mais adiante, a capela, a casa de Smitt e o posto de gasolina. Nessa cidade eu tinha perdido e ganhado tudo. Eu odiava aquele lugar e o amava ao mesmo tempo. E, em última análise, o que mais se pode pedir de uma cidade natal?

A avalanche atingiu o gelo no lago Budal, e por alguns segundos a neve subiu, rodopiando à luz do sol. Então caiu e se assentou, e tudo ficou exatamente como antes.

Este livro foi composto na tipografia Sabon LT Std,
em corpo 11/15, e impresso em papel off-white,
no Sistema Cameron da Divisão Gráfica
da Distribuidora Record.